RUBEN WICKENHÄUSER
Die Magie des Falken

MIT FEUER UND SCHWERT Norwegen, kurz vor Ende des ersten Millenniums christlicher Zeitrechnung. An der Seite seines Vaters Hæric Harekson – Falkner, Seher und Vertrauter des Wikingerkönigs Tryggvason – erlebt Kyrrispörr als junger Mann, wie der König 994 zum Christentum übertritt. Kyrrispörr steht im Spannungsfeld zweier Welten: dem alten Heidentum und dem neuen Christentum. Als Knappe des Königs erlernt er die Kunst der Falknerei.

Tryggvason nutzt seine Bekehrung dazu, das Land mit Feuer und Schwert zu missionieren. Für seine Seher hat er keine Verwendung mehr und lockt sie deshalb in eine tödliche Falle. Auch Kyrrispörrs Vater lässt dabei sein Leben, Kyrrispörr selbst wird gefangen genommen. Ihm gelingt die Flucht aus den Flammen – doch den Mord an seinem Vater kann er weder vergessen noch verzeihen ...

Dr. Ruben Philipp Wickenhäuser, geboren 1973, absolvierte ein interdisziplinäres Studium der Biologie, Geschichte und physischen Anthropologie und lebt heute als freiberuflicher Schriftsteller in Berlin. Er ist Mitbegründer des »Autorenkreises Historischer Roman QUO VADIS«. Neben zahlreichen Historischen Romanen für Jugendliche gab er unter anderem drei historische Gemeinschaftsromane heraus und machte sich durch pädagogische Sachbücher einen Namen. »Die Magie des Falken« ist sein zweiter Historischer Roman im Gmeiner-Verlag.

Bisherige Veröffentlichungen im Gmeiner-Verlag:
Die Seele des Wolfes (2010)

RUBEN WICKENHÄUSER
Die Magie des Falken

Historischer Roman

GMEINER *Original*

Besuchen Sie uns im Internet:
www.gmeiner-verlag.de

© 2011 – Gmeiner-Verlag GmbH
Im Ehnried 5, 88605 Meßkirch
Telefon 07575/2095-0
info@gmeiner-verlag.de
Alle Rechte vorbehalten
1. Auflage 2011

Lektorat: Claudia Senghaas, Kirchardt
Herstellung/Korrekturen: Julia Franze / Katja Ernst
Umschlaggestaltung: U.O.R.G. Lutz Eberle, Stuttgart
unter Verwendung eines Bildes der Quelle:
http://en.wikipedia.org/wiki/File:VikingShipOrphir.JPG
Initialen: Ruben Wickenhäuser
Druck: Fuldaer Verlagsanstalt, Fulda
Printed in Germany
ISBN 978-3-8392-1142-7

A ls Laggar von Kyrrispörrs Faust aufstieg, ließ sein Schrei das Getier der Umgebung vor Schreck erstarren. Mit raschen Flügelschlägen jagte er über die steinigen Hügel. Prüfend ließ er ein, zwei Mal die Fänge zuschnappen, dann legte er sie eng unter den Stoß, beschleunigte und gewann an Höhe. Beinahe streifte sein Gefieder die Holzschindeln eines Langhauses. Aus dem Rauchloch im Dach stieg der Dampf der Herdfeuer. Dort drüben blinkte Stahl, wo zwei Männer sich im Schwertkampf übten. Wie ein gestrandeter Wal lag ein Langboot am Ufer. Ein paar Männer und Kinder machten sich an seinem Rumpf zu schaffen. Dahinter legte ein Ruderboot mit Eimern voller Heilbutt am Steg an. Die Möwenwolke interessierte den Jäger offenbar nicht, ebenso wenig wie die Krähen und Tauben, die alarmiert aufflatterten. Nur die Hühner scharrten unbeeindruckt im Schnee weiter: Laggar war ein Falke und zu klein, um sie zu schlagen. Willkommen geheißen wurde er dagegen von Kindern, die von ihrer Schneeballschlacht erschöpft waren. Auch einige strohblonde Frauen, die beisammenstanden und lachten, verfolgten seinen Flug. Das Blinken ihrer silbernen Kuppelfibeln erregte kurz seine Aufmerksamkeit, dann drehte er wieder den Kopf in Flugrichtung und wiederholte zum Entzücken der Damen seinen hellen Schrei.

Der Falke segelte über die bis zum Dach in der Erde versenkten Grubenhäuser hinweg, versteifte die Flügel und zog einen eleganten Bogen um das Gehöft, um nun steil in die Höhe zu stoßen.

Dort, wo sonst nur die Wolken entlangzogen, war es einsam. Nur das Gleißen der Sonne und das Rauschen des Windes begleiteten den Gast des Himmels. Die Welt musste überschaubar sein von hoch oben. Da war der Flickenteppich aus Schnee, Frühlingswäldern, Felsen und dem Tiefblau der sich weit ins Festland verästelnden Meeresarme. Dies war Norwegen, mit all seinen Fjorden und Bergen. Hier und da schmiegte sich ein Gehöft in ein Tal. Gelegentlich zog ein Langboot durch das Wasser, blähte das rechteckige Segel und ließ sich vom Wind vorantreiben, ganz ähnlich wie der Jäger der Lüfte. Doch Laggar interessierte sich bestimmt nicht für Boote. Wenn er sich einer Böe hingab, trug sie ihn auf die gewünschte Höhe und verschaffte ihm wohl auch ein Kribbeln im Bauch, wenn Falken ein Kribbeln im Bauch verspürten. Trotzdem zog es ihn aus der Freiheit der Lüfte immer wieder zurück zu seinem Meister, aber: Nicht ohne Beute.

Tief unter ihm stand Kyrrispörr und beobachtete ihn. Er war ein Jüngling, doch trug er seinen Umhang mit dem Stolz eines Seiðmanns. Sein Vater hatte ihm die Kunst des Wahrsagens und der Magie beigebracht. Kyrrispörr sog tief die Luft ein und versuchte, sich in seinen Falken hineinzuversetzen. Der Greifvogel steuerte hart gegen den Wind und stemmte die Schwingen in Position. Er hatte ein Opfer erspäht. Kyrrispörr stellte sich vor, wie er seine Beute anvisierte und Entfernung und Geschwindigkeit schätzte. Es war ihm, als presste er selbst die Flügel an den Körper und stürzte dem Boden entgegen, so, als wolle er sich mit dem Schnabel voraus in das Kaninchen hineinrammen, das nichts ahnend am Schilfgürtel entlangspazierte. Um dann kurz vor dem Aufprall die Flügel zu spreizen und den Schwanz zu fächern. Bei der Vorstellung, wie seine Klauen sich vorstreckten und öffneten, öffnete Kyrrispörr unwillkürlich die eigenen Hände. Laggar würde das viel schwerere Tier nicht etwa packen, sondern in einem eleganten Bogen über sein Opfer hinwegschießen und im Blau des Himmels verschwinden. Schon oft hatte Kyrrispörr ihn dabei beobachtet, wie der Vogel scheinbar sein Ziel verfehlt hatte. Ein Zucken durchfuhr ihn, als er sich ausmalte, wie das Opfer gleich darauf zu humpeln begann und hinstürzte: Laggar kämmte seine Beute stets im Überfliegen mit den Klauen. Kyrrispörr seufzte und blinzelte, während er aus seiner Vorstellung wieder in seinen Körper zurückkehrte.

Kaum verschwunden, tauchte der Jäger im Tiefflug wieder auf und ließ sich flügelschlagend auf der Beute nieder. Kyrrispörr eilte in seine Richtung. Er wusste, dass Laggar an seiner Beute pickte, mehr aber auch nicht. Der Falke wartete auf ihn, ganz wie ein höflicher Gastgeber mit dem Essen auf die Gäste wartete.

»Gut gemacht!« Kyrrispörr ging vor ihm in die Hocke und kraulte ihn mit dem Zeigefinger unter der Kehle. Laggar hob den Kopf und schloss genießerisch die Augen. Als Belohnung zog Kyrrispörr ein rohes Stück Fleisch hervor, das er, in Stoff gewickelt, in seiner Gürteltasche mitgebracht hatte, und steckte es dem erfolgreichen Jäger in den Schnabel. Während Laggar es gierig herunterschlang, nahm Kyrrispörr die ledernen Geschühriemen und ließ den Falken auf seiner behandschuhten Hand Platz nehmen. Dann hängte er sich die Ente an den Gürtel.

»Nun, Sohn?«

Sein Vater Hæricr kam herbei. Zwar war Hæricr nicht sehr groß, sodass Kyrrispörr schon fast auf Kopfhöhe an ihn heranreichte, aber dafür hatte er breite Schultern, von denen Kyrrispörr nur träumen konnte. Manches Mal hatte er die Frauen von dem kantigen Gesicht, dem sorgsam gekämmten blonden Haar und ebenso gepflegten Bart schwärmen hören, wenn Hæricr nicht in der Nähe war. Eine Verehrerin hatte ihm gar eine silberne Fibel geschenkt, die nun den blauen Wollmantel auf den Schultern hielt.

»Eine Ente!«, erklärte Kyrrispörr.

»Gut!« Hæricr nahm ihm den Falken von der Hand, lächelte, als der Raubvogel gehorsam auf den Lederhandschuh hüpfte, und raunte:

»Gut hast du das gemacht. Sehr gut, mein kleiner Laggar.« Damit hob er ihn vorsichtig auf seine Schulter, wo der Falke sich in die Wolle des Umhangs krallte.

»Kyrrispörr, wir gehen zurück. Die Astrid Arnfinsdottir möchte wissen, ob sie ein gutes Kind bekommen wird.«

Kyrrispörr nickte und trottete hinter seinem Vater her. Gern hätte er seinen Falken selbst getragen. »Weissagst du ihr jetzt gleich?« Kyrrispörr sah hoffnungsvoll zu Hæric hoch. »Dann kümmere ich mich um Laggar.«

»Du nimmst dir die Astrid vor.«

»Ich?« Kyrrispörr blieb vor Überraschung stehen. »Aber ... die Astrid ...« Eilig schloss er wieder zu Hæric auf, der sich um das Erstaunen seines Sohnes nicht kümmerte und weitergegangen war.

»Ja, du.«

Kyrrispörr fühlte sich auf einmal ganz miserabel. Er, der Astrid weissagen! Neidisch sah er zu Laggar auf Hærics Schulter hoch. Der Falke wiegte sich im Takt der Schritte. Wie gern hätte Kyrrispörr sich um ihn gekümmert, anstelle ausgerechnet der Astrid weissagen zu müssen ...

Kyrrispörrs Herz begann stark zu klopfen, als die Dächer der Langhäuser in Sicht kamen.

Als sie das vorderste Haus betraten, umfing sie Dämmerlicht. Es beruhigte den Vogel auf Hærics Schulter nicht weniger, als es die junge Frau beunruhigte, die beim Eintreten der beiden Ankömmlinge erschrocken aufsah. Ihr Haar glühte im Sonnenlicht, das von oben durch das Rauchloch fiel und Astrid mit Helligkeit übergoss. Kyrrispörr biss sich auf die Lippen.

»Ah, Astrid Arnfinsdottir.« Hæricr hob die Hand zum Gruße. »Bleib sitzen. Mein Sohn Kyrrispörr Hæricson wird dir das Glück deines Kindes weissagen. Einen Moment.«

Damit stieß er Kyrrispörr an, sich umzuziehen. Hastig verschwand Kyrrispörr in dem mit einer Trennwand abgeteilten hinteren Bereich des Hauses und zerrte sich den Kittel über den Kopf. Er stieg aus den Hosen, schlüpfte in Unterzeug, die kratzigen Beinlinge und das knielange Sehergewand, schloss den Gürtel, band sich rasch die Lederstiefel zu und warf sich den schweren Umhang über. Klickend schloss sich die Messingfibel, die den Umhang auf der rechten Schulter zusammenhielt. Er trat wieder in den Hauptraum.

Kyrrispörr schluckte. Seine Kehle war auf einmal ganz trocken. Ausgerechnet Astrid! Sie war älter als er und früh schwanger geworden. Ihn hatte sie sich immer gern als Ziel für ihren Spott ausgesucht. Ja, kürzlich hatte sie ihn heimlich mit den anderen Jungen in der Sauna beobachtet und als zierlichen Hänfling verspottet, als er zum Abkühlen zum Fluss gelaufen war.

Reiß dich zusammen, dachte er sich. Jetzt bist du nicht der Junge Kyrrispörr, jetzt bist du der Seiðmaðr, Seher Kyrrispörr Hæricson, in dessen Hand das Schicksal liegt.

Kyrrispörr spürte die Blicke seines Vaters im Rücken, als er würdevoll auf sie zutrat, sich im Schneidersitz am Rand des Rentierfells niederließ, das zwischen ihm und Astrid lag, und bedächtig den Lederbeutel mit seinen Seherutensilien neben sich stellte. Er bemühte sich, eine sachliche Miene aufzusetzen. Wie sein Vater es ihn gelehrt hatte, schwieg er einen Moment und musterte die junge Frau, die seinem Blick auswich. Sie war so ziemlich das genaue Gegenteil von ihm: Nicht nur war Astrids blondes Haar straff zu Zöpfen geflochten, wie es sich für eine verheiratete Frau gehörte, während seine braune Mähne frei bis auf die Schultern fiel. Auch war ihr Gesicht ein wenig rundlich, sie hatte eine Stupsnase und die Augenbrauen waren kaum sichtbar, während Kyrrispörrs Züge ausgeglichen schmal und die Augenbrauen geschwungen waren; ihre Haut war hell und rosig, während die seine leicht gebräunt war, so, als habe er sich gesonnt. Und sie hatte stämmige Schultern und kräftige Arme, mit denen sie zupackte, wenn es sein musste – eilig vertrieb Kyrrispörr die Erinnerung daran, wie sie ihn einst am Kragen über einen Suppenkessel gehalten hatte, nur so zum Spaß. Hier und jetzt nutzte ihre Kraft ihr nichts, dachte er. Hier und jetzt wollte sie seinen Rat, und den fürchtete sie.

»Astrid Arnfinsdottir, weshalb bist du gekommen?«, fragte er und bemühte sich, möglichst getragen zu sprechen. Nur mit Mühe gelang es ihm, ein Krächzen in der Stimme zu unterdrücken.

Astrid druckste herum. Wie Hæricr es ihm vorgemacht hatte, wartete Kyrrispörr stumm und regungslos ab.

»Mein ... Bitte sag mir, sind die Götter meinem Kind gnädig gestimmt?«

»Und das fragst du, die du dich doch von unserem König Olaf Tryggvason zum Christentum hast bekehren lassen? Sind unsere Götter noch die deinen?«

Auch diese Worte hatte er von Hæric gelernt, und er war stolz darauf. Sie verfehlten ihre Wirkung nicht. Astrid zuckte zusammen und starrte auf das Rentierfell.

»Bitte ..., wollt Ihr mir sagen, wie es um mein Kind

steht …? Meine Mutter ist doch auch zu einem Seiðmanni gegangen vor meiner Geburt … Ich hab auch ein Fässlein Bier zum Dank mitgebracht …«

Sie redete ihn schon mit ›Ihr‹ an, bemerkte Kyrrispörr. Es klang merkwürdig: So sprach man sonst nur mit Königen.

»Bitte …«

»Nun gut. Ich werde für dich weissagen.« Er nahm den brennenden Zweig, den sein Vater ihm über die Schulter hinweg reichte, und entzündete ein Talglicht. Ganz langsam öffnete er den Lederbeutel und zog mehrere fingerlange Holzstäbe hervor, in die Runenzeichen eingeritzt worden waren. Er breitete sie vor sich aus. Dann begann er, einen leisen Gesang anzustimmen, und bemühte sich, den Kontakt zu den Schicksalsgöttern herzustellen. Immer wieder aber fiel sein Blick dabei auf Astrid. Sie kaute sich auf den Lippen. Zog er es zu lange hin? Er bemühte sich, noch etwas kräftiger zu singen, und hob die Arme zur Beschwörung. Astrid begann, unruhig hin und her zu rücken. Eigentlich kein gutes Zeichen, denn das bedeutete, dass er sie nicht ganz hatte fesseln können. Mit aller Kraft musste er sich zur Konzentration zwingen. Schweißperlen hatten sich auf seiner Stirn gebildet, als er endlich spürte, dass die Spannung zwischen ihm und Astrid genau richtig war. Bedächtig, um den mühsam errungenen Zustand nicht zu gefährden, nahm er die Runenstäbe auf. Mit einem Ruck warf er sie auf das Fell, was Astrid zu einem erschrockenen Aufschrei veranlasste. Nun begann Kyrrispörr, einen Runenstab nach dem anderen aus dem Häuflein abzuzweigen. Aus den Augenwinkeln beobachtete er Astrid. Sie verfolgte atemlos jede Bewegung seiner Hand, stellte er fest. Ihr Mund stand offen vor Aufregung. Sehr gut.

Unauffällig kippte er etwas aus einem kleinen Beutelchen

in seine Linke und verbarg es in der Handfläche, rief sich die Bedeutungen der Runen und ihrer Kombinationen ins Gedächtnis, befragte seine Gefühle und forschte nach den Botschaften der Götter. Sicherheitshalber ging er alles zweimal im Kopf durch, bevor er Astrid seine Erkenntnis verriet. Ein Glück nur, dass sie nicht sehen konnte, wie heftig sein Herz vor Aufregung schlug ...

»Die prächtig geschmückte Eiche des Goldes wird dem Zahnfärber des Wolfes Nachkommen schenken«, flüsterte Kyrrispörr so leise, dass sie ihn kaum verstehen konnte. »Doch sind die Nornen sich nicht einig in ihrem Handeln. Ich lese Tag oder Nacht. Sie halten es mit Oðins Weib Frigg: Sie schweigen.«

Mit Erleichterung erkannte er den Erfolg seiner rätselhaften Worte an Astrids Stirnrunzeln. Jetzt musste er aus ihrer Verwirrung Verzweiflung machen. Er rückte die Stäbe mal hierhin, mal dorthin und trieb Astrid damit zur Weißglut. Am liebsten hätte die junge Frau ihn wohl an dem Kragen seines Kittels gepackt und durchgeschüttelt, ja, ihn vielleicht sogar angeschrien: ›Sprich weiter! Was ist denn nun! Nun verrate mir doch endlich das Schicksal meines Kindes!‹

Wieder spürte Kyrrispörr die Anwesenheit seines Vaters im Nacken, seine Blicke, denen keine Regung entging. Er fragte sich, ob er zu weit gegangen war mit seinem ständigen Zögern. Wenn Astrid jetzt gar die Geduld verlor und aus dem Haus stürmte ...

Kyrrispörr traf eine Entscheidung. Es war Zeit für den Abschluss. Ein letztes Mal drehte er einen der Runenstäbe, ein letztes Mal forschte er murmelnd nach dem Willen des Schicksals, bevor er in sich ging, um sich zu sammeln. Unmerklich brachte er seine linke Faust in Position. Die Flamme des Talglichts rußte ruhig vor sich hin.

Als er Luft holte, hing Astrid an seinen Lippen.

»Der Lauf der Dinge wird dir verraten, ob es Tag oder Nacht ist.« Mit einem Ruck sah er sie an, sodass sie erbebte, und donnerte: »Aber wenn es Nacht ist, dann wird sie ewig sein!«

Ein greller Blitz zuckte zwischen ihnen auf. Geblendet schlug sie die Hände vors Gesicht, sprang auf und rannte hinaus.

Aus dem Langhaus aber trat Seiðmaðr Kyrrispörr Hæricson ins Sonnenlicht und sah ihr nach. Hinter ihm schrie der Falke.

EIN FEST DES FEUERS

»NEIN, NEIN, NEIN. Du musst ihr mehr Zeit lassen«, erklärte sein Vater Hæricr Harekson und reichte ihm den Galknerhandschuh.

»Noch mehr? Ich hatte schon gedacht, sie ...«, setzte Kyrrispörr an, während er die Reste des Blitzpulvers aus seiner linken Hand wischte.

»Du hättest sie am Anfang gleich ängstlicher machen müssen. Rede deutlicher, das habe ich dir schon unzählige Male gesagt! Die Schicksalsgöttinnen, die Nornen, werden uns noch zürnen, wenn du sie weiter so schwach anrufst! Und sei sparsamer mit dem Bärlapp. Ein kleinerer Blitz hätte genügt! Bring Laggar weg.«

Kyrrispörr fügte sich widerwillig. Er hatte Astrid die Zukunft gedeutet, mindestens so gut, wie sein Vater es getan hätte!, ärgerte er sich. Hatte Hæricr denn nicht gespürt, wie schnell die Nornen ihn beraten hatten? Hatte er denn nicht gesehen, wie die Astrid sich vor Aufregung verzehrt hatte? Hatte er nicht erkannt, wie gelassen und überlegen er sie die ganze Zeit über behandelt hatte? Und hatte er nicht gehört, wie Kyrrispörr die Skalden bemüht hatte, als er den Mann der Astrid als ›Zahnfärber des Wolfes‹ bezeichnet hatte? Außerdem hätte er Astrid beim besten Willen nicht länger hinhalten können.

»Er weiß immer alles besser«, zischte Kyrrispörr, als er mit dem Vogel durch den angeschmolzenen Schnee zu dem anderen Langhaus stapfte, in dem er und Hæricr untergebracht waren. »Und ich habe die Nornen überhaupt nicht enttäuscht.«

Der Falke drehte ihm den Schnabel zu und stieß sein durchdringendes ›Ki-ki-ki‹ aus.

»Und du sei still«, brummte Kyrrispörr. »Es reicht schon, wenn einer immer nörgelt. Los, hüpf schon auf deine Stange. Jetzt sei nicht so ungeduldig, ich komm gleich mit deinem Fressen.«

Missmutig zog er seine einfachen Sachen an. Hauptsache, er war die Seherkleidung los: Der Kittel war zwar aus feinstem Stoff gefertigt, mit reich verzierten Borten ausgestattet und sah wohl sehr beeindruckend aus, aber ebenso wie diese unsäglichen Beinlinge juckte und kratzte er auf der Haut. Er befestigte Tasche und Messer am Gürtel und bereitete eine Schale mit rohem Fleisch für den Falken vor.

»Überfüttere ihn nicht wieder!«, hörte er die Stimme seines Vaters hinter sich. »Vorgestern kam er kaum vom Boden weg, so fett war er!«

Ist ja gut, dachte Kyrrispörr. Vorgestern hatte Laggar auch eine Belohnung verdient. Als wenn er nicht selber wusste, wie viel ein Falke zu fressen bekommen musste!

Dir macht keiner Vorschriften, dachte er, während er dem Falken Fleischbrocken in den Schnabel steckte. Du musst nur fliegen und jagen. Dir kann das alles gleich sein. Wie ich dich beneide ...

Er schob das Messer in die Scheide zurück und stellte sich vor, es wäre ein Schwert. Ein Schwert trugen nur die wichtigen Männer, deren Worte man ernst nahm. Nicht aber die, die junge Hühner wie die Astrid mit Runen erschreckten.

Kurz heiterte ihn der Gedanke auf, dass heute Abend das große Fest stattfand, das König Olafr Tryggvason für alle Seiðmenn ausrichtete. Und er würde dabei sein. Schließlich bin auch ich ein Seiðmaðr, dachte er trotzig. Aber wahrscheinlich würde sein Vater ihm die ganze Freude wieder nehmen. Seine Miene verdüsterte sich, als er daran dachte, wie er ihn das letzte Mal vorgeführt hatte. Wenn Hæricr sich wieder über seinen ach so ungeschickten Sohn lustig machte, würde das ja ein besonders tolles Fest werden …

Sie saßen alle an der langen Tafel des Königs, und ihr Gastgeber, der mächtige König Olafr Tryggvason von Norwegen, saß am Kopfende und ließ ein von Silberzier umsponnenes Horn kreisen, jedes Mal mit einem neuen Trinkspruch. Es begann nicht etwa zu Ehren der Götter, wie es üblich gewesen wäre, sondern zu Ehren des Gastgebers selbst. Denn während die Seher zum alten Glauben an die Götter Oðinn, Þórr und viele andere standen, war König Tryggvason Christ. Er hatte daher nicht einmal das traditionelle Tieropfer veranstaltet. Der Unmut, den dies erregt hatte, war allerdings angesichts der köstlichen Speisen und des ausgezeichneten Mets rasch verflogen.

Kyrrispörr hatte das Prunkhorn mit beiden Händen halten müssen, als es an ihn weitergegeben wurde. Der Met war genau richtig durchgegoren und besser als alles, was er je zuvor getrunken hatte: Er schmeckte süß wie reiner Honig und doch schwer und hinterließ bei jedem Schluck einen wohltuenden Schauer in der Kehle. Dazu gab es nicht etwa Kochfleisch, sondern einzelne, knusprig geröstete Stücke von Rind und Schwein, Schüsseln voller Möweneier und hervorragenden Quark, zudem Schwarzwurzel, kurz, es war ein Fest, wie Kyrrispörr es sich erträumte. Der Met packte Kyrrispörrs Gedanken in weiche Watte, kaum dass er das Prunkhorn weitergereicht hatte. Er griff eine fette Schwarte und biss genussvoll hinein.

»Ein großartiges Mahl!«, rief sein Vater und prostete mit einem Tonbecher Eyvind Kelda zu, einem kräftigen Mann mittleren Alters, der von allen – wie es hieß, sogar vom König selbst – für seine Zauberkraft so hoch geachtet wie gefürchtet wurde. Eyvindr Kelda deutete ein Nicken an und erwiderte das Zutrinken mit dem Prunkhorn, das gerade an ihn weitergereicht wurde. Während Kyrrispörr Eyvind Kelda beobachtete, bekam er den Eindruck, als sei der Meisterseher mindestens so angespannt wie er selbst. Doch während Kyrrispörr selbst darauf lauerte, dass sein Vater ihn zum Ziel seines Spottes machte, konnte er den Grund für Eyvinds Anspannung nicht deuten. Zudem war die Stimmung bei allen anderen Gästen außergewöhnlich gelöst, schließlich war es das Versöhnungsmahl, das der König seinen Seiðmönnum zu Ehren ausrichtete. Aber Eyvind Keldas Blick huschte ständig über die dunklen Ecken des Langhauses.

»Eyvindr Kelda sieht besorgt drein«, raunte Kyrrispörr seinem Vater Hæric zu. »Als würde er Gespenster im Schatten suchen.«

Sein Vater rief laut: »Was? Du meinst, Eyv…« Er erinnerte sich gerade noch rechtzeitig daran, dass Eyvindr ihm schräg gegenübersaß, und verschluckte den Rest des Satzes.

Kyrrispörr nickte und drehte ein Möwenei zwischen den Fingern. Hätte er seinem Vater nur nichts von seiner Beobachtung gesagt: Hæricr schüttelte sich vor Lachen.

»Mein lieber Sohn, wenn sich ein Geist hierher verirren sollte, ist er ungefähr so dumm wie ein Huhn, das in einen Fuchsbau klettert! Ein Geist beim Gelage der Seiðmenn! He, mein Sohn sieht schon Gespenster!«

Die Tischnachbarn erwiderten das Gelächter. Auch Eyvindr lachte laut, aber für die Dauer eines Herzschlags hatten seine Augen mit einem kühlen, fragenden Ausdruck auf Kyrrispörr geruht.

»Kyrrispörr, du hast heute Abend der Astrid Arnfinsdottir ihr Kind geweissagt«, erklärte sein Vater. Alle sahen zu ihnen herüber. Am liebsten wäre Kyrrispörr vor Scham im Boden versunken. Er nickte und starrte auf das Möwenei in seiner Hand.

»Ihr müsst wissen, mein Sohn hat es mit den Schicksalsgöttinnen, den Nornen«, fuhr Hæricr mit gespieltem Ernst fort und brach plötzlich in Gelächter aus. »Die gute Astrid! Ganz verschreckt hat er sie!«

»Sie hat ihn wohl verschmäht, was?«, fragte einer der Männer, und die Tafel lachte.

»Ich hatte doch nie was mit der«, murmelte Kyrrispörr, ohne gehört zu werden.

»Und wisst ihr, wisst ihr, wie er sie genannt hat? Esche des Goldes!«

»Eiche des Goldes«, verbesserte Kyrrispörr, aber auch dieser Einwurf ging im allgemeinen Gelächter unter.

»Ach ja«, sein Vater wischte sich die Tränen aus den Augen, »Esche des Goldes war schon gut!«

»Soll erstmal seine Esche zur Frau nehmen, dann wird er schon sehen, wie die ihm ihr Gold um die Ohren haut«, ließ sich ein Seher vernehmen. Kyrrispörr zwang sich, es schweigend über sich ergehen zu lassen und konzentrierte sich auf das Sprenkelmuster auf der Eierschale.

»Mein Sohn ist schon ein Eschenfreund!« Hæricr hieb ihm mit solcher Wucht auf die Schulter, dass er prustete, und schon war seine Hand voller Möweneierschleim.

»Hoho, seht, schon der Gedanke an die Astrid reicht, und er verliert die Beherrschung!«, brüllte Ulfbjörn, der Tischnachbar zu seiner Rechten, und hielt Kyrrispörrs klebrige Hand am Handgelenk in die Höhe. Der Tisch bog sich vor Lachen. Nur einer, einer lachte nicht – oder nein, Eyvindr Kelda lachte, aber es war nur eine Maske, denn seine Augen wanderten wachsam durch den Raum.

Kyrrispörr wischte sich die Hand am Kittel ab und nahm einen tiefen Schluck von dem herben Beerenwein, der in den Tonbechern vor ihnen stand. Dieses merkwürdige Gefühl blieb bestehen, dass irgendetwas nicht stimmte, so, als hätte sich Eyvind Keldas Alarmbereitschaft auf ihn übertragen. Kyrrispörr ertappte sich dabei, wie er nach seinem Messer tastete. Er sah sich um, überhörte dabei die schlüpfrigen Andeutungen der anderen, so gut es ging, konnte aber beim besten Willen keinen Grund für Eyvinds Misstrauen bemerken. Schon wurde ihm erneut das Prunkhorn in die Hände gedrückt, diesmal mit einem Spruch zu Ehren der Ahnen. König Olafr Tryggvason ließ es offenbar jedes Mal wieder bis zum Rand füllen, sobald es am Kopfende der Tafel angekommen war.

Gerade wollte Kyrrispörr einen tiefen Zug von dem köstlichen Met nehmen, da wurde es ihm von Hæric aus den Händen gerissen.

»Gib her, gib her!«, rief sein Vater. Obwohl Kyrrispörr bislang nur in der ersten Runde einen recht kleinen Schluck davon abbekommen hatte, war ihm das süße Gebräu zu Kopfe gestiegen. Heute vertrage ich einfach nichts, dachte er. Plötzlich wünschte er, auf seiner Bettstatt zu liegen und den ganzen Lärm einfach hinter sich zu lassen. Aber das war natürlich unmöglich.

Er sah auf, als der Seher Þorbjörnr Eyvind Kelda fragte: »Weshalb so schweigsam?«

Eyvindr setzte ein Lächeln auf und reichte das Prunkhorn weiter, nachdem er es zu Ehren seiner Vorväter kurz an die Lippen gesetzt hatte. Hatte er überhaupt daraus getrunken?, fragte sich Kyrrispörr verwundert.

»Nun, ich genieße eure Freude! Es ist wunderbar, uns alle hier versammelt zu sehen.«

»Der König hat seine harten Worte vergessen!«, rief Þorbjörnr. »Wahrlich ein Grund zum Feiern! Doch sag, Eyvindr, deine Schiffe? Du hattest eine Begegnung mit einem Meeresungeheuer, wie man hört?«

»Ja, und es war so groß!«, rief der Nachbar von Eyvind Kelda und spreizte die Arme, wodurch nicht nur ein Tonbecher vom Tisch gefegt wurde, sondern die Feiergemeinde auch in neuerliches Gelächter ausbrach. Einige mussten sich am Tisch festhalten, so betrunken waren sie schon. Und das war merkwürdig. Kyrrispörr wusste aus Erfahrung, dass sie sonst weitaus mehr vertrugen. Eyvinds Misstrauen war ganz auf Kyrrispörr übergesprungen. Er blickte zu dem Meisterseher hinüber, aber der war in ein Gespräch verwickelt worden und hielt eine gezwungen fröhliche Miene aufrecht.

Schon wieder kreiste das königliche Prunkhorn. »Auf Frieden und ein gutes Jahr!« Kyrrispörr setzte es an die Lippen, der köstliche Duft stieg ihm in die Nase, schon wollte er sich einen Zug gönnen, da hielt er mitten in der Bewegung inne. Langsam ließ er das Horn sinken, das ihm auch gleich aus den Händen gerissen wurde. Er wusste selbst nicht so genau, was ihn vom Trinken abhielt. Vergiften wollte der König sie doch wohl kaum. Auch wenn er gegen die Seiðmenn gewettert hatte, hieß das nichts. Kyrrispörr hatte gelernt, dass das, was ein König sagte, nicht unbedingt dem entsprach, was er wirklich dachte, und schon gar nicht dem, was er dann tat.

Aber wo war König Olafr eigentlich? Erst jetzt fiel es Kyrrispörr auf, dass der Thron am Kopfende der Tafel verlassen war. Gleichviel, was soll das Misstrauen – auch der König muss mal raus, dachte er. Er griff nach seinem Becher, um sich mit einem Schluck Beerenwein zu beruhigen, und bemerkte dabei, wie Eyvindr Kelda das Prunkhorn wiederum weitergab, ohne wirklich daraus getrunken zu haben.

Ein schmerzhafter Rippenstoß riss ihn aus seinen Gedanken.

»Kyrrispörr, warum stellst du der Astrid nach?«, rief Ulfbjörnr so laut, dass es ihm in den Ohren dröhnte, und besprenkelte seine rechte Wange mit Spucke. »Die Ingebjorg hat dich doch schon ins Herz geschlossen!«

»Hat sie ihn auch schon vernascht?«, ließ sich eine Stimme vernehmen, und als eine andere lachte: »Sicher jeden Abend, davon können wir nur träumen«, wieherte die ganze Tafel.

»Was wohl deine Mutter sagt, mächtig stolz muss sie auf dich sein«, fuhr Ulfbjörnr fort. »Wenn der erst einmal mit der Gespielin unseres Königs in sein Dorf zurückkehrt, guckt mal, was für ein Paar!«

»Mein Dorf ist abgebrannt«, rief Kyrrispörr aufgebracht. Die Festgemeinde nahm begeistert auf, dass ihm der Geduldsfaden gerissen war. Ehe er sich beherrschen konnte, brach die Wut sich Bahn. »Und meine Mutter ist da geblieben! Im Feuer, und ihr lacht, ihr ...« Er spürte, wie es ihm die Tränen in die Augen drücken wollte, ausgerechnet auf diesem Fest, und dafür kam er sich höchst albern vor. Um sich herum sah er höhnische Fratzen, schauerlich anzusehen im Schein des Feuers, aber – roch es hier nicht nach Schwelbrand?

»Riecht ihr den Rauch?«, rief er alarmiert.

»Mein Jungchen, es ist hier alles verraucht, natürlich riecht's hier nach Rauch!«

»Nein, nach Brand! Es riecht nach einem Brand!« Er sah, wie Eyvindr Kelda sich nun gleichfalls umblickte. Jetzt erkannte Kyrrispörr dort hinten, in einer Ecke, die eben noch im Finstern gelegen hatte, hellgelbe Punkte, die wuchsen, wie Glutkäfer umherhuschten, sich vereinigten, er sah, wie sich glitzernde Schlangen an der Holzwand emporschlängelten, und jetzt waren da auch in der anderen Ecke feine hellrote

Linien, und auf der anderen Seite erwachten die Schatten ebenso zu einem unheimlichen Leben …

»Das Haus brennt! Das Haus brennt!«, schrie Kyrrispörr mit sich überschlagender Stimme. Sein Vater drückte ihn auf die Bank zurück.

»Erzähl keinen Unsinn, Junge, erzähl keinen Unsinn und trink!«, lallte Hæricr. »Sehe ich da etwa Tränen bei meinem Sohn?«

Kyrrispörr wollte sich losmachen und deutete wild in die Ecke – aber da sah er, wie sich auch Eyvindr wieder setzte und den Kopf schüttelte. Kyrrispörr kniff die Augen zusammen. Tatsächlich: Die Glutschlangen waren verschwunden. Da war nur Schatten. Er hatte sich das Feuer nur eingebildet. Halb erleichtert, halb beschämt, ließ er sich seinen Becher in die Hand drücken, trank und versuchte, das Spottgelächter der anderen zu überhören. Als hätte man sich nicht schon genug über mich lustig gemacht, dachte er bitter und musste neuerlich gegen Tränen ankämpfen – aber diesmal waren es Tränen der Wut über sich selbst und sein Versagen. Hatte er sich bisher noch halbwegs beherrschen können, merkte er jetzt, wie seine Kraft von Augenblick zu Augenblick nachließ. Kurz haderte er noch mit sich, dann hielt er es nicht mehr länger aus und stand mit einem Ruck auf.

»Ich muss kurz raus«, murmelte er, als Hæricr fragend zu ihm emporsah. Sein Vater lachte auf, prostete ihm zu und beachtete ihn nicht weiter. Kyrrispörr stolperte von der Tafel fort in eine der Ecken, die schützende Dunkelheit spendeten und bereits nach der Benutzung durch trinkfreudige Gäste rochen. Er lehnte den Ellenbogen gegen die Bretterwand und stemmte die Stirn darauf. Selbstmitleid, Zorn und Enttäuschung über sich selbst zupften an seinen Mundwinkeln.

Ich und ein Seiðmaðr!, dachte er voller Selbsthass. Von wegen! Behandelt werde ich wie ein kleiner Knabe, und mein Wort hat nicht mehr Gewicht als das eines Sklaven, eines Þrælls! Ich bin kein Seher, ich bin ein blöder Schwachkopf, der sich wer weiß was einbildet.

Verzweifelt starrte er in die Schwärze unter sich. Jetzt flenne ich auch noch – nein, ein Schwert habe ich wahrlich nicht verdient! Wie recht mein Vater doch hat!

Er schnappte nach Luft. Der Rauch, der ihm in die Nase stieg, reizte seine Lunge und er hustete. Raus hier, ich habe hier nichts mehr verloren, ich gehöre an die frische Luft zu den anderen Schwachköpfen, dachte er und stolperte halb blind vor Tränen zur Tür. Er wollte sie mit dem Fuß auftreten, aber sie rührte sich nicht. Mit einem Fluch griff er zum Riegel, aber der war bereits zurückgezogen. Natürlich klemmt das Mistding bei mir, dachte Kyrrispörr, legte die Hände aufs Türblatt – und sprang mit einem Aufschrei zurück. Es war glutheiß! Erst jetzt bemerkte er, wie feine, schwarze Qualmfäden unter der Tür hindurchkrochen und die Spitzen des Strohs, mit dem der Boden bedeckt war, sich wie unter großer Hitze zu winden begannen. Fassungslos starrte er vor sich hin, glaubte es sich wieder nur einzubilden und blinzelte, aber der Qualm verschwand nicht etwa. Stattdessen sah er jetzt auch noch ein unheilvolles tiefrotes Glimmen in den Fugen!

Kyrrispörr drehte sich zu den Feiernden um, die ahnungslos grölten und soffen.

»Feuer! Es brennt! Das Haus brennt!«, schrie er mit sich überschlagender Stimme. Für einen Moment verstummten alle und starrten zu Kyrrispörr hinüber, dann brachen sie in schallendes Gelächter aus.

»Schon wieder, der Seiðmaðr Kyrrispörr brennt mal wieder, gebt dem Seiðmanni Kyrrispörr ein Weib, gebt dem Seiðmanni Kyrrispörr den Met!«

Kyrrispörr warf einen Blick zurück auf die Tür. Es war wie in einem Albtraum. Der Rauch hatte sich mittlerweile einem wabernden Vorhang gleich vor das Türblatt gelegt und floss dichter und dichter zum Dach, und jetzt sah Kyrrispörr, wie sich auch an den Längsseiten des Hauses Flammen hochfraßen.

»Es brennt! Bei Oðins Raben, es brennt wirklich! Seht doch, ihr Narren! Es brennt!«

Schallendes Gelächter schlug ihm entgegen. Alle sahen zu ihm hinüber, aber alle sahen nur ihn allein an und bemerkten nicht das Unheimliche, was sich im Zwielicht hinter ihm zutrug. Dort hatte sich die gesamte Stirnseite des Langhauses in eine brodelnde Schwärze verwandelt.

Nur einer, einer ließ sich durch Met und Wein nicht blenden. Eyvindr Kelda hatte das Geschehen von seinem Platz aus ruhig und mit zu einer spöttischen Grimasse verzogenen Lippen verfolgt. Nun wurde er mit einem Schlag ernst. Er sprang auf die Tafel, fegte dabei Becher und Schalen vom Tisch und zog sein Schwert. Mit einer kräftigen Stimme, die Kyrrispörr ihm nicht zugetraut hätte, donnerte er:

»Ruhe!«

Das Gelächter verstummte augenblicklich.

»Verrat!« Eyvindr Kelda stieß die breite Schwertklinge gen Thron, der verwaist war. »König Olafr hat uns in eine Falle gelockt! Tretet die Türen ein! Das Haus brennt! Verrat!«

Eyvind Kelda gelang es allein mit der Macht seiner Stimme, die Schar für einen Moment zu ernüchtern. Plötzlich waren alle aufgesprungen, tasteten nach ihren Waffen, und vermutlich hätte Eyvindr sie zu einem vereinigten Schlag gegen eine der Türen vereinigen können, wäre der Met nicht so gut gewesen. So stolperten die Männer übereinander, der eine verletzte den anderen versehentlich mit blanker Klinge, und wer es bis zur Tür schaffte, vermochte kaum mehr als ein paar Hiebe zu setzen, bis der Qualm ihn zum Rückzug zwang. Dabei geriet er wieder gegen die anderen, die nachrückten, um selbst Hand anzulegen, und das Durcheinander war komplett. Geisterhaftes Flackern verriet, dass das Stroh an den Wänden bereits Feuer fing.

Kyrrispörr blieb nichts anderes übrig, als unter den Äxten und Schwertern durchzutauchen, wollte er nicht zwischen den Männern eingekeilt werden. Von einem Augenblick zum anderen war die Luft dick geworden, die Talglichter und Herdfeuer bekamen einen Hof, und Hustenreiz begann sich im Hals zu regen. Kyrrispörr sah sich um. Unmöglich, seinen Vater Hæric im Getümmel ausfindig zu machen!

»Hierher! Komm!«

Eyvindr winkte ihm aufgeregt zu.

»Wo ist Hæricr?«, brüllte Kyrrispörr und hatte Mühe, das Geschrei zu übertönen.

»Ich weiß nicht! Irgendwo da unten!« Eyvindr deutete mit dem Schwert zu den anderen. Es war unmöglich, in dem Gewühl jemanden auszumachen. Als Kyrrispörr losstürmen wollte, um Hæric zu suchen, wurde er von Eyvind am Handgelenk gepackt und auf den Tisch gezerrt.

»Sei kein Narr! Von hier sieht man wenigstens, ob die Wände irgendwo nachgeben«, rief er. »Und die Luft ist länger zu atmen!«

Rund um sie begannen Flämmchen zwischen den Ritzen in den Wänden emporzulecken, begleitet von dem Zornesgebrüll der Männer. Kyrrispörr schüttelte sich unter einem Hustenanfall. Der Qualm biss in seine Augen. Eyvindr Kelda sah sich um, und als Kyrrispörr sich wieder gefangen hatte, erkannte er: Der Mächtigste unter ihnen wusste keinen Ausweg mehr.

»Nimm mein Schwert!«, schrie Eyvindr ihm zu und streckte ihm die Waffe entgegen. Kyrrispörr sah ihn verständnislos an. »Erschlage mich, junger Krieger, auf dass Gott Oðinn mich an seiner Tafel willkommen heißen kann! Ich darf nicht durch Feuer sterben!«

Kyrrispörr nahm das Schwert, und plötzlich waren das Getümmel und der Rauch weit weg. Wie oft hatte sein Vater ihm eingetrichtert: Stirb im Kampf, denn dann wirst du nicht in Hels kaltes Totenreich eingehen, sondern mit Oðinn tafeln. Stirb als Krieger. Mechanisch zog er sein Messer.

»Dann erweise mir die Ehre und töte du mich auch, oh größter Seiðmaðr unter den Seiðmönnum«, krächzte er. Eyvindr Kelda sah ihn fest an, nickte und nahm das Messer entgegen. Er stellte sich so, dass die Schwertspitze auf seiner Kehle lag, und hob das Messer zum Stich.

»So sei es«, flüsterte Kyrrispörr und hob den Blick gen Himmel. Der Mond war gerade durch die dicken Rauchschwaden im Rauchloch zu erkennen. Immerhin würde er im Kampf ...

»Warte!«

Hastig zog er das Schwert fort, gerade, als Eyvindr sich nach vorn warf und zugleich nach ihm stach. Ohne den erwarteten Schwertstoß stürzte Eyvindr über Kyrrispörr, riss ihn mit sich, und das Messer drang fingertief in den Holztisch ein, gleich neben Kyrrispörrs Hals.

Kyrrispörr hatte der Fall die Luft aus den Lungen gepresst.

»Da ... oben ... Flucht ...«, keuchte er und deutete zu dem Rauchloch im Giebel.

»Bei Huginn«, hörte Kyrrispörr Eyvind – da wurde es schwarz um ihn. Doch Eyvindr ließ nicht zu, dass er am Rauch erstickte. Kyrrispörr spürte sich hochgezerrt und wurde mit zwei schallenden Ohrfeigen ins Leben zurückgeholt. Aber sein Körper war wie eine zähe, breiige Masse, die seinem Willen kaum noch gehorchte, und wäre Eyvindr nicht da gewesen, hätte er sich der Trägheit hingegeben. So aber verfolgte er, wie Eyvindr sich ein Stück Stoff um Mund und Nase wickelte, drei unter den standfesteren Männern zum Anpacken veranlasste, wie sie die Tafel an einen Pfeiler lehnten, und dann zwang Eyvindr ihn, unter Aufbietung all seiner Willenskraft die provisorische Rampe emporzukriechen, indem der Meisterseher seinen Schopf mit stählernem Griff gepackt hatte, während Kyrrispörr schwach protestierte: »Mein Vater ... Wo ...?«

Alle anderen Männer, die nicht schon bewusstlos am Boden lagen, folgten ihrem Beispiel. Aber sie kamen nicht weit: Der starke Met und der Rauch forderten ihren Tribut. Die Tafel schwankte, rutschte ein Stück, dass Kyrrispörr schon glaubte, wieder hinabzustürzen, aber sie hielt. Zwar gaukelte sein Verstand ihm vor, dass er schweben könne, aber Eyvindr zog weiter kräftig an seinen Haaren und belehrte ihn schnell eines Besseren. Dafür tränten Kyrrispörrs Augen jetzt so stark, dass er nahezu blind war.

Das Brett erbebte erneut, rutschte ein Stück nach links, schlug dann plötzlich nach rechts – und polterte hinab. Kyrrispörr bemerkte erstaunt, dass er mit einem Arm einen Querbalken des Dachstuhls umklammerte. Wieder war da das Reißen an seinen Haaren, das ihn zwang, sich ganz auf den Balken hochzuziehen. Kaum war er mit den Knien auf dem Balken, wechselte Eyvindr den Griff und packte ihn am Kragen. Mit der freien Hand griff er nach dem Saum des Rauchlochs. Der Qualm war hier so dicht und beißend geworden, dass Kyrrispörr ein Stechen in Lungen und Augen verspürte, als würde ein schartiger Dolch darin herumwühlen, und heiß war es geworden, unerträglich heiß. Das Zischen und Prasseln der brennenden Holzbalken, die Flammen, die nach dem Dach zu fingern begannen, und überall die Hitze, die mal unvermutet hoch, mal etwas weniger heftig war, außerdem unter ihnen die sich windenden geisterhaften Gestalten der Männer und die Glutinseln, wo die Hitze das Stroh auf dem Boden verschmoren ließ, die er durch einen Tränenschleier gewahrte, all das war zu viel für ihn. Ehe er zusammenbrechen konnte, wurde er wieder von Eyvinds unerbittlicher Faust gepackt, die ihn zwang, sich durch den Rauchabzug ins Freie zu ziehen, obwohl er sich doch viel lieber der Schwärze hingegeben hatte.

Plötzlich umfing ihn die Kälte der Nacht. Keine Armeslänge von ihm entfernt brach die fettigschwarze Rauchsäule aus dem Rauchabzug hervor und schraubte sich in den Sternenhimmel.

Kyrrispörr schnappte nach Luft wie ein Fisch auf dem Trockenen und fürchtete, allein aus Kraftlosigkeit doch noch ersticken zu müssen. Ganz langsam wich der grausame Schmerz aus ihm. Seine Augen juckten zwar immer noch, aber es war einigermaßen erträglich geworden.

»Weiter«, zischte Eyvindr, der sich das Tuch vom Mund gezerrt hatte, »weiter!«

Wieder spürte Kyrrispörr sich am Kragen gepackt, schlitterte hinter Eyvind über das Dach und sah, dass das Langhaus auf allen Seiten von Feuerschein eingerahmt war.

»Hier!«, hörte Kyrrispörr Eyvind, und ehe er es sich versah, hatte der Meisterseher ihm einen Stoß versetzt, sodass Kyrrispörr vergeblich auf der Dachschräge Halt suchte und hinabrutschte. Als er unsanft im Schnee landete, sah er zu beiden Seiten Flammen aus der Hauswand schießen. Nur hier brannte noch nichts. Neben ihm landete Eyvindr, und wieder sah sich Kyrrispörr gepackt und mitgeschleift.

Plötzlich wuchs eine Gestalt vor ihnen aus dem Boden. Ehe der Wächter eine Warnung ausstoßen konnte, hatte Eyvindr ihm einen Faustschlag gegen das Kinn geschmettert, dass der Mann steif wie ein Brett umkippte. Eyvindr fing den Speer des Mannes auf, ehe die Waffe den Boden berührte, und spurtete los.

Auf dem Hof herrschte ein Höllenlärm. Zwar waren vom brennenden Langhaus keine Schreie mehr zu hören, aber das Feuer donnerte wie ein Wirbelsturm. Sämtliche Hunde bellten, durch den Brandgeruch alarmiert, wieherten die Pferde, und auch die Kühe ließen sich vernehmen. So bemerkte niemand, dass zwei Flüchtlinge den Ring aus Bewachern durchbrochen hatten. Die Nacht verschluckte die einzigen Überlebenden des Hinterhalts, in die König Olafr Tryggvason seine einstigen Berater gelockt hatte.

»Wo kam das Feuer plötzlich her?«, japste Kyrrispörr, als sie am Rand eines kleinen Wäldchens zusammenbrachen. Sein Herz raste. Die Kälte des Schnees spürte er nicht, stattdessen schmerzte die Haut überall so sehr, als stehe sie in Flammen. Sein Kopf fühlte sich an, als wäre er mit einer breiigen Masse voller Steinsplitter gefüllt. Jeder Atemzug wurde von einem hohen Pfeifen begleitet. Wieder war es ihm, als müsse er ersticken. Er krallte die Hände in den Boden.

»Atme ruhig!«, herrschte Eyvindr Kelda ihn an. »Zwing dich! Atme ruhig! Ruhig!«

Es brauchte eine Weile, bis Kyrrispörr sich selbst wieder unter Kontrolle hatte. Langsam wich dieses furchtbare Gefühl, nicht genügend Luft zu bekommen. Nur seine Haut glühte trotz des stetigen, kühlen Windes, der aus dem Fjord herüberwehte.

»Geht es wieder? – Gut. Der König hat das Feuer legen lassen«, stellte Eyvindr nüchtern fest.

»Du hast ihm nicht getraut«, stellte Kyrrispörr fest. Das Sprechen kostete ihn Kraft.

Eyvindr sah ihn lange an. »Du hast eine scharfe Beobachtungsgabe, Kyrrispörr Hæricson. Ich hätte nicht gedacht, dass er so weit gehen würde. Eine Intrige, ja. Gift vielleicht, obwohl das Olaf nicht ähnlich sähe. Aber dass er eine königliche Feier für einen derart niederträchtigen Hinterhalt missbrauchen würde ... Respekt.« Eyvindr schüttelte den Kopf und ließ sich in den Schnee sinken.

»Die anderen ... Sie werden doch aus dem Haus gekommen sein ... Die Holzwände werden doch durch das Feuer morsch ...«

Wieder sah Eyvindr ihm ins Gesicht.

»Vielleicht«, murmelte er. Es klang wie eine schlechte Lüge. »Nein«, verbesserte er sich. »Nein, Kyrrispörr. Das Haus brannte an allen Seiten. Wir sind dem Tod nur um Haaresbreite entronnen. Du selbst wärst erstickt im Rauch, wenn ich dich nicht gepackt hätte, und ich mit dir, wenn du mir nicht den Ausweg gezeigt hättest. Nein. Kein anderer hat das überlebt. Keiner.«

»Aber mein Vater war noch da drin!« Panik gab Kyrrispörr die Kraft aufzuspringen. Doch Eyvindr Kelda drückte ihm die Hand auf die Schulter, und die Berührung allein tat derart weh, dass Kyrrispörr winselte und seine Beine wie von selbst unter ihm wegklappten.

»Hier, trink.« Eyvindr Kelda hatte ein handtellergroßes,

flaches Fläschchen aus seiner Gürteltasche gezogen und streckte es Kyrrispörr hin. »Es ist süß und stärkend.«

Kyrrispörr spürte, wie ihm der Hals des Fläschchens zwischen die Zähne geschoben wurde. Die Flüssigkeit schmeckte zwar wirklich sehr süß, aber zugleich so bitter, dass er sie unwillkürlich ausspucken wollte. Eyvindr hielt sein Kinn mit den Fingern hoch, sodass er nicht anders konnte, als zu schlucken. Wie Feuer rann die Flüssigkeit seine vom Einatmen des Qualms gereizte Kehle hinunter. Er hustete, als Eyvindr das Fläschchen wieder verkorkte.

»Das wird dir guttun«, versprach der Meisterseher. Tatsächlich spürte Kyrrispörr, wie sich in seinem Magen eine wohltuende Wärme ausbreitete.

Eine Weile saßen sie schweigend da. Jetzt, ausgerechnet jetzt waren Kyrrispörrs Tränen versiegt. Er sah nur Schwärze. Sollte es das wirklich gewesen sein? Sollte das Letzte, was ihn an seinen Vater erinnerte, wirklich dessen Spott und sein eigener Zorn darüber gewesen sein?

So durfte es doch nicht enden! Aber Eyvinds Gewissheit ließ keinen Zweifel zu: Es hatte so geendet. Hæricr Harekson war tot. Mitten aus dem Leben gerissen, aus einem rauschenden Fest.

»Leih mir dein Schwert«, bat Kyrrispörr tonlos. »Ich erschlage den König.«

Eyvindr wies die leere Schwertscheide vor.

»Auch mein Schwert, Kyrrispörr, ist in den Flammen zurückgeblieben. Ich habe nur diesen Speer. Komm, wir müssen jene finden, die uns noch treu sind.«

Kyrrispörr musste daran denken, wie sie sich beinahe gegenseitig umgebracht hätten. Alles hatte er in den Flammen verloren. Alles, was ... Da schrak er hoch. Fast alles!

»Warte«, krächzte Kyrrispörr. Eyvindr drehte den Kopf.

»Bewahre deinen Zorn, junger Seiðmaðr – du wirst den Speer als Krückstock brauchen, um den Marsch durchzustehen, der vor uns liegt.«

»Nein, warte! Ich muss zurück!«

»Was willst du, glaubst du, Olafr lässt sich von dir einfach so erschlagen?«

»Nein, ich meine nicht den König! Laggar muss mit!«

Eyvindr Kelda sah ihn fragend an.

»Unser ... Mein Falke! Ich kann ihn nicht zurücklassen!«

»Dein Falke?«

»Mein Vater und ich haben Laggar großgezogen! Er muss mit!«

Eyvindr Kelda überlegte, dann nickte er.

»Du hast mir den Weg aus dem Feuer gewiesen. Holen wir also deinen Falken!«

Und damit ging Eyvindr los. Kyrrispörr starrte für einen Augenblick hinter ihm her. Er fühlte sich kaum in der Lage, einen Finger zu rühren, und Eyvindr ... ging einfach los! Dabei hätte Kyrrispörr zumindest noch kurz Kraft schöpfen wollen. So aber quälte er sich hoch, verdrängte den Schmerz, so gut es eben ging, und humpelte hinter Eyvind Kelda her. Er hatte es geschafft.

Wie eine Fackel brannte das Langhaus inmitten des Gehöfts. Die Rauchsäule schraubte sich in den Himmel und verdeckte halb den Mond.

Je näher sie kamen, desto lauter wurde das Prasseln. Die Menschen standen ruhig da und betrachteten die Flammen, als wäre es eine gemütliche Mittsommerfeier. Zwei von ihnen hielten lange Stangen mit dem Kreuz der Christen. Die Bilder von Fröhlichkeit und Ausgelassenheit, die Kyrrispörr mit Feiern verband, wollten so gar nicht zu dem unbeschreiblichen Grauen passen, das hier Anlass für das Feuer war.

Hastig sog er die Luft zwischen den Zähnen ein, als Eyvindr ihm plötzlich die Hand auf den Rücken legte und ihn hinunterdrückte. Fast hätte er vergessen, in welcher Gefahr sie beide schwebten. Nur noch wenige Schritte trennten sie von dem niedrigen Zaun des Gehöfts. Er verbiss sich ein Winseln, als der Stoff auf seiner Haut scheuerte, und schielte zu einem bis zum Dach im Boden versenkten Grubenhaus hinüber: Ein lang gezogener Schatten verriet das Nahen eines Menschen ... Gleich darauf tauchte ein baumlanger Mann mit Pfeil und Bogen in den Händen auf – und hielt genau auf sie beide zu! Eyvindr drückte Kyrrispörr noch etwas tiefer in den Schnee. Aus den Augenwinkeln sah Kyrrispörr, wie sich der Schemen des Mannes gegen den Sternenhimmel abzeichnete. Jeden Augenblick musste er sie beide entdecken, der Mond spendete ja mehr Licht als die Sonne an manch nebeligem Tag!

Der Mann kam näher und blieb keine Armeslänge vor ihnen stehen. Kyrrispörr schielte an den Hosenbändern hinauf und blickte direkt in eine gezackte Pfeilspitze, die kalt im Mondlicht glänzte.

Wir sind entdeckt, schoss es ihm durch den Kopf. Das war's. Aber als nach einem Moment immer noch kein scharfer Schmerz in seinen Schädel fuhr, erkannte er, dass der Mann gar nicht auf ihn hinuntersah, sondern den Blick über den Horizont schweifen ließ. Der Pfeil lag harmlos auf dem locker in der Hand gehaltenen Bogen.

Plötzlich sprang Eyvindr Kelda hoch. Mit Wucht schlug

er dem Bogenschützen das stumpfe Ende des Speeres gegen die Stirne und raubte ihm das Bewusstsein.

Hastig fesselte Eyvindr den Bewusstlosen, nahm Bogen und Köcher, gab Kyrrispörr das unterarmlange Kampfmesser und den dicken Mantel des Mannes und machte mit dem Kopf eine Bewegung zu dem Grubenhaus. Sie huschten hinüber, so leise sie konnten, was angesichts des Lärms der Tiere aber eigentlich gar nicht notwendig gewesen wäre.

»Wo steckt denn dein Falke?«, zischte Eyvindr Kelda, als sie sich in den Schatten des niedrigen Grubenhausdaches drückten.

»Da drüben, wo wir geschlafen haben, gleich am Eingang!«

»Gut. Die Leute sind ganz damit beschäftigt, das Feuer zu bestaunen. Geh rüber, aber langsam und ganz selbstverständlich, hörst du? Niemandem wird es auffallen, dass du einer von den Seiðmönnum bist. Aber du musst natürlich jeder direkten Begegnung aus dem Weg gehen, damit dich niemand erkennt. Ich bleibe hier, und wenn etwas schiefgehen sollte, renne nicht zu mir zurück, sondern schräg an mir vorbei. So werde ich freies Schussfeld haben.« Eyvindr Kelda zupfte an der Bogensehne. »Verstanden? Und beeil dich! Aber geh langsam! Los!« Kyrrispörr schlug das Herz bis zum Hals, als er aus dem Schatten des Grubenhauses in den Feuerschein hinaustrat. Es kostete ihn große Selbstbeherrschung, nicht einfach loszurennen. Ihm war, als würde ihn jeder einzelne der Schemen dort am Feuer plötzlich anstarren. Ruhig, nur ruhig …, ganz ruhig, es wird nichts passieren, nur ruhig …

Mit weichen Knien erreichte er das Haus. Bis hierher war alles glatt gelaufen. Jetzt aber musste er da hinein und den Falken befreien, und anschließend mit dem Vogel denselben Weg wieder zurück …

Nachdem er sich vergewissert hatte, dass er wirklich nicht beobachtet wurde, drückte er vorsichtig die Tür auf. Für einen Augenblick fragte er sich, was er tun sollte, wenn jemand in der Hütte war. Aber in der Türöffnung regte sich nichts. Der Feuerschein reichte nur ein, zwei Schritt weit ins Innere.

Kyrrispörr bereitete es Mühe, sich daran zu erinnern, wie das Langhaus ausgesehen hatte. Sein Kopf war wie ein Schlickklumpen. Erst vor zwei Tagen waren sie hier untergekommen. Geschlafen hatten sie an der rechten Längsseite, das wusste er noch. Aber war es die rechte Seite von dieser Tür aus gewesen oder von der, die am anderen Ende der Halle lag? Aber das ließ sich ja einfach feststellen. Kyrrispörr schloss die Tür. Nur durch das Rauchloch hoch oben drang Mondlicht und bot einen Orientierungspunkt. Verhalten stieß er ein »Ki-ki-ki« aus. Nichts.

Noch einmal stieß er den Ruf aus, etwas lauter diesmal. Horchte. Und da hörte er es, ein zartes Tschilpen vom anderen Ende des Langhauses her. Mehr aus Freude denn aus Notwendigkeit wiederholte Kyrrispörr das »Ki-ki-ki« und erhielt Antwort. Wohl etwas zu eilig tappte er durch die Finsternis, denn auf dem Weg stieß er sich so heftig das Knie an einer Bank, dass er scharf die Luft einsog. Wenn er nur etwas mehr sehen könnte! Er tastete sich an der Bank entlang und verharrte erschrocken, als ein Gegenstand klappernd zu Boden fiel. Aber alles blieb still. Er war also wirklich mit seinem Falken allein.

Fahl glimmende Umrisse verrieten ihm die Tür an der dem Feuer abgewandten Stirnseite des Hauses. Seine Bettstatt hatte sich ... rechts ... befunden. Glaubte er zumindest. Er tastete und hörte ein leises Rascheln, vergaß ganz, noch einmal zu rufen, sondern irrte durch das Dunkel, bis er die Wolldecke unter den Händen spürte. Da waren auch Köcher und Bogen, ein glücklicher Zufall. Kyrrispörr streifte sie sich über und verbiss sich den Schmerz, den das Gewicht des Köchers auf seinem wunden Rücken hervorrief. Am Kopfende stand der Ansitz seines Falken, das wusste er. Er fand ihn, ließ die Hände die Stange hinaufgleiten und ertastete schließlich das Lederband, mit dem Laggar angebunden war. Bunte Flecken tanzten vor seinen Augen, mit denen er die Finsternis zu durchdringen versuchte. Er löste den Knoten und pflückte den Falken von seinem Sitz und konnte kaum einen Schrei unterdrücken, als er den Vogel auf seine unbehandschuhte Faust setzte und die Krallen wie kleine Nadeln ins Fleisch stachen. Zum Glück fand er einen Lappen, den er sich um die Hand wickeln konnte. Der Falke tschilpte und schlug zwei-, dreimal unsicher mit den Flügeln.

Jetzt nur heil zu Eyvind zurückkommen, dachte Kyrrispörr. Er lugte durch die Tür ins Freie. An diesem Ende des Langhauses war alles ruhig. Das Knacken und Prasseln drang gedämpft herüber.

Kyrrispörr sicherte nach allen Seiten. Mehr um sich selbst als den Vogel zu beruhigen, strich er Laggar übers Gefieder. Im Gegensatz zu ihm war der Falke ganz ruhig: Er saß auf einer Faust und hatte die Kappe über den Augen.

Wo war das Grubenhaus, hinter dem Eyvindr auf ihn wartete? Hektisch blickte Kyrrispörr sich um. Dort drüben war es, keine fünfzig Schritt entfernt, die er aber, für alle sichtbar, durch den Flackerschein hindurch überqueren musste ... Er atmete tief durch und trat aus dem Schatten heraus. So ruhig, wie es ihm nur möglich war, schritt er voran. Das Grubenhaus schien nicht näherkommen zu wollen. Wenigstens, dachte Kyrrispörr, beobachtet Eyvindr mich, und er wird den Bogen schon gespannt haben, wenn mir einer in den Weg kommt. Die Vorstellung beruhigte ihn ein wenig.

»He, du!«

Kyrrispörr hätte vor Schreck beinahe einen Satz gemacht. Ein kleiner Junge von vielleicht sieben Jahren kam auf ihn zu. Kyrrispörr kannte ihn nur flüchtig.

»Suchst du weggelaufene Seiðmenn? Ich helfe dir!«

»Geh weg, such selbst«, befahl Kyrrispörr, zwang sich, ruhig weiterzugehen und drehte das Gesicht so, dass der Kleine ihn nicht zufällig erkennen konnte.

»Mit einem Falken jagst du die?«, rief der Junge und kam neugierig näher. »Wozu das denn? Der ist doch kein Hund!«

Du hetzt mir noch die Mannen des Königs auf den Hals mit deinem Geplapper, fluchte Kyrrispörr bei sich. Laut sagte er:

»Sei still und such allein! Du vertreibst mir die Seiðmenn mit deinem Geschrei!«

Zu spät bemerkte er seinen Fehler, den er machte, indem er dem Jungen das Gesicht zuwandte.

»He, du bist doch der Kyrrispörr Hæricson! Du bist doch selbst ein Seiðmaðr! Du ...«

»Red keinen Unsinn«, unterbrach Kyrrispörr ihn, wandte sich brüsk um und setzte seinen Weg fort. Aber der Junge ließ sich nicht beirren.

»Da, dein Kittel ist ganz verbrannt! Du bist einer von denen! Du bist einer von denen!«

»Halt den Mund!«, rief Kyrrispörr. »Sei still, oder ...«

»Ich hab einen Seiðmann!«, kreischte der Junge. Diesmal wurde er gehört: Ein Schemen kam geduckt auf sie zugestürmt, die Axt über den Kopf erhoben und den Schild vor sich gestreckt. Kyrrispörr stolperte zurück und wollte gerade die Beine in die Hand nehmen, da bremste der Angreifer plötzlich ab.

»Kyrrispörr?«

»Hvelpr?«

Für einen Augenblick sahen sie sich an: Der zerschundene Kyrrispörr und ein rotschopfiger, einige Jahre Jüngerer, fast noch ein Knabe, dem das Erstaunen ins Gesicht geschrieben stand.

»Ich ... Ich dachte, du seiest verbrannt«, keuchte Hvelpr. In seinem Gesicht leuchteten Erstaunen und Freude auf. Er breitete die Arme aus, um seinen tot geglaubten Freund zu umarmen. Für einen Unbeteiligten mochte es von Weitem so aussehen, als wolle er zu einem Schlag ausholen.

»Nein!«, schrie Kyrrispörr – da erklang schon das scharfe Zischen vom Grubenhaus herüber, und Hvelps Grinsen verwandelte sich mit einem Schlag in eine Grimasse aus Schmerz. Schild und Axt fielen ihm aus den Händen, er griff sich an den Hals und stürzte nieder. Kyrrispörr sprang zu ihm hin. Die Befiederung eines Pfeiles ragte auf Halshöhe aus seinem Gewand. Er starrte voller Unglauben zu Kyrrispörr empor.

»Du bist doch mein Freund«, stieß er hervor, dann kippte sein Kopf zurück.

»Du hast Hvelp getötet!«, kreischte der Kleine und rannte davon.

»Lass ihn gehen!«, schrie Kyrrispörr mit sich überschlagender Stimme in Richtung Grubenhaus, damit Eyvindr nicht noch einmal schoss. Aber der Meisterseher war schon bei ihm, packte ihn am Arm und zerrte ihn auf die Beine, sodass Laggar verzweifelt mit den Flügeln schlug.

»Renn, Kyrrispörr, renn, es geht um unser Leben!«

Und sie rannten. Kyrrispörr liefen die Tränen über die Wangen, während er Eyvind Kelda über die mondhelle Schneedecke folgte, und mehr noch die Verzweiflung als die Furcht gab ihm die Kraft, die er dazu brauchte: Erst sein Vater, verbrannt mit all den anderen durch König Tryggvasons Hand, und jetzt auch noch Hvelpr, erschossen von seinem Retter im Glauben, Kyrrispörr vor einem Angriff schützen zu müssen. Bei jedem Schritt fuhr ihm Schmerz in die Knie, und Blut pappte an seiner Schulter, dort, wo Laggars Krallen ihm die Haut aufkratzten, da er den Falken längst nicht mehr auf der Faust hatte halten können. Die Flügel des Vogels klatschten ihm ins Gesicht. Sein Atem begann zu pfeifen und seine Brust zu schmerzen, aber er lief weiter, warf dem Schmerz seine ganze Verzweiflung entgegen und rannte, rannte – bis er auf einem losen Stein ausrutschte. Laggar kreischte protestierend und flatterte auf, als Kyrrispörr flach hinschlug und nicht einmal mehr die Kraft hatte, den Sturz mit der freien Hand aufzufangen.

Da lag er nun und glaubte, ersticken zu müssen, obwohl er panisch nach Luft schnappte. Er merkte noch, wie Eyvindr Kelda ihn unter Kniekehlen und Achseln fasste und mit ihm in den Armen weitereilte, dann wurde es dunkel um Kyrrispörr Hæricson.

EYVIND KELDAS MAGIE

DA WAREN STIMMEN, die aufgeregt diskutierten. Kyrrispörr hörte Eyvind unter ihnen heraus. Da war wohlige Wärme, die ihn bis zur Brust umgab, und eine samtweiche Wolke, die über seinen Rücken strich, und das Plätschern von Wasser. Eine Hand hielt ihn sanft aufrecht. Sein ganzer Körper tat weh, als hätten ihn Riesen mit Hämmern durchgeklopft. Kyrrispörr öffnete die Augen. Das Gesicht einer wunderschönen Frau schwebte dicht vor ihm. Ihr Haar glänzte golden im Sonnenlicht.

»Bist ... du ... Walküre? Walhall?«, brachte er hervor und verzog das Gesicht unter den Schmerzen, die das Sprechen in seiner Kehle hervorrief.

Die junge Frau lachte glockenhell auf. Es war ein wunderbarer Klang.

»Nein, ich bin nur die Æringa! Findest du, ich bin so dick?« Gutmütig versetzte sie ihm einen Nasenstüber. »Oder willst du Schelm dich einschmeicheln, bevor du noch richtig wach bist? Du bist mir einer!«

Kein Zweifel, dachte Kyrrispörr, er musste in Walhall sein. Er, Kyrrispörr Hæricson, war auf der Flucht, aber kämpfend, gefallen, und deswegen war er jetzt im Himmel. Nur konnte er sich beim besten Willen an keinen Kampf erinnern. Wo waren seine Mutter, sein Vater und seine Großeltern, die doch vor ihm gestorben waren und ihn in Walhall empfangen müssten? Oder hatte Olafr Tryggvason doch mit seinem Christentum und seinem Paradies recht? Aber wie kam er ins Paradies, er war doch gar kein Christ, und Eyvindr erst recht nicht? Und weshalb diskutierte Eyvindr Kelda überhaupt mit anderen Leuten? Er lehnte sich an den Bottichrand. In Walhall wurde bestimmt nicht jede Bewegung mit einem Schmerz belohnt, und schon gar nicht in Olafs Himmel. Andererseits erschien ihm die junge Frau von wahrhaft überirdischer Schönheit, gerade wo sie über seinen verwirrten Blick kicherte und dabei verschämt die Hand vor den Mund hielt.

Aber selbst ihre Schönheit konnte seine Neugier nicht bezähmen: Wo war er? Kyrrispörr legte die Arme auf den Bottich und sah sich um. Er befand sich im Freien, nahe einem kleinen Gehöft, das, eingerahmt von Wald, in einem engen Tal stand. Mehrere Zelte waren darum herum aufgeschlagen worden, und an einigen standen Speere mit Wimpeln, die Kyrrispörr von König Olafs Feier her kannte: Es waren Verbündete und Gefolgsleute der Seiðmenn. Schnee glitzerte in der Sonne.

Erinnerungen an die Nacht kehrten zurück. Da war das Fest mit dem königlichen Methorn, da war plötzlich Qualm, dann das Feuer, das alles verschlungen hatte, beinahe auch Eyvind Kelda und ihn, sie hatten sich ja schon Schwert und Messer an die Kehle gesetzt, um nicht verbrennen zu müssen ... Die Flucht aus dem Rauchloch ... und die Suche nach seinem Falken und Hvelp, wie er beinahe – oder hatten sie ihn doch erschlagen? Kyrrispörr war sich nicht sicher.

»Respekt, Seiðmaðr!«

Kyrrispörr spürte, wie Eyvindr Kelda ihm kräftig die Hand auf die Schulter drückte. Und er sah die achtungsvollen Blicke der Umstehenden. Als er dann auch noch schräg hinter sich den gellenden Schrei seines Falken hörte, stellte sich ein angesichts des erlittenen Verlusts geradezu abwegiges Glücksgefühl bei ihm ein. Für einen Augenblick gelang es ihm, stolz auf das Lob des Meistersehers zu sein – er ließ sich gegen den Bottich zurücksinken, legte den Kopf in den Nacken und genoss die Sonne. Als er sich dann aufrichtete, um aus dem Bottich zu steigen, versagten ihm fast die Beine. Sein ganzer Körper war ein einziges Zerren und Reißen. Er musste sich auf Æringa stützen und ließ sich bereitwillig von ihr trockenreiben. Als er sich, in ein Rentierfell gewickelt, vor die Zelte des provisorischen Heerlagers legte, überkam ihn sogleich eine tiefe Müdigkeit.

»Laggar«, murmelte er, hörte auch noch, wie Æringa Eyvind Kelda rief, dann nickte er ein.

Es war tiefe Nacht, als er erwachte. Zusätzlich zu dem Fell hatte jemand ihn in eine Schurwolldecke gewickelt, und so war es ihm trotz der Eiseskälte der Frühlingsnacht angenehm warm. Er starrte hoch zu den Sternen. Kyrrispörr drehte den Kopf. Die Silhouette einer Federkugel, die auf einem Bein auf einem Block stand, zeichnete sich zu seiner Rechten ab. Eyvindr Kelda hatte tatsächlich Laggar zu ihm gestellt, dachte Kyrrispörr und spürte tiefe Dankbarkeit. Während er wieder in den Schlaf wegdämmerte, raschelte der Falke ab und zu mit dem Gefieder. Der Klang rief Bilder von damals in Kyrrispörr wach, wie er mit Hvelp und Hæric einen jungen Falken gefunden hatte. Er glaubte, wieder das Fiepen zu hören und die unbestimmte Furcht zu spüren, die ihn und Hvelp begleitet hatte, als sie auf der Suche nach der Quelle des Geräuschs in den nächtlichen Wald vorgedrungen waren. Es schob sich das Bild vor sein geistiges Auge, wie Hvelpr bei diesem Ausflug abgeglitten war in die aufgepeitschten Fluten des Wasserfalls, den sie kurz zuvor überquert hatten, wie er Kyrrispörr einen um Hilfe flehenden Blick zugeworfen hatte, ehe er vom Sog des Wassers hinabgezogen worden war. Wieder war da Hvelpr mit Schild und Axt, als er im Feuerschein des brennenden Langhauses auf ihn zugekommen war, voller Freude, seinen Freund lebendig wiederzusehen, wie er die Arme ausbreitete und Eyvinds Pfeil ihn fällte.

Kyrrispörr schrak so heftig aus dem Schlaf, dass Laggar einen empörten Pfeifton von sich gab. Keuchend setzte er sich auf und kraulte den Falken, um sich zu beruhigen, bis der Vogel nach einer Weile wieder den Kopf ins Gefieder steckte. Mit einem Seufzer ließ Kyrrispörr sich wieder zurücksinken und konnte lange nicht mehr einschlafen. Wenigstens sollte es diesmal ein traumloser Schlaf werden.

Auch am nächsten Morgen fühlte Kyrrispörr sich ganz zerschlagen, noch mehr als nach seiner Bewusstlosigkeit.

Kyrrispörr blinzelte. Seine Augen waren ganz verklebt. Immerhin hatte der kalte Wind, der über seine Wangen strich, etwas erfrischendes. Schräg über ihm hockte Laggar auf einer Stange und guckte gelangweilt übers Land. Mit einem Stöhnen ließ Kyrrispörr wieder den Kopf ins Rentierfell zurücksinken und schloss kurz die Augen. Merkwürdig: Einerseits wollte er um keinen Preis aufstehen, andererseits konnte er nicht mehr liegen – wie er sich auch drehte, immer drückte oder zog es irgendwo. Schließlich überwand er sich und richtete sich auf. Sein Kopf bestrafte ihn sofort mit einem heftigen Schwindelanfall. Während er aufgestützt darauf wartete, dass der Schwindel verging, drang ihm der Duft von Fischbrühe in die Nase.

»Na, ausgeschlafen?« Æringa streckte ihm eine dampfende Holzschale hin. Gierig setzte er sie an die Lippen und trank. Jeder Schluck brannte in seiner Kehle, aber der wunderbare Geschmack war den Schmerz wert. Ungefähr die Hälfte des Inhalts brachte er hinunter, ehe ihn Übelkeit überkam und er mit dankbarem Nicken die Schüssel zurückstellte. Als sein

Blick den seines Falken kreuzte, glaubte er, in den Augen des Vogels einen Vorwurf zu sehen. Laggar hatte den Kopf schief gelegt und knilferte mit dem Schnabel.

»Ja, ich hol dir gleich dein Fleisch. Wart einen Augenblick.«

Er hörte Æringas helles Kichern.

»Ach, Kyrrispörr, du und dein Falke! Eyvindr Kelda sagt, er will mit dir sprechen, sobald du wieder auf den Beinen bist.«

»Ja. Erst Laggar«, erwiderte Kyrrispörr und kroch aus den Decken. Sofort ließ die Kälte des Vorfrühlings ihn zittern.

»Deine Sachen!« Æringa hatte plötzlich ein Bündel saubere Schurwollkleidung in den Armen. »Die stammen von meinem kleinen Bruder«, erklärte sie, während sie ihm mit mütterlicher Sorge beim Ankleiden half. Kyrrispörr war in ihrer Nähe merkwürdig zumute. Eine unbestimmte Aufregung wuchs in seinem Magen, jedes Mal, wenn ihre Finger beim Straffen des Kittels, beim Ordnen der Haare seine Haut berührten.

Er ließ sich von ihr zeigen, wo es rohes Fleisch gab, und schnitt es in kleine Streifen. Seine weichen Knie und das Kopfweh drängte er mit aller Macht zurück.

»Nun mach schon. Eyvindr wartet!«

»Kann er«, erklärte er schwach. »Laggar nicht.«

Wieder überkam ihn ein unbestimmtes Glücksgefühl, während er seinen Falken beim Fressen beobachtete. Anschließend machte er sich auf den Weg zum großen Zelt und schlug das Angebot der Æringa aus, ihn zu stützen. Auch wenn er alle paar Schritt innehalten und sich sammeln musste, auch wenn es ihm war, als müsse er sich jeden Augenblick übergeben – er war der Seiðmaðr Kyrrispörr Hæricson, der nach dem Tod seines Vaters die ganze Verantwortung und Pflicht des Sehers zu tragen hatte, und der ließ sich nicht wie ein Kind an der Hand seiner Mutter führen.

Die Kälte drang selbst durch sein dickes Schurwollgewand und ließ ihn zittern.

Eyvindr empfing ihn im Kreise einiger kräftiger, mit Schwertern umgürteter Männer. Sie saßen auf einem Rentierfell. An den verschlungenen Silbertauschierungen der Schwertgefäße, dem Fibelschmuck und der dezent verzierten Kleidung erkannte Kyrrispörr, dass es sich bei zweien von ihnen um wichtige Persönlichkeiten, wenn nicht gar um Anführer handelte.

»Setz dich, Seiðmaðr Kyrrispörr Hæricson. Dies sind mächtige Jarla. Und dort sitzt Hersir Jarnskegge, Mund und Ohr der Bœndi bei Þrándheim, den König Olafs Kriegszüge mit Missmut erfüllen.«

Kyrrispörr spürte, wie ihm das Blut vor Stolz in den Kopf stieg, dass Eyvindr Kelda ihn wie einen vollwertigen Seiðmann ansprach, senkte das Haupt und ließ sich nieder. Eyvindr ließ sich von einem Sklavenjungen ein silberbeschlagenes Horn reichen, hob es mit den Worten »Für ein gutes Jahr!« empor und ließ es kreisen. Erst, als jeder einen Schluck des Beerenweins genommen und Eyvind das Horn zurückgereicht hatte, begann der Meisterseher wieder zu sprechen.

»Kyrrispörr, du hast mir das Leben gerettet, so wie ich dir. Uns verbinden fortan starke Bande. Von deinem Vater habe ich viel gehört.« Er zählte einige Taten auf, von denen Kyrrispörr gar nichts wusste. »Und er ist enger Vertrauter Tryggvasons gewesen. Du warst bei dem Festmahl dabei. Also hat dein Vater dich die Kunst des Seið gelehrt?«

Kyrrispörr nickte. Er spürte die prüfenden Blicke der

Anwesenden auf sich lasten. Wenn er sich nur nicht immer noch so fürchterlich zerschlagen fühlen würde ...

»Bist du bereit, an meiner Seite und an der meiner Getreuen den Tod deines Vaters zu rächen, und sei es mit deinem eigenen Leben?«

Abermals nickte Kyrrispörr. Ruhig zu sitzen, begann ihm schwerer und schwerer zu fallen.

»Gut! Dein Wort gilt. Aber wie ich sehe, bedarfst du der Erholung. Morgen werden wir die Titlingsiedlung erreichen. Dort wirst du deine Kräfte wiederfinden. Ich danke dir.«

Damit war Kyrrispörr entlassen. Nur mit Mühe gelang es ihm, aufrecht aus dem Zelt zu treten. Im Weggehen hörte er Jarnskegge sagen:

»Eyvindr, das ist fast noch ein Knabe. Er ist noch nicht einmal mannbar gemacht worden.«

Eyvinds letzte Worte, die Kyrrispörr vernahm, ehe er außer Hörweite kam, waren merkwürdig:

»Er mag noch keine Frau beglückt haben, aber er hat einen eisernen Willen und zäh ist er, das sage ich. Die Ehre der Mannbarkeit werden wir ihm bald ...«

Und damit fiel Kyrrispörr Æringa in die Arme, denn wäre sie ihm nicht entgegengeeilt und hätte rasch zugegriffen, hätten seine Knie vor Erschöpfung unter ihm nachgegeben. Schwarze und rote Flecken zerplatzten vor Kyrrispörrs Augen, und allein Æringas angenehmer Nähe mochte es zu verdanken sein, dass er nicht die Besinnung verlor.

Eyvindr hatte gleich nach seiner Ankunft in Titling Boten mit Þingzeichen in alle Richtungen gesandt, die von Dorf zu Dorf eilten und die Seiðmenn ganz Norwegens zusammenrufen sollten. Titlingr war ein Dörflein, das durch ständige Erbteilung ganz verschachtelt war – hier hatte ein Onkel, dort ein Bruder, gegenüber ein Neffe ein Haus hingebaut, kleine Hütten neben den zwei großen Langhäusern der beiden Sippen, und alles recht eng beieinander, weil Titlingr in einem schmalen Tal lag. Zwischen den Zäunen schlängelten sich die Wege.

Nach den ersten Tagen Ruhe unter mütterlicher Zuwendung durch Æringa hatte Kyrrispörr sich leidlich erholt. Am Morgen, als er sich wieder ohne Mühe auf den Beinen halten konnte, war er gleich von dem Schwertmeister Orm Hrolofson in Beschlag genommen worden.

»Die Waffen, die du beherrschst?«

»Den Bogen und das Messer«, gab Kyrrispörr zur Antwort. »Ein wenig wohl auch Axt und Speer.«

Ormr Hrolofson befühlte Kyrrispörrs Oberarme.

»Speere wie die Schweden und Äxte wie die Angelsachsen«, brummte er. »Wie steht es mit dem Schwert?«

»Geübt hab ich damit, aber nie eins besessen«, gab Kyrrispörr zur Antwort. Schwerter waren kostbare Waffen.

»Zeig, was du kannst. – Feilanr!« Ein Jüngling mit blondem Schopf, der ihm wie bei Kyrrispörr bis auf die Schultern reichte, kam herbei und richtete fragend seine blauen Augen auf Orm. Kyrrispörr schenkte er nur einen flüchtigen Blick.

»Hol zwei Schilde und Knüppel. Kyrrispörr hier wünscht zu kämpfen.«

Feilanr nickte und holte das Gewünschte. Kyrrispörr wog den Rundschild in der Linken, als sie sich gegenüberstellten und ihre Positionen einnahmen. Er maß seinen Gegner. Feilanr war um einiges größer als er, also würde er Kopf und Rücken als Ziel wählen, über Kyrrispörrs Deckung hinweg. Zugleich stand der Junge aber so tief, dass Kyrrispörr seine Beine nicht ohne Weiteres erreichen konnte. Ein gefährlicher

Gegner. Er griff auch nicht an, sondern lauerte darauf, dass Kyrrispörr selbst aus der Deckung kam.

Eine Weile umkreisten sie sich. Schließlich stieß Kyrrispörr den Schild vor, täuschte einen Schlag an und zog sich sogleich zurück, gerade noch rechtzeitig: Feilans Knüppel zischte durch die Luft, wo eben noch Kyrrispörrs Schwertarm gewesen war. Der Schlamm spritzte unter ihren Füßen, als sie wieder festen Stand suchten. Nun griff Feilanr an, ebenfalls nur mit Finten, um das Können seines Gegners besser einschätzen zu können. Kyrrispörr atmete heftig und starrte in das blaue Augenpaar. Es erinnerte ihn an damals – und Kyrrispörr sah sich zurückversetzt in eine Zeit von vor drei Jahren, als er zum ersten Mal gegen Hvelp genauso gekämpft hatte wie sie jetzt. Während Hvelpr einen lebensfrohen Blick in seinen grünen Augen hatte und eher den Eindruck eines Sonnenaufgangs unter seinem massigen Haar erweckte, wirkte Feilanr nur überheblich. Auch Hvelpr hatte sich zu decken gewusst ... Kyrrispörr wollte seine Deckung durch einen Trick – plötzlich sah er Hvelps schmerzverzerrtes Gesicht vor seinem geistigen Auge – und Feilanr nutzte seine Unaufmerksamkeit gnadenlos aus. Ein angetäuschter Hieb gegen den Kopf verführte Kyrrispörr dazu, den Schild hochzureißen, dann folgte blitzartig der eigentliche Hieb von unten herauf zu seinem Knie. Kyrrispörr zog das Bein weg, aber zu spät. Der Schmerz explodierte so heftig, dass Kyrrispörr aufschrie, Schild und Knüppel fallen ließ und sein Schienbein umklammerte. Feilanr stand aufgerichtet vor ihm, die Arme mit Schild und Knüppel lose an der Seite baumelnd, und blickte kalt auf ihn herab – Nur ein Zucken im Mundwinkel verriet, dass er Kyrrispörrs Schmerzen nachempfand.

»Was war denn das?«, wollte Ormr Hrolofson wissen.

»Kyrrispörr, nennst du das etwa Deckung? Lass dir das eine Lehre sein!«

Kyrrispörr hockte mit schmerzverzerrtem Gesicht da und rieb sich das Knie. Feilanr musterte ihn mitleidlos.

»Kämpfst du jetzt oder weinst du schon?«, fragte er.

»Mistkerl«, stieß Kyrrispörr hervor und rappelte sich wieder auf. Als er auf den Beinen war, gelang es ihm, den Schmerz in geballten Kampfeswillen umzuleiten. Heftig griff er Feilan an, der seine Hiebe mühelos mit dem Schild parierte und dabei höhnte: »Hoho, da habe ich wohl einen kleinen Bullen gereizt, was?«

Immerhin musste Feilanr unter Kyrrispörrs Ansturm ein Stück zurückweichen – aber nur, um kurz darauf Kyrrispörrs Knüppel mit dem Schild wegzustoßen und einen Treffer gegen dessen Rippen zu landen.

Reiß dich zusammen!, mahnte Kyrrispörr sich. Er rief sich den Umstand ins Gedächtnis, dass Feilanr an dem Schmerz ja gar nicht Schuld war, sondern ganz allein er – er hätte den Schlag nur abwehren brauchen, wäre ihm nicht plötzlich Hvelpr in den Sinn gekommen ... Wieder kam ihm der Kampf von damals in den Sinn, aber diesmal vergaß er dabei nicht den Gegner vor sich. Diesmal stürmte er auch nicht einfach drauflos, obwohl die Schmerzen ihn dazu anstachelten. In Kampfstellung, tief geduckt, wie sein Vater es ihm beigebracht hatte, wartete er darauf, dass Feilanr sich eine Blöße gab. Sie belagerten sich eine Weile – mal stießen sie ein Stück vor, wichen wieder zurück, die runden Holzschilde schützend vor den Körper und das Holzschwert schlagbereit an der Seite gehalten. Der fingerdicke Holzschild ließ Kyrrispörrs Arm erlahmen. Doch da erklang hinter Feilan Hundegebell, so laut, als würde der Hund genau hinter ihm stehen. Als der blonde Junge kurz erschrocken den Kopf drehte, war Kyrrispörr schon heran –

aber Feilanr reagierte schnell. Mit einem Knall trafen ihre Stöcke auf die Schilde. Kyrrispörr setzte nach, täuschte einen Streich gegen Feilans Kopf an, drehte das Handgelenk und ließ das Holzschwert auf dessen Fuß fahren. Blitzschnell hob Feilanr das Bein hinter den Schild, Kyrrispörrs Stock sauste ins Leere, aber damit hatte er schon gerechnet. Als Feilanr sich nach vorn fallen ließ und den Fuß dabei wieder auf den Boden setzte, fing Kyrrispörr den von oben kommenden Schlag mit der Schildkante auf und zog sein eigenes Holzschwert wieder in die Gegenrichtung zurück, und diesmal traf er Feilans Fuß an der Fessel. Feilanr japste auf, und es bedurfte nur noch eines Stoßes mit dem Schild, um ihn in den Schlamm fallen zu lassen. Kyrrispörr deutete einen schellen Streich zum Hals an, dann zog er sich wieder hinter seinen Schild zurück und begab sich in Ausgangsstellung.

»Das war gut«, lobte Ormr Hrolofson. »Der Knuff in dein Bein hat dich wohl aufgeweckt. Gut! Weiter!«

Kyrrispörr und Feilanr übten noch eine Weile. Trotz des kalten Wetters floss der Schweiß in Strömen. Natürlich war Feilanr Kyrrispörr überlegen; aber Kyrrispörr kämpfte flink und zornig und landete manchen Treffer. Schließlich ließen sie ihre Schilde und Knüppel sinken.

»Komm, die anderen gehen zur Sauna.« So weit, freundschaftlich zu klingen, ging Feilanr nicht. Kyrrispörr folgte ihm zur Holzhütte beim Fluss, an der andere Jungen bereits Birkenzweige und Holz herbeischafften. Als sie den engen Raum betraten, war der Dampf bereits zum Schneiden dicht. Kyrrispörr setzte sich, streckte die Beine aus und seufzte. Der Dampf trieb ihm im Nu den Schweiß aus allen Poren und schien das Ziehen und Reißen und Brennen, den Rauch und den Ruß von seiner Flucht aus ihm herauszutreiben.

Am Abend fühlte Kyrrispörr sich zum ersten Mal seit

Langem wieder körperlich wohl. Der Kampf mit Feilan und die Erinnerungen an Hvelp, die nicht minder schmerzhaft waren als Feilans Schlag, gingen ihm durch den Kopf. Auch an Eyvinds Bemerkung gegenüber den hohen Herren im Zelt musste er denken: Dass Eyvindr bemerkt hatte, Kyrrispörr könnte bald mannbar gemacht, also in den Stand eines Erwachsenen erhoben werden. Zudem hatte Eyvindr ihn vor den versammelten Anführern als Seiðmann bezeichnet. Hæric wäre das nie eingefallen ... Oh, hätte sein Vater das doch nur miterleben können ... Ihn überkam tiefe Trauer, bis sich gnädig die Schwere der Sauna auf ihn niedersenkte und er von dem Rascheln und gelegentlichen Muhen der Kühe, die im hinteren Teil des Hauses im Stall standen, in einen tiefen Schlaf geschaukelt wurde.

Kyrrispörr hatte kaum etwas mit anderen zu tun. Schließlich war er neu hier, kannte keinen außer Eyvind und dessen Gefolge, und auch die nur flüchtig.

»Er ist ein Seiðmaðr«, hieß es hinter vorgehaltener Hand. Auch wenn das Dörflein Eyvind die Treue hielt: Die Seher erweckten bei den Bewohnern Unbehagen. Mit den Wirkern von Schadzaubern wollten sie wenig zu tun haben, auch wenn die Wahrsagungen und Götter- und Geisteranrufungen der Seiðmenn hoch im Kurs standen. Zudem hatte Kyrrispörr rasch herausgefunden, dass die Gemeinschaft der Siedlung merkwürdig gespalten war: die Sippe der Lachsschupper lehnte jeden Kontakt zu Eyvinds Mannen ab, der nicht von dem ungeschriebenen Gesetz der Gastfreundschaft gefordert wurde. Selbst die Kinder machten einen Bogen um sie. Die Steinbrecher dagegen war offener. Auch sie mieden die Seiðmenn, doch gingen sie offen mit den anderen Gefolgsleuten um und die Kinder bestaunten die Seher. Beide Sippen wiederum verhielten sich zueinander reserviert, wenngleich sie im Alltag zusammen arbeiteten. Und das Ganze bei einem Dörflein von einer Handvoll Einwohner. Zwar kannte Kyrrispörr dergleichen von anderen Dörfern, aber da er immer mit den Mannen Tryggvasons auf den Booten gewesen war und von Raubzug zu Bekehrung, von Handelsplatz zu Raubzug gefahren war, war ihm die verknöcherte Art der Dörfler bis heute fremd. So war Kyrrispörr allein, nur bestaunt von den kleinen Kindern, wenn er mit Laggar falknerische Kunststücke übte, und wenn er zu Eyvind Kelda oder Orm Hrolofson zum Üben gerufen wurde oder es zum Essen oder in die Sauna ging.

Feilanr mochte ihn nicht und deswegen mochte er Feilan nicht. Wie schon beim ersten Mal, wo sie sich gesehen und gekämpft hatten, trug Feilanr stets jene desinteressierte Miene zur Schau, mit der er auf Kyrrispörrs gut gemeinte Aufforderungen und Bemerkungen reagierte. Zu Kyrrispörrs Leidwesen musste er trotzdem täglich mit Feilan üben, mal mit Schild und Knüppelschwert, mal beidhändig mit Holzmesser und Schwert, mal – wobei Ormr Hrolofson die Nase rümpfte – mit dem Speer. An Kraft und Größe überlegen, ging Feilanr stets mit mehr Siegen aus den Scheingefechten hervor als Kyrrispörr.

»So lernst du«, sagte Ormr Hrolofson. Und als er mit Eyvind sprach, da spornte der Meisterseher seinen Eifer so sehr an, dass ihm selbst das Griesgrämige seines Übungspartners gleichgültig wurde:

»In ein, zwei Wochen sind alle für das Þing versammelt, Kyrrispörr. Dann fahren wir gegen Olaf den Brenner, und du wirst deine Rache für Hæric Harekson bekommen!«

An diese Worte musste Kyrrispörr künftig immer denken,

wenn Feilans Miene ihm die Freude am Kämpfen zu vergällen drohte oder er wieder mehr Prügel einstecken musste, als er austeilte.

»Du sollst zu Eyvind Kelda kommen«, teilte ihm ein kleiner Junge mit, gerade, als er nach einer Sauna aus dem Wasser stieg und sich bibbernd trocken rieb. Kyrrispörr bemerkte sofort die Blicke der anderen, die unwillkürlich ein Stück von ihm abrückten, und sagte absichtlich laut:

»Gut, sag ihm, der Kyrrispörr Hæricson kommt.« Neben sich hörte er ein verhaltenes Lachen. Er legte den Wollstoff beiseite, unterdrückte das Kältezittern, drehte sich in demonstrativer Gelassenheit zu dem Spötter um, der kein anderer als Feilanr war, stemmte die Fäuste in die Hüften und reckte kampfeslustig das Kinn.

»Nun?«, fragte er. Feilanr behielt zwar die Andeutung eines Lächelns auf den Lippen, aber er schlug immerhin die Augen nieder und winkte ab. Wenn er eine spöttische Bemerkung auf der Zunge gehabt hatte, hatte er sie sich verbissen. Kyrrispörr zwang sich, trotz der Kälte bedächtig in seine Sachen zu schlüpfen.

Eyvindr erwartete ihn in einem der abseits gelegenen Grubenhäuser. Ein Posten stand vor dem Eingang und ließ ihn durch. Ganz offensichtlich wollte Eyvindr sicher gehen, dass niemand sie belauschte.

»Erzähl mir von deiner Zauberkunst.« Gehorsam berichtete Kyrrispörr, wie er mithilfe von Runenstäben die Zukunft vorausgesagt und mit dem Pendel gute von schlechten Orten zu scheiden gelernt hatte; wie er sich in jenen Zustand versetzte, der den Verstand von den Sinnen des Körpers trennte und ihn den Botschaften der Götter und Geister öffnete; wie er mit Laggar zu verschmelzen versuchte und die Welt aus

Huginns Gefilden herab sah; wie er sprach und sang, damit den Nornen Genüge getan war.

Eyvindr hörte schweigend zu. Schließlich fragte er: »Und die Macht der Geisterrufer?«

»Die hat Hæricr mich nicht gelehrt. Ich sei zu jung.«

»Und die Heilung im Dampf?«

Kyrrispörr schüttelte den Kopf. »Kenne ich nicht.«

»So werde ich sie dich als Erstes lehren. Ein Knabe wird von Schmerzen im Leib geplagt, man weiß nicht, woher sie kommen. Du wirst mir morgen zur Hand gehen.« Damit entließ er ihn.

Die Dampfheilung war nur die erste von einer ganzen Reihe an Unterweisungen, die Eyvindr Kyrrispörr täglich gab, und sie war gleich eine der schwersten: Der Knabe Þorkell, einer der Lachsschupper, sah aus wie ein jüngerer Feilanr, langbeinig, schmalgesichtig und blond, wie er war. Er hatte solche Angst, dass er zitterte. Sein Vater übergab ihn wortlos an Eyvind und verschwand, um an seinem Hausaltar zu beten. Vor der Sauna befahl Eyvindr Þorkell, sich zu entkleiden, machte aber eine abwehrende Geste, als Kyrrispörr es ihm nachtun wollte. Den Jungen zwischen sich, betraten Kyrrispörr und der Meisterseher den Saunaraum, und noch während Kyrrispörr eine Reihe von Tranlampen entzündete, begann ihm unter seinem Wollmantel warm zu werden.

Ausgestreckt musste Þorkell sich auf die Bank legen. Eyvindr wies Kyrrispörr an, einen glatten, flachen Stein auf den Bauchnabel und ein Kräuterbündel auf Gemächt und Schenkelspiegel zu legen, wobei der Knabe kurz erschrocken zuckte; danach eine Knochenrune auf jedes Handgelenk Þorkells. Eyvindr murmelte währenddessen Gebete in einer monotonen Stimme. Anschließend warf er eine Handvoll

Samen in die Schale mit den Saunasteinen, wo sie aufglühten und zischend in aromatisch duftenden Rauch aufgingen. Er breitete die Arme über Kopf und Bauch des Jungen aus und begann mit einem durchdringenden Gesang, sodass auch Kyrrispörr erschrocken zusammenzuckte. Þorkells Brust hob und senkte sich schneller, sein Blick starrte angstvoll zur Decke, und die Lippen hatte er krampfhaft zusammengepresst.

»Wasser«, befahl Eyvindr nach einer Weile. Kyrrispörr goss eine Kelle über die Steine. Sofort war der Raum in Dampf gehüllt. Die Tranlampen bildeten Höfe, und die Hitze trieb ihm unter dem Wollzeug sofort den Schweiß aus allen Poren. Eyvindr befahl ihm, die Hände über Stirne und Kehle des Patienten zu halten und ihn beim Singen zu unterstützen, während er die Tonlage in einen Bass fallen ließ und mit einem Kräuterbündel entlang dem Mittelgrat von der Kehle bis zwischen die Fußspitzen strich. Ab und zu ließ er den Gesang für einen Augenblick verklingen, befahl: »Wasser«, oder warf trockene Kräuter auf die Steine. Kyrrispörr sang, kämpfte gegen den Drang, sich den Mantel vom Leib zu reißen, und musste sich zwingen, die Hände über Þorkell stillzuhalten. Es kam ihm vor, als würde er bei lebendigem Leibe gesotten. Dazu drang ihm der starke Kräutergeruch in die Nase, und sein Kopf begann sich seltsam teigig anzufühlen. Er sang weiter, allein schon aus Furcht, dass er ohnmächtig werden könnte, sobald er zu singen aufhörte. Seine Blicke kreuzten die des Jungen, der vor Angst geradezu verrückt zu werden schien. Dabei beneidete Kyrrispörr ihn von ganzem Herzen darum, dass er keine dicken Gewänder tragen musste. Die Lichthöfe der Talglampen begannen ihm merkwürdige Dinge vorzugaukeln. Da waren wieder schwarze und rote Flecken vor seinen Augen, doch er sang, so laut er konnte, kämpfte gegen die unerträgliche Hitze und Stickigkeit an und gegen die Schwere in seinem Kopf – und auf einmal spürte er das alles nicht mehr. Wie aus weiter Ferne hörte er sich selbst singen und fühlte sich merkwürdig schwerelos. Diesen Zustand kannte er aus seinen Beschwörungen: Jetzt öffnete sich der Geist für die Botschaften der Götter. Doch war dieses Gefühl unvergleichlich viel stärker als sonst. Kyrrispörr sah alles mit unglaublicher Schärfe, jeden Riss im Holz der Bank, jede Bewegung im Wasserdampf, jede Pore auf der Samthaut des Patienten, ja, die Äderchen in den Augäpfeln, die Falten auf den Gelenken seiner eigenen Finger. Und plötzlich das Feuer. Die Flucht aus der brennenden Falle, die Olafr Tryggvason den Seiðmenn gestellt hatte. Die Atemnot war wieder da, die Hitze des Brandes in der Festhalle, der Unheil verkündende Flackerschein der Flammen … Eyvinds Hilfe bei der Flucht … Und dann dachte er an einen anderen Brand, der viele, viele Jahre zurücklag und an den Kyrrispörr sich gar nicht mehr genau hatte erinnern können: Das brennende Dorf bei Heiðabýr, in dem er seine ersten Lebensjahre verbracht hatte. Er sah seine Mutter, die tot im Eingang des Hauses lag, hingestreckt vom Speer eines Dänen, und über ihr schlugen die Flammen unter dem Türsturz durch.

Erst, als Eyvindr ihn an der Schulter aufrichtete, merkte er, dass er zusammengebrochen war. Eyvindr sprach kein Wort. Eine unheimliche Stille hatte sich über die Sauna gelegt. Der Dampf hatte sich gelichtet, und die Hitze war erträglich geworden. In Kyrrispörrs Kopf wummerte es. Þorkell lag friedlich an seinem Platz, hatte die Augen geschlossen und seine Lippen waren ganz entspannt; es schien, als ob er schlafen würde. Kyrrispörr dagegen fühlte sich aufgewühlt und musste das Bild zurückdrängen, das ihm in den Kopf gekommen war, seine Mutter im brennenden Haus ...

Eyvindr wies Kyrrispörr mit einer Geste an, Stein, Kraut und Runen fortzunehmen. Anschließend breitete er die Hände über dem zierlichen Körper aus. Beinahe hätte Kyrrispörr erschrocken aufgeschrien: Unerwartet versetzte Eyvindr dem Knaben zwei kräftige Schläge mit der flachen Hand auf die Brust. Der Junge fuhr mit einem erstickten Aufschrei hoch. Eyvindr stellte ihn auf die Beine und befahl Kyrrispörr mit einer Geste, ihn zu halten, während der Meisterseher damit begann, Þorkell von oben bis unten abzuklopfen. Es war, als würde er das Leben in den Patienten zurückklopfen.

Immer noch schweigend, führten sie Þorkell hinaus. Die Kälte traf Kyrrispörr wie ein Hammerschlag. Obgleich es für Þorkell umso kälter sein musste, wurde er ohne wärmende Decken quer durchs Dorf zu seiner Familie geführt – erst dort nahmen die Mutter und Geschwister ihn in Empfang und schlugen ihn sogleich in ein Fell. Eyvindr ging inzwischen mit Kyrrispörr zurück zu seinem Grubenhaus. Seit dem Zusammenbruch hatten sie keinen Ton gesagt.

Am kommenden Morgen schickte Eyvindr ein Kind nach Kyrrispörr. Als er von dem stämmigen Wächter ins Grubenhaus eingelassen worden war, sah Kyrrispörr ein Fässlein, das neben dem Eingang stand.

»Das ist Honig«, ließ sich Eyvindr vernehmen. »Þorkell geht es besser. Aber ob er gesundet, das liegt nicht in unserer Hand. Merke dir, Kyrrispörr: Wir können die Götter nur gnädig stimmen. Du warst ein guter Helfer.« Kyrrispörr freute sich über das Lob. »Mir scheint, du hast das Böse, das den Knaben ergriffen hatte, in dich aufgenommen. Deswegen dein Zusammenbruch. Und du hast es besiegt.« Wiederum senkte Kyrrispörr den Blick ob des Lobes. Eyvindr hatte recht: Dass er ausgerechnet das schrecklichste Erlebnis seines Lebens, die Vernichtung seines Dorfes, neu durchlebt hatte, konnte nur von einer bösen Kraft verursacht worden sein.

»Du hast dem Jungen sehr, sehr geholfen. Während du ... fort warst, hast du gemurmelt und geschrien. Du bist immer noch verstört, wie mir scheint.« Eyvindr bündelte einige Kräuter und hängte sie an einen Balken.

»Als Seiðmaðr wirst du das ertragen müssen. Man fürchtet uns für unsere Flüche, aber das Heilen, Kyrrispörr Hæricson, das Heilen ist viel schwerer. Übe dich jetzt mit Feilan im Kampf. Heute Abend werde ich dich die Kraft einiger Kräuter lehren. Ich würde dich gern unterrichten, wie es üblich ist, und dich wieder und wieder jede Zeremonie beobachten lassen, aber dazu fehlt uns die Zeit. Du wirst schnell lernen müssen ...«

Kyrrispörr verneigte sich. So ungern er zu dem sauertöpfischen Feilan und dem strengen Orm Hrolofson ging, so glücklich fühlte er sich, von Eyvind Kelda unterwiesen zu werden. Als er heute Speer gegen Speer mit Feilan kämpfte, konnte ihm nicht einmal dessen hochnäsige Miene die Laune verderben. Die kräftigen Speerstöße, auch die schmerzhaften Treffer, halfen dabei, das Bild des Todes zu vertreiben. Als er am Abend von Eyvind in der Anwendung von Kräutern und Samen eingewiesen wurde, die den Geist für die Götter öffneten, war er ganz bei der Sache. Ihn faszinierte das Mazerieren und Auskochen der Blätter, von deren Sud Eyvindr ihn nur einen Tropfen probieren ließ, und der ihn dennoch an den Rand jenes Zustandes brachte, den er bei Þorkells Behandlung erlebt hatte. Als Eyvindr die ersten Anrufungen und Wahrsagungen mithilfe von Tränken durchführen ließ, da war das für Kyrrispörr ein berauschendes und unvergleichliches Erlebnis – und eine Erweiterung seines Könnens als Seiðmaðr, von der er nicht zu träumen gewagt hatte. Seine Wahrsagerei für Astrid kam ihm bald kindisch vor.

»Verwende dies mit Weisheit«, mahnte Eyvindr. »Es ist mächtiger Seið. Hæricr hat es dir nicht umsonst vorenthalten. Wenn du es leichtfertig nutzt, behalten die Geister dich in ihrer Welt, und dein Körper wird zu einer lächerlichen Gestalt wie der von Lafskegg.«

Kyrrispörr hatte Lafskegg bislang für einen großen Seiðmann gehalten, war er doch stets entrückt, murmelte dauernd Unverständliches und trug ganze Sammlungen von Tierschädeln an Schnüren mit sich herum. Dass Eyvindr ihn jetzt als lächerlich bezeichnete, fand Kyrrispörr erstaunlich.

»Der arme Lafskegg war ein Tor. Die Geister lenken ihn, nicht umgekehrt. Er ließ sich verführen. – Lass dir das eine Warnung sein. Denke immer an ihn, wenn du die Macht der Kräuter nutzen willst. Ihre Macht ist nicht weniger gefährlich, als sie groß ist.«

DER ÜBERFALL AUF OLAF TRYGGVASON

Zehn Tage vergingen auf diese Art wie im Flug. Täglich trafen weitere Gruppen mit dem Boot oder zu Pferd im Dorf ein und verwandelten den Flecken in einen Ameisenhaufen: Seher, Hersire mit ihrem Gefolge, aber auch Händler strömten aus allen Teilen Norwegens herbei.

Eyvindr bat Kyrrispörr an manchen Abenden, über Olafs Flotte zu berichten – die Zahl der Frauen, Kinder und Männer, ihre Bewaffnung und ihr Kampfeswille, die Kampftaktiken und die Bewachung der Feldlager, das Vorgehen beim Besuch von Gehöften, wer Priester des Christentums und wer Seiðmaðr war – bis in die frühen Morgenstunden dauerten ihre Unterhaltungen, die Kyrrispörr durch Beerenwein und einen Löffel von Þorkells Honig versüßt wurden. Kleinigkeiten und Nebensächlichkeiten, alles interessierte Eyvind Kelda. Schließlich entließ er ihn mit den Worten:

»Schlafe jetzt. Heute keine Übungen. Am Abend wirst du beim Þing an meiner Seite sein und über Olaf erzählen. Diese Versammlung ist wichtig – ruh dich aus, Seiðmaðr Kyrrispörr Hæricson.«

Trotz der aufregenden Aussichten schlief Kyrrispörr wie ein Stein.

Als er am Tag der Þingversammlung erwachte, ließ er sich Zeit mit dem Aufstehen. Eine Weile lang genoss er es, einfach in die Luft zu starren, die Geräusche des Tages und das Muhen der Rinder im hinteren Teil des Langhauses durch die Wände dringen zu hören und die hellen Lichtstreifen hoch über sich im Dach zu mustern. Und er freute sich darauf, Æringas Gesicht zu sehen … Als er schließlich die Beine über die Bettkante schlug, sah er, dass seine derbe Alltagskleidung ausgetauscht worden war. Sorgsam gefaltet lagen an ihrer statt ein mit prächtigen Borten versehener, feiner Kittel, eine weite Leinenhose und ein dicker, gleichfalls mit Stickereien gesäumter Mantel. Darunter standen Stiefel aus gutem Leder. Sein Herz tat einen erfreuten Sprung, als er den breiten Gürtel mit bronzener Gürtelzunge und einem langen, in einer dunkelschimmernden Scheide steckenden Kampfmesser liegen sah. Sachte zog er es aus der Scheide und bewunderte den Stahl, der in der Bahn aus Sonnenlicht glänzte, die durch das Rauchloch einfiel. Neben ihm raschelte Laggar mit dem Gefieder, als teile er seine Bewunderung.

Nachdem er sich bedächtig die prachtvollen Gewänder angelegt hatte, schloss er die Zwiebelfibel mit dem erfreulich langen Dorn auf seiner rechten Schulter. Braune Hosen, das blutrote Wams, der dunkelblaue Umhang – jetzt sah er wirklich wie ein Seiðmaðr aus. Nicht wie einer dieser entrückten Finnen, der Tierschädel- und Fellträger, wie sie ihnen auf dem Festland immer wieder begegnet waren, sondern wie einer der kämpfenden Seiðmenn, die Olaf Tryggvason beraten hatten.

»Ah, du bist wach! Setz dich kurz hin.«

Erschrocken fuhr er herum. Er hatte gar nicht bemerkt, dass Æringa im Raum war. Sie musterte ihn mit einem Blick, der ihm in alle Glieder fuhr. Als sie seine Haare energisch mit einem Walrosskamm bändigte und währenddessen darüber schwärmte, wie weich, voll und braun sie doch wären, nahm das eigentümliche Gefühl in Kyrrispörr zu. Sie wischte ihm mit mütterlicher Fürsorge ein Stäubchen von der Wange und schenkte ihm dabei ihr strahlendes Lächeln, woraufhin er schier barst vor Stolz und Glück. Da nahm er es ihr nicht einmal übel, dass sie ihn mit einem übermütigen Klaps aufs Hinterteil entließ. Beschwingt und mit hoch erhobenem Haupt trat er ins Freie.

Als er müßig umherschlenderte, fiel ihm auf: Es war das erste Mal, seit er hier war, dass er sich dafür Zeit nehmen konnte. Wie sich die Siedlung gewandelt hatte! Es war ihm gar nicht aufgefallen. Da hier kein Platz für die Zelte der angereisten Seiðmenn und Hersire mit ihrem Gefolge war, waren sie wie merkwürdige Pilze rings um das Dörflein herum aus dem Boden geschossen und übertrafen die Siedlung bereits an Größe. Hier und da war gar das ebene Land knapp geworden, sodass einige Zelte an die Terrassen der Felswände geschmiegt waren.

Kyrrispörr genoss es, die Hände untätig hinter dem Rücken zu verschränken, während vor seinen Augen das Langhaus zur Festhalle hergerichtet wurde. Eyvindr Kelda hatte anschließend zum Þing ein Blót gewünscht, ein Opferfest, und ein Hersir hatte das Schwein gestiftet, das nun geöffnet und ausgenommen an einer Leiter vor dem Haus abhing. Überall duftete es nach Brot und Fischbrühe, mit der sich die Angereisten vor der Versammlung stärkten. Die Düfte ließen Kyrrispörr das Wasser im Mund zusammenlaufen. Wenn es ihm in den Häusern der Lachsschupper zwar nie verwehrt worden war, sich selbst zu bedienen, hatte er dies doch nur einmal genutzt, da die Abneigung der Sippe geradezu stofflich spürbar war. Als er zwischen den Zelten umherzuspazieren begann, da wurde er sofort in Beschlag genommen – eine rundgesichtige Braunhaarige, deren Kuppelfibeln wie auf einem Tablett auf der weiten Brust lagen, lachte ihn an und reichte ihm ein großes Stück am Spieß gebratenes Fleisch; und kaum war er schmatzend weitergewandert, bekam er einen Becher Bier, sollte sich ans Feuer setzen und sich nur reichlich vom Fisch nehmen, die ein fröhlicher Herr in den Gewändern eines Edlen über dem Feuer briet. Zwei Zelte weiter tanzte ein Dutzend Männer und Frauen. Das Lager vibrierte geradezu unter der Freude der Menschen, seit Jahren wieder alte Bekannte und Freunde wiederzusehen, Leute zu treffen, von denen sie bisher nur aus Skaldenfersen gehört hatten, und die Sorgen des heimischen Hofs hinter sich zu lassen. Kyrrispörr nahm den ungewohnten, wenngleich verständlichen Dialekt des östlichen Norrön bei vielen Menschen wahr, vor allem bei jenen, die nahe am Herrschaftsgebiet des Schwedenkönigs Olaf Skötkonung lebten.

»Ah, Kyrrispörr!«

Der Hersir Jarnskegge, den Eyvindr ihm vorgestellt hatte, hob grüßend die Hand. Im Kreise seines Gefolges saß er bei einem Feuer und wartete darauf, dass ein dünnes Brot auf der langstieligen Kelle knusprig buk. Zwei Söhne, die dem Kindesalter noch nicht entwachsen waren, spielten neben ihm Hefnatafl, und ein überaus schönes Mädchen half der Mutter. Wie sich herausstellte, war es Jarnskegges Tochter Guðrun.

Während Kyrrispörr mit Jarnskegge Höflichkeiten austauschte, blieb ihm ihr erstaunter Blick nicht verborgen, mit dem sie ihn musterte. Er konnte sich das zwar nicht erklären, musste sich aber eingestehen, dass sie ein überaus reizvolles Wesen war. Das volle, goldblonde Haar hatte sie nach Art der Unverheirateten frisiert, sie war von gertenschlankem Wuchs, und ihre wasserblauen Augen strahlten Selbstbewusstsein aus. Die Fibeln, die sie nach der Art der Þrándheimer trug, waren nicht minder kostbar als die Glasperlenkette, die ihren hohen Rang zeigte. Hersir Jarnskegge war offensichtlich in jeder Hinsicht ein vom Glück gesegneter Mann, dachte Kyrrispörr.

Als er weiterging, vergaß er Guðrun schnell, denn trotz ihrer äußerlichen Schönheit verblasste sie gegen Æringa. Beim Gedanken an Æringa fühlte sich Kyrrispörr sofort ganz leicht. Gerade schwebte er auf diesen Wolken durchs Lager, als etwas Weiches ihm um die Wangen schlug und ihn unsanft in die Wirklichkeit zurückholte. Als er sich erstaunt umsah, flog ein zweiter Kochbeutel haarscharf an seiner Nase vorbei. Gleich darauf wurde er von einem Mann fast umgerannt, und ehe er sich wundern konnte, musste er einem heranwirbelnden Schöpflöffel ausweichen, um im nächsten Moment einem bärtigen Hünen mit hochrotem Kopf Platz zu machen. Unter ohrenbetäubendem Schimpfen in unverständlichem ostnordischen Dialekt jagte er dem Flüchtenden hinterher, offensichtlich um ihn für etwas durchzuprügeln, was dessen Uronkel seinem Großvater angetan haben sollte. Da aber Þingfrieden erklärt worden war, hüteten sich die beiden davor, ihre Waffen blankzuziehen: Suppenbeutel und Löffel ersetzten Wurfmesser und Schwert. Als der Hüne seinen Gegner erreicht hatte, packte er ihn zwar, die beiden Streithähne wurden aber sogleich von mehreren laut lachenden Männern und zwei außerordentlich handfesten Frauen auseinandergerissen und verzogen sich grummelnd zu ihren Zelten.

Kyrrispörr ließ sich weiter von Feuer zu Feuer treiben, sah hier zu, wie heiße Steine zischend in einen Lederbeutel voller Fischsuppe geworfen wurden, wechselte dort Worte mit einem Hersir, der etwas abseits sein Schwert polierte, und mit einem Knecht, der den riesenhaften Seeadler seines Herrn fütterte. Fortwährend musste er dabei an Æringa denken.

»Kyrrispörr!«

Sein Herz machte einen Freudensprung, als er Æringa auf sich zukommen sah.

»Seid ihr schon fertig mit dem Langhaus?«, fragte er und spürte sein Herz schnell schlagen, als sie vor ihm stehen blieb, zu verschüchtert, um sich dichter an ihn zu wagen, dabei sah Kyrrispörr, dass es sie genauso zu ihm drängte wie ihn zu ihr. Sich gar an den Händen zu nehmen, wagten sie natürlich nicht, erst recht nicht hier. Aber sie schlenderten so dicht nebeneinander her, wie es nur möglich war, und nutzten beide jede sich bietende Engstelle in der Menge, um sich dicht aneinandergedrängt hindurchzuzwängen. Es war wie ein Spiel, ein klein wenig verboten, ein klein wenig gewagt, und deswegen umso reizvoller. Kyrrispörr fühlte sich glücklich wie noch nie im Leben.

Er war so gefesselt davon, dass er gar nicht bemerkte, wie die Zeit verflog. Als die Sonne gut zwei Spannen über dem Horizont stand, verkündete ein Ausrufer den baldigen Beginn des Þing.

»Ich muss zurück«, flüsterte Æringa. »Ich muss helfen.«

Kyrrispörr nickte. Zum Abschied berührten sich ihre Hände, sanft wie ein Hauch und erschütternd wie ein Blitzschlag. Dann war sie fort. Kyrrispörr blickte noch einmal voller Glück in den Himmel und atmete tief ein.

Als er seine Augen wieder senkte, kroch Aufregung in sein Hochgefühl. Eyvindr hatte ihn gebeten, vor dem Thing zu sprechen ... vor all diesen Menschen ... Die Vorstellung ließ ihn erschaudern. Er eilte, um seinen Falken zu holen. Mit Laggar auf der Faust war ihm wohler: Da hatte er einen, der immer zu ihm hielt. Neben Æringa natürlich. Allein die Vorstellung, dass sie ihn mit dem Falken auf der Faust beim Þing sehen könnte, war erhebend.

Das Þing selbst sollte nicht etwa im Langhaus stattfinden, sondern auf der Wiese vor dem Dorf, die nur mit Mühe und dank einer darauf grasenden Rinderherde von Zelten freigehalten und noch nicht von unzähligen Füßen schlammig getrampelt worden war. Da die Herren der einzelnen Regionen ebenso wie die Seiðmenn sich alle als gleichgestellt ansahen, bildeten sie einen sehr großen Kreis. Ihr Gefolge drängte sich dahinter.

Es dauerte eine Weile, bis sich alle eingefunden hatten. Kyrrispörr sah nur wenige Speere, dafür aber reichlich Äxte und prachtvolle Schwerter in ihren Scheiden. Manch einer trug seinen Helm in der Armbeuge: Schwere, konische Eisenhauben, die zumeist nur ein Nasal zum Schutz des Gesichts, selten eiserne Brillen und Kettenglieder zum Schutz des Nackens, niemals aber Hörner trugen. Hier und da hatten die Herren auch ihre bunt bemalten Rundschilde mitgebracht. Wieder fiel Kyrrispörr das ungewöhnliche Auftreten vieler Seiðmenn auf, wie es bei den Sehern unter Olafs Gefolge nicht üblich gewesen war. Einer war ganz in Robbenfell gehüllt, ein anderer trug die Schädel einer halben Rentierherde um den Hals, einer summte unaufhörlich vor sich hin und hatte dabei die Augen so weit verdreht, dass man nur das Weiß seiner Augäpfel sah. Ein anderer trug jenen Stab in der Rechten, den eigentlich nur die Völven führten, die Seherinnen. Andere wiederum waren wie Eyvindr festlich gekleidet, zumeist weniger kostbar als die Hersire, dafür aber häufig mit Taschen für Kräuter und magische Utensilien an den Gürteln. Nur eine konnte er nicht unter den Menschen entdecken: Æringa.

Die Oberhäupter der beiden Sippen des Dorfes traten in den Kreis. Während der Lachsschupper schwieg und geradezu feindselige Blicke um sich warf, übernahm sein Kollege von den Steinbrecher das Wort. Er räusperte sich und brauchte zwei Anläufe.

»Wir ... Wir vom Titlingdorf, wir haben Eyvind Kelda viel zu verdanken.« Er machte eine kurze Pause, als ob er nach Worten suchte. »Unsere Gesundheit nämlich und das Glück in der Schlacht. Wir freuen uns deswegen, dass dieses Thing in unserem Dorf stattfindet.« Langsam kam der Sprecher in Fahrt und wurde sicherer. »Dank an euch alle, dass ihr da seid. Dank für die vielen Geschenke. Weil hier alle zusammen sind, möchte ich die Gelegenheit nutzen. Ich möchte euch alle bitten, bezeugt, wie die Söhne des Titlingdorfs mannbar gemacht werden. Wer von euch auch Jungen dabei hat, die Männer werden sollen, kann dabei sein. Hm. Ja, so machen wir es.« Sein Kollege flüsterte ihm etwas zu. »Ach ja«, fuhr er daraufhin fort, »natürlich. Wer etwas vorzubringen hat für dieses Þing, der soll es jetzt sagen. Ja.«

Daraufhin traten nacheinander mehrere Hersire vor, um die Gelegenheit zu nutzen und kleinere Fragen vorzubringen. Erst, als sie alle gesprochen hatten, begab sich Eyvindr ins Zentrum des Kreises.

»Auch ich danke allen für ihr Kommen. Besonders den Lachsschuppern und Steinbrechern für ihre Aufnahme. Große Ehre ist das Kommen des Hauknef Jarl! Für den weiten Weg aus dem Västergötland, dem Reich Skötkonungs, Bersi Skallagrimson.« Eyvindr nickte einem ziegenschädelbehängten Seiðmanni zu und begann mit einer geradezu endlosen Aufzählung, in der er jeden einzelnen der Hersire und Seiðmenn beim Namen nannte. Endlich war auch der letzte begrüßt.

Nach einer kurzen Pause fuhr Eyvindr fort:

»Ihr wisst, weshalb ich euch gerufen habe. Olafr Tryggvason ist in Viken, und er, der er sich auf die Nachfolge meines eigenen Urgroßvaters Harald Harfager beruft, möchte nicht etwa nur allein König sein. Doch dazu später. Unseren Gastgebern zu Ehren wollen wir zuerst ihrer Mannbarkeitsfeier beiwohnen. Sie haben uns eingeladen, uns ihnen anzuschließen – selten werdet ihr euere Söhne vor so vielen Zeugen zu Männern machen können!«

Damit trat er wieder in den Kreis zurück. Kyrrispörr strich seinem Falken übers Gefieder, aber mehr, um sich selbst zu beruhigen als den Vogel, der nur ab und zu den unter der Kappe verborgenen Kopf drehte und sich sonst auf der Faust wohl zu fühlen schien. Ständig musste Kyrrispörr daran denken: Wollte Eyvindr ihn vielleicht wirklich hier, vor den Augen der Herren ganz Norwegens, mannbar machen? Hatte Eyvindr das damals so gemeint? Oder nicht? Kyrrispörr hatte ja nur einen Fetzen von dem Gespräch mitbekommen. Bestimmt machte er sich ganz falsche Hoffnungen.

Zudem war da noch die Gewissheit, nachher vor allen über Tryggvason berichten zu müssen. Kyrrispörr schluckte. Es fühlte sich an, als habe er fein gemahlenen Steinstaub in der Kehle. Quer über den Platz fing er Æringas Blick auf. Sie lächelte ihm zu. Das beruhigte Kyrrispörr allerdings weniger, als es ihn verwirrte.

Die Väter der Titlingsiedlung traten jetzt einen Schritt vor. Ihre Hände hatten sie auf die Schultern ihrer Söhne gelegt. Nacheinander schritten sie nun vor das Oberhaupt ihrer Sippe. Zuerst legte der Vater seine Hände auf die Wangen seines Sohnes und murmelte Gebete; sodann sprach das Oberhaupt:

»Bedenke: Was du sagst, das sagst du ab jetzt als Mann. Dafür wirst du geradestehen müssen. Hm. Das Glück deiner Familie liegt jetzt auch in deiner Hand.« Der Hersir erhob die Stimme. »Also – es sei! Hakon ist nun ein Mann!«

Daraufhin brachen alle in Jubel und Beifall aus. So war es bei allen sechs Jungen. Jedes Mal, wenn der Beifall verebbte, trat wiederum der Vater vor und übergab dem vor Stolz glühenden Jüngling eine Gabe: Meistens war es eine Axt, zweimal ein Schwert und der sechste erhielt sogar ein Kampfmesser zum Schwert.

Als alle sechs Jungen zu Männern geweiht worden waren, traten nacheinander die Väter in den Kreis derer, die ihre Jungen auf die Reise mitgenommen hatten und die Gelegenheit nutzen wollten. Kyrrispörr fiel auf, dass jede Sippe auf andere Art verfuhr: Die einen zogen einen Seiðmann oder eine Völva hinzu, die gellend über dem knienden Knaben sang, den Mantel rauschen ließ und den Schutz der Götter anrief. Andere verkündeten die Taten der Anwärter mit lauter Stimme, träufelten etwas gesegneten Met auf die Stirne des Jungen und reichten anschließend das Trinkhorn an die Anwesenden.

Kyrrispörr verfolgte das Schauspiel so gebannt, wie er konnte: Das lenkte von der Aufregung ab. Wenn Eyvindr jetzt gleich vortrat und ihn herbeiwinkte ...

Laggar ließ ein protestierendes Tschilpen vernehmen. Vor lauter Aufregung hatte Kyrrispörr die Finger etwas zu fest in sein Gefieder gekrallt.

»Bjarkir ist ein Mann der Flåmfischer!«, tönte es herüber. Kyrrispörr staunte über die Axt, die dem frischgebackenen Mann überreicht wurde, und über den schlanken Speer – und dazu bekam er noch einen Schild.

Nachdem der Applaus verhallt war, trat niemand mehr in den Kreis. Kyrrispörr fühlte sich vor Enttäuschung so, als hätte er einen Schlag in den Magen bekommen. Was hatte er auch erwartet: Er hatte keinen Vater mehr, der ihn mannbar machen konnte. Und Eyvindr hatte sich seinen Vorschlag anders überlegt. Offensichtlich hatten ihm die Hersire noch am gleichen Abend klargemacht, dass er nichts taugte.

Kyrrispörr spürte, wie seine Augen zu brennen begannen. Am liebsten hätte er sich in die hinterste Ecke irgendeines Grubenhauses verkrochen. Die Vorstellung, gleich allen von Tryggvason berichten zu müssen, war plötzlich unerträglich: Wie ein kleines Kind würde er aussehen, das den hohen Herren seine Dummheiten vorzuplappern wagte. Nein, das konnte er nicht. Mit hängenden Mundwinkeln und zusammengekniffenen Augen wollte er sich umwenden und die Flucht ergreifen – da spürte er einen festen Griff um sein Handgelenk. Kyrrispörr fuhr zusammen wie ein geprügelter Hund, der Angst vor weiteren Schlägen hat. Ein buckeliger Seiðmaðr lächelte ihn zahnlos an und machte eine auffordernde Kopfbewegung in Richtung des Kreises. Kyrrispörr verstand zuerst nicht, fürchtete schon, sein Selbstmitleid wäre allzu offensichtlich gewesen, als –

»Kyrrispörr Hæricson!«, hallte Eyvind Keldas Stimme über den Platz. Der Seiðmaðr stand im Zentrum des Kreises, hatte die Rechte zu seiner Seite ausgestreckt – und deutete auf ihn! Kyrrispörr stand da wie vom Donner gerührt. Erst als der Bucklige ihn vorschob, stakste er in den Kreis hinein. Das Brennen in den Augen war fort, vielmehr hatte er sie jetzt weit aufgerissen und starrte auf Eyvind, der geduldig mit ausgestrecktem Arm und fest auf ihn gerichtetem Blick verharrte. Die Gedanken überstürzten sich in Kyrrispörrs Kopf. Sollte er jetzt erzählen? Doch sicher, oder? Oder?

Als er bei Eyvind angekommen war und unter den Blicken der Versammelten erbebte, hob Eyvindr die Hand, mit der er bislang auf ihn gedeutet hatte, gen Himmel. Über den linken Arm hatte er eine Falte des beiseite geschlagenen Mantels gelegt. Das große Gefäß seines Schwertes glänzte in der

Nachmittagssonne. Kyrrispörr begegnete dem Blick des Hersir Jarnskegge. Neben ihm stand seine Tochter Guðrun. Ihre Augen irritierten ihn für die Dauer eines Herzschlags, dann begann Eyvindr zu sprechen.

»Freunde«, rief Eyvindr mit jener mächtigen Stimme, mit der er damals die Seiðmenn im brennenden Haus gebändigt hatte. Es war kein Brüllen, aber ein so kraftvoller und lauter Tonfall, dass er augenblicklich die ungeteilte Aufmerksamkeit aller genoss.

»Dies ist Kyrrispörr Hæricson. Sein Vater war Seiðmaðr Hæricr Harekson, ein großer Seher und Ratgeber des Königs Olaf Tryggvason. Er kam zu uns über die Meere, nachdem er die Angelsachsen, die Dänen und unzählige Inseln heimgesucht hat. Hæricr Harekson wurde von jenem ermordet, dem er mit Rat und guter Magie stets zur Seite gestanden hat.« Ein Murren lief durch die Reihen der Anwesenden. Kyrrispörr biss sich auf die Lippen. Also doch: Jetzt sollte er gleich erzählen. Ihm war elend zumute. Laggar tänzelte unruhig auf seiner Faust.

»Doch davon werdet ihr später erfahren.« Oder doch nicht? Kyrrispörr war plötzlich wie elektrisiert. »Kaum war er Tryggvasons Flammen entkommen, hat Kyrrispörr Hæricson mir sein Können offenbart. Tag um Tag hat er Zauber gewoben, sich aber auch bis zur Erschöpfung mit Schild und Schwert bewährt.« Kyrrispörr glaubte, ein anerkennendes Nicken unter den Hersiren zu erkennen, die zuvor eher zurückhaltend gewirkt hatten. »Kyrrispörr Hæricson ist durchs Feuer gegangen, und nun ist er hier. Er, der seinen ermordeten Vater rächen wird – mit dem Haupt König Olafs!« Aus mehreren Richtungen erscholl Beifall. Doch Kyrrispörr war nicht verborgen geblieben, dass viele andere schwiegen. Worauf nur wollte Eyvindr hinaus?

»Ihr seht, er ist noch jung und steht hier ohne Vater.«
Eyvindr machte eine dramatische Geste. Kyrrispörr lief es plötzlich heiß den Rücken hinunter.

»Dieser Junge«, rief der Seher, »hat die Ehre der Mannbarkeit mehr verdient als die meisten der anderen!«

Hersir Jarnskegge, gewandet in einen kostbaren Umhang und mit silbertauschiertem Helm unter den Arm geklemmt, trat neben Eyvind. Kyrrispörr gewahrte zwischen den anderen Menschen dessen Tochter Guðrun, die ihn mit ihren Blicken geradezu verzehrte.

»Kyrrispörr Hæricson hat kein Dorf, keinen Vater und keine Mutter mehr. Also wird der angesehene Hersir Jarnskegge sein Beistand sein! Und an seiner Mutter statt soll jene ihn in die Mannbarkeit begleiten, die sich wie eine Mutter um ihn gekümmert hat. Æringa!«

Jetzt sah Kyrrispörr Æringa, und sein Herz hüpfte. Sie war selbst sichtlich überrascht, presste sich verschämt die Hand vor den Mund und trat neben Eyvind; ihr Gesicht strahlte. Eyvindr Kelda zog sein Schwert. Hersir Jarnskegge tat es ihm nach und hielt sich die Klinge vors Gesicht.

»Tritt einen Schritt zurück, Barna Kyrrispörr.«

Eyvindr reckte seine Waffe gen Himmel und rief aus voller Kehle Gott Oðinn und seine Raben Huginn und Muninn an – und dann senkte er die breite Klinge mit der flachen Seite auf Kyrrispörrs Scheitel. Gleichzeitig spürte Kyrrispörr die Klinge des Hersir Jarnskegge auf der rechten und Æringas festen Händedruck auf der linken Schulter.

»Ich, Seiðmaðr Eyvindr Kelda, Ratgeber Hakon Jarls des Guten, Kampfmagier in der Schlacht gegen die Jomsvikinga, geachtet in ganz Norwegen und bekannt im Reiche Olaf Skotkonungs, des Dänenkönigs Sveinn Tjúguskegg, im Danelag und in Island, verleihe hiermit dir, Kyrrispörr, Sohn des

Hæric, Sohn des Harek, Sohn des Hrolof, Waise durch die Hand des Verräters Olaf Tryggvason, bezeugt von den versammelten Seiðmenn und Hersiren Norwegens, gestützt von dem Hersir Jarnskegge und der Æringa, was dir zehnmal gebührt, mit Oðins Segen«, Eyvindr machte eine effektvolle Pause. Kein Ton erklang unter den Versammelten. Dann rief der Meisterseher: »– die Würde der Mannbarkeit von diesem Augenblick an!«, und ließ die Klinge leicht gegen Kyrrispörrs Haupt stoßen. Kyrrispörr schrak so heftig zusammen, dass Laggar ein entrüstetes »Ki-ki-ki« hören ließ, und als wäre dies ein Signal gewesen, brandete um Kyrrispörr herum Freude auf. Kein Junge war mit solchem Beifall in den Kreis der Männer aufgenommen worden, so vortrefflich hatte Eyvindr Kelda es verstanden, die Spannung auf die Spitze zu treiben.

Als der Jubel verhallte, nahmen Eyvindr und Hersir Jarnskegge die Klingen von Kyrrispörrs Scheitel und Schultern. Auch Æringa trat einen Schritt zurück.

»Jeder Vater übergibt seinem Sohn zu diesem Anlass eine Waffe«, Eyvindr machte eine ausladende Geste zu den Versammelten. »Kyrrispörr hat keinen Vater mehr, der die ihm überreichen könnte, und Hærics Waffe verglühte im Feuer. Aber Seiðmaðr Kyrrispörr Hæricson muss ein königliches Haupt abschlagen, und dafür braucht er eine Klinge, die eines königlichen Halses würdig ist!« Lautstarke Zustimmung hob an. Die Versammelten wussten gute Unterhaltung zu schätzen. Flink drehte Eyvindr sein Schwert herum, sodass es nun an Griff und Spitze in seinen geöffneten Handflächen lag.

»Drei Mal wurde der Stahl von Enten und Gänsen verzehrt, drei Mal konnte er reifen. Zehn Mal wurde er vom Schmied gefaltet, und mit zehn Wetzsteinen und drei Ledertüchern geschärft. Dies ist Falconr. Nimm es.«

Kyrrispörr stand da und machte ein Gesicht, als hätte er eine Kröte verschluckt. Sein Blick klebte auf dem Schwert in Eyvinds Händen. Erst als Eyvindr eine auffordernde Bewegung machte, griff er es vorsichtig am lederumwickelten Griff und nahm es an sich. Trotz des großen, mit Silberdraht durchwirkten Knaufes, der kräftigen, kurzen Parierstange und der breiten Klinge lag es federleicht in der Hand, als er es anhob – ein Meisterwerk der Schmiedekunst. Das Sonnenlicht schillerte und tanzte auf den Mäandern und Schlieren der damaszierten Klinge, und Kyrrispörr glaubte, den Wind auf der scharfen Schneide singen zu hören – aber nur kurz, weil neuerlicher Jubel ihn fast taub machte. Auf der Klinge waren die Runen eingeritzt: ᚠᚨᚾᚲᛟᛋ . Feierlich nahm Eyvindr den Schwertgurt mit der Scheide ab und streifte ihn Kyrrispörr über. Er packte Kyrisspör an der Schulter, sah ihm in die Augen und sagte: »Ich glaube an dich.« Kyrrispörr fehlten die Worte. Aber Eyvindr hatte sich schon zu den Versammelten umgedreht, stieß die Faust mehrmals in die Luft und ließ den Platz unter den Hochrufen erbeben. Laggars helle Schreie hallten über allem. Man konnte meinen, es sei ein König gekrönt worden. Unter dem Jubel drückte Æringa ihm einen unbeschreiblich warmen Kuss auf die Wange, und der Hersir Jarnskegge und ein vor Glück betäubter Kyrrispörr begaben sich wieder in den Kreis zurück.

»Steck das besser weg«, sagte der Bucklige und lachte keckernd. Kyrrispörr beeilte sich, das prachtvolle Schwert in die Scheide gleiten zu lassen und Laggar zu streicheln, der von dem Geschehen wenig angetan war. Wie betäubt sah er zu, wie Eyvindr Kelda die allgemeine Aufregung wieder herunterkühlte, um mit dem eigentlichen Anlass für das Thing zu beginnen.

Kyrrispörr fühlte sich, als würde er schweben. Am liebsten hätte er Laggar auf den Schnabel geküsst und mit dem Buckligen getanzt. Ein Jarl und der geachtetste Seiðmaðr hatten ihn bei der Weihe begleitet! Und dann das Schwert ... Kyrrispörr konnte gar nicht mehr damit aufhören, den Griff an seiner Seite zu betasten. Ja, das war wirklich sogar eines Königs –»... und Seiðmaðr Kyrrispörr Hæricson wird berichten, wie es ihm unter Olaf Tryggvason ergangen ist. Tritt vor, Kyrrispörr.«

Es fuhr ihm wie ein Blitz durch die Glieder. Das hatte er ja vollkommen vergessen! Aber nach dieser feierlichen Aufnahme fiel es ihm schon leichter, wieder in den Kreis zu treten. Das Gewicht des Schwertes, das an seiner Schulter zerrte, spendete zusätzlich Sicherheit.

»Berichte. Wie war das, als Olafr Christ wurde?«

»Er hat König Æthelred den Angelsachsen getroffen«, krächzte Kyrrispörr. Eyvindr signalisierte ihm, lauter zu sprechen.

»König Æthelred Unred bot Olaf Tryggvason viel Silber. Aber er verlangte, dass Olafr sich dafür bekehren lässt. Und er gab ihm vier Priester mit.«

»Und wie erging es deinem Vater und den anderen Seiðmenn?«

»Zu Anfang haben wir eigentlich nichts bemerkt. Tryggvason ließ sich weiter Orakel werfen. Aber immer, wenn wir irgendwo angelegt hatten, wo die Bewohner keine Christen waren, hat er gesagt, lasst euch bekehren oder sterbt.«

»Nur das? Mehr hat er nicht verlangt?«

»Na, und dass sie Olaf als ihren Herren annehmen. Wer Christ ist, muss auch einem König gehorchen, hat er gesagt. Einem von Gott gesegneten König.«

»Und die anderen haben sich das gefallen lassen?«

Kyrrispörr zuckte mit den Schultern. »Olafr hat viele

schnelle Schiffe. Die meisten Sippen hätte er niedergemacht, wenn sie sich widersetzt hätten. Oder ihnen wenigstens schweren Schaden zufügen können.«

»Und seine Seiðmenn?«

»Irgendwann wollte er keine Orakel mehr hören. Sie lauteten jetzt auch oft schlecht für ihn. Die Priester haben ihn immer getadelt, wenn er Seiðmenn befragt hat. Bis auf die Seiðmenn wurden dann alle getauft.«

»Und hat er gesagt, was er als König von Norwegen tun will?«

»Ja! Natürlich soll er von allen als Herr anerkannt werden, wie einst Harfager. Aber er hat auch mal gesagt, dass er den alten Glauben mit Stumpf und Stiel ausrotten möchte, mit dem Schwert, wenn es sein muss. Hæricr hatte sich schon gewundert, als Olafr plötzlich wieder mit seinen Seiðmenn sprach, aber manchmal war es so – an einem Tag erbitterter Feind, wenn er vor anderen über jemanden sprach, und am nächsten Tag, wenn die anderen nicht da waren, hat er den Beschimpften beschenkt. Hæricr Harekson nannte das ›Politik‹.«

Eyvindr Kelda nickte. Er stellte Kyrrispörr noch ein paar weitere Fragen, ließ sich von Olafs Eroberungszügen erzählen und wandte sich schließlich an die Versammelten, die wie gebannt zugehört hatten.

»Olafr Tryggvason, der von Harald Harfagers Geschlecht ist, will König sein über Norwegen. Doch was bringt er? Zweihandäxte der Huskarls von der Insel der Angelsachsen und Speere, wie sie die Schweden und die Dänen führen. Schärfer als jede Axt und durchdringender als jeder Speer ist jedoch seine Mission. Ich war im deutschen Reich Ottos, ich habe gesehen, wie ein jeder sich dort fügt in seine Rolle, die ihm von einem Herrn zugewiesen wird, und wie keiner aufbegehrt, wie es jeder freie Mann ob des Unrechts tun würde, denn Otto sagt, seine Macht wird von dem einen Gott gestützt, und wo nur ein Gott ist, da darf es auch nur einen Kaiser geben. Mann und Frau seien nicht würdig, gegen ihren Stand aufzubegehren. Sagt, was würden Oðinn und Þórr von solchen Duckmäusern halten? Sagt, sollen auch bei uns ein freier Mann oder eine Frau sich wie ein Þræll betragen? Sagt, wollt ihr das?«

Die Versammelten verkündeten lautstark ihren Unwillen, nicht nur, weil die vielen Seiðmenn unter ihnen eine mitreißende Rede zu würdigen wussten – Kyrrispörr spürte, dass sie Eyvind Kelda auch in der Sache beipflichteten. Also schrie er mit ihnen, hob die Faust wie sie und wäre am liebsten sofort losgezogen, um dem Mörder seines Vaters den Schädel zu spalten. Aber Eyvindr war noch nicht fertig.

»Sein wahres Gesicht hat Olafr Tryggvason gezeigt, als er uns einlud zu einem Versöhnungsfest, uns, die Seiðmenn ganz Norwegens und selbst seine Berater, die an seiner Seite gekämpft und mit ihm die Meere durchpflügt hatten. Geblendet hatte er uns alle mit seiner Geste der Freundschaft, und belohnt hat er unser Vertrauen mit dem Feuer, dem allein ich und der Sohn eines seiner Berater entkamen, Kyrrispörr nämlich. Er, der vor eueren Augen heute die Würde der Mannbarkeit erhielt, und ich, wir sind die einzigen Überlebenden von Olafs Niedertracht. Wollt ihr so enden wie unsere Kameraden?«

Während Zornesbrüllen über den Platz brandete, fühlte sich Kyrrispörr von allen Seiten an der Schulter gerüttelt.

»Kommt mit uns, lasst uns unsere Freunde rächen, auf dass die Möwen sich an der Verräterzunge dieses Königs sattfressen mögen! Noch in diesem Frühjahr werden Hakon Jarls Söhne ihre Herrschaft aufnehmen können.«

Während die meisten sich von der Entrüstung anstecken ließen, gab es doch einige Hersire, die sichtlich im Zweifel waren.

»Es stimmt schon, was du sagst«, erklärte der Hauknefr Jarl. »Vergiss aber nicht, Eyvindr Kelda, dass die Hersire hier zuerst an ihre Dörfer und Siedlungen denken müssen. Tryggvason hat in den drei Jahren seiner Herrschaft bewiesen, dass er ein starker Herrscher ist.« Von den Hersiren kam bestätigendes Murren. »Und wer soll Tryggvason nachfolgen? Hakon Jarl war Herr über sechzehn Jarla und hielt sie zusammen. Tryggvason hat ihn gejagt und ermordet. Wer wird also der neue König, wenn der König getötet worden ist? Oder wenigstens Erster unter den Jarla, wie es Hakon war?«

»Sven Hakonson konnte nach Dänemark flüchten«, erklärte Eyvindr. »Ich sage euch, noch vor dem Sommer wird er von uns die Herrschaft erhalten.«

»Aber sollte die Rache der Seiðmenn nicht auch von der Seiðmenn Hand erfolgen? Wer könnte Oðins Zorn besser über Tryggvason bringen als ihr?«

Eyvindr lächelte traurig. »Nicht allein Oðinn geht das an. Wer immer euch nahesteht, ob Baldr, Þórr oder ein anderer, er wird Tryggvason nicht mögen.«

»Die Götter wissen sich schon selbst zu wehren«, gab ein anderer Hersir zu bedenken. »Und euch Seiðmenn werden sie am besten unterstützen können, die ihr ja ihre Macht so oft schon angerufen habt.«

»Zudem war es ein hartes Jahr und ein früher Winter. Das Vieh muss versorgt und der Acker bestellt werden«, fügte ein anderer hinzu. »Wenn wir jetzt Krieg führen, fehlt es im Frühling vielleicht an Händen.«

»Ich spreche für die Bœndi bei Þrándheim«, meldete sich

zum ersten Mal Hersir Jarnskegge zu Wort. »Olafr hat den Hochjarl Hakon zur Flucht bewegt und dann morden lassen, ihn, der sechzehn Jarla unter sich hatte. Anders als seine Mannen werden wir uns nicht bekehren lassen. Es geht Olaf um seine Macht, nicht um seinen merkwürdigen einsamen Gott, den Þórr noch zerschmettern wird. Aber Olafr hat viele Mannen, und er ist listig wie ein Fuchs. Deswegen werden wir ihm auf unserem Boden begegnen und ihm die Stärke der Bœndi beweisen. Er wird sich Þórr unterwerfen müssen! Doch im Namen der Bœndi wiederhole ich, nur auf unserm Grund, nicht in seinem eigenen Bau. Euch, Seiðmenn, unterstützen wir, doch nicht mit Mannen. Das ist mein Wort.«

»Also«, sagte Hauknefr Jarl und führte die Hände zusammen, »die Seiðmenn sind gut gerüstet für ihre Rache. Gern stellen wir euch ein Schiff und reichlich Proviant. Auf dass Tryggvasons Haupt fallen möge!«

Für den Bruchteil eines Herzschlags sah Kyrrispörr in Eyvinds Gesicht, dass der Seher seine Niederlage erkannt hatte – denn nichts anderes war das, begriff er. Die Hersire hatten mit schönen Worten im Grunde eins gesagt: Das hier ist nicht unser Problem. Aber Eyvindr fluchte nicht. Er schien nicht einmal verärgert zu sein. Ganz im Gegenteil, er blickte in die Runde, als habe er ein Geschenk erhalten, das seine Erwartungen um ein Vielfaches übertraf. Er dankte ihnen und beschämte sie doch, indem er sagte:

»Wenn die Skalden ihre Lieder über Tryggvasons Fall in ganz Norwegen und Schweden singen, dann werden sie eure Großzügigkeit und Hilfe neben den Mut der Seiðmenn stellen!«

»Ja, Olafs Gefolge wird bei lebendigem Leib verfaulen«, brummte der Bucklige neben Kyrrispörr grimmig. Er warf

Kyrrispörr einen Blick zu, der es ihm kalt den Rücken hinunterlaufen ließ. Er hatte keinen Zweifel am Ernst der Drohung dieses Gnoms.

Das Þing wurde anschließend noch zur Klärung von allerlei Fragen genutzt. Zwar waren sich alle wohl bewusst, dass sie ohne König oder zumindest ersten Jarl schlecht Gesetze ändern und Abgaben und Aufbietpflichten ändern konnten, aber der Jarl Hauknefr versprach, sich der Absprachen anzunehmen. So dauerte die Besprechung bis tief in die Nacht, ungeachtet der bitteren Kälte, die mit dem Abend kam. Auf dem anschließenden Fest, das eher ein geruhsamer Abendumtrunk wurde, wurden weitere Themen erörtert, wie die Schleifstein- und Zunderschwammpreise in Heiðabýr im Vergleich zu Sigtuna waren, ob es sich lohnte, über Jomsburg zu segeln, ob im Osten immer noch blonde Sklavenjungen in Silber aufgewogen wurden, wie die Befestigungen der Angelsachsen ausgebaut worden waren oder wie es im Getreidehandel mit Skotkonung stand; auch, welche Krankheiten den Rindern besonders zugesetzt hatten und woher die sagenumwoben großen Kühe stammten, die ein Bauer aus dem Västergötland sein Eigen nannte. Kurzum, es ging um alles, was mit Handel oder Krieg zu tun hatte.

Als Kyrrispörr auf sein Lager fiel, war er todmüde. Trotzdem konnte er nicht schlafen: Das Þing, seine Mannwerdung, Eyvinds Reden und die Reaktionen all der Seiðmenn und Hersire gingen ihm im Kopf herum wie Wespen in ihrem Nest. Dazu Guðruns Blicke. Und, alles überragend, der Gedanke an Æringa. Er griff neben sich und hob die schwere Scheide hoch. Sachte ließ er die Klinge herausgleiten, drehte sie dicht vor seinen Augen und bewunderte, wie sie im ersten Morgenlicht glänzte. Nachdem er sie wieder in die Scheide hatte zurückgleiten lassen, legte er sie längs auf seine Decke, wie man es bei Grabbestattungen tat, und faltete die Hände über dem Schwertgriff auf der Brust. Wieder fühlte er, wie er von Ruhe und Sicherheit durchflutet wurde. Es war, als ob das Gewicht der Waffe die wilden Gedanken niederhielt. Endlich glitt er in einen unruhigen Schlaf hinüber.

WIEDERGEBURT

FEST DEN KOPF gegen das Gefäß des Schwertes geschmiegt, das er zwischen den Oberschenkeln eingeklemmt hatte, erwachte Kyrrispörr Hæricson. Im ersten Augenblick wusste er nicht, wo er sich befand. Bis er richtig wach geworden war, erlebte er ein Wechselbad von Gefühlen: Erst ergriff ihn eine unbeschreibliche Todesangst, Angst nicht allein um sich, sondern merkwürdigerweise auch um Æringa, dann verspürte er ein Hochgefühl, als er sich daran erinnerte, wie er zum Mann geschlagen worden war; und plötzlich überfiel ihn tiefe Hoffnungslosigkeit, da er Eyvind nur würde enttäuschen können, so unmöglich erschien ihm die Erfüllung der Aufgabe des Meistersehers. Mit klopfendem Herzen klammerte er sich an sein Schwert, und gleichsam, als würde es ihm Kraft schenken, gewann er seine Zuversicht wieder. Und sah sich geehrt ob der Tatsache, dass Eyvindr auch ihn mitnehmen würde auf der Fahrt gegen Olaf Tryggvason.

Gleich, nachdem er seine Schale Grieß ausgelöffelt hatte, wurde er so sehr in Beschlag genommen, dass er keine Zeit mehr für verwirrende Gedanken hatte. Im Schein der aufgehenden Sonne musste er gegen Feilan antreten, und Ormr Hrolofson wies ihn schonungslos immer wieder auf seine Schwächen hin.

Zu Mittag glaubte Kyrrispörr, dass ihm die Arme abfallen müssten. Doch er hatte kaum Zeit, die Fischbrühe aufzuessen, da ließ Eyvindr ihn bereits zur Beratung rufen.

Im Langhaus waren alle Seiðmenn versammelt, etwa sechzig an der Zahl, und ebenso zahlreich waren die Hersire, die sich allerdings wohlweislich etwas abseits gesetzt hatten. Auch Jarnskegge war darunter und deutete ein grüßendes Nicken an. Der Jarl Hauknefr nickte Kyrrispörr zu, dann hob er sein Prunkhorn, rief Oðins Beistand an und ließ es kreisen.

»Kyrrispörr«, sagte Eyvindr, nachdem der Form Genüge getan worden war, »du bist mit König Olaf gefahren. Dein Vater war sein Vertrauter. Du weißt am besten, wohin Olafr sich gewendet haben mag.«

»Ich meine, er sprach von Viken«, sagte Kyrrispörr. Ganz sicher war er sich nicht.

»Das würde sich fügen«, sagte einer der Herren. »In Viken hat König Olafr seine Höfe und Verwandtschaft, das ist seine Heimat. Sofern Olafr eine Heimat hat.«

»Dort greifen wir ihn«, sagte Eyvindr. Der Hersir hob die Augenbrauen.

»Du willst den Bären in seiner Höhle aufsuchen? Ist das weise?«

»Dort ist er vielleicht unter seinesgleichen. Aber wenn er erst wieder loszieht, ist er erst recht unerreichbar, denn dann wird ihn sein Heer begleiten. So sind seine Mannen zumindest nicht alle beisammen. Zumal – er wird nicht damit rechnen, dass wir ihn ausgerechnet bei sich zu Hause angreifen.«

In den Gesichtern der Hersire meinte Kyrrispörr deutlich Unbehagen lesen zu können, im Gegensatz zu den Seiðmenn, die zustimmend nickten. Nach kurzer Diskussion wurde ihm zugestimmt.

»So sei es denn«, sagte Jarl Hauknefr. »So wollen wir nun die Einzelheiten besprechen. Ihr, Hersir Ivarr, habt ein Schiff?« Und so wurde jeder Hersir daran erinnert, welche

Hilfen er dem Kriegszug der Seiðmenn zur Verfügung stellen wollte.

»Ein riskantes Unterfangen«, meinte Hauknefr. »Wahrlich, es wäre besser, Ihr hättet mehr Mannen bei Euch, Eyvindr.« Der Meisterseher winkte ab.

»Wir sind wenige an der Zahl, aber wir werden die Macht der Götter hinter uns haben.«

Eyvinds Zuversicht wollte nicht so recht auf Kyrrispörr übergehen. Schon in ein paar Tagen sollte es losgehen, und er fühlte sich alles andere als wohl in seiner Haut. Während einige Männer das geklinkerte Kriegsschiff für seine Reise vorbereiteten, prüfte Kyrrispörr seine Ausrüstung. Ab und zu stieß Laggar von seinem Block einen Ruf aus.

»Wozu brauchst du denn die?«, hörte er Feilans Stimme hinter sich. Der Junge griff einen Pfeil mit Lanzettspitze aus dem Sortiment, das Kyrrispörr vor sich ausgebreitet hatte.

»König Olafr trägt sicher einen Kettenpanzer«, erwiderte Kyrrispörr unwillig und nahm Feilan den Pfeil aus der Hand. »Der hier kommt da durch.«

Er legte drei besonders widerwärtig anmutende Kreuzschneider mit in sich verdrehten Klingenspitzen beiseite, dazu ein paar breitköpfige Pfeile, die besonders gegen Ungepanzerte Wirkung zeigten, und ein paar Dreikantpfeile. Feilanr lachte auf.

»Du glaubst wirklich, dass der Olafr dich an sich ranlässt! Ich glaube eher, er lässt dich aufspießen wie einen Stockfisch, ehe du ihn überhaupt zu Gesicht bekommst.«

Kyrrispörr legte den Pfeil aus der Hand und nahm einen Runenstab, um Feilan zu zeigen, dass er sich als Seiðmaðr von niemandem würde aufspießen lassen, als er ein kleines Mädchen herbeieilen sah. Verzagt trat sie auf der Stelle und traute sich erst auf Kyrrispörrs aufmunterndes Nicken hin zu sagen:

»Der Eyvindr Kelda wartet auf dich, sagt er, du sollst gleich kommen, sagt er, und der Seher soll kommen, sagt er!«

Kyrrispörr brauchte einen Augenblick, bis er verstand, was sie mit dem ›Seher‹ meinte. Er nickte dem Mädchen zu, raffte die Pfeile zusammen, ohne Feilan Beachtung zu schenken, ließ Laggar auf die Faust beireiten und eilte, sein Sehergewand anzulegen. Wahrscheinlich, so vermutete er, wollte Eyvindr ihm kurz vor ihrer Abreise noch Wichtiges beibringen. Tatsächlich begann Eyvindr ihn in den Gebrauch von Pflanzensamen einzuweisen: ganz besonders mächtigen Sämereien, wie er sagte. Gemeinsam verteilten sie eine abgezählte Menge aus verschiedenen Tonschälchen auf dreißig Lederbeutel.

Die Anleitungen dauerten bis in den Abend.

»Jetzt übe dich mit deinem Falken«, sagte Eyvindr schließlich. »Unterwegs wirst du kaum Gelegenheit dazu haben. Komme, wenn es finster geworden ist und man die Sterne sehen kann, zum Grubenhaus beim Trollstein. Aber beachte: Du darfst nichts bei dir haben außer deinem Falken, und du darfst nichts auf dem Leib tragen außer einem Leinenhemd. Geh jetzt.«

Kyrrispörr sah Eyvind erstaunt an, aber bevor er nachfragen konnte, hatte der Meisterseher sich wieder einer Schale mit Samen zugewandt.

Während er die lange Schnur des Federspiels herumwirbelte und Laggar Durchgang um Durchgang darauf fliegen ließ, gingen ihm Eyvinds Worte nicht aus dem Kopf. Ein Kribbeln erwachte in seinem Magen. Eyvindr hatte etwas Besonderes mit ihm vor, das war klar. Aber was? Schließlich war er bereits zum Mann geschlagen worden, mehr Feierlichkeiten gab es da nicht.

Beinahe hätte er das Federspiel zu spät unter Laggar weggezogen – der Falke hatte es schon fast in den Fängen. Kyrrispörr ließ ihn aufsteilen und erlaubte ihm, es sich beim nächsten Anflug zu holen. Er ging dem Vogel hinterher, sah ihm dabei zu, wie er seine auf das Federbalg gebundene Belohnung kröpfte.

Als die Sonne untergegangen war, nahm er Laggar auf die Faust und ging ins Langhaus zurück. Mit einem mulmigen Gefühl streifte er die Kleider ab und schlüpfte in ein grobes Leinenhemd, zog den Handschuh über und nahm den Falken wieder auf. Er erntete wohl befremdete Blicke von den Menschen, aber sie hatten inzwischen gelernt, dass man sich bei Sehern über nichts mehr zu wundern brauchte. Mancher mochte es sich auch so erklären, dass Kyrrispörr auf dem Weg zur Sauna war, nur der Falke auf seiner Faust war rätselhaft. Kyrrispörr vermied es so gut es ging, jemandem zu begegnen. Die Aprilnacht war kalt, und er fror. Laggar saß zu einem runden Ball aufgeplustert auf seiner Faust und hatte den Kopf unter den Flügel gesteckt, im vollen Vertrauen zu seinem Meister. Das Schwanken der Schritte glich er unbewusst aus.

Das Grubenhaus stand am Rand des Dorfes und war Eyvind von den Lachsschuppern zur Verfügung gestellt worden; Kyrrispörr war jedoch bis jetzt noch nie darin gewesen. Es war nur das Dach zu sehen, der eigentliche Raum befand sich unter der Erde. Im Gegensatz zu den anderen Häusern hatte sich wohl einige Zeit niemand mehr darum gekümmert: Es war dicht umwuchert von trockenem Gestrüch, zwischen dem sich frische Triebe emporzurecken begannen. Genau über ihm stand der Mond, dem eine vorbeiziehende Wolkenbank einen unheimlichen Eindruck verlieh. Kyrrispörr klopfte das Herz bis zum Hals,

als er die Tür öffnete. Am Fuß der kurzen Treppe brannte ein einsames Talglicht. Ansonsten war der Raum finster. Ehe er das Haus betreten konnte, raunte eine Stimme von innen:

»Zieh das Hemd aus. Nimm niemals den Blick vom Licht, oder du bist des Todes.«

Gehorsam legte Kyrrispörr das Hemd am Türstock ab, nachdem er Laggar von einer Faust auf die andere und wieder zurück gewechselt hatte. Es war ein eigentümliches Gefühl, so verletzlich und bloß vor der Finsternis zu stehen; deutlich fühlte er die kalte Luft über die Hinterbacken streichen; warf sich in die Brust, nahm sich ein Herz und stieg ins Grubenhaus hinab. Die Augen hielt er starr auf die kleine, rußende Flamme des Talglichts gerichtet, obwohl sich ihm die Nackenhaare aufstellten und sich sein Magen zusammenzog, als wäre eine unsichtbare Bedrohung hinter ihm. Als seine Fußsohlen den Lehmboden berührten, setzte um ihn herum ein vielstimmiges Raunen ein; zunächst war es kaum zu hören, doch langsam steigerte es sich zu einem dumpfen Brummen, das den ganzen Raum erfüllte. Kyrrispörr musste all seine Selbstbeherrschung aufbieten, um den Blick nicht von der Flamme zu wenden. Laggar hingegen saß ruhig auf seiner Faust. Die Flamme erschien ihm grell und blendend in der Finsternis; sie zuckte hin und her, als würde sie ein Eigenleben entwickeln, wand und schlängelte sich, zeugte Glutpunkte, ganz wie damals, als sich ihr Versammlungsort langsam in eine Feuerhölle verwandelte. Er spürte von seinen Zehenspitzen ausgehend Angst seinen Körper emporkriechen – etwas Weiches berührte ihn an der Schulter und holte ihn für die Dauer eines Augenblicks in die Gegenwart zurück, wie Federn hatte es sich angefühlt, um ein Haar hätte er den Blick von der Kerze genommen – das Raunen schwoll langsam auf und ab. Die Flamme regte sich wieder, streckte sich und schien sich wie ein Finger emporzutasten. Kyrrispörr fühlte ein Kribbeln in den Beinen, schluckte hart und merkte gar nicht, dass er kaum noch atmete.

Laggar ließ ein leises Zwitschern als Zeichen der Beunruhigung vernehmen. Kyrrispörr musste all seine Selbstbeherrschung aufbringen, als er spürte, wie sich Laggars Gewicht auf seiner Faust verlagerte: Der Vogel trat über auf die Faust eines Unsichtbaren und war schon in der Finsternis verschwunden. Jetzt merkte Kyrrispörr, wie sehr Laggar ihm eine Stütze gewesen war.

Da erscholl eine Rassel ganz dicht an seinem rechten Ohr, dass er bis ins Mark erschrak und aufschrie, aber es gelang ihm, trotzdem nicht den Blick von der Flamme zu wenden. Sie erschien ihm nun wie das geschlitzte Auge der Midgardschlange, und die Finsternis dahinter ballte sich zusammen zu ihrem gewaltigen Leib, mit dem sie die Erde zusammenhielt, da war ein Hauch zwischen seinen Schulterblättern, und das Raunen wurde fordernd, pochte, während der Hauch seinen Rücken hinabwanderte, das Dunkel umfing ihn, die Midgardschlange umfing ihn, er spürte sie hinter sich und starrte in ihr Feuerauge, das plötzlich zu blinzeln schien und mit einem Mal verlosch, und jetzt war er allein, allein in der undurchdringlichen Finsternis, die von der Midgardschlange ausgefüllt wurde, ihn würgte, ihm den Atem nahm, einzig das Raunen, ohrenbetäubend war es jetzt, schützte sein nacktes Leben vor ihrer Urgewalt – da zerschnitt ein weißgreller Blitz die Finsternis, Kyrrispörr sah die Reflexion des Lichts in einer Schwertklinge, die auf ihn niedersauste, und ein zweiter, noch hellerer Blitz schickte ihn in die Bewusstlosigkeit. Ohnmächtig fiel Kyrrispörr in sich zusammen.

Kälte war das Erste, was er spürte. Er lag flach ausgestreckt auf dem Rücken. Um ihn herum brannten Fackeln, in jeder Ecke des Grubenhauses eine. Zwischen ihnen standen Männer. Schwertknäufe, Messingschließen und Nieten reflektierten das Licht. Bleich grinsten Schädel an den Gürteln des einen oder anderen. Sie alle sahen regungslos auf ihn hinab und schwiegen. Das Talglicht brannte wieder, es stand auf einem kleinen Podest an der Wand. Laggar saß auf der Kante und äugte zu Kyrrispörr hinunter; daneben stand Eyvindr Kelda und hatte die Arme gehoben, die Handflächen nach oben gekehrt, und setzte zu einem kehligen Gesang an, in den die anderen einfielen. Sodann kniete er vor Kyrrispörr nieder, hob sanft seinen Kopf an und flößte ihm ein Gebräu aus einem winzigen Horn ein, das scharf und süß zugleich war. Kyrrispörr verschluckte sich beinahe. Das Getränk fuhr ihm wie Feuer in die Glieder, die er gar nicht mehr gespürt hatte. Währenddessen hielt der vielstimmige Gesang der Seiðmenn ununterbrochen an.

»Knie hin!«, befahl Eyvindr Kelda. Kyrrispörr kostete es unsäglich viel Kraft, vor dem Steinblock auf die Knie zu gehen, auf dem nicht nur sein Falke und das Talglicht standen. Jetzt entdeckte er, dass seine Rückseite ganz von dem hölzernen Götterbild des Oðinn eingenommen wurde.

»Du bist gestorben als Kyrrispörr Hæricson, freier Mann, und bist nun wiedergeboren als Seiðmaðr, geprüft und für würdig befunden in der Welt der Geister. Doch ehe nun wir, die Seiðmenn, dich in unsere Reihen aufnehmen können, sage uns, was dich am meisten antreiben wird in deinem neuen Leben!«

Kyrrispörr brauchte gar nicht nachzudenken. Trotz der Verwirrung, die ihn ergriffen hatte, lag ihm die Antwort bereits auf der Zunge.

»Rache für meinen Vater«, gab er zur Antwort.
»Und das bedeutet?«
»Tod König Tryggvasons durch meine Hand.«
»Du, Kyrrispörr Hæricson, bist der bedeutendste Mann unserer Mission. Denn du wirst es sein, der König Olaf niederstrecken wird. Die Nornen haben zu mir gesprochen, dass du den entscheidenden Streich führen wirst.«
Kyrrispörr sah mit einem Anflug von Glück zum Meisterseher empor. Wenn die Schicksalsgöttinnen selbst Eyvind dies prophezeit hatten, war es gewiss, dass er die Rache für seinen Vater würde vollziehen können.
»Wir alle, alle Seiðmenn, die an der Expedition teilnehmen, haben beschlossen, dich mit unserem Leben zu schützen, auf dass die Prophezeiung wahr werde. Aber es gibt eine Bedingung, damit der Spruch der Nornen Wirklichkeit wird. Oðinn hat zwei Raben, Huginn und Munnin. Jeder von ihnen wird ein Mal für dich Blut kosten, und Munnin muss das des Königs bekommen. Weder dein Schwert noch deine Pfeile noch eine andere Waffe in deinen Händen dürfen also mehr als ein Mal Blut gesehen haben, als bis du gegen Olaf Tryggvason selbst antrittst. Wir werden für dich kämpfen.«
Kyrrispörr war ein wenig enttäuscht. Eyvindr Kelda legte eine kurze Pause ein.
»Es gibt noch eine Kehrseite. Auch die musst du kennen.«
Ein bedrückendes Gefühl stieg in Kyrrispörr auf. Unwillkürlich senkte er den Kopf und wartete auf Eyvinds nächste Worte.
»Die Nornen haben mir auch geweissagt, Seiðmaðr Kyrrispörr Hæricson, dass du, sobald Olafr seinen letzten Atemzug getan hat und Munnin satt ist, selbst des Todes sein wirst.«
Kyrrispörr zuckte wie unter einem Hieb zusammen und

ließ das Haupt noch tiefer sinken, bis das Kinn seine Brust berührte. Irgendwie hatte er es schon geahnt. Im Augenblick des größten Triumphes, ausgerechnet, würde er selbst den Tod finden. Ihm war sofort bewusst, dass alles, was er jetzt tat, alles, was zur Erfüllung seiner Bestimmung diente, ihn zugleich seinem eigenen Tod näher brachte.

Er spürte, dass Eyvindr Kelda eine Antwort von ihm erwartete. Tief holte er ein-, zweimal Luft, straffte die Schultern und hob den Kopf. Laggars Augen blitzten ihn im Licht der Talgflamme an.

»Ich bin bereit«, sagte er mit belegter Stimme. Die Seiðmenn ließen ein anerkennendes Raunen hören.

»So möge es geschehen.« Eyvindr Kelda hob ein in Silber gefasstes Prunkhorn. »Erhebe dich nun, Seiðmaðr, und trinke mit uns. Auf deinen Auftrag!«

Er nahm einen Schluck und reichte das Horn an Kyrrispörr weiter. Als der den starken Met trank, da war es, als seien all die Kälte und Aufregung von ihm abgefallen, als stünde er nicht mehr nackt, sondern in dicke Felle gehüllt vor dem Meisterseher. Mit einer wohltuenden inneren Ruhe reichte er das Horn an den nächsten Seiðmann weiter, der auf den Erfolg ihrer Unternehmung trank und das Horn weiter kreisen ließ, bis es wieder in Kyrrispörrs Hände gelangte.

»Nimm den letzten Schluck, und unser Eid ist besiegelt. Ich werde das Horn dem Oðinn opfern.«

Und als Kyrrispörr es Eyvind zurückgab, da kleideten die Männer ihn in neue Sehergewänder: Ein Kittel und Hosen, dazu ein knöchellanger Umhang und weiche Lederstiefel, alles aus strapazierfähigem und sich angenehm anfühlendem Material, verziert mit Borten und Mustern. Jemand hatte Fibel und Schwert von seinem Lager herbeigeholt und legte es ihm um.

»Sei uns willkommen«, sagte Eyvindr abschließend. »Nun lasst uns diesen Anlass mit einem Schmaus begehen!«

Obschon Kyrrispörr seit Tagen nicht mehr satt gewesen war, konnte er doch nur langsam essen. Er hatte ganz vergessen, wie gut es tat, wieder einen vollen Magen zu haben.

»Stärke dich«, riet Eyvindr ihm. »Es wird eine harte Zeit gegen Olaf!«

Als er als geweihter Seiðmaðr zurückkam zu jener Hütte, aus der er als Jüngling im Hemd gekommen war, war sein Kopf von den Erlebnissen und dem Met wie in Watte gepackt. Die Seiðmenn hatten gelacht, ihn aber nicht gedrängt, mehr zu trinken oder zu essen.

Im Haus schliefen bereits alle. Nur hinten, vor Kyrrispörrs Bettstatt, flackerte auf hüfthohem Metallstab ein Talglicht und ließ die Schatten spielen. Zu seiner Überraschung gewahrte Kyrrispörr Æringa, die am Kopfende saß und ihn erwartete.

»Du hast die ganze Zeit hier gewacht?«, flüsterte Kyrrispörr verwundert.

»Ich hatte Angst um dich. Dass die Geister dich bei sich behalten.« Kyrrispörr wollte etwas erwidern, aber Æringa sprach schon weiter: »Es ist schon anderen Seiðmenn so ergangen! Man erzählt sich, manche seien nie wieder gesehen worden, und andere hätten angefangen, sich wie Schafe oder Hühner zu verhalten! – Aber du siehst wirklich gut aus«, wechselte sie das Thema. Sie erhob sich und maß ihn voller Bewunderung. »Ein richtiger Seiðmaðr.«

Kyrrispörr war es, als dringe ihm ihr Blick bis in die Seele, und er schauderte. Ihre Berührung an seinen Schultern bewirkte eine eigentümliche Erschütterung in ihm. Als sie mit fliehenden Fingern die Mantelfibel von seiner Schulter löste, wollte er ihr gleich sagen, welch furchtbares Schicksal ihm bevorstand; sein Blick musste sich unwillkürlich verdüstert haben, denn Æringa musterte ihn voller Sorge.

»Es … Es gibt da noch etwas …«, stotterte er; es war ihm selbst ein Rätsel, weshalb es ihm auszusprechen so schwer fiel. Aber Æringa verschloss ihm rasch die Lippen mit der Hand.

»Ich weiß«, raunte sie. »Eyvindr hat mich eingeweiht.« Sie nahm ihm den Mantel von den Schultern, legte ihn zusammen und öffnete ihrerseits die Kuppelfibeln, die ihre Schürzenbänder hielten. Dabei warf sie ihm einen Blick zu, der ihn noch tiefer ins Mark traf als ihre vormalige Berührung.

»Na komm! Du brauchst Schlaf!«, ermunterte sie ihn. Verdattert nestelte Kyrrispörr am Gürtel, legte den Schwertgurt mit der schweren Waffe daran ab und schlüpfte aus den weichen Lederschuhen. Dann zögerte er. Er wusste selbst nicht, woran es lag – üblicherweise kannte er keine Scham, es war schließlich etwas ganz Gewöhnliches, aber eben nicht heute Nacht. Er schob es auf die Verwirrung durch die Erlebnisse und den Met, auch wenn es ein ganz merkwürdiges, unbekanntes Gefühl war, das da mit Macht Aufmerksamkeit forderte. Ihm klopfte plötzlich das Herz bis zum Halse. Peinlich berührt, legte er die Hände über die Schenkel. Æringa kicherte und trat an ihn heran. Ein Hauch von ihrem Schweiß stieg ihm in die Nase, und er meinte, die Besinnung zu verlieren. Unwillkürlich hatte er die Augen geschlossen. Als sie mit sanften Fingern seine Unterarme berührte, holte er zitternd Luft. Hinter Kyrrispörrs Stirne lief ein ganzes Feuerwerk an Empfindungen ab. Die kühle Abendluft legte eine Gänsehaut über seinen Körper, und er schluckte hart. Als sie nun tat, was er in seinen kühnsten Träumen nicht zu hoffen gewagt hatte, nämlich ihr Haar löste und dieses sinnesraubende Meer aus Gold ihren Körper herabwallen ließ, ja, gar seine Hand zu ihren Locken führte und ihm sie zu berühren erlaubte, da schwanden ihm beinahe die Sinne.

Das Erlebnis mit Æringa blieb als köstliche Erinnerung in seinem Geist – beängstigend zugleich, auf seine ganz eigene Art, und unendlich betörend. Als wäre das nicht genug, fühlte er sich immer noch ganz benommen von der Kultfeier, die er durchlebt hatte. Jetzt war ihm zum ersten Mal so richtig bewusst gewesen, dass er Seiðmaðr war. Er war damit aufgewachsen, hatte gelernt und auch Zauber gewirkt, aber so richtig begriffen, was er war, das war es ihm erst jetzt. Er gehörte jetzt zu einem kleinen, erlesenen Kreis. Er war gestorben und wiedergeboren worden als etwas anderes – immer noch der junge Kyrrispörr, aber jetzt auch mehr als das, ein Jüngling mit einer anderen, verborgenen Seite, die in die Sphären der Geister und Götter hineinreichte. Und darauf war er stolz.

Als er am frühen Nachmittag zu Orm ging, um sich wie üblich im Kämpfen zu üben, fand er den Schwertmeister fluchend vor.

»Feilanr ist mit Ivar auf Fahrt gegangen, gerade jetzt. Einfach abgehauen ist er!«, schimpfte er. »Also gut, dann werde ich dich einweisen müssen.«

Die Übungen waren kürzer als sonst, fielen Kyrrispörr aber auch schwerer. Anschließend verordnete Eyvindr ihm Ruhe: »Die kommenden Tage werden anstrengend genug.«

Er kam nicht umhin, den Eindruck zu gewinnen, dass Æringa ihn mästete.

In der Nacht wurde Kyrrispörr von den Gedanken an das gequält, was er erfahren hatte. Er fragte sich außerdem, was er mit Laggar tun sollte. Aber da gab es eigentlich nur eines: Der Falke und er waren eine Einheit, sie gehörten zusammen, also musste Laggar mit. Wenn Kyrrispörr starb, würde Laggar ihm folgen, wie es auch bei den liebsten Pferden von Fürsten der Fall war …, aber immer wieder musste er an Laggar denken. Wenn das Pferd eines Fürsten nach dessen Tode umgebracht wurde, dann, damit der Herr ein gutes Ross bei sich haben würde, das ihm gute Dienste erwiesen hatte. Aber das Ross war für ihn eben nur ein nützliches Tier, höchstens ein Gefährte gewesen. Doch mit Laggar fühlte sich Kyrrispörr weit enger verbunden. Er wälzte sich auf seiner Bettstatt herum. Er spürte, dass Laggar zu einem Teil von ihm geworden war. Und dass in Laggar ein Teil von ihm weiterleben würde, wenn er starb. Der Vogel sollte leben. Er wusste zu jagen, und er würde sich schnell ohne seinen Herrn zurechtfinden – Kyrrispörr verspürte einen tiefen Trost bei dem Gedanken, dass er die Welt mit Falkenaugen sehen und fühlen würde, wie der Wind durch die Schwingen strich, und das Kitzeln, wenn Laggar abkippte und in den Sturzflug ging. Er erinnerte sich, dass ein Magier vor nicht langer Zeit die Küste Islands in der Gestalt eines Wales erkundet hatte, bevor ihn die Landisir vertrieben hatten; ob Kyrrispörr die gleiche Kontrolle über sich haben würde wie jener? Wie es wohl sein würde, gemeinsam mit Laggars Geist den Vogelkörper zu bewohnen?

AUFBRUCH

Ihr Schiff beeindruckte Kyrrispörr. Es war keines der breiten Transportschiffe mit ihren wenigen Rudern und ihrer behäbigen Ausstattung. Vielmehr handelte es sich um ein schlankes Drachenschiff. Dessen Bestimmung war es, Krieger zu transportieren, und es war schlanker und länger als die hervorragenden Boote aus König Olafs Flotte. Kyrrispörr erkannte die Hand eines Meisters in der beinahe fugenlosen Klinkerbeplankung. Dieses Schiff erweckte ganz den Eindruck, als freue es sich schon darauf, sich durch die Wellen zu schlängeln, dem Feind entgegen. Es schien ihm gar von einem ganz eigenen Leben erfüllt, wie es den kleinen Drachenkopf hoch oben auf dem hochgezogenen Kiel reckte.

Am Tag der Abreise begleitete Æringa Kyrrispörr zum Ufer. Ihr wunderbares Haar war wieder züchtig zu einem Versprechen zusammengebunden. Ihr standen Tränen in den Augen. Ihm fiel der Abschied umso schwerer.

»Komm heil zurück«, bat sie ihn, als sie ihn zum Abschied umarmte. Kyrrispörr rang für einen Moment um Fassung und vergrub das Gesicht in ihrer Schulter, damit es niemandem auffiel. Ich werde nie mehr zurückkehren, dachte er bitter.

»Pass auf dich auf«, raunte er, und die Stimme versagte ihm. Hastig machte er sich los, umklammerte sein Bündel und stapfte los. Einen Moment länger, und er wäre tatsächlich in Tränen ausgebrochen. Bedrückt sah er über die Abschiednehmenden hinweg zum Boot.

Es bot sich ein denkwürdiges Bild: Eyvinds Drachenschiff wurde ausschließlich mit Magiern bemannt. Neben jenen in der praktischen Kleidung der kämpfenden Seiðmenn waren dort ebenso solche zu finden, die den Eindruck einfacher Bauern erweckten, und solche, die wie finnische Zauberer aussahen mit ihren tierschädelbehängten Pelzen. Von letzteren trugen viele gar keine Waffen bei sich, höchstens hier und da den Stab der Völven, so sehr verließen sie sich auf die Kraft ihrer Magie. Aber alle waren sie in Gebete versunken, um Gott Njörd um guten Wind zu bitten.

»Dein Platz ist ganz hinten, gleich vor dem Ruder«, rief Eyvindr ihm zu. »Schließlich bist du die wichtigste Person auf unserer Reise!«

Kyrrispörr nickte. Als er das schwankende Boot über den Steg betrat und die Sitzbank an seinem Platz hochklappte, um darin seine Sachen zu verstauen, spürte er Stolz einerseits und Wehmut andererseits: Sobald sie ablegten, würde er dieses Land, diese Küste und ihre Menschen nie wiedersehen, denn das Ziel dieser Reise bedeutete seinen Tod. Wieder spendete ihm der Gedanke daran Trost, dass er nicht ganz sterben würde. Sorgfältig machte er für den Vogel eine Kiste zurecht, in der er die stürmischen Seetage unbeschadet überstehen würde, und verbrachte den Rest der Zeit damit, gedankenverloren durchs Dorf zu schlendern und die Bilder der Umgebung begierig in sich aufzusaugen.

Dann ging es los. Unter den Augen der Dorfbewohner und der anderen Fürsten, die am Kai aufgereiht standen, besetzten sie die Ruderbänke. Kyrrispörr verspürte das Kribbeln der Aufregung im Magen. Da war keine Wehmut mehr, jetzt hatte er das Ziel vor Augen und den göttlichen Auftrag, den er zu erfüllen hatte. Prüfend ließ er das Schwert aus der Scheide und wieder zurückgleiten, vergewisserte sich, dass sein Pfeilköcher wasserdicht verstaut war und ergriff mit beiden Händen das Ruder.

Eyvindr selbst stand am Steuerruder und gab mit lauter Stimme den Befehl zum Ablegen. Das Boot glitt in andächtiger Stille aus der Bucht; viele Zurückbleibende waren in Gebete vertieft, andere sahen ihnen stumm nach. Das gleichmäßige Platschen der Ruder hallte von den Hängen des Fjordes wieder; einzig eine Schar startender Enten durchbrach mit Geschnatter die Stille.

Das Drachenboot schwenkte zur Öffnung des Fjordes um. Jetzt erklang ein glasklarer, melancholischer Gesang von einem Hügel her: Eine Völva stand dort, die Arme ausgebreitet, und gab ihnen Beistand mit auf den Weg. Es war ein Lied voller Traurigkeit und Kraft, ruhig und schwingend, und es berührte die Herzen der Aufbrechenden auf eigentümliche Weise; es trug die Schwere des Schicksals in sich und besaß zugleich, vielleicht auch gerade deswegen, eine unbeschreibliche Kraft. Kyrrispörr bewahrte sie tief in seinem Herzen, und sie nahm ihm die Angst vor dem baldigen Tod. Er war nicht der Einzige, dem Tränen in den Augen standen.

»Rudert! Rudert!«

Eyvinds Stimme vermochte kaum das Donnern der Wellen zu übertönen. Gischt schlug ihnen ins Gesicht. Kyrrispörr hatte den Kopf zwischen die Schultern gezogen und die Augen zu Schlitzen verengt: Das Wasser machte ihn fast blind. Er war bis auf die Haut durchnässt, und die See zerrte am Ruderblatt, dass er Mühe hatte, es im Griff zu behalten. In den kurzen Phasen vergleichbarer Ruhe sah er hoch. Der Himmel war nicht zu sehen, stattdessen war es um sie herum völlig grau. Erschreckend dicht zuckten auf Steuerbord Blitze, die wie die Krallen eines Drachen ins Meer hineingriffen. An Deck waren vier Mann dabei, das Wasser mit Ledereimern aus dem Boot zu schöpfen. Von den anderen ruderten beileibe nicht alle. Der auf finnische Art in Felle gehüllte Magier vor ihm hatte das Ruder eingezogen und die Arme ausgebreitet, als wolle er die Wellen ganz allein aufhalten. Mehrere andere waren seinem Beispiel gefolgt. Der Kurs des Bootes wurde daher noch unberechenbarer. Hätte Eyvindr Kelda es nicht weiter von der Küste fortgesteuert, wären sie wohl auf ein Riff getrieben worden. Eine Böe traf Kyrrispörr wie eine gewaltige Ohrfeige.

Eyvindr herrschte die Magier an zu rudern, bis sie seiner Anweisung folgten. Als Kyrrispörr den Grund für Eyvinds Reaktion erkannte, stockte ihm der Atem. Eyvindr lenkte das Boot direkt auf eine kleine Insel zu! Er wollte bei diesem Wetter tatsächlich anlanden! Kyrrispörr war sich nicht sicher, was schwieriger war: das Manöver durchzuführen oder die Seiðmenn an den Rudern zu halten. Er wunderte sich über sie; sein Vater und die anderen Magier aus Olfrs Gefolge wirkten zwar Zauber, aber sie wussten wohl zu trennen, wann es mit Muskelkraft und wann es mit dem Geist anzupacken galt. Allerdings konnte es nur der Gnade der Götter zu verdanken sein, dass sie tatsächlich heil an Land ankamen. Das Boot knirschte über Geröll und Fels, schwankte dramatisch und stak fest. So konnten sie sich zu Fuß durch die Wellen bis auf die Insel kämpfen. Es war ein unwirtlicher Felsbrocken, aber er ragte an manchen Stellen so weit empor, dass er etwas Schutz vor Wind und Regen bot. Nachdem das Boot vertäut war, versammelte Eyvindr alle im Schutz eines Vorsprungs um sich.

»Wir sind nahe an Viken. Wer geht als Späher voraus und findet Olafs Aufenthaltsort?« Zwei Seiðmenn meldeten sich. »Sehr gut. Wir bleiben so lange hier, Ihr brecht mit dem Ruderboot auf, sowie das Wetter es zulässt.«

Ganz offensichtlich waren die Götter ihrem Vorhaben

zugeneigt. Am nächsten Morgen ging eine klare Sonne über dem bewölkten Horizont auf. Während sich Kyrrispörr und einige andere um das Drachenschiff kümmerten, ruderten die Kundschafter los. Sie kehrten erst gegen Abend zurück, während Eyvindr gerade das Vorgehen besprach.

»Olafr Tryggvason ist bald in Viken!«, riefen sie. »Er wird in Kürze losziehen, um das Osterfest zu feiern!«

»Sein Heer steht aber noch nicht?«, vergewisserte sich Eyvindr.

»Nein, es ist nur sein eigenes Gefolge bei ihm. Ich habe aber gehört, dass er für den Sommer Männer fordert – es heißt, er will dreihundert!«

Am nächsten Tag hatte sich die See beruhigt. Dichter Morgennebel hing über dem Wasser, als Eyvindr den Befehl zum Ablegen gab. Er schärfte den Männern ein, nur im Flüsterton zu sprechen, denn weit war es nicht mehr bis zu Olafs Aufenthaltsort. Nur ein Teil der Männer ruderte noch, und auch sie ließen die Ruder behutsam ins Wasser gleiten, sodass das Boot sich lautlos wie eine Erscheinung durchs Wasser schob. Als das Ufer der Insel als schwach schimmernder Schatten sichtbar wurde, ließ Eyvindr sie eine Weile daran entlangfahren und gab schließlich den Befehl zum Anlanden.

Im Weiß des Nebels versammelten sich die Seiðmenn um den Meisterseher.

»Ihr«, begann Eyvindr und deutete auf die finnisch anmutenden Seher, »Ihr werdet Zauber weben, um unseren Feind abzulenken und zu binden. Im Schutz des Nebels werden wir«, er deutete auf die kämpfenden Seiðmenn, »König Olaf umgehen und ihm in den Rücken fallen.«

Kyrrispörr war sich nicht sicher, ob die finnischen Seiðmenn ihn verstanden hatten. Sie wirkten allesamt entweder entrückt oder starr; sie hatten sich bereits ganz in die Geisterwelt versenkt. Mit gut zwanzig Mann löste sich Eyvindr aus der Gruppe. Kyrrispörr folgte ihnen in den Nebel. Bald schon waren die Finnischen nicht mehr zu sehen. Allein gelbes Wetterleuchten im Weiß verriet, dass einige die Hilfe des Feuers bei ihren Beschwörungen in Anspruch nahmen.

Vier Hünen hatten Kyrrispörr in ihre Mitte genommen. Zwei trugen Speere über der Schulter, einer einen übermannshohen Eibenbogen und der vierte war Ormr, dessen Axt bald so lang war wie Kyrrispörr groß. Kettenhemden klirrten leise bei jedem ihrer ausgreifenden Schritte. Auch mit Helmen waren sie alle ausgestattet: Drei mit Nasalen und einer mit einer Eisenmaske, die ihrem Träger einen noch grimmigeren Ausdruck verlieh. Vor dem dampfenden Nebel schienen sie Kyrrispörr wie drohende Schutzgeister, der leibhaftige Beleg dafür, dass Eyvindr nicht der Magie allein vertraute, sondern auch dem Schwert.

Geleitet wurde Eyvindr aber ganz offensichtlich von göttlicher Führung: Schon nach kurzer Zeit hatte Kyrrispörr die Orientierung verloren. Trotzdem eilten sie im Laufschritt über sumpfiges Gras, an Felsen und Gesträuch vorbei, als wäre es klarster Sonnenschein. Außer dem Keuchen der Männer, schmatzenden Schritten und dem Rasseln ihrer Panzer herrschte völlige Stille. Dies war die Zeit der Trolle und Gnome. Dies war die Zeit der Zwischenweltwesen. Nicht der Krieger eines christlichen Olaf. Feuchtkalte Luft drang mit jedem Atemzug in Kyrrispörrs Lungen und erschwerte das Atmen. Er umklammerte den Bogen, den er nicht verwenden durfte, und hatte Mühe, mit seinen Leibwächtern und den anderen Schritt zu halten. Der daumendicke Eichenschild über seiner Schulter zerrte an ihm; mehrfach knickte er beinahe mit dem Knöchel um.

Der Boden wurde fester. Eyvindr, der schräg vor Kyrrispörr lief, blickte mehrfach nach oben. Kyrrispörr erkannte, weshalb er das tat: Die Sicht wurde schnell besser – der Nebel begann sich zu lichten. Hügel schälten sich aus dem Grau, gewannen an Kontur und Schärfe, und einzelne Bäume wurden erkennbar.

Sie beschleunigten ihre Schritte noch. Gerade erkannten sie die Umrisse von zwei Langhäusern, als Alarmrufe herüberschallten. Kyrrispörr fürchtete schon, dass sie entdeckt worden seien, aber Eyvindr gab nur das Zeichen, in die Hocke zu gehen und langsam voranzugehen. Tatsächlich hatte der Alarm nicht ihnen gegolten. Als er Beschwörungsgesang vernahm, wusste Kyrrispörr, dass es die finnischen Seiðmenn waren, die gerade auf der anderen Seite des Gehöfts auftraten.

Sie krochen auf allen vieren eine leichte Anhöhe hinauf.

»Der Nebel«, knurrte Eyvindr. Er hatte wohl gehofft, dass dieser sich noch ein wenig länger halten würde, aber im Nu spannte sich ein klarer Frühlingshimmel über sie. Eyvindr drängte zur Eile. So schnell sie es wagen konnten, ohne sich zu verraten, schlichen sie auf das erste der Langhäuser zu.

Die Krieger Olaf Tryggvasons befanden sich tatsächlich alle auf der anderen Seite des Dorfes, wohl um die finnischen Seiðmenn zu bekämpfen.

»Dort!«, zischte einer von ihnen und deutete auf das vordere Langhaus. »Olafr Tryggvason!«

Tatsächlich stand da der König im Kreise einiger Männer, die Kyrrispörr als Krieger erkannte. Er schien in ein Gespräch vertieft, und dann wendeten die Männer sich um und eilten zum Kampfgeschehen. König Olafr aber blieb ganz allein zurück und trat ins Langhaus!

»Er sitzt in der Falle!«, brummte Eyvindr. Sie sprangen

auf und liefen geduckt zu dem Langhaus, wo sie sich auf die beiden Eingänge verteilten. Die Ablenkung durch die finnischen Seiðmenn funktionierte ganz hervorragend. Das Gehöft selbst war verlassen, nicht einmal eine Frau oder ein Kind waren zu sehen. Geübt in Tierverwandlung, wie die Finnen waren, bereiteten die Seiðmenn Olaf offenbar einiges Kopfzerbrechen. So viel, dass der König all seine Mannen gegen den Feind sandte und sich allein in das Haus zurückzog – er bereute es sicherlich schon, dass er Christ geworden war, dachte Kyrrispörr und wollte sein Schwert ziehen, aber Eyvindr legte ihm die Hand auf die Schulter.

»Warte. Nimm dein Schwert erst, wenn wir Olaf sehen. Vergiss nicht, nur ein Mal vorher darfst du Blut vergießen.« Er drehte sich den restlichen Seiðmenn zu und gab das Zeichen zum Sturm. Gerade, als Kyrrispörr ins Haus mitgerissen wurde, glaubte er, ein bleiches Gesicht im Schatten des Langhauses wahrzunehmen: Feilan! Aber da umfing ihn schon die Dunkelheit des Raumes.

Etwas stimmte hier nicht, begriff Kyrrispörr sofort. Gebrüll erscholl von überall her, sie waren blind, da sich ihre Augen nicht so schnell an das Dämmerlicht gewöhnen konnten.

»Hinaus!«, schrie Eyvindr. Bei der Tür wurde schon gekämpft: Nicht alle Seiðmenn waren mit hineingekommen, und die sahen sich nun bedrängt von zahlreichen Kriegern, die im Verborgenen gelauert hatten.

Sofort hatten Kyrrispörrs Leibwächter ihren Ring um ihn zusammengezogen und schoben ihn zur Tür. Neben seinen Wächtern kreischte ein Mann getroffen auf; die Schwerter und Kampfmesser der Zauberer hingegen fuhren ins Leere und gefährdeten nur sie selbst. Hinter den Stützpfosten hervor zuckten die Speere der Feinde. Etwas flog so dicht an Kyrrispörrs Kopf vorbei, dass er den scharfen Luftzug und ein Ratschen an seiner Wange spürt; zu seiner Rechten knurrte der Wächter, wirbelte herum und schleuderte aus der Bewegung seinen Speer hinauf ins Dachgebälk. Kyrrispörr wusste nicht, ob der Bogenschütze getroffen worden war. Wie ein Blatt im Sturm wurde er hin und her geworfen. Alles, was er tun konnte, war, mit der Linken seinen klobigen Rundschild und mit der Rechten überkreuzt seine Schwertscheide festzuklammern. Durchs Kettenhemd verspürte er die Stöße und Püffe seiner kämpfenden Begleiter, die ihn wie eine Mauer umgaben.

Und dann waren sie im Freien. Es war, als wären sie aus dem Hals einer Tonflasche gedrückt worden. Es war wie ein Befreiungsschlag. Kyrrispörr stolperte gegen Orms Rücken. Eyvinds Männer hatten einen Halbkreis um die Tür gebildet und fochten mit dem Mut der Verzweiflung gegen eine Übermacht von Angreifern. Kyrrispörr hörte von der zweiten Tür her Gebrüll, aber es war ihm unmöglich, sich einen Überblick zu verschaffen. Sein Kinn wurde gegen Orms Rücken gedrückt, zugleich stieß sein Helm mit einem Klingen gegen die Nackenketten des Mannes hinter ihm; er sah Eyvinds Schwert in der Sonne aufblitzen und niedergehen. Kyrrispörr erhaschte durch die Lücke zwischen seinen Leibwächtern einen Blick auf die Tür, wo drei Mann unter einem gewaltigen Schlag wankten. Sie taumelten wie von einer Riesenhand getroffen beiseite. Aus dem Inneren des Hauses trat ein Hüne von einem Mann. Dämonisch blitzten Augen hinter dem Eisen seines Brillenhelmes, und in tellergroßen Fäusten hielt er eine langstielige Kriegsaxt angelsächsischer Art, die angesichts seiner körperlichen Masse wie ein Spielzeug wirkte. Kyrrispörr wurde von eisigem Schrecken ergriffen: Er kannte diesen Krieger. Es war Korbjörnr, einer der ergebenen Huskarls des Königs, der selbst in Friedenszeiten unter einem inneren Zorn erbebte wie andere nur im schweren Gefecht.

Korbjörnr schnaubte und trat ins Freie. Sogleich galt ihm die ungeteilte Aufmerksamkeit von Kyrrispörrs Leibgarde: Zwischen ihnen und dem Huskarl lagen nur wenige Schritte. Während er geradezu nachlässig die drei Seiðmenn mit einigen Axthieben von der Tür fortjagte, spannten sich Ormr und die anderen und maßen ihn mit berechnenden Blicken. Zwei weitere Huskarls traten aus dem Langhaus hervor und verwickelten die ihnen am nächsten stehenden Männer sogleich in heftige Kämpfe. Doch Korbjörn griff nicht an. Und dann stockte Kyrrispörr der Atem. Gold blitzte auf. Hinter Korbjörnr trat niemand anders als König Olafr Tryggvason hervor. Die Einlegearbeiten seines Helmes leuchteten in der Sonne wie Feuer, golden schimmerte auch der Kettenpanzer, der seinen mächtigen Leib schützte. In jeder Faust hielt er einen Speer. Der König sah nicht danach aus, als wäre er zum Zuschauen gekommen.

»Der König! Macht Kyrrispörr den Weg frei!«, schrie Eyvindr und griff an. Drei der Leibwächter schlossen sich ihm an. Kyrrispörr jedoch durchfuhr es wie Feuer, als er Tryggvason sah. Für einen Augenblick war er starr, dann zog er sein Schwert. Inzwischen hatten Olafr und seine Mannen Eyvind zurückgetrieben. Sie alle waren keine Schwächlinge, aber der König führte seine beiden Speere wie ein Besessener, und er stand seinem Begleiter an Kraft in nichts nach. Kyrrispörr hatte Olaf oft genug kämpfen sehen und wusste um seine Wucht, aber jetzt, wo er gegen Olaf stand, erschreckte sie ihn bis ins Mark. Er war so eingenommen davon, dass er gar nicht bemerkte, wie um sie herum der Kampf immer verbissener wurde: Olafs Mannen hatten den Kreis durchbrochen und verwickelten alle in Einzelkämpfe. Und nun, da drei seiner Leibwächter vorgeprescht waren, hinderte nur noch einer die Angreifer daran, auf Kyrrispörr einzudringen. Er gewahrte aus den Augenwinkeln eine Axt, zog unwillkürlich den Schild hoch und erbebte unter dem Schlag, als sie den Rand mit dem oberen Teil des Griffes traf. Ormr fuhr herum und ließ seine Kampfaxt über Kyrrispörrs Kopf gegen den Angreifer sausen, doch der hatte sich mit einem Sprung in Sicherheit gebracht. Ormr musste sich einem anderen Angreifer zuwenden, und Kyrrispörr sah sich erneut den Gegnern gegenüber. Er wehrte einen weiteren Hieb mit dem Schild ab, und feuriger Schmerz zuckte durch sein Handgelenk. Der ermüdete Arm zwang ihn, seine Deckung zu öffnen. Entsetzt sah er in das Gesicht eines Gegners, der nun beidhändig die Axt zum letzten Schlag hob. Kyrrispörr reagierte, ohne zu denken. Sein Schwert fuhr in einer ausholenden Bewegung hinter seinen Kopf, er schlug zu – »Nein!« – und Eyvindr Kelda fiel ihm in den Arm. Mit einem Stich setzte der Meisterseher den Angreifer außer Gefecht.

»Was auch immer geschieht, du darfst nicht leichtfertig Blut vergießen!«, herrschte er Kyrrispörr an und wandte sich wieder dem Kampf zu. Verzweifelt versuchte Kyrrispörr, sich im Schutz Orms auf den König zuzubewegen, aber das wurde immer schwieriger. Zwischen ihnen war eine Wand aus kämpfenden Männern beider Seiten.

Und dann fiel Ormr. Unter einem Speerstoß brach er zusammen. Plötzlich war der Fels seines Schutzes fort, und Kyrrispörr stand allein mitten im Getümmel. Vielleicht, weil er sich vor Schreck nicht regte, vielleicht, weil er das Schwert gesenkt hatte, vielleicht, weil er unter den Breitschultrigen nur ein unauffällig schlanker Jüngling war, wurde er gar nicht beachtet. Das Kampfgeschehen verlagerte sich weg von ihm.

»Kyrrispörr!«

Er sah Feilan, ein Beil in der Hand, auf sich zukommen.

»Was tust du hier?«, rief Kyrrispörr. »Ich habe dich vorhin gesehen! Du hast uns verraten. Wie sonst hätte Olafr wissen können, dass wir in zwei Gruppen angreifen!«

»Und jetzt seid ihr tot!«, triumphierte Feilanr und war über ihm. Wiederum fing Kyrrispörr einen Hieb mit dem Schild ab, dessen Rand ihm unsanft ins Gesicht schlug, und musste sich beherrschen, nicht mit dem Schwert einen Gegenangriff zu starten. Tief in der Hocke wich er zurück und versteckte sich hinter dem Rundschild, auf den Feilanr einen Hagel aus Schlägen niedergehen ließ. Die Axt schlug Splitter aus dem Eichenholz. Der Schild war vor allem zur Abwehr von Pfeilen gemacht und sein Griff entsprechend unangenehm. Es war Kyrrispörr, als bräche Feilanr ihm mit jedem Schlag erneut die Schildhand.

»Wehrst du dich nicht?«, schrie Feilanr und lief rot an. »Du warst schon bei Orm eine Memme, und jetzt wehrst du dich nicht einmal! Trau dich, elender Feigling!« Er ließ das Beil erneut auf den Rundschild krachen. »Greif an!«

Kyrrispörr erbebte bei jedem Treffer am ganzen Körper. Sein linker Arm schmerzte furchtbar, und das Schwert brauchte er inzwischen, um sich abzustützen und im geduckten Zurückweichen nicht das Gleichgewicht zu verlieren.

»Lass ihn! Der ist für mich!«, schrie Feilanr mit überschlagender Stimme einem Mann zu, der sich offenbar hinterrücks über Kyrrispörr hermachen wollte. Und dann sah Kyrrispörr das Beil auf sein Gesicht zusausen, er zerrte vergeblich am Schild, als ihm der Arm den Dienst versagte, es gab einen glockenhellen Ton und ihm wurde der Helm vom Kopf geschlagen. Zwar fing der filzene Innenhelm einen Großteil der Wucht ab, aber sie genügte, um Kyrrispörrs

Kopf in den Nacken zu werfen. In der Bewegung streckte er die Beine durch, konnte das Gleichgewicht nicht halten und verlor seinen Schild. Schon war Feilanr bei ihm, rammte ihm das Knie in den Unterleib, dass Kyrrispörr sich krümmte, und hieb ihm das Beil in die Seite. Ohne den Kettenpanzer unter dem Wams hätte der Schlag ihn umgebracht. So aber wand Kyrrispörr sich nur unter seiner Wucht und war hilflos vor Schmerz.

»Lass ihn leben!«, hörte er eine Stimme, bevor er einen Hieb auf den Kopf bekam und das Bewusstsein verlor.

Kyrrispörr spürte, wie er an den Armen gegriffen wurde und jemand ihm Wams und Kettenhemd über den Kopf zog, sein Leinenhemd abstreifte und sodann grob an seinem Gürtel nestelte, bis er ihm mit einem Ruck die Hosen und das Unterzeug auszog. Für einen Augenblick überfiel ihn die schreckliche Angst, seine Feinde könnten ihm das Gemächt abschneiden, so wie es durchaus üblich war. Doch er war hilflos wie eine Puppe und vermochte nicht einmal die Augen zu öffnen. Als ihm die Arme auf den Rücken verdreht und mit einem Lederband zusammengebunden wurden, ächzte er auf und verlor abermals das Bewusstsein.

DIE FLUT BRINGT DEN TOD

FERNAB SCHRIE SEIN FALKE. Es war ihm, als schwebe er im Nichts. Von weit her war der Ruf erklungen, kaum hörbar. Er versuchte, in die Richtung zu schweben, ja, er ging nicht, sondern schwebte, seinen Körper spürte er nicht mehr, es war, als wäre er nur mehr ein Geist in der Finsternis. Er sah Schnee, wie dort, wo Laggar diesen Winter Wild geschlagen hatte. Der Schnee umgab ihn und machte ihn frieren, und da war eine Schlange aus Eis, die sich unter seinen angezogenen Beinen hindurchschlängelte, und ...

Kyrrispörr schlug die Augen auf. Es war Abend. Er lag auf kaltem Stein. Die Eisschlange war ein Rinnsal aus Wasser, das sich an seiner Hüfte sammelte. Es war kalt.

Kyrrispörr wollte aufspringen, aber er konnte sich nicht rühren. Schmerzhaft eng waren die Fußknöchel und Arme gefesselt worden. Hastig kämpfte er die aufwallende Panik nieder. Wo war er? Wo waren die anderen? Nach einigen Zappelversuchen rief er sich zur Ordnung und begann, sich langsam auf die Knie aufzurichten. Jede Bewegung tat weh, aber er schaffte es. Mühsam sah er sich um. Er befand sich in einer Steinwüste, und in einiger Entfernung entdeckte er die anderen Magier, einige bewusstlos, alle gefesselt. Kyrrispörr beobachtete die bizarre Szene und verstand nicht. Für einen Moment sank er wieder in sich zusammen und ihm drohte, das Bewusstsein zu verlieren. Nur die Kälte des Wassers an seinen Knien hielt ihn wach. Ihn durchfuhr ein eisiger Schreck: Das Wasser wurde mehr! Jetzt begriff er. König Olafr hatte seine Gefangenen nicht etwa hierherschaffen lassen, um sie im Blick zu behalten. Nein, vielmehr ließ er sie ersaufen – vielleicht aus Angst, dass Rachezauber auf die Scharfrichter niedergehen könnten, ließ er die Hinrichtung von Njörd selbst vornehmen. Die Flut kam, nicht lange, und sie alle lagen am Grund eines flachen Ausläufers der Insel. Der Christ richtete die Heiden mit ihren eigenen Göttern hin! Verzweifelt zerrte Kyrrispörr an den Fesseln, aber das führte nur dazu, dass sie sich noch enger um seine Gelenke zogen. Stehen konnte er nicht, da die Handfesseln über einen kurzen Strick mit seinen Füßen verbunden waren. Er verlor das Gleichgewicht und kippte zur Seite. Der Abend war ungewöhnlich mild, aber Kyrrispörr bebten dennoch die Lippen, und das Wasser fühlte sich an wie Eis. Allein das Entsetzen war noch größer und verdrängte sein Kälteempfinden. Durch das Tal schallte nun unheimlich wie Geistergeheul das Wehklagen der Magier.

Nachdem die erste Welle seiner Verzweiflung abgeebbt war, begann Kyrrispörr sich den Kopf zu zermartern. Wie konnte es sein, dass er sterben musste? Er hatte König Olaf nicht getötet, aber er hatte auch kein anderes Blut vergossen, oder? Oder? Verzweifelt versuchte er sich zu erinnern. Er hatte sein Schwert im Kampf gegen Feilan gezogen gehabt, ja, aber doch nicht eingesetzt! Hatte er vielleicht zufällig einen anderen damit verletzt? Er rappelte sich wieder auf die Knie, und das Wasser stand ihm schon bis zu den Oberschenkeln.

Mit der Dunkelheit der Nacht stieg das Wasser schnell weiter. Als es bis zu seinem Bauchnabel reichte, wusste er immer noch nicht weiter. Stattdessen ließ die Kälte seinen Unterkörper ertauben; zwischen seinen Beinen zwickte es widerlich, sosehr er auch die Schenkel zusammendrückte. Wiederum fühlte Kyrrispörr sich von einer tiefen Verzweiflung durchdrungen, und die Kälte förderte diese noch, es war, als fröre sie seine innere Gegenwehr ein und mache alles noch schlimmer. Im Kampf zu sterben, damit hatte er gerechnet. Aber einfach zu ertrinken …

Das Atmen fiel ihm schwerer, als das Wasser zu seiner Brust stieg. Dazu das Stechen, und sonst nur Taubheit. Er wollte schreien, aber dazu fehlte ihm die Kraft. Mitten in seiner Qual war es ihm, als höre er Laggar rufen. Seine Augenlider flatterten; er sah den Falken vor sich, wie er, den Kopf ins Gefieder gesteckt, auf einem Ast saß und schlief; wie er dann hochschrak, das Federkleid eng an den Körper legte und in die Dunkelheit starrte, zu der Bucht, in der die Seiðmenn auf ihren Tod warteten. Sah sich selbst dort unten knien, ein heller Fleck in schwarzglänzendem Wasser, und nun wich die Kälte aus seinen Gliedern, er spürte die Federn, die ihn wärmten, den Schnabel anstelle der Lippen, und seine Arme waren zu Flügeln geworden, und ohne dass er es selbst wahrnahm, sank er langsam zur Seite ins Wasser, während sein Selbst mit dem des Falken verschmolz – Hände packten ihn an den Schultern und zerrten ihn unsanft hoch. Kyrrispörr machte einen schwachen Versuch, sich zur Wehr zu setzen und raunte: »Lass mich«, aber er hatte dem Griff nichts entgegenzusetzen. Jemand lud ihn mit viel Mühe auf die Schulter, ächzte dabei, und als Kyrrispörr wieder einen Laut von sich gab, legte sich eine Hand auf seine Lippen und er glaubte ein »Sei still!« zu hören. Nach einer geraumen Zeit wurde er auf ein Fell gebettet, er spürte, wie an seinen Armen und Beinen herumgenestelt wurde, er vernahm die Stimme einer Frau, ohne sie zu verstehen, und keuchte auf, als kräftige Hände damit begannen, das Leben in ihn zurückzumassieren: Jeden Arm und jedes Bein einzeln, dann Rücken und Brust in kräftigen Strichen, auch sein Bauch wurde nicht geschont. Wie er das Blut in den Gliedern spürte, kehrte der Schmerz wieder, sodass er sich bald fühlte, als würde er mit dem ganzen Körper in brennenden Dornen liegen.

Wie von Eyvind damals wurde ihm erneut etwas eingeflößt, er schmeckte es kaum, obwohl es süßer, warmer Met war. Nachdem er fest in eine Decke eingeschlagen worden war, wurde sein Haupt auf ein Kissen gebettet, und er blickte halb tot in ein kleines Feuerchen, in dem ein Tonkrug stand. Eine Hand von unbeschreiblicher Weichheit streichelte ihm über die Wange, und nun verstand er die Worte, die dazu geflüstert wurden:

»Alles ist gut. Du bist in Sicherheit!«

Auch löste die Frauenstimme bei ihm ein Gefühl der Vertrautheit und Geborgenheit aus, doch erkennen konnte er sie nicht, dazu herrschte ein zu großes Gewirr von Gedanken in seinem Kopf. Das Flackern des Feuers wechselte abrupt mit Bildern von Laggar, wie er ihn anblickte, und sein Blick schwamm wieder zurück zum Feuer; er sah sich selbst von außen, im nächsten Moment spürte er wieder die Geborgenheit des Fells; hin und her flackerten die Bilder. Mal war ihm, als sei die Zeit stehen geblieben, plötzlich schien sie wieder zu rasen, mal stürzten Bilder aus der Vergangenheit auf ihn ein. Er sah Hæric, sah das brennende Dorf aus seiner Kindheit, ständig wechselnd mit dem Langhaus, aus dem sie mit knapper Not entronnen waren, sah, wie der vor vielen Jahren von Olaf im Zorn gerupfte Laggar so nackt in seinen Händen gelegen hatte, wie er, Kyrrispörr, den Vogel wieder aufgepäppelt und Laggar schließlich in prächtigem Gefieder auf dem Block gehockt hatte. Ständige Übungen, das Vertrauen des völlig verstörten Vogels zu gewinnen, kurz war da auch das Glück, als Laggar zum ersten Mal aus freien Stücken beigeritten war, und dann schob sich wieder das Bild des brennenden Dorfes ins Blickfeld …

Aber da war auch noch etwas anderes. Immer wieder schlichen sich Erinnerungen an die Nacht mit Æringa in seine Träume, oder nein, sie schlichen sich nicht ein, vielmehr platzten sie rücksichtslos in den jeweiligen Fiebertraum, mit einer Heftigkeit, die Kyrrispörr erschreckte, und er glaubte in ihrem atemberaubenden Blondschopf zu wühlen. Zugleich fachten sie ein tiefes Verlangen in ihm an, das ihn umso mehr quälte, als er sich kaum rühren konnte, ganz so, als rebelliere der Geist im kranken Körper. Das Keuchen, das sich infolgedessen seiner Brust entrang, war so qualvoll, dass, wer auch immer es war, der ihn pflegte, ihm sorgenvoll die Hand auf die Stirne legte.

Kyrrispörr wusste nicht, wie lange er zwischen Fieberträumen und Wachsein hin- und hergewechselt war. Er nahm nicht einmal wahr, wie er gefüttert wurde. Irgendwann besserte sich sein Zustand so weit, dass er wieder aufnahmefähig war. Als Erstes erkannte er das Gesicht, das über ihm schwebte, und sogleich fragte er sich, wie er es je hatte vergessen können, dass diese wunderbare Stimme zu ihr gehörte. Das war Æringa!

Æringa kicherte, als er übers ganze Gesicht strahlte. Ihr Kichern verwunderte Kyrrispörr, es passte irgendwie nicht zu der Æringa, wie er sie kannte – und jetzt erst bemerkte er seinen Irrtum: Das war gar nicht Æringa! Kyrrispörrs Enttäuschung war unendlich. Seine Schwäche hatte ihm ein Trugbild vorgegaukelt. Jetzt glaubte er, anstelle von Æringa Guðrun zu erkennen, die Tochter des Hersir Jarnskegge. Benommen schüttelte er seine Mähne. Was für ein Unsinn!

»Traust du deinen Augen nicht?« Die stahlgrauen Augen der kräftigen Frau mit dem Goldhaar funkelten amüsiert. Kyrrispörr blinzelte noch einmal. Doch, das war Guðrun.

Da war er sich jetzt ganz sicher. Wie kam die hierher? Aber wo war er überhaupt?

Immer noch zu verwirrt, um seine Gedanken in eine Frage zu fassen, sah er sich um. Er befand sich in einer kleinen Hütte. Durch die Spalten in der Tür schimmerte Tageslicht. Eine Leiter führte zu ihr hinauf: Er befand sich also in einem Grubenhaus. Sein Blick suchte nach Laggar, aber er konnte den Vogel nirgends entdecken.

»Du bist in Sicherheit«, raunte Guðrun und strich ihm über die Wange.

»Wo?«, brachte er hervor; seine Kehle schmerzte schon nach diesem einen Wort. Guðrun setzte ihm einen dampfenden Becher an die Lippen. Der heiße Trank tat ihm wohl.

»Du bist an einem sicheren Ort«, wiederholte sie. »Weit weg von König Olaf.«

»Er lebt noch?« Kyrrispörr hustete und verzerrte das Gesicht vor Schmerz.

»Ja. Mach dir keine Sorgen. Er ist schon längst von Ogsvaldsnes fortgezogen, mit dem Sommerheer.«

»Wie lange …«

»Zwei mal fünf Tage«, erwiderte Guðrun und drückte Kyrrispörr sanft auf sein Lager zurück.

»Laggar?«, hauchte er und lehnte den angebotenen Becher ab.

»Dein Vogel? Ich weiß nicht. Der König wird ihn eingesammelt haben.«

Kyrrispörr bäumte sich neuerlich auf. Wenn der König Laggar gefunden hatte, würde er in die Obhut Eirics und Ivars gelangen, zweier Falkner des Königs, die im Gegensatz zu Kyrrispörr nichts von Geistverschmelzung verstanden und Greifvögel als teure Werkzeuge betrachteten.

Die Fragen und die ernüchternden Antworten hatten Kyrrispörr erschöpft. Kaum lag sein Kopf wieder auf dem Kissen, wurde er schockartig von einem Fiebertraum überfallen, in dem ein goldgepanzerter Olafr und das blutverschmierte Antlitz seines Falken sich einmal in ganz dichten, dann wieder ganz weiten Entfernungen abwechselten: Jetzt sah er den Kopf in der Ferne, plötzlich war er mit einem Schlag so nah, dass er die Äderchen in der Pupille zählen konnte. Der Anfall war schlimmer als alle zuvor, er merkte selbst, wie er sich wand und wimmerte, und blieb doch fest gefangen in der eigenartig grauenhaften Bilderwelt des Fiebers. Die übelwollenden Geister waren noch lange nicht fertig mit ihm. Sie waren fest entschlossen, ihn niederzuringen. Und seinem Körper blieb nichts, als sich verbissen zur Wehr zu setzen und einen längeren Atem zu haben.

Der Frühling hatte bereits junge Blätter auf die Bäume gelockt und Knospen wachsen lassen, und Kyrrispörr wusste noch immer nicht, wo er eigentlich war. Einzig, dass er sich in einem Grubenhaus befand, hatte sich bestätigt; und dass es sich nach Osten hin öffnete, das hatte er gesehen, als die Sonne ihm am Morgen durch die offenstehende Tür ins Gesicht schien und vom Kopf einer neugierigen Ziege verdeckt wurde. Die Ziege kam fortan immer wieder, denn Guðrun ließ die Tür stets geöffnet, wenn es gutes Wetter war. Zwar hörte Kyrrispörr auch die Stimmen von Menschen herüberschallen, aber weder ihr Akzent noch das Gesprochene selbst halfen ihm weiter. Und außer Guðrun hatte Kyrrispörr noch niemanden hereinkommen sehen; nicht einmal neugierige Kinder lugten durch die Tür. Solange er ans Bett gefesselt war, würde er nicht mehr herauskommen. Ohnehin war er erst in den letzten Tagen wieder dazu in der Lage, einen klaren Gedanken zu fassen.

Guðrun brachte ihm jetzt gebratenes Fleisch, dessen Duft allein Kyrrispörr das Wasser in den Mund trieb. Denn bislang hatte er einzig einen zwar sicher guttuenden, aber doch nicht eben wohlschmeckenden Grassamenschleim verabreicht bekommen und Hühnersuppe, die er inzwischen nicht mehr sehen konnte. Aber trotzdem brachte er von dem Fleisch nur zwei, drei Bissen herunter. Mit einigem Bedauern verfolgte er, wie Guðrun den Rest des Fleisches wieder hinausbrachte.

Es sollte noch eine ganze Woche dauern, bis Kyrrispörr zum ersten Mal das Bett verlassen konnte. Mit wackeligen Beinen stakste er auf die Leiter zu. Guðrun war gerade nicht da, aber keine zehn Pferde hätten Kyrrispörr im Bett halten können. Er wollte raus! Raus! Und wissen, wo er eigentlich war.

Die Leiter zu erklimmen, erwies sich als weitaus anstrengender, als er gedacht hätte. Aber er unterdrückte den Schwindel, der ihn überfallen wollte, und endlich, endlich hob er den Kopf über die Schwelle des Grubenhauses. Er blickte zwischen Kamille und Gestrüpp auf zwei kleinere Häuser, deren Strohdächer bis zum Boden reichten. Hühner liefen frei herum, und hinter einem brusthohen Knüppelzaun bearbeiteten zwei Frauen mit Hacken den Boden. Der Himmel war zugezogen; hier und da war das Blau durch Wolkenlöcher zu sehen.

Etwas Kaltes fuhr über seine Wange und zwickte ihm ins Ohr. Erschrocken fuhr Kyrrispörr zurück: Er hatte gar nicht bemerkt, wie sich die Ziege genähert hatte. Er blickte in ihre schelmisch anmutenden Bohnenpupillen und eine plötzliche Freude erfasste ihn, als hätte er einen alten Gefährten wiedergefunden. Aus unerfindlichen Gründen musste er an Eyvind denken, und merkwürdigerweise nicht in Trauer.

»Eyvindr«, murmelte er der Ziege zu und musste lachen, als sie erneut Anstalten machte, ihn abzulecken. Er stemmte sich von der Schwelle hoch und kletterte umständlich ganz aus dem Grubenhaus. Die Kühle des Frühlingstages erfrischte ihn, und ein Ziehen in seinen Gliedern erinnerte ihn daran, dass er wochenlang nur dagelegen hatte. Es war ihm ein Rätsel, wie er das durchgehalten hatte. Noch fühlte er sich leicht benommen, aber es war ihm erträglich. Er tätschelte die Ziege zwischen den Hörnern, lachte erneut, als sie mit ihrer rauen Zunge über seine Waden leckte, und machte vorsichtige Schritte. Die arbeitenden Frauen hatten ihn noch nicht bemerkt.

Kyrrispörr sah sich um. Das Dorf befand sich in einem engen Tal, zu dessen Seiten steile, kaum bewaldete Hänge in die Höhe wuchsen. An mehreren Stellen brachen Wasserfälle aus dem blanken Felsgestein und stürzten als schmale weiße Bahnen in die Tiefe. Das bedeutet, folgerte Kyrrispörr, dass ich mich in Norwegen befinde und noch nicht im Reich des Königs von Schweden. Und somit nicht sehr weit entfernt bin von König Olaf.

Er ballte die Hände zu Fäusten, als er an Olaf dachte.

»Ich werde Euch töten«, hörte er sich selbst laut sagen.

»Aber erst einmal ziehst du dir etwas an!« Erschrocken fuhr Kyrrispörr herum. Guðrun kam mit einem Gesichtsausdruck auf ihn zu, der sichtlich um Strenge bemüht war und eine gewisse Erheiterung doch nicht verhehlen konnte.

»Na los! Sonst liegst du gleich wieder im Bett!« Kyrrispörr nickte verwirrt.

»Warte.« Guðrun kletterte vor ihm ins Grubenhaus und half ihm, die Leiter hinabzusteigen. Dann drückte sie ihm ein Bündel in die Arme, das am Kopfende seines Lagers gelegen hatte.

»Es ist nur ein einfacher Kittel ... Mehr konnte ich auf die Schnelle nicht auftreiben. Aber es ist warm draußen.«

Kyrrispörr nickte dankbar. Der Kittel passte ihm gut, wenngleich der derbe Stoff auf der Haut scheuerte. Der Gürtel bestand aus einer dicken Kordel. Kyrrispörr war erfreut, als er das Messer entdeckte, das in einer Lederscheide dabeilag. Jeder freie Mensch trug ein Messer.

»Holzschuhe stehen oben«, erklärte Guðrun. »Wie fühlst du dich?«

Kyrrispörr versuchte ein Lächeln. Die Benommenheit war zwar noch nicht verschwunden, aber erträglich.

»Dann werde ich dich dem Hersir des Dorfes vorstellen. Er kennt seinen Gast ja nur als schlafenden Kranken.«

Es war ein einfaches Fischerdorf, in dem Guðrun Kyrrispörr auskuriert hatte. Vom Hersir Egil erfuhr er, dass sie den alten Jarla gegenüber loyal waren und weder für Olaf noch für seinen, wie der Egil es nannte, verlogenen Glauben Sympathie hegten. In dem verwinkelten Ausläufer eines Fjordes gelegen, waren sie bislang von König Olafs Bekehrungszügen verschont geblieben. Der Seiðmaðr des Dorfes war eine verschlossene Person, die keinen Kontakt zu Kyrrispörr suchte, und vor deren Hütte an jedem schönen Tag ein Junge saß und sich in jener Kunst übte, mit der die Christen Erinnerungen in dicke Bücher zauberten. Kyrrispörr wusste damit ohnehin nichts anzufangen.

»Du kannst nicht hierbleiben«, klärte Guðrun Kyrrispörr auf.

»Das will ich auch gar nicht! Ich habe einen König zu töten und muss meinen Falken zurückholen!«

»Alles zu seiner Zeit«, sagte der Hersir Egil, dessen Gesicht Verständnis und Härte zugleich ausdrückte.

»Frau Guðrun und ich sind zu dem Entschluss gekommen, dass du aus Norwegen verschwinden musst. Deine Rache an Olaf kann erst erfolgen, wenn du wieder stark genug bist und König Olafr verwundbarer. Habe Geduld.«

»Der Seiðmaðr, der hier lebt, hat gelesen, dass deine Zeit noch nicht reif ist«, fügte Guðrun hinzu. »Er sagt, Oðinn ist listenreich und lässt den Christengott jetzt gewinnen, um König Olaf in Sicherheit zu wiegen.«

»Aber ich kann nicht warten!«, brauste Kyrrispörr auf. Sogleich wurde er mit einem heftigen Schwindelgefühl abgestraft.

»Das Ungestüm der Jugend«, seufzte Egil.

»Du fährst an einen Ort, an dem du sicher bist«, sagte Guðrun. »Und an dem du trotzdem immer genau wissen wirst, was Olafr tut, wo er sich aufhält und wie stark er ist.«

»Dort kannst du warten, bis der König sich eine Blöße gibt und Oðinn der Listenreiche und Þórr zum Kampf rufen. Dann kannst du dich deiner Rache sicher sein. – Wir fahren ja auch nicht den Lachsen hinterher, sondern fischen sie aus den Fjorden, wenn sie von allein zu uns gekommen sind. Seid schlau!«

»Ich weiß nicht, ob Olafr bemerkt hat, dass du entkommen bist«, sagte Guðrun. »Aber es kann ihm immer ein Händler verraten, dass du hier bist, und dann hat er dich gleich. Nein, hier bist du nicht sicher.«

Kyrrispörr schüttelte widerwillig den Kopf, schwieg aber mit verkniffenem Mund.

»Wir erwarten einen Händler, der wird dich mitnehmen. Nach Heiðabýr.«

Heiðabýr! Kyrrispörr hatte viel von der Stadt an der Schlei gehört, häufig Ware mit begutachtet, die geradewegs von dort gekommen war, sogar bis in die entlegensten Winkel nordschottischer Inseln; ja, er war selbst in Heiðabýr gewesen, so hatte sein Vater es ihm erzählt, und ganz dunkel glaubte er sich auch noch daran zu erinnern: An Wasserlachen in den Fugen der Holzbohlen, in denen das Sonnenlicht funkelte, Holzbohlen, mit denen die Straße bedeckt gewesen war. Aber sicher war er sich nicht, ob er das vielleicht nur geträumt hatte. Denn damals hatte er kaum mehr als drei Jahre gezählt. Heiðabýr ...

Als sie zum Grubenhaus hinübergingen, wo Kyrrispörr sich schon auf das Bett freute, stellte er Guðrun Fragen, die ihm schon lange auf der Zunge brannten: Wie es dazu kam, dass sie ihn gerettet hatte, ob Eyvindr ebenfalls gefangen genommen worden war, vor allem aber, ob sie nicht noch irgendetwas über den Verbleib von Laggar wüsste.

»Und warum hast du mich überhaupt gerettet?«, fragte er.

»Du erinnerst dich an den Jungen, mit dem du oft geübt hast.«

»Feilanr?«

»Ja, der. Er hat euch verraten. Als mein Vater davon erfahren hat, war es schon zu spät, ihr wart bereits abgefahren. Weil er selber zurückmusste zu den Bœndi, habe ich mich bereit erklärt, als Magd eines Händlers getarnt zu Olaf zu fahren und euch abzufangen.«

»Warum du? Warum nicht einer von Jarnskegges Gefolgsleuten?«

Guðrun sah ihn einen Augenblick lang auf eine Weise

an, die ihm durch Mark und Bein fuhr, und überging seine Frage. »Als wir die Insel erreichten, war es schon zu spät – wir konnten noch beobachten, wie ihr in der Bucht ausgesetzt wurdet. Nun, und dann brachte ich dich hierher. Du bist der Einzige, den wir retten konnten. Jarnskegge wird es freuen, dass wenigstens sein Schutzkind Olafs Zorn überstanden hat.«

Als er sich entkleidete, bemerkte er, wie Guðrun ihn geradezu unverschämt offen dabei beobachtete. Peinlich berührt wollte er sich wegdrehen, aber sie hielt ihn sanft an der Schulter fest, und plötzlich spürte er ihren Atem an seinem Hals.

»Ich würde so gern mitkommen«, hauchte Guðrun ihm ins Ohr, und Kyrrispörr durchrieselte ein Schauer. Er war verwirrt und erregt zugleich. Guðruns zärtliche Berührung trieb ihm Schweißperlen auf die Stirne. Mit einem Male sah er vor seinem geistigen Auge Æringa, und was gerade noch im schnellen Wachstum begriffen war, fiel nun in sich zusammen. Kyrrispörr wand sich wortlos aus Guðruns Griff und stieg ins Bett, ohne den Blick zu heben. Er sah noch den Ausdruck tiefen Bedauerns auf ihrem Gesicht, bevor er sich die Decke über die Ohren zog. Er war erfüllt von einem schwer erklärbaren, aber umso heftigeren schlechten Gewissen Æringa gegenüber. Ein schlechtes Gewissen, das sich mit einer unvermuteten, brennenden Sehnsucht nach ihr vermischte.

In dieser Nacht waren zwar die Fieberträume vorbei, stattdessen wurde er gequält von kaum weniger verwirrenden Träumen; und als er erwachte, da hatte er ein Gefühl, als liege ihm ein schartiger Eisblock im Magen. Das letzte Mal hatte er sich so gefühlt, als er den besten Bogen seines Vaters zerbrochen und es ihm noch nicht gestanden hatte. Über sich sah er Guðruns Gesicht, das ihn mit fürsorglichem Ausdruck beobachtete. Er wischte sich den Schlaf aus den Augen. Einerseits war er froh darüber, dass er nicht allein war. Andererseits schürte eben dies sein schlechtes Gewissen.

Guðrun wiederholte ihre Annäherung in den nächsten Tagen zwar nicht, aber sie war immer in seiner Nähe, wenn es ihr möglich war, und strahlte dabei stets ein ungewöhnliches Maß an Glück aus. Kyrrispörr war das eigentlich durchaus angenehm, wäre da nicht ständig der Gedanke an Æringa gewesen.

»Ich kann nicht weg«, sagte er eines Mittag zu Guðrun.

»Warum das denn? Der Händler, der dich nach Heiðabýr bringen soll, kann jeden Tag eintreffen! Wahrscheinlich liegt er schon vor dem Fjord und wartet auf günstigen Wind zum Einfahren!«

»Ich muss ...« Kyrrispörr verstummte. Gerade noch rechtzeitig fiel ihm ein, dass es vielleicht nicht sehr geschickt war, Æringa als Grund zu nennen. »Warum kann ich nicht zu Jarnskegge fahren?«, fragte er stattdessen. Ein Schatten legte sich auf Guðruns fein geschnittenes Gesicht, und er spürte, dass ihre Trauer echt und tief war.

»Das wäre so wunderbar. Mein Vater aber sagt, dass du nicht in Norwegen bleiben kannst. Er vertraut auf die Macht der Bœndi, aber ... Ich weiß nicht. Es gab ein schlechtes Orakel, weißt du ... Er hält große Stücke auf deine Kraft, aber er glaubt, dass sie noch wachsen muss.«

»Aber ich muss doch Olaf umbringen. Wie soll ich das von Heiðabýr aus tun?«

»Er sagt, deine Zeit wird kommen, aber nicht bei den Bœndi. Er will, dass du deinen eigenen Weg gehst, um den

Tryggvason zu töten. Ich weiß nicht, manchmal habe ich selber den Eindruck, dass die Nornen Jarnskegge ein schlimmes Schicksal offenbart haben. Dabei wird Olafr ihn und seine Bœndi niemals bezwingen können – nicht ihn, der er stets auf der Hut ist und seine Mannen unter Waffen hält. Ach, Kyrrispörr, ich weiß es nicht! Einzig, dass du warten sollst, bis du bereit bist, das weiß ich.«

»Aber wo ist Æringa?«, platzte es aus Kyrrispörr heraus. Guðrun blieb ihm wieder die Antwort schuldig.

In der Nacht vor der Abfahrt überfiel ihn die Erinnerung mit neuer Wucht. Vor dem Einschlafen hatte er sich wieder mit der Frage herumgequält, weshalb Guðrun ihm nichts über Æringa sagen konnte, ob sie nichts wusste oder nichts verraten wollte. Was war mit Æringa? Wo war sie? Wie konnte er sie wiedersehen?

Als er einschlief, wurde es nur noch schlimmer. Zuerst träumte er, dass Guðrun ihm langsam die Decke vom Leib zöge; er sah sich selbst daliegen und schlafen, während sie es tat; er sah, wie ihre schlanken Finger über seine Brust glitten, über den Bauchnabel, ganz langsam; und als sie zugriff, da war plötzlich Æringa an ihrer Stelle, mit dem Gesicht der zornigen Göttin Frigg – Kyrrispörr riss die Augen auf. Er war allein in der Finsternis des Grubenhauses. Erst nach einem Moment begriff er, dass es nur ein Traum gewesen war.

Ehe Kyrrispörr Weiteres herausfinden konnte, lief die Knorr des Ostseehändlers ein. Christian der Kupferne war ein stämmiger Mann aus dem Reich Ottos des Großen, der auf Gotland Erfolg als Händler gehabt hatte, beste Kontakte zu Handelshäusern und Sippen besaß und nun mit einer eigenen

Knorr zwischen Norwegen, Gotland, Schweden und Dänemark fuhr. Er stand den Nordmännern an Trinkfestigkeit, und, wie Kyrrispörr wenig später erfahren sollte, auch an seemännischem Können in nichts nach.

»Du bist also jener junge Magier! Nicht übel, den berühmten Eyvind zum Seelenvater und den Jarnskegge zum Patron! Und du willst nach Heiðabýr, hat mir der gute Jarnskegge anvertraut«, sagte er zu Kyrrispörr, als sie am Abend seine Ankunft im Langhaus des Hersirs Egil gebührend feierten. »Gut, wir fahren morgen ab. Der Wind steht günstig, den möchte ich nicht verpassen! Ah, das Meer, wie es mich schon wieder lockt!«

Der Abschied war schnell und schmerzhaft.

»Wenn du so weit bist«, sagte Guðrun und umarmte Kyrrispörr unter vergeblich zurückgehaltenen Tränen, »dann kehre zurück! Du weißt, du wirst meinem Vater Jarnskegge stets wie ein Sohn sein! Kehre zurück, bleibe gesund! Kehre zurück! Ich werde immer auf dich warten!«

Kyrrispörr löste sich aus ihren Armen und watete zur Knorr hinüber. Der Abschied von Guðrun verwirrte ihn; doch es war nicht Guðrun, derentwegen ihm schwermütig zumute war. Es war auch nicht der Abschied von Norwegen, denn das Reisen lag Kyrrispörr durch seine Kindheit bei Tryggvasons Flotte im Blut. Es war der Gedanke, Æringa zurücklassen zu müssen, irgendwo hier in einem der Täler mochte sie sein und auf ihn warten, aber er fuhr davon ...

Er konnte nicht anders, er hastete noch einmal zu Guðrun zurück. Ihr Gesicht leuchtete vor Glück auf.

»Ich bitte dich, bitte, wenn du erfährst, wo Æringa ist – sage ihr, ich warte in Heiðabýr auf sie! Bitte!«

Und damit ließ er eine völlig überrumpelte Guðrun stehen. Er hörte sie noch verwirrt murmeln: »Æringa ist ja deine Patin ... ja ...«, dann setzte er über die Reling von Christians Boot.

»Setz dich dahin, es geht los!«, befahl Christian vom Steuerruder aus und deutete auf eine der vier Ruderbänke. »Lassen wir das Ross des Sturmes über die Wellen springen, dass es eine Lust ist! Und – eins!«

Die Ruder klatschten im Takt ins Wasser. Kyrrispörr tat es gut, wieder einmal richtig anpacken zu können. Auch wenn er schon nach wenigen Ruderschlägen glaubte, ihm müssten die Arme abfallen.

Sie glitten durch den Irrgarten aus Schluchten, in dem das Dorf verborgen lag, und erreichten erst die breite Wasserstraße des Hauptfjords und schließlich das offene Meer. Der Wind stand günstig, das Wetter war klar und bot gute Sicht. Christian hatte den Mast aufrichten lassen. Das mächtige Rechtecksegel blähte sich in einer angenehmen Brise und löste sie von ihren Ruderbänken ab. Kyrrispörr verschloss das Ruderloch mit dem Kippdeckel und lehnte sich müßig auf die Reling. Auf Sicht segelten sie an der norwegischen Felsküste entlang, die sich schroff und rau dahinzog. Gelegentlich sah er den Rumpf eines Bootes auf dem flirrenden Spiegel des Meeres, das in einiger Entfernung an ihnen vorbeizog. Möwen steuerten über sie hinweg, suchten mit ihren Augen das Deck nach Essbarem ab und zogen enttäuscht ihrer Wege.

Christian legte eine Eilfahrt ein: Er hielt an keinem der Orte, die sich zum Handeltreiben angeboten hätten, und sie übernachteten auf einer kleinen Insel, die offenbar nur für diesen Zweck genutzt wurde.

»Ich schulde Jarnskegge eine Menge, aber um wegen dir

von Olaf Tryggvason aufgebracht zu werden, lohnt es nicht. Wir fahren direkt dorthin«, erklärte er, als sie Fisch brieten. Kyrrispörr konnte das nur recht sein.

HEIÐABÝR, STADT DES HANDELS

INEN VORTEIL HATTE DIE LANGE ÜBERFAHRT. Kyrrispörr konnte sich die Ereignisse der letzten Monate in Ruhe durch den Kopf gehen lassen, war aber zugleich so sehr eingespannt, dass seine Gedanken nie anfangen konnten, sich im Kreis zu drehen. Selbst in den Stunden des Schlafes war seine Sehnsucht nach Æringa wenigstens erträglich, da er vor Erschöpfung stets sofort einschlummerte.

Vor der Mündung der Schlei ankerten sie. So lange der Wind nicht drehte, war an ein Einlaufen mit der Knorr nicht zu denken. Einige weitere Handelsschiffe warteten ebenfalls auf eine günstige Möglichkeit. Da waren vor allem Skuder, die bis an die Grenze ihrer Kapazitäten mit Holz beladen waren, neben solchen, die Kornkisten und lebendes Vieh transportierten, und dazwischen fanden sich nur vereinzelt Schiffe von Fernhändlern. Nicht ohne Neid beobachtete Kyrrispörr ein schlankes Kriegsschiff aus der Flotte des Dänenkönigs, das von seinen zwei Dutzend Ruderern zügig in die Flussmündung gesteuert wurde und schon bald aus ihrer Sicht verschwand.

»Stimmt es, dass die Dänen Burgen nur für Krieger haben?«, fragte er Christian.

Der Händler nickte. »Allerdings. König Sveinn Tjúguskegg hat in den Ringburgen immer tausend Mann unter Waffen, so wird gesagt. Und wenn ein Großbauer meint, der König sei so weit weg, dass er ihm keine Steuern zahlen müsse, bekommt er Besuch von einer eisenstarrenden Gesandtschaft. Wahrscheinlich kam das Langschiff eben von einer solchen Fahrt zurück. Ja, die Dänen sind da schon gut dabei.«

»Können wir an Land?«, fragte Gormr von hinten.

»Wir warten auf einen günstigen Wind. Geduld. Sonst bläst der über uns hinweg, während wir am Ufer sind.«

Sie warteten zwei Tage. Nach einer geradezu endlosen Zeit des Nichtstuns brach plötzlich hektisches Treiben auf den Schiffen aus, als der Wind endlich drehte. Wie an einer Perlenschnur glitten die Boote nacheinander in die Schlei. An den Ufern standen hier und da die geduckten Hütten der Fischer, vor denen an langen Leinen Fisch in der Sonne glitzerte. Der Geruch der Räucherfeuer wehte herüber. Dänemark hieß sie mit einem warmen Frühlingstag willkommen.

Zur Rechten zog der natürliche Hafen am Lindauer Noor vorbei. Kyrrispörr sah mehrere Snekkjur und die Hütten der Wachmannschaften. Zwei Wächter grüßten zu ihnen herüber.

»Jetzt heißt es zahlen«, brummte Christian der Kupferne. Der Schwarm der Handelsschiffe schob sich geduldig die Schlei hinauf, bis sie nach einer Weile zu einem geräumigen See kamen. An seiner gegenüberliegenden Seite, entlang eines großen Sperrwerks, lagen die Händler, die ihnen vorausgefahren waren. Abgetakelt warteten sie vor einer Flussverengung; Ruderboote fuhren geschäftig von einem zum anderen, und aus den von ihnen bereits besuchten Booten schoben sich wieder die Ruder. Christian gab einige kurze Befehle. Ihre bauchige Knorr kam neben zwei anderen Schiffen zur Ruhe, die im Vergleich zu ihr winzig wirkten.

»Die Enge von Stexwig. Diese dänischen Halsabschneider haben mit Sicherheit wieder den Zoll erhöht.«

Sie warteten lange; geduldig zog die Sonne ihre Bahn, und nicht weniger geduldig waren die Zöllner beim Abkassieren. Als ihr Ruderboot endlich längsseits ging, schossen geradezu Pfeile aus Christians Augen.

»Für den Schutz der Schlei und unseren König«, leierte der Zollbeamte herunter, nannte den Preis, wehrte beharrlich alle Verhandlungsversuche ab und nahm gleichgültig den zornig hinübergereichten Zoll entgegen. Endlich konnte die Fahrt weitergehen. Sie passierten die beiden Posten, die nicht minder gelangweilt am nahen Ufer herumlungerten, und kamen auf die nächste Weite der Schlei; waren sie gerade noch Kiel an Kiel mit anderen Händlern gelegen, fuhren sie nun plötzlich wieder fast allein dahin. Noch eine letzte Engstelle passierten sie, dann waren sie im Haddebyer Noor. Fast am Ziel.

»Da ist schon die Hochburg«, erklärte Christian der Kupferne und wies auf einen palisadengekrönten Hügel. »Wir sind fast da.«

Sie ließen die Hochburg zu ihrer Rechten zurück, und nun sah Kyrrispörr die Befestigungen von Heiðabýr zum ersten Mal, seit er als kleines Kind geflohen war. Daran konnte er sich nicht mehr erinnern und wollte es auch gar nicht. Eine Wolke aus Möwen stand dicht über dem Ort und seinem Hafen, der von einer Pfostenwand geschützt wurde. Sie passierten mehrere Schiffe, die gerade ausliefen, kein Wunder bei diesem hervorragenden Segelwetter. Erst als die Knorr die Absperrung umrundete, öffnete sich der Blick auf Heiðabýr. Kyrrispörr war beeindruckt. In König Olafs Gefolge hatte er manches Nest und manches Dorf gesehen, nur selten aber eine Stadt. Und Heiðabýr war, wie es sich von seinen Schutzwällen eingerahmt wie in einem riesigen Vogelnest ausbreitete, eine beeindruckende Stadt. Zu den Seiten drängten sich an kürzeren Auslegern und entlang des Laufgangs der Palisade die Holz- und Nahrungsfrachter. Die großen Stege dienten den behäbigen Knorrs und kleineren Handelsschiffen als Verkaufsplätze und zum Verladen, schlanke Kampfschiffe ankerten in der Nachbarschaft.

Nicht minder gedrängt als im Hafen wirkte auch die Stadt selbst vom Schiff aus gesehen. Gleich hinter einem kleinen Hafenplatz reihte sich Haus an Haus zu labyrinthischen Straßenzügen, die mit Holzbohlen belegt waren und von Abzugsgräben flankiert wurden; eine Klangkulisse aus Rufen, dem Krähen von Hähnen, Schmiedehämmern und dem hellen Klingeln des Münzschlagers, Poltern von Fässern, Hundegekläff und dem Ratschen von Sägen erweckte den Eindruck, als sei Heiðabýr ein überaus lebendiger Bienenstock. Sie fuhren ein und suchten einen freien Liegeplatz, da hörte Kyrrispörr den wilden Schrei eines Falken.

Sie steuerten das Boot behutsam an den Kai. Kyrrispörr sprang hinüber und fing die Taue, um sie festzuzurren. Dann hatte er keine Zeit mehr, sich Gedanken um Falken zu machen. Händler versammelten sich sogleich beim Schiff und begannen ohne Umschweife, um die Waren aus dem Norden zu feilschen. Die Fässer und Bündel, die an den Händlern vorbei von Bord geschafft werden mussten, wollten kein Ende nehmen. Sie wurden in ein Langhaus am Hafen gebracht: Holzbohlenwege boten Trittsicherheit und erleichterten die Mühsal ein wenig. Ein weißhaariger Mann, der aber trotzdem noch recht jung wirkte, sichtete das Gelieferte und lud sie anschließend zu sich ein.

»Mein Haus steht dort hinten, zweite Straße rechts, und ich habe guten Wein da!«

»Dank dir, Ketil«, sagte Christian der Kupferne.

Wenig später waren sie bei ihm. Sie saßen an der Tafel und ließen sich Wein und Speisen schmecken, die Ketil auftischen ließ. Zu Ketils Rechten saß ein ernst dreinblickender Mann mit sorgfältig gestutztem Schnauzer, dessen Gewand im Schnitt der fränkischen Hoftracht gefertigt war.

»Das ist ein Vertrauter des Königs Sveinn Tjúguskegg«, raunte Gormr.

»Sucht er Sklaven?«, fragte Kyrrispörr.

»Nein, Neuigkeiten. Wenn du wissen willst, was in der Welt passiert, dann erfährst du es hier. Ob Norden, Süden, Westen oder Osten – Händler kommen von überall hierher. Für ihn sind deren Berichte mehr wert als ihr ganzes Handelsgut. Hier hörst du, was in der Welt passiert, ohne dich von der Stelle rühren zu müssen!«

»Hier erfährst du alles ...« Kyrrispörr nahm gedankenvoll einen Bissen Fleisch. »Auch, was ein König gerade tut? Wenn er weit weg in Norwegen sitzt?«

»Auch das«, bestätigte Gormr.

Für den Rest des Abends blieb Kyrrispörr schweigsam. Christian nahm an, er wollte zu seiner Familie zurückkehren. Erinnerungen an sein heimisches Dorf hatte er fast keine mehr, von den Albträumen abgesehen, und Kyrrispörr hatte weder Veranlassung noch Lust, sich dem Leben eines einfachen Bauern hinzugeben. Wenigstens um sein Auskommen musste er sich keine Sorgen machen. »Du kennst dich mit Sklavenhandel aus?«, fragte Ketil ihn am Morgen nach der Feier. »Weit gereist bist du jedenfalls und hast Menschen jeder Gestalt gesehen. Na, dann komm mit.« Er führte Kyrrispörr in den hinteren Bereich des Langhauses. Wo üblicherweise die Viehställe waren, befand sich hier eine Art Gefängnis. Kyrrispörr konnte mehrere Gestalten erkennen.

»Þorfinn, bring mir zwei. – Rechts sind die Frauen, links die Männer«, erklärte er, während sie zwischen den Käfigreihen hindurch aus dem Hintereingang des Hauses heraus in einen hoch umzäunten Hof traten.

»Wir kaufen nur die besten Sklaven ein, sonst lohnt das nicht. Die Zeiten, wo jeder Kleinkrämer auch einen Sklaven an seinem Stand zum Verkauf angebunden hat, sind vorbei. Die Araber sind nun unsere besten Käufer. Für sie sind die Blonden. König Otto schätzt die Sklaverei gar nicht, deswegen haben wir aus seinem Reich nur selten Besuch. Aber wenn, bringt das umso mehr ein. Am besten gehen blonde Frauen. Und dunkelhäutige Knaben.« Als Kyrrispörr verwirrt dreinsah, grinste Ketil. »Beide dienen den Fürsten zur heimlichen Befriedigung ihres Ergi, je nach Geschmack die einen oder anderen. Kräftige Sklaven könnten wir natürlich als Þrælls verkaufen, aber da unsere Landesgenossen da immer noch genug Angebot haben, ist das für uns nicht interessant. Wir wollen also vor allem Schönheit.« Er machte eine Geste zu Þorfinn, der gerade mit zwei Gefangenen aus dem Hause kam. Die eine war tatsächlich eine Frau von atemberaubender Schönheit: Schlank und wohlgeformt blickte sie mit stolzem Blick über sie alle hinweg, als gäbe es sie gar nicht. Gekleidet war sie in eine an der Hüfte von einer Lederkordel zusammengehaltenen Stoffbahn, die mehr versprach als verdeckte. Das andere war ein ebenso gekleideter Knabe mit einer schwarzen, vollen Mähne und leicht gebräunter Haut.

»Ausziehen«, befahl Ketil.

Mit einem Mal begann Kyrrispörrs Herz zu hämmern. Er konnte seinen Blick nicht von der Frau nehmen, und als sie die Stoffbahn wie einen Vorhang abstreifte, da spürte er einen fordernden Druck unter dem Nabel. Ketil entging seine Verwirrung nicht, und er lachte.

»So sollen unsere Käufer auch reagieren. Damit das auch der Fall ist, müssen wir Sklaven erst einmal gut prüfen, wenn sie uns zum Kauf angeboten werden.«

Er trat an die Frau heran und winkte Kyrrispörr auffordernd zu. Zögerlich kam er näher. Beim Anblick der Schönheit schwanden ihm die Sinne; wie auch immer Ketil es angestellt hatte, die Frau war nicht nur göttlich von Gestalt, auch ihre Haut war vollkommen makellos und von samtener Farbe. Kyrrispörr musste dreimal schlucken und fühlte sich, als müsse er gleich zerfließen.

»Als Erstes, prüfe ihre Zähne. Was bei Pferden das Alter zeigt, verrät dir hier die Gesundheit – sind sie schwarz, ist der Sklave wertlos. Na, mach.«

Ketil nickte auffordernd. Kyrrispörr hob die Hand; allein das kostete ihn plötzlich unglaublich viel Kraft. Denn mit einem Mal musste er an Æringa denken. Der Druck im Unterleib verschwand, stattdessen überfiel ihn eine ganz unerklärliche Angst. Er redete sich ein, dass dies doch nur eine Prüfung von Ware war, nicht mehr, aber es wollte ihm nicht gelingen. Er nahm einen neuerlichen Anlauf, hob die Hand – und ließ sie wieder sinken.

»Ich kann nicht«, murmelte er und blickte zu Boden. Ketil sah ihn verwundert an.

»Dann prüfe ihn«, sagte er und zerrte den Knaben an der Schulter herbei. »Auch wieder erst die Zähne, wie bei einem Ochsen. Das wirst du wohl schaffen?«

Zögernd hob Kyrrispörr den Kopf. Er blickte in zwei kohleschwarze Augen, in denen sich Verachtung und Trotz spiegelten. Es kostete ihn schon Überwindung, dem Jungen in den Mund zu fassen, aber es war bei Weitem kein Vergleich zu der Frau. Hier war es mehr ein leicht überspielbarer Ekel wie bei einem kranken Rind.

»Bestens«, stellte er fest.

»Gut, dann weiter. Es kommt nicht auf Stärke an, hatte ich gesagt. Aber Schwächlinge verkaufen sich auch nicht. Also die Oberarme.«

Und so ging es weiter. Allerdings wurde es äußerst unangenehm, nachdem Kyrrispörr den Bauch abgeklopft hatte – »Denk an den Ochsen« – denn erst musste er unter den sich weitenden Augen des Knaben dessen Kleinod befühlen – »Zwei, nicht mehr, und rund müssen sie sein, wie kleine Pflaumen, taste sorgfältiger!« – und gar den Jungen umdrehen und auch dort prüfen.

»Wer Weiber nicht prüfen kann, prüft seinesgleichen«, sagte Ketil, nachdem Kyrrispörr die Schenkel befühlt hatte. Als er Kyrrispörrs Miene sah, fügte er hinzu: »Denk dir einfach, es wäre ein Ochse oder ein Ziegenbock. Da ist es auch ganz selbstverständlich. So. Vor dem Verkauf müssen unsere Sklaven mit duftenden Ölen gesalbt und eingeölt werden. Das ist auch deine Aufgabe.«

Kyrrispörr nickte und war ganz und gar nicht froh. Doch er war sich im Klaren darüber, dass er sich glücklich schätzen durfte, für Ketil arbeiten zu können. Ketil war nicht irgendein Sklavenhändler. Er handelte mit ausgesuchten Lustsklaven, und Kyrrispörr erlebte bald, dass seine Kontakte geradezu überallhin reichten. Ketil gehörte darüber hinaus zu jenen, die für Kyrrispörrs Wissen Verwendung hatten: Für seine Kenntnis des Nordens nämlich, die er als Begleiter von König Olafs Raubzügen von klein auf erworben hatte.

Auch die Kenntnisse in Runen waren Ketil von Nutzen, und ganz allgemein schien er ihn für sein aufgewecktes Wesen zu schätzen.

Einige Tage später lief eine Kriegsflotte des Königs Sveinn Tjúguskegg zur Verproviantierung ein, um nach diesem Zwischenstopp einen unbotmäßigen Großbauern auf einer der abgelegeneren Inseln zurechtzuweisen. Parallel zu ihr kam ein arabisches Handelsschiff, und es gab viel zu tun: Der Araber musterte einige von Ketils Frauen und nahm auch jene Schönheit mit, die Kyrrispörr hatte begutachten sollen, während die Dänen Ketil einige junge Frauen und Jünglinge zum Kauf anboten. Kyrrispörr sollte ihm bei der Prüfung zur Hand gehen, wie er es gezeigt bekommen hatte. Aber wieder konnte er sich nicht dazu aufraffen, den Frauen auch nur nahezukommen. Es war ihm jedes Mal, als bedeute es, Æringa selbst zu verraten. Er konnte es einfach nicht. Seufzend schickte ihn Ketil also zu den Jünglingen, und Kyrrispörr konnte weder ihre abgrundtief hasserfüllten Blicke vergessen oder das Aufkeuchen, noch das sulzige Gefühl, das er danach an den Fingern hatte. Aber schließlich gelang es ihm doch, es wie eine sachliche Prüfung zu nehmen, eben wie bei Zuchtbullen.

Danach hatte Kyrrispörr freie Zeit. Heiðabýr war eine überwältigende Stadt. Das Meer aus Reetdächern, das sich vom Hafen aus seinem Auge dargeboten hatte, wurde in der Ferne von einem Erdwall mit Holzpalisaden umgürtet. Viereckige Holztürme ragten dort auf, wo sich die Tore befanden. Am Hafen standen die Langhäuser dicht an dicht, einige mit lehmverputztem Flechtwerk als Wände, viele aber auch mit genuteten Spaltbohlen aus Eichenholz, die ihnen einen massigen, festen Eindruck verliehen. Hier stützten schräge Balken die Reetdächer, dort wurde das Gewicht ganz von den Wänden und Stützen im Häuserinneren gehalten. An der mit festverzapften Brettern belegten Straße entlang führte ein Bach, an dem gelegentlich Frauen an ins Wasser führenden Waschstegen knieten und Kleider walkten. Kyrrispörr gelangte von dem Hafenbereich der Stadt in die höhergelegene Oberstadt, wo ein Teil Gräberfeld, ein Teil Handwerkerbereich und ein Teil ärmlich war. Anstelle der Hallenhäuser sah er dort die in die Erde eingegrabenen Grubenhütten.

Er horchte auf das Klingeln der Feinschmiede, die über Scheibenanhängern und Schwertgefäßen saßen, Silberdraht tauschierten und Gelbgold auf das Rotgold von Fibeln brachten, und nahm unwillkürlich den Weg, der ihn vom Bezirk der Kesseltreiber fortführte, die mit ihrem Hämmern die Ohren des Passanten traktierten. Der Geruch von Birkenteer zog Kyrrispörr in die Nase. Er kam aus einem kleinen Tontopf, der neben dem Tisch eines Glasmachers an der Straße stand; tief vornübergebeugt, reparierte er gerade mithilfe eines Stöckchens eine Glasperle. Wieder wurde der Geruch abgelöst von der kühlen Luft einer Töpferwerkstatt, und in Kyrrispörrs Kopf stiegen Bilder einer Sumpflandschaft und von Herbstregen auf. Er musste Ziegen ausweichen, die in Richtung Oberstadt getrieben wurden. Überall scharrten Hühner und faulenzten Hunde in der Sonne. Im Bächlein, das die Holzbohlenstraße hier begleitete, glaubte er den dunklen Schimmer einer Ratte vorbeihuschen zu sehen. Hier gab es sie also auch, die Ratten; Norwegen hingegen hatten sie noch nicht erobert.

Das war also Heiðabýr! Die Enge und die zahllosen Menschen, die ihm ausnahmslos fremd waren, verwirrten ihn. Es war zwar nicht so quirlig wie beim großen Treffen der Seiðmenn bei den Lachsfängern oder wenn Olafs Heer sich versammelt hatte, aber durch die Häuser und Zäune, durch die Bohlenwege und die Geräusche und Gerüche des Handwerks, durch das Richtungsdiktat der Straßen war es ihm umso fremder. Er fühlte sich mit einem Mal allein und verletzlich.

An einer Stelle hatte er sich sogar verlaufen. Er musste sich an der Sonne orientieren, um wieder zum Hafen zurückzufinden, und das, obwohl es eigentlich ganz einfach war – aber die Stadt stürmte mit solcher Wucht auf seine Sinne ein, dass er einfach davon überfordert war.

Nach diesem Ausflug hatte Kyrrispörr erst einmal genug von Heiðabýr. Er entfernte sich außer für die Hilfsarbeiten nur von Ketils Haus, wenn es unbedingt notwendig war.

So verging der Frühsommer. Ketil war mit ihm sehr zufrieden, und Kyrrispörr wurde Teil des Stadtvolks. Ketil verpflichtete ihn auch zum Wachdienst, wie er jedem Einwohner der Stadt Pflicht war. Vom Ringwall aus schaute Kyrrispörr oft auf die Wagen, die Kisten und zweieinhalb Schritt messende Riesenfässer am Verteidigungswall des Danewerks entlang nach Hollingstedt schafften. Das Versprechen des Königs, den Handel zu schützen, fand nicht allein in Zollstationen und kleinen Kriegshäfen Ausdruck, sondern auch in dieser gewaltigen Wallanlage: In ihrem Schatten brauchten die Händler keine Räuber zu fürchten. Aus der Gegenrichtung fuhren Ochsenkarren mit Handelsgut, Holz und Nahrung für Heiðabýr. Es erinnerte ihn ein wenig an eine Ameisenstraße. Heiðabýr, der Ameisenhaufen, dachte er und musste grinsen. Der Vergleich war gar nicht so falsch. Die tagsüber niemals enden wollende Kette aus Karren und Wagen wurde von der Stadt aufgesogen, dort geschah etwas geradezu Magisches, auf der anderen Seite wurden sie in Gestalt von beladenen Schiffen wieder ausgespuckt, und umgekehrt. Es kam ihm so vor, als sei die Stadt ein riesiges, lebendiges Gebilde, das atmete und lärmte und dabei aus Landfahrzeugen Wasserfahrzeuge machte …

Kyrrispörr fragte sich, ob er wohl etwas Falsches gegessen hatte, dass er auf so merkwürdige Gedanken kam. Der Anblick der Stadt schürte zugleich ein tiefes Gefühl der Unzufriedenheit in ihm. Er war ein Magier – und ein Falkner! Dass er tagtäglich an kaum etwas anderes denken konnte als an Laggar und die Rache an König Olaf, machte es nicht besser.

An den Tagen, die Ketil als ›Sonntage‹ bezeichnete, forderte er ihn auf, seine Familie zur Messe zu begleiten. Vor Kyrrispörrs Augen tauchten augenblicklich jene anmaßenden Gestalten auf, die König Olaf seit seiner Bekehrung in England begleitet hatten – die Bekehrung zum Christentum, mit der sich Olafr den Empfang des Danegelds gesichert hatte. Zu jenem Christentum, das er danach immer als Grund für Eroberung und Unterwerfung angeführt hatte, obwohl das, so fand Kyrrispörr, vollkommen überflüssig war. Er hatte seine Abneigung wohl nur schlecht verbergen können, jedenfalls warf ihm Ketil einen irritierten Blick zu und akzeptierte nur widerwillig Kyrrispörrs ausweichende Antwort, er müsse morgen anderes tun.

»Jeder hier ist Christ«, sagte Ketil mürrisch. »Die Handvoll Heiden ist kein Vorbild.«

Kyrrispörr war es gleich, ob sie nun ein Vorbild waren oder nicht. Aber Ketils Bemerkung mit den Heiden ließ ihn auch am Abend nicht los. Es gab hier Anhänger Þórrs …, er hatte ja selbst so manchen mit einem silbernen Þórrshammer um den Hals gesehen, auch wenn das nicht immer heißen musste, dass derjenige wirklich noch kein Christ war.

Kyrrispörr warf sich herum und wünschte nichts lieber, als einzuschlafen, aber jetzt, wo er ihn herbeisehnte, kam der Schlaf nicht. Erst als die Nacht schon beinahe vorbei war und die Eiseskälte der frühesten Stunden durch die Decken kroch, fand er endlich Ruhe.

DER RABE SPRICHT

MISSBILLIGENDE BLICKE SPÜRTE er von Ketils Frau, als er über die Frühstücksschale gebeugt, nachgrübelte. Sie konnte es gar nicht gutheißen, dass er sich ihnen nicht anschloss. Beim Gedanken an das Gesicht, das sie machen würde, wenn sie ihn zaubern sah, musste er grinsen.

Die Kirchenglocke begann zu läuten. Nachdem sie das Haus verlassen hatten, ging er ziellos durch die Stadt. Beim Marktplatz wurde geschlachtet: Enthauptete Hühner rannten ihre letzten Schritte über den Platz, Kaninchen erhielten den Nackenschlag, es roch nach Blut, und der Platz summte vom geschäftigen Treiben. Kyrrispörr schlenderte in eine ruhigere Gasse.

Plötzlich bekam er eine Gänsehaut. Unvermittelt blieb er stehen. Sein Blick verschwamm. Oben auf dem First eines Hauses gewahrte er einen Raben. Der Vogel drehte ihm den gewaltigen Schnabel zu und schien zu wachsen; Kyrrispörr war wie zur Salzsäule erstarrt. Die Augen fixierten ihn wie zwei blank polierte, pechschwarze Glasperlen. Der Schnabel klappte auf.

»Wo bist du?«, sprach der Rabe mit solcher Tiefe, dass er bis ins Mark erschüttert wurde.

»Du bist verirrt«, hörte er eine ähnliche Stimme in seinem Nacken. Obwohl er heftig erschrak, konnte er sich doch nicht rühren. Er wusste, dass ihm ein zweiter Rabe buchstäblich im Nacken saß.

»Finde zurück«, sagte der erste Rabe, und plötzlich war sein Kopf so dicht vor Kyrrispörr, dass er sein ganzes Gesichtsfeld ausfüllte. Der Rabe war riesig. Die messerscharfe Spitze seines Schnabels schwebte dicht vor Kyrrispörrs Hals.

»Du bist bereit«, sprach der Rabe hinter ihm, und Kyrrispörr stellten sich die Nackenhaare auf, als er das Gefieder eines riesenhaften Vogels hinter sich rascheln hörte. Er meinte, die Schnabelspitze des anderen im Rücken zu spüren.

»Die Menschen brauchen dich hier. Hilf ihnen«, krächzte der erste Rabe, und der Bass donnerte wie ein Schmiedehammer in Kyrrispörrs Magen.

»Jetzt!«, fügte der zweite Rabe hinzu. Der Vogel vor ihm öffnete die Schwingen und es wurde kurz schwarz um Kyrrispörr. Er blinzelte. Die Raben waren verschwunden. Vom Dachfirst aus sahen zwei Krähen zu ihm herab, ehe sie davonflatterten. Kyrrispörr schwankte und musste sich an einem Zaun festhalten. Einige Passanten sahen ihn merkwürdig an.

Ohne Zeit zu verlieren, eilte er in Ketils Langhaus zurück. Oðins Raben sind zu mir gekommen, dachte er immer wieder und wieder und war fassungslos ob der Ehre. Huginn und Munnin, die Augen des allweisen Gottes, hatten ihn, Seiðmann Kyrrispörr, aufgesucht! Die meisten Seiðmenn hätten für eine solche unsagbare Ehre ohne zu zögern ihren rechten Arm hergegeben. Und die Boten hatten ihm einen klaren Auftrag erteilt: Den Heiden in Heiðabýr mit Magie zur Seite zu stehen.

Anhänger des alten Glaubens hatten es nicht so einfach wie die Christen, die sich nur mit ihrem einen Gott gutstellen mussten und die Untergötter als seine Engel in einem Zuge mit anbeten konnten. Anhänger des alten Glaubens mussten sich vielmehr um die Gunst vieler verschiedener Götter bemühen, die alle einen sehr eigenen Kopf hatten und gar nicht daran dachten, sich dem Willen eines einzigen Obergottes zu unterwerfen. Und dann gab es da noch die unzähligen Geister ... Kyrrispörr wusste nicht, ob die Christen Orakel sprechen konnten. Aber er wusste, dass er selbst Orakel werfen konnte und die Gunst der Geister erflehen.

Er konnte wieder Seiðmaðr sein, endlich wieder mit den Geistern in Kontakt treten und die Götter befragen.

Hastig suchte er zusammen, was er für die Magie verwenden konnte. Er fand mehrere Rippen eines Rindes in einem Tongefäß, in dem Reste für Hunde gesammelt wurden. Er füllte ein kleines Beutelchen mit Asche, langte nach einem Zweiglein von den getrockneten Kräutern, die hinter dem Kochstein von einem Balken hingen, und zerstieß sie zu feinem Pulver. Aus einem Vorratsbehälter griff er sich eine knappe Handvoll Mehl und tat sie in ein Holzdöschen, das er mit etwas Bienenwachs, das neben eine von Ketils kostbaren Kerzen getropft war, und einem Lederriemen verschloss. Vor Aufregung fiel ihm ein Säckchen herunter. Er hielt inne und sammelte sich. Ruhig, ermahnte er sich. Bleibe ruhig! Die Götter werden dich höchstens mit Spott bedecken, wenn du jetzt in blinde Hast verfällst. Þórr mag das mögen, aber Oðinn wäre zweifellos wenig angetan. Und es geht hier um Oðinn.

Unter den verständnislosen Blicken der beiden Þrælls suchte er allerlei weitere Dinge zusammen, verstaute alles in seiner Gürteltasche und verließ das Haus in Richtung westliches Stadttor. Als er zwischen den Holztürmen hindurch an den Torwachen vorbeiging, öffnete sich vor ihm zur Rechten die weite Heidelandschaft, während zur Linken der Wall wie eine endlose Wand aufragte. Er ließ die zwei

Gräben hinter sich und marschierte weiter. Ein Stück weiter verließ er die Straße und steuerte auf einen der wenigen Flecken zu, wo einige Bäume beieinanderstanden. Schon vor langer Zeit war der letzte ältere Baum in der Umgebung von Heiðabýr gefallen.

Es dauerte eine ganze Weile, bis er die spitz gezahnten Blätter gefunden hatte, nach denen er suchte. Im Stillen dankte er den Göttern. Es war ihr Wille, dass er überhaupt auf eines jener Kräuter gestoßen war, die die Sinne für die Geister öffneten.

Zufrieden suchte er noch ein paar weitere Zutaten und machte sich wieder auf den Rückweg. In einer Ecke beim Hafen, wo er ungestört war, breitete er seine Utensilien auf einer Decke aus. Währenddessen sandte er seinen Geist bereits in die Ferne, um sich auf seine Aufgabe einzustimmen, und sang leise vor sich hin. Schon jetzt guckten zwei Leute neugierig, die es hierher verschlagen hatte: Mancher Kleinkrämer saß so am Hafen und verkaufte seine Sachen, wenn er keinen Platz mehr auf den langen Verkaufstischen bekommen hatte. Verwirrt blickten sie auf die Gegenstände, die er vor sich auslegte, und zogen kopfschüttelnd davon. Kyrrispörr ließ sich nicht stören, ja, er bemerkte sie gar nicht. Er verspürte ein Hochgefühl, wie er es seit dem Morgen nach seiner Weihe zum Seiðmann nicht mehr erlebt hatte.

Sorgsam flocht er etwas Kraut zu einem kurzen Zopf und entzündete ein Talglicht. Sodann mischte er einige Samen in den starken Met, den er in einem kleinen Döschen mitgenommen hatte, hielt den Deckel fest darauf und erhitzte es über der Flamme. Stäbe und Steinchen lagen griffbereit vor ihm.

Es war so weit. Die ganze Zeit über hatte Kyrrispörr sich ganz auf den leisen Gesang konzentriert und seine Handlungen am Rande seiner bewussten Wahrnehmung vollzogen, sodass seine Umgebung zu einem Nebel verschwamm. Er spürte, wie die Geister an seinem Gesang Wohlgefallen gefunden hatten und ihm nun ihre Kraft zu schauen gewährten, wie die Entrückung von ihm Besitz ergriff, sein Körper gleichsam schwerelos wurde, ihm Schauer über den Rücken herauf- und heruntejagten und Tränen seine Augen füllten. Noch genügte ein Gedanke, und die Geister würden wieder von ihm abfallen. Vorsichtig verstärkte er sie, begrüßte den Druck auf den Augen und förderte die Eisschauer auf der Haut, nahm langsam, um den errungenen Zustand der Entrückung nicht zu gefährden, den Deckel von dem Döschen, atmete die Metdünste ein und hieß das Stechen des Alkohols in der Nase willkommen, trank es in einem Zug leer und zerbiss die Körner, ehe er auch sie schluckte.

In seinem Magen explodierte eine Sonne. Er erbebte wie unter einem Hammerschlag. Mit einer Gewalt, der kein Sterblicher hätte widerstehen können, wurde er emporgerissen, und unter ihm verschwamm Heiðabýr zu einem Flecken im Grün der Heide am silbernen Band der Schlei, und dann sah er viele Männer mit Äxten und Bögen und Schwertern und runden Schilden, Gruppen, an deren Spitze behelmte Krieger ritten, die allesamt auf Niðaros zustrebten. Der Name trat plötzlich in Kyrrispörrs Gedanken, Niðaros. Er spürte Entschlossenheit, aber auch Neugier und Erwartung, diese Männer waren bereit zum Kampf, aber sie würden ihn nicht beginnen. Von der See her kam ein großes Drachenschiff, im Geleit eine Flotte, von der Kyrrispörr jedes einzelne Boot benennen konnte und mindestens die Kapitäne dazu: Gleißend warf der goldumsponnene Helm Olaf Tryggvasons, Christ, Mörder an den Seiðmenn, König kraft Abkunft von Harfager und mehr noch kraft seiner Arme das Sonnenlicht über das Wasser. Er trat auf den Þingplatz zu. Derweil vereinten sich die vielen Gruppen zu einer Streitmacht, oder nein, eine Streitmacht waren sie noch nicht, sie waren die Gefolgsleute der Bœndi, die – mit Stolz in den Augen, in pelzverbrämte Gewänder gehüllt, die arbeitsgewohnten Hände von Großbauern auf die verzierten Hefte ihrer Schwerter gelegt – zum Þing schritten. Ihre Frauen gingen an ihrer Seite, die nicht minder kostbar gekleidet ihren Herrschaftsanspruch über Glasperlenketten zwischen silbertauschierten Fibeln verkündeten und so die wahren Herrscher der Höfe waren. Wenn sie mitkamen, musste es sich um ein Þing von wahrhaft großer Tragweite handeln. Ihnen allen voran ritt, flankiert von pelzverhüllten Wolfsmaskenträgern, eine Gestalt, die sie alle an Macht überstrahlte und doch aussah wie ein gewöhnlicher älterer Großbauer. Kyrrispörr verspürte etwas Vertrautes beim Entdecken des Reiters. Er versuchte ihn zu erkennen und wurde von einer Kraft zurückgeschleudert, als sei er gegen eine Eiswand geprallt, und die beiden Wolfsmaskierten schienen zu ihm aufzusehen; doch dann schmolz das Eis für ihn, nicht, weil er sie hätte bezwingen können, sondern weil sie ihm sich zu nähern erlaubten. Da erkannte er in jenem Reiter den Jarnskegge, seinen Paten, und hinter ihm die Guðrun neben ihrer Mutter, eine Schönheit neben einem handfest gebauten Weib, bei dem die Schönheit der Jungen noch zu erahnen war. Kyrrispörr sah, wie die Bœndi mit Jarnskegge als ihrem Wortführer auf der einen Seite standen und König Olafr auf der anderen. Er spürte des Königs Missfallen, als er erkannte, dass die Bœndi in Waffen und voller Entschlossenheit gekommen waren, und ehe Kyrrispörr durch die vereinte Willenskraft der Männer des Königs abgedrängt wurde, erkannte er König Olafs Entschluss, den er schon jetzt, bevor das Þing begonnen, gefasst hatte; ein Entschluss voller Unwillen und Trotz, gleich einem Wolf, der von der unerwartet starken Beute ablässt. Die Kreuze in den Händen von Olafs

Klerikern neigten sich zurück, und Kyrrispörr wusste, dass Olafr die Heiden hatte bekehren wollen, dass Olafr hatte herrschen wollen, aber bitter gescheitert war an Jarnskegges eisernem Willen und seiner Voraussicht. Dann legte sich ein Nebel über die Versammlung, das Licht wurde gleißend, und Kyrrispörr verspürte einen Schlaf, der ihm durch die Adern bis in die Fingerspitzen ging; ihm schwindelte, und für einen Augenblick wurde ihm schwarz vor Augen. Er war in seinen Körper zurückgekehrt.

Die Vision hatte ihn unerwartet getroffen. Nicht unvorbereitet, aber unerwartet schon. Dass seine Versenkung eine solche Macht entfalten konnte, hatte ihn überwältigt. Während er kaum die Kraft gehabt hatte, wieder zu Ketil zurückzufinden, war endlich die Hoffnungslosigkeit, die ihn seit seiner Ankunft in Heiðabýr ständig begleitet hatte, wie weggeblasen. Er war wieder im Vollbesitz seiner magischen Kräfte, mehr noch, die Geister hatten sich stärker seiner angenommen als je zuvor. Die Vision selbst freilich blieb ihm ein Rätsel. Ob das Þing wirklich geschehen war oder nur ein Orakelrätsel, würde sich finden müssen.

»Seid Ihr ein Magier?«

Kyrrispörr ließ seine Versenkung abebben und öffnete die Augen. Eine Frau stand vor ihm. Sie hatte einen gramvollen, ja verzweifelten Gesichtsausdruck und zitterte vor Hast am ganzen Körper. Auf ihrem Gewand befand sich in Höhe des Bauches ein großer Schweißfleck.

»Ihr sucht Hilfe«, sagte Kyrrispörr. »Es ist Krankheit unter Euerem Dach.«

»Ja, ja, genau! Ihr seid wahrhaftig ein Seher – gut, gut!«, rief sie. »Es ist der Schweiß, er hat ihn und er wird nicht besser! Er stirbt uns weg!«

»Dann sind üble Geister bei Euch«, murmelte Kyrrispörr und machte eine Geste. »Führt den Kranken zu mir.«

Hoffnung glomm in den Augen der Frau auf. Sie nickte und machte sich so hastig auf den Weg, dass sie fast über ihre eigenen Füße stolperte. Kyrrispörr verharrte im Gebet und wartete.

Nach einer Weile wurde ein vielleicht zwanzigjähriger Mann, von zwei Knechten gestützt, herbeigebracht. Er war bleich und so schwach, dass er sich kaum rühren konnte. Die Knechte betteten ihn vor Kyrrispörr auf ein Fell. Eine ältere Frau, deren Gewänder sie als Wohlhabende auswiesen, und ihr Mann traten an Kyrrispörr heran.

»Wir beten stets zu Oðinn und Baldur«, erklärte der Mann.

»Und nun kämpft Euer Sohn«, erwiderte Kyrrispörr. Das Ehepaar wechselte Blicke; Kyrrispörr war es nicht schwergefallen, sie als Eltern zu erkennen, aber derlei machte immer wieder Eindruck.

»Er kämpft mit den bösen Geistern, die uns alle zu vernichten trachten. Sagt, seit wann ergeht's ihm schon so? Kam er von einer Fahrt, als er niederfiel?«

Wieder wechselten die Eltern Blicke. Kyrrispörr hatte die frisch vernarbten Blasen an den Händen des jungen Mannes gesehen, die ihn lebhaft an seine eigenen erinnerten, als er das erste Mal hatte Tag um Tag rudern müssen, und die Münze, die er um den Hals trug, war englisch – zweifellos in Heiðabýr keine Seltenheit, aber als Schmuckstück ungewöhnlich genug, um ein Hinweis auf eine Fahrt zu sein.

Die Eltern bestätigten, er sei tatsächlich kürzlich von England wiedergekehrt, bald darniedergelegen, und die Kräuter haben ihm nicht helfen können.

Kyrrispörr hörte sich ihre Geschichte an, nickte und betastete währenddessen prüfend den Kranken. Inzwischen hatte sich eine Traube aus Neugierigen um sie gebildet.

Schließlich hob Kyrrispörr die Hand. Er streckte den Moment des Schweigens gerade so weit, wie er es wagen konnte.

»Ich werde nun die Geister aufschrecken«, erklärte er, »und Oðinn bitten, Euch zu erhören. Wenn Oðinn Eurem Sohn gnädig ist, wird er geheilt werden. Er wird gleich aufstehen und an Euerer Seite nach Hause gehen können. Dann bettet ihn. Opfert eine Ziege noch an diesem Abend, fangt ihr Blut auf und gießt es hier ins Wasser. Schlachtet zwei Hühner, das eine heute, das andere in zwei Tagen, kocht sie und gebt Ei hinzu, und lasst ihn das trinken. So soll es sein.«

Damit hielt Kyrrispörr die Hände über den Kranken, wandte die Augen gen Himmel und begann so plötzlich mit einem durchdringenden Gesang, dass die Versammelten zusammenschraken; er klatschte vor dem Gesicht des Kranken mehrmals in die Hände, klopfte seinen Körper mit einem Kräuterbündel ab, drückte ihm die Hände in den Bauch, schrie wie unter Qualen auf – und zog einen flachen, schwarzen Stein unter der Linken hervor, aus dem Bauch des Kranken heraus. Er hielt den Stein hoch, dass alle ihn sehen konnten, ohne aber im Gesang innezuhalten, wandte sich gegen die Sonne und streckte den Stein ihr entgegen; dann schleuderte er ihn mit einem Schrei in den Himmel. Niemand sah, wie der Stein seine Hand verließ, und niemand sah ihn irgendwo niedergehen, aber als Kyrrispörr die Finger spreizte, waren seine Hände leer. Er wandte sich dem Kranken zu, machte mit beiden Händen eine Geste, als umfasse er sein Gesicht – gut eine Armeslänge über ihm in der Luft – und befahl:

»Steh auf! Steh auf, solange das Übel gebannt ist, und sammle Kraft, um es zu besiegen, wenn es wiederkommt. Aber diesmal bist du stark! Steh auf, gehe hin mit Oðins Segen! So sei es!«

Als würde Kyrrispörr ihn an einem unsichtbaren Seil emporziehen, erhob der junge Mann den Oberkörper, kam wankend auf die Beine und ging unter den erstaunten Rufen der Menge davon, gefolgt von den überglücklichen Eltern. Als er zwischen den Häusern verschwand und die Menschen sich dem geheimnisvollen Magier zuwenden wollten, war Kyrrispörr verschwunden. Nur einer von ihnen sah nicht ergriffen drein. Er hatte Kyrrispörr nicht aus den Augen gelassen. Aus den Augen, in denen blanker Hass loderte.

Kyrrispörr betrat den kleinen Raum. In der Ecke knackten die Steine. Ein Talglicht flackerte unruhig in seiner Schale auf einem Metallstab. Die anderen Badenden waren bereits fertig: Er hatte gewartet, bis er allein war. Die Beschwörung hatte ihn viel Kraft gekostet.

In Gedanken versunken, schöpfte er zwei, drei Kellen Wasser auf die Steine und hieß die Hitze willkommen. Geradezu zaghaft begann sein Körper zu schwitzen. Er gab noch eine Kelle Wasser hinzu, dass die Hitze schon wehzutun begann, legte sich mit dem Rücken auf die Bank und starrte in den glimmenden Nebel über sich. Die Ereignisse der letzten Zeit hatten sich überschlagen. Begonnen mit König Olafs Falle, der Flucht mit Eyvind, bei der er mit Hvelp seinen besten Freund verloren hatte, seine Wiedergeburt als Seiðmaðr; der Angriff auf Olaf, der so furchtbar fehlgeschlagen war, und hier sah Kyrrispörr Feilans Gesicht, kein anderer als Feilanr hatte sie verraten. Seine brennende

Sehnsucht nach Æringa und das Entsetzen darüber, sie im Leben zurückzulassen. Dann erneut die Errettung vor dem Tod, diesmal durch Guðrun, ihre liebevolle Pflege und ihre unerwartete Annäherung – Kyrrispörr spürte selbst jetzt noch, wie sein Herz heftiger zu schlagen begann, und sofort überfiel ihn das schlechte Gewissen. Er starrte vor sich auf die Bank.

Und jetzt?

Jetzt war er in der sagenhaften Handelsstadt von Heiðabýr und kümmerte sich für eine Handvoll Anhänger des alten Glaubens um die Gunst der Götter. Immerhin.

Er verspürte einen kalten Luftzug, als sich die Tür öffnete und ein anderer die Sauna betrat. Ohne aufzusehen, stand Kyrrispörr auf, um eine weitere Kelle aufzugießen.

Und plötzlich ging alles ganz schnell. Ein Schlag traf ihn gegen die Schulterblätter, dass er die Kelle fallen ließ, mit dem Bein den glühend heißen Steinetrog streifte und gegen die Wand taumelte. Sein Kopf wurde gegen die Bretterwand gepresst, dass er nur ein überrumpeltes Japsen hervorbrachte, und dann riss er die Augen in blankem Entsetzen auf: Eine raue Pranke fuhr ihm um die Kehle und drückte zu.

»Was ist ein Seiðmaðr ohne Luft?«, raunte ihm eine Stimme ins Ohr. »Er wird nicht mehr lange unter uns sein, was?«

Wie um eine Antwort zu erzwingen, ergriff der Angreifer mit der anderen Hand Kyrrispörrs Arm und drehte ihn auf den Rücken. Kyrrispörr schnappte vergeblich nach Luft. Zugleich wurde sein Knie vom Fuß des Fremden zurückgezogen, sodass er die sengende Hitze des Steinetrogs zu spüren begann. In seinem Kopf baute sich ein Druck auf, als wolle er zerplatzen. Etwas Warmes spritzte gegen seine Oberschenkel und rann herab; er hatte Wasser gelassen.

»Nun?«

Der Unbekannte lockerte den Griff um seine Kehle ein wenig.

»Ja! Ja!«, schrie Kyrrispörr panisch. »Was wollt Ihr!«

Plötzlich ließ der Druck um seinen Hals nach, aber der Fremde drückte ihn mit seinem Körpergewicht so fest gegen die Wand, dass er sich nicht rühren konnte, und verdrehte den Arm noch ein wenig weiter. Er hörte ein Knistern, so, als verglühten Tannennadeln auf den Steinen. Ein intensiver Geruch stieg ihm in die Nase, den er nicht zuordnen konnte.

»Man nennt mich Agantyr. Ich bin der Magier dieser Stadt. Der einzige Magier! Und der werde ich auch bleiben. Wenn du es wagst, noch ein einziges Mal auch nur einen Runenstab hervorzuziehen«, raunte sein Gegner, »werde ich dir zuerst dein wertvollstes Stück abschneiden, ganz langsam, das sage ich dir. Und dann töte ich dich.« Der Fuß drückte sein Bein näher an den Trog, sodass die Hitze wehzutun begann. »Hast du das verstanden?«

»Ja!«, keuchte Kyrrispörr.

»Schwöre.«

»Ja, bei Oðinn und Þórr, ich schwöre! Ich schwöre! Niemandem hier werde ich Magie wirken! Ich schwöre!«

Der Druck gegen sein Knie verschwand, und er zog es hastig zurück. Agantyr presste ihm eine Hand auf den Mund, und ein kleines Bällchen wollte sich zwischen Kyrrispörrs Lippen in den Mund schieben. Unwillkürlich biss er die Zähne aufeinander. Seine Nasenflügel blähten sich. Aber schon wurde ihm der Kopf in den Nacken gerissen und die Nase zugehalten – und das Bällchen rutschte ihm in die Kehle, er hustete, aber es wurde von der Hand unerbittlich in seinem Mund gehalten, und er schluckte es hinunter. Er wurde am Schopf gepackt, dass er zu Boden sehen musste, und dicht über den Steinetrog hinweg herumgewirbelt. Ein Faustschlag traf seinen Magen. Ihm blieb die Luft weg. Kurz gewahrte er das graubärtige Gesicht eines alten Mannes, dann war der Magier Agantyr verschwunden.

Kyrrispörr klappte vornüber und wimmerte leise. Noch während er so verharrte, überkam ihn heftiger Schwindel. Das Talglicht nahm ganz merkwürdige Farben an, und es war, als beginne die Flamme sich zu teilen und bald hierhin, bald dorthin zu wandern; der Wasserdampf wurde zu zäher Watte, wie dichte Spinnenweben, und klebte auch ganz so auf der Haut. Die Schatten wurden zu Fratzen, und Kyrrispörr meinte Hvelps totes Gesicht darin zu erkennen, wie es übergroß auf ihn zuflutete, um im nächsten Augenblick zu zerfließen; dann war da Æringas Antlitz, schön wie ein Sonnenaufgang, und Kyrrispörr wollte geblendet die Augen schließen, aber er war gar nicht mehr in seinem Körper, sondern sah sich selbst leblos auf der Bank liegen, ein Bein abgewinkelt, und glitschig wirkte er wie ein Fisch, er selbst, sein Geist aber schwebte frei im Raum. Plötzlich hatte er Angst, sich mit dem Wasserdampf zu vermischen, der wieder dichter geworden war. Farbkugeln tanzten im Dunkel, näherten sich und gingen wieder auf Abstand, während die Wände und Decke der Hütte sich dehnten und wölbten, so, als atme die Sauna selbst, und der Steintrog war ein glosendes Herz, an dem er verbrennen würde wie eine Motte, wenn er ihm zu nahe käme. Er wunderte sich über seine eigenen langen Glieder und die Glätte seiner Haut, die er plötzlich aus nächster Nähe sah, die Schweißporen, auf denen klare Tröpfchen standen, und dann war da wieder das bunte Geflacker. Ein Pferd galoppierte durch den Raum und der Nebel wogte und wallte und gebar Gesichter und Farben und die Wände dehnten sich – nein, zogen sich zusammen – und ein Fass rollte aus der Decke herab auf ihn und drückte ihm die Luft ab und ein Wirbel aus Regenbogen umfing ihn ... und er verlor das Bewusstsein.

Jede Regung tat weh. Das Öffnen der Augen tat weh. In seinem Kopf lag ein schwerer Lehmklumpen, der gespickt war mit Steinsplittern. Sein Rachen tat weh vor Durst.

Er lag ausgestreckt auf dem feuchten und eiskalten Boden, ein Bein halb auf die Bank gelegt. Durch einen Spalt drang der bleigraue Schimmer des Morgens herein.

Kyrrispörr versuchte, sich zu erinnern, was am Abend geschehen war. Er erinnerte sich, dass jemand ihn gegen die Wand gestoßen hatte. Was aber geschehen war, er wusste es nicht. Dessentwegen er sich nicht rühren konnte, ohne unter Schmerzen zu stöhnen.

Und er durfte keine Magie mehr wirken.

Die Erkenntnis traf ihn wie ein Schlag. Sie war fast schlimmer als das Unwissen darüber, was geschehen war. Er durfte nicht mehr als Seiðmaðr handeln.

Nach einer Weile gelang es ihm, sich vom Boden aufzurappeln und sich auf die Bank zu setzen. Alles drehte sich um ihn. Die Schmerzen und sein Kopf lieferten sich einen Wettstreit des Grauens. Er schöpfte Kraft. Keine Magie ... und kein Blut. Eyvinds Worte würde er nie vergessen: Nur ein Mal durfte er Blut vergießen, sonst war seine Rache dahin. Kyrrispörr stöhnte. Er langte nach der Kelle, die auf dem Boden lag. Vor Kälte zitterte er jetzt schon am ganzen Körper, aber der Durst war stärker: Das Wasser rann seine Kehle herab wie Feuer und stach ihm wie Eiszapfen in den Magen, dass er sich für einen Moment krümmte.

Er musste raus, ehe jemand ihn zufällig hier entdeckte. Sein erster Versuch aufzustehen, schlug fehl – beim zweiten gelang es ihm nur mit größter Mühe, sich aufrecht zu halten. Alles drehte sich um ihn. Kaum bei Sinnen, streifte er seinen Kittel über. Er tastete sich ins Freie, am nächstbesten Flechtzaun entlang, und es fühlte sich an, als steche ihm das fahle Morgenlicht geradewegs in den Schädel. Unter Schmerzen kniff er die Augen zusammen. Beinahe wäre er in das knapp anderthalb Schritt breite Bächlein gefallen, das den Bohlenweg begleitete, dann stolperte er auch noch über das Brett, das die eine Handbreit tiefergelegte Straße säumte, und musste für einen Augenblick hingekauert verharren, bis der Schwindel nachgelassen hatte. Ohne ein Wort wankte er in Ketils Haus, an dem entsetzten Hausherrn vorbei und ließ sich auf sein Lager fallen. Eng zusammengerollt, hielt er die Augen geschlossen und kämpfte gegen den Schwindel an, der ihm das Gefühl verlieh, als würde er gegen die Decke geschleudert. Wer auch immer ihn überfallen hatte, hatte ihn den bösartigsten Geistern ausgeliefert, die es in Heiðabýr gab. Kyrrispörr kam der Gedanke, ein Austreibungsritual zu machen, aber wie zur Strafe wurde er von einem neuerlichen Schwindelanfall erfasst und so heftig gebeutelt, dass er wimmerte und die Hände rechts und links in die Decke krallte.

So war von einem Augenblick zum nächsten Kyrrispörrs Hoffnung, als Seiðmaðr der verbliebenen Þórrsanbeter wirken zu können, zerschlagen worden.

»Kyrrispörr!«, rief Ketil ihm zu, als er gerade einen Knaben für den Verkauf vorbereitete. Kyrrispörr ließ die Schale mit dem Duftöl sinken, das eines von Ketils Geheimrezepten zur Erhöhung der Schönheit war, und sah auf.

»Morgen ist der Tag des Herrn. Nach Sonnenaufgang gehen wir zur Messe.«

»Zur Messe?«, fragte Kyrrispörr verdutzt und stellte die Ölschale auf eine Truhe. Dann erinnerte er sich an das Silberkreuz, das Ketil um den Hals trug.

»Ich wollte eigentlich ... Es kommt doch der Gesandte vom Rhein ...«

»Nicht am Feiertag! Was denkst du denn.« Ketil sah ihn schräg an. »Du bist wirklich durch und durch Heide.«

Kyrrispörr mied Ketils Blick und erwiderte nichts.

»Na ja. Du trägst ja auch kein Kreuz um den Hals«, meinte Ketil. »Na, dann bleib da, aber sorge dafür, dass du meiner Frau morgen früh nicht über den Weg läufst.«

»Ich könnte Wachdienst versehen!«, schlug Kyrrispörr vor.

Ketil runzelte die Stirn und nickte.

»Gut. Mach den Kerl hier fertig, der Franke kann jeden Moment da sein. Melde dich heute Abend noch bei Björn und sag ihm, dass du morgen auf den Wall gehst. Vielleicht können wir die Wache unter der Woche verschieben. – Ja«, murmelte er bei sich, »das ist gut. – Aber glaub nicht, dass du immer so davonkommst. In meinem Haus will ich Christen haben, keine abergläubischen Þórrsanbeter.«

Damit ging er fort. Kyrrispörr konnte ein erleichtertes Aufatmen nicht unterdrücken. Sich bekehren lassen! So weit kam es noch! Den Glauben von Olaf, dem Verräter, annehmen! Der Junge schnaubte erschrocken auf, als Kyrrispörr zu heftig zupackte. Nie würde er Christ werden, dachte Kyrrispörr und band dem Knaben wieder die Hände, die der ihm hinhielt. Anschließend stellte er den Sklaven in jene Ecke des Hofes, wo die Sonne am vorteilhaftesten das Handelsgut ausleuchtete. Während er in den Stall zurückging, um den zweiten Kandidaten zu holen, wurde er den Gedanken an die Messe nicht los.

Der Händler kaufte den Jungen. Ketil war zufrieden, denn als er den Mann mit dem unauffällig gekleideten Sklaven hinausführte, war seine Silberkatze schwerer, als er zu hoffen gewagt hatte.

DER WEISSE ENGEL

GEDANKENVERLOREN BLICKTE KYRRISPÖRR über die Heidelandschaft, die sich vor ihm ausbreitete. Hier oben auf der Krone der Holzpalisade und mit der Stadt im Rücken konnte er seine Gedanken schweifen lassen, ohne sich unnütz vorzukommen, wenngleich ihn wieder ein ungutes Gefühl quälte. Er hörte die Schritte der Ablösung hinter sich. Mit einem Seufzer löste er sich von der Brüstung, nickte dem Mann zu und ging die kurze Holztreppe die Schanze hinab zur Oberstadt. Hier, wo der Boden etwas höher lag, gab es überwiegend Grubenhäuser. Die Seitengassen waren nicht überall mit Brettern belegt. Jenseits des Handwerkerviertels mit seinen zahllosen Schmieden wohnte, wer sich gerade so ernähren konnte, viele Alte, einige Glücklose, viele ärmere Durchreisende, die für ein Stück Wurst bei den Grubenhäusern übernachten durften. Sogar die Hühner sahen mitgenommen und krank aus. Die Unterstadt befand sich fast auf Wasserstandshöhe der Schlei. Ein wenig weiter in Richtung Hafen drängten sich die Häuser um die Bohlenwege, und wenn die Höfe zwischen ihnen überhaupt mit einem Zaun abgetrennt waren, waren sie doch recht klein und vollgestellt mit Handwerkszeug, und Kleinvieh tummelte sich zwischen Gemüsebeeten.

Kyrrispörr ließ sich treiben. Ganz von selbst führten ihn seine Schritte an die Stege des Hafens. Hier herrschte ununterbrochen geschäftiges Treiben. Zwei abgetakelte Knorrs lagen etwas abseits, und die Seeleute eines kleineren Skuders machten die Abdeckhäute los und handelten vom Schiff aus ihre Ware gegen ein Bündel Rentiergeweihe, das ihnen zum Tausch angeboten wurde, während gerade ein schlankeres Langschiff behutsam von seinen vier Ruderern an den Kai gesteuert wurde. Kyrrispörr ließ sich auf einer Wagenkiste nieder und verfolgte, wie unter lauten Rufen Taue herübergeworfen und die Ruder eingezogen wurden. An der Mundart der Seeleute erkannte er, dass sie aus Island kamen. Neugierig verfolgte er, wie Karren herbeigeschafft wurden, um die Wagenkästen aufzunehmen, derweil bereits einige Händler auf den Kai kamen, um gleich hier einen Handel abzuschließen. Ein hochaufgeschossener Isländer mit schulterlangen, strohblonden Haaren und wettergegerbtem Gesicht führte die Aufsicht über die Verhandlungen. Zwei Zöllner kamen aus dem Steghaus und schätzten die Menge der Waren. Einer der Händler übernahm gleich darauf hocherfreut ein Bündel Robbenfelle und eilte in einem günstigen Augenblick davon, als die beiden Zöllner mit der Sichtung der Fässer beschäftigt waren.

Und dann stockte Kyrrispörr der Atem. Hinter dem Blonden erschien ein weißhaariger Hüne, breitschultrig, in einen pelzverbrämten Klappenrock gekleidet. Auf seiner behandschuhten Linken saß ein Falke von solcher Schönheit, wie Kyrrispörr sie selbst bei König Olaf noch nicht gesehen hatte: So wuchtig wie sein Herr, gehüllt in ein Gefieder von blendendem Schneeweiß, die Augen aufgebräut über einem Schnabel, der bald so groß war wie der ganze Kopf, hockte dort ein Gerfalke von solch makellosem Aussehen, dass Kyrrispörr zu träumen meinte. Seine nicht minder beeindruckenden blauen Füße mit den messerscharfen Krallen hatte er in den Handschuh geschlagen und ließ sich in majestätischer Ruhe tragen. Einigen Händlern erging es genauso wie Kyrrispörr: Sie konnten den Blick nicht von dieser überwältigenden Erscheinung lösen. Die Knechte hingegen hatten ihn anscheinend nicht einmal bemerkt. Den beiden folgte ein sehniger Hund. Seine Ausstrahlung war die eines Jagdhundes, der immer auf der Pirsch ist: Sehr aufmerksam, mit einem alles abschätzenden Blick, seiner Kraft und Schnelligkeit wohl bewusst. Dass der Gerfalke ihm seinen Auftritt stahl, war ihm vollkommen gleichgültig.

Der Weißhaarige kümmerte sich mit der Ausnahme eines knappen Zunickens nicht weiter um das Handeln des Blonden, sondern ging zügigen Schrittes über den Steg. Als er an Kyrrispörr vorbeikam, der den Mund vor Staunen aufgesperrt hatte, bedachte er ihn mit einem unfreundlichen Blick. Hastig schloss Kyrrispörr den Mund und folgte dem Mann mit etwas Abstand.

Gerade, als der Herr seinen Fuß vom Steg an Land setzte, erscholl erbostes Kläffen, und ein räudig aussehender Hund schoss wie aus dem Nichts auf den Jagdhund zu. Kyrrispörr musste dem Jagdhund unwillkürlich Anerkennung zollen: Er ging nicht etwa darauf ein, sondern blickte nur mit einem geradezu hochmütigen Gesichtsausdruck auf den Heranstürmenden herab. Er machte sich nicht einmal die Mühe zu knurren. Aber seine Sehnen spannten sich sichtlich unter dem kurzen Fell. Kyrrispörr spürte, dass das Leben des Kläffers am seidenen Faden hing – einen Augenblick lang war es ihm, als sehe er durch die Augen des Jagdhundes, aber da stieg ihm ein unbekannter Geruch in die Nase, und eine unerklärliche Angst überfiel ihn.

Indessen hatte der Straßenköter den Jagdhund erreicht, der ruhig wie eine Mauer zwischen ihm und seinem Herrn stand. Der Gerfalke drehte unruhig den Kopf hierhin und dorthin, blieb aber still, da er nichts sehen konnte. Der Straßenköter wagte nicht, den Jagdhund anzugehen, sondern kläffte wild. Der Herr ging indes weiter, als wäre nichts geschehen. Da tat der Straßenköter etwas Unerwartetes: Anstatt es beim Drohen zu belassen oder seinen Artgenossen zu attackieren, machte er einen Satz über ihn hinweg und auf den Weißhaarigen zu. Der Jagdhund reagierte sofort und biss den anderen in den Hinterlauf, ließ auch nicht los, aber der Straßenköter war massig gebaut und riss ihn mit sich zu Boden. Dabei stürzte der Angreifer mit seinem ganzen Körpergewicht dem Weißhaarigen zwischen die Füße. Die schmierigen Holzbohlen taten ihr Übriges: Der Mann stürzte, schaffte es zwar, sich mit der rechten Hand abzustützen, öffnete dabei jedoch die behandschuhte Hand, und der Gerfalke flog mit einem Schrei hoch – die Geschühriemen glitten durch die Finger, und einer Wintersonne gleich stieg der Vogel empor. Kyrrispörr war entsetzt: Blind, wie der Gerfalke mit seinen zugebundenen Lidern war, würde er fliegen, bis er irgendwann, irgendwo aus Entkräftung niederging, und das wahrscheinlich aus großer Höhe.

Doch im Augenblick war der Falke noch zu verwirrt, um aufzusteigen – er flatterte wild drauflos, geradewegs zum Hafenbecken, zog knapp an einem straffen Tau einer Takelage vorbei und geriet ins Schlingern. Wie durch ein Wunder führte sein Weg ihn genau auf einen Pfosten zu, der im Hafenbecken aufragte. Er prallte ziemlich weit oben gegen ihn, es gab viel Flügelschlagen und Zappeln, und schließlich gelang es dem Falken tatsächlich, sich darauf zu setzen. Der blinde Vogel blieb sitzen und sperrte vor Aufregung den Schnabel. Ein Raunen der Erleichterung erklang um Kyrrispörr herum. Niemand hatte dem Straßenköter mehr Aufmerksamkeit geschenkt, der unter herzerweichendem Jaulen fortzukommen versuchte und von dem Jagdhund schnell und gnadenlos totgebissen wurde.

»Ein Boot!«, erklang eine herrische Stimme hinter Kyrrispörr.

»Nein, nicht!«, rief er hastig. Der Weißhaarige sah ihn entgeistert an. Kyrrispörr schluckte, nahm seinen Mut zusammen und erklärte hastig: »Es dauert zu lang! Wenn Ihr den Falken erschreckt, ist er fort! Ich hole ihn.«

»Du?«, fragte der Weißhaarige. Warum der Mann es ihm mit einem Nicken erlaubte, wusste sich Kyrrispörr hinterher selbst nicht zu erklären.

Aber das war jetzt ganz egal. Noch nie hatte Kyrrispörr sich so schnell ausgezogen. Eilig ließ er sich vom Steg ins Wasser gleiten, stieß sich ab und schwamm auf den Pfahl zu, auf dem der blinde Gerfalke thronte. Er musste sich zwingen, nicht zu schnell zu schwimmen, gerade so, dass er kaum Geräusche verursachte. Das letzte Stück legte er im Schleichtempo zurück. Er machte so langsame, weitausholende Schwimmzüge, wie es ihm nur möglich war. In Gedanken dankte er Hæric, dass er ihm von klein auf Schwimmen beigebracht hatte.

Doch dann schrak er auf: In der Hafeneinfahrt zeigte sich der Bug einer Knorr! Wenn sie einfuhr, war der Falke fort. Er sah, wie den Turmwachen zu beiden Seiten der Einfahrt ebenfalls erst jetzt bewusst wurde, dass sie die Rettung gefährden konnte. Wild machten sie Zeichen zur Knorr hinüber. Kyrrispörr war ihnen unendlich dankbar, dass sie nicht brüllten. Ob ihre Bemühungen Erfolg hatten, das Boot zu stoppen, konnte er nicht abwarten. Eine Bootslänge trennte ihn von dem Pfahl. Er legte seine ganze Aufmerksamkeit in die zwei, drei letzten Schwimmzüge, ehe er endlich den glitschigen Pfahl an den Fingerspitzen spürte. Eine Kaltwasserströmung strich ihm um die Beine. Wo war das Schiff? Hatte es gestoppt werden können? Oder würden jeden Augenblick Ruder ins Wasser platschen und den Ger aufscheuchen? Kyrrispörr hatte keine Zeit, es zu überprüfen. Keine überflüssige

Bewegung, das ging ihm allein durch den Kopf. Und trotzdem schnell sein! Schneller!

Endlich erfassten seine Hände den Pfahl. Er zog die Beine an und umschlang das Holz mit ihnen. Keine Armeslänge über ihm saß der Falke. Das Plätschern des Wassers klang wie fein splitterndes Glas in seinen Ohren. Er wagte kaum zu atmen.

Langsam, ermahnte er sich. Jetzt nur keine hastige Bewegung! Oðinn und Njörd, schickte er ein Stoßgebet gen Himmel, helft, dass das Schiff nicht näherkommt. Helft, dass der Falke sich nicht jetzt gerade dazu entschließt, aufzufliegen.

Wie als Antwort schüttelte der Falke sein Gefieder, und das Blut gefror Kyrrispörr in den Adern. Aber anstatt abzuschmelzen, schlank zu werden und hochzufliegen, trippelte der Falke nur auf dem Pfosten und saß wieder still.

Kyrrispörr umarmte den Pfahl und streckte sich so langsam, wie es eben möglich war. Er setzte die Hände ein Stückchen höher. Noch ein wenig. Die Finger begannen ihm wehzutun, als er sie mit aller Kraft ins glatte Holz krallte. Wenn er jetzt abrutschte ...

Der Falke trat unruhig auf der Stelle. Die Geschühriemen baumelten vom Pfahl herab ... Kyrrispörr musste sie nur noch greifen ... Wenn der Vogel dadurch ins Wasser fiel, würde der Weißhaarige ihm, Kyrrispörr, eigenhändig das Genick brechen, da war er sich sicher ... Er streckte die Hand aus, presste sich zugleich gegen den Pfahl, da er sofort abzurutschen drohte ... Keine Handbreit trennte ihn mehr von den Riemen ... Rufe erklangen vom Ufer her. Sie feuern mich an, diese Irren, dachte Kyrrispörr, sie feuern mich tatsächlich an!

Der Falke drehte den Kopf hin und her, hob und senkte seine Füße, er plusterte sich auf – mit einem gewürgten Schrei griff Kyrrispörr zu, gerade, als der Vogel sich schlank machte, ein öliger weißer Strahl knapp an Kyrrispörrs Schulter vorbeischoss und der Gerfalke absprang. Für einen verzweifelten Augenblick kämpften Mensch und Vogel um Gleichgewicht und Freiheit, Kyrrispörr bekam mit den Flügelkanten rechts und links Ohrfeigen und einen Schlag mitten ins Gesicht, dass ihm Hören und Sehen verging, aber er ließ die Geschührienen nicht los, und wenn der Vogel ihm den Verstand herausprügelte!

Es musste wirklich merkwürdig aussehen, schoss es ihm durch den Kopf, ein nackter Junge kämpft mit einem so herrlichen Vogel, und bestimmt sieht es eher so aus, als wolle der Vogel den Jungen als Beute erlegen. Eilig flüsterte er beruhigende Worte und bemühte sich, den Vogel auf die Faust aufspringen zu lassen, aber das erwies sich als beinahe unmöglich – er rutschte bis zur Hüfte ins Wasser zurück und hätte beinahe mit der freien Hand den Pfahl losgelassen. Ein stechender Schmerz durchfuhr seinen Unterarm: Der Falke stellte sich endlich auf und hatte ihm dabei die Klauen in den Arm geschlagen. Nicht, um ihm wirklich zu schaden, denn dann hätte er ihm den Arm zerquetscht, sondern einfach, um das Gleichgewicht zurückzugewinnen. Er war auch viel zu sehr seiner Art treu, als dass er seine Füße als Waffen eingesetzt hätte. Ein Falke beißt. Und genau damit begann jetzt der Gerfalke, blind und ohne rechte Lust zwar, aber gefährlich dennoch.

Verzweifelt versuchte Kyrrispörr, den Ger daran zu hindern, ihm einen Finger abzuzwacken, und rutschte sogleich eine Handbreit tiefer ins Wasser. Da der Pfahl umso glitschiger war, je tiefer er kam, musste er noch mehr um seinen Halt kämpfen. Verzweifelt redete er auf den Falken ein. Und tatsächlich: Als würde der Vogel ihn verstehen, gab er es auf, nach Kyrrispörrs Fingern zu angeln, legte die Flügel an und saß still.

»Gut, sehr gut«, keuchte Kyrrispörr und versuchte, den Arm gegen den Pfahl abzustützen, da er ihm vom Gewicht des Gers lahm wurde, zumal er ihn schräg nach oben halten musste, damit der Vogel nicht im Wasser landete, falls er doch noch absprang. Er krampfte die Faust um die Geschühriemen und biss die Zähne unter den Schmerzen zusammen, die die Klauen des Vogels seinen Unterarm hinabjagten.

»Danke, ganz ruhig, du bist gerettet«, stieß Kyrrispörr hervor und bemühte sich, so gefasst wie nur möglich zu klingen. Er hörte den Jubel der Menschen von den Stegen und von der Hafenpalisade herüberklingen, aber noch hatte er es nicht geschafft, das wusste er sehr wohl: Schließlich konnte er mit dem Falken auf der Faust nicht schwimmen. Nicht nur sein Arm wurde lahm, auch seine Beine verloren an Kraft. Ein Strom kalten Wassers begann ihn zu umspülen. Und dann kam der Krampf. Kyrrispörr schrie auf, als die Sehnen an den Innenseiten beider Oberschenkel unerbittlich zu zerren begannen, als würden sie von Geisterhand zusammengedreht. Sofort glitt er mit den Beinen vom Pfahl ab. Für einen Augenblick konnte er sich noch mit der Rechten festklammern, bevor er rücklings ins Wasser stürzte – und einen Ruck am linken Arm verspürte, als jemand ihn gerade unter dem Griff des Gers packte. Jemand fädelte ihm rasch die Geschühriemen aus den Fingern, dann gab es einen kurzen, gleißenden Schmerz, als sich die Krallen des Vogels aus seinem Arm lösten, und er fühlte sich emporgezogen. Rasch griff er mit der Rechten nach, und zahlreiche Hände fassten ihn unter den Achseln und an der Hüfte und beförderten ihn ins Boot. Vollkommen erschöpft schlug er auf den Rücken hin, umklammerte den blutenden Arm und drückte unter Aufbietung seiner gesamten Willenskraft die Beine auseinander, damit der Krampf verging. Warmes Blut floss ihm vom Unterarm auf die Brust und vermischte sich mit den Tropfen des Hafenwassers. Über ihm erschien das Gesicht des Weißhaarigen, der seinen Arm berührte. Im nächsten Moment schoss ihm ein so heftiger Schmerz durch den Leib, dass er sich aufbäumte und den Mund zu einem lautlosen Schrei aufriss. Für einen Moment loderte sein Arm in einem Höllenfeuer, als würde er innerlich verglühen wollen. Der Weißhaarige drückte ihn zurück und legte eine Flasche beiseite, deren Inhalt er über den Arm geträufelt hatte. Dann fühlte sich sein Arm nur noch heiß an, und es wurde erträglich.

»Au«, murmelte Kyrrispörr schwach. Sein Brustkorb hob und senkte sich schnell, und seine Stirn war schweißnass. Hoch über sich sah er den Gerfalken auf dem Handschuh seines Herrn hocken. Ein grenzenloses Glücksgefühl fegte Schmerz und Entkräftung hinweg.

Am Ufer wurde er gefeiert wie ein Held. Da er sich nicht auf den Beinen halten konnte, wurde er von zwei Knechten unter den Armen gestützt und auf eine Kiste gesetzt. Eine Frau kam herbeigeeilt und rubbelte ihn mit einem Tuch trocken, während eine andere Decken herbeibrachte. Eine Ältere betastete kundig seinen Arm, der ziemlich schlimm zugerichtet aussah, holte Kräuter und ein Tuch und legte einen straffen Verband an. Erst jetzt wurde Kyrrispörr bewusst, dass er in einem ziemlichen Dreckspfuhl geschwommen war, er, der er in den kristallklaren Gewässern des Nordens aufgewachsen war, und sogleich wollte ihm übel werden, aber die nicht enden wollenden Gratulationen der Menschen verscheuchten das Gefühl sogleich.

»Ich danke dir«, brummte der Weißhaarige. Damit wandte

er sich ab und setzte den vorhin so unerwartet unterbrochenen Weg fort, als wäre nichts geschehen. Kyrrispörr nickte. Die Bewunderung aller war ihm Lohn genug.

Da zuckte er zusammen: Unter den Umstehenden hatte er Agantyr entdeckt. In den Augen des Seiðmanns loderte es vor Zorn. Kyrrispörr sah hastig weg.

»Herr Gleðill möchte Euch sagen, Euch erwartet bei Hárvað Lohn für Euere große Tat.«

Kyrrispörr sah auf und in das Gesicht des Blonden, der vor dem Weißhaarigen das Boot verlassen hatte.

Jemand gab ihm Beerenwein zu trinken und ein anderer brachte ihm seine Sachen. Als er sich angekleidet hatte und mit dem Arm in einer Schlinge wieder gehen konnte, klopften ihm alle auf die Schulter.

Eine Belohnung ... Plötzlich wusste Kyrrispörr, was für eine Belohnung er haben wollte: Am liebsten natürlich als Falkner bei Hárvað anfangen. Was sicherlich völlig abwegig war, dachte er sich. Der nimmt keinen Dahergelaufenen. Nicht einer wie Hárvaðr, der mit den edelsten und schönsten Tieren der Welt handelt. Und doch, da war Hoffnung.

Während die Kunde über seine Tat wie ein Lauffeuer durch Heiðabýr wanderte – für eine spannende Geschichte war schließlich jeder zu haben – betrat Kyrrispörr mit Herzklopfen den Hof des Hárvað. Im Gegensatz zu den meisten Häusern war das seine von einem Zaun eingefasst, der bald bis zum Dachfirst reichte; umso geheimnisvoller erschien es Kyrrispörr, was dahinter wohl auf ihn warten würde. Der Vorhof des Langhauses war überraschend groß. Der Lehmboden war gefegt und glatt. Kyrrispörr entdeckte einen Pflock von der Art, wie sie zum Aufstellen von Falken genutzt wurden, und zwei Recks. Mehrere Riemen und Seile hingen daneben.

»Was willst du?«

Ein Knecht von vielleicht fünfzehn Jahren, dessen Gesicht über und über mit Pickeln übersät war, kam auf ihn zumarschiert. »Was willst du!«

»Ich soll den Herrn Hárvað aufsuchen«, erwiderte Kyrrispörr und versuchte dabei, die Haltung eines stolzen Seiðmanns zu zeigen. Was ihm offenbar nicht überzeugend genug gelang, schon allein dank seiner einfachen Kleidung und dem dick verbundenen Arm.

»Was willst du vom Herrn?«, wiederholte der Knecht misstrauisch.

»Ihn sprechen. Führe mich zu ihm, Kerl!«

»Du siehst aber nicht …«

»Halt den Mund und führe mich zu ihm!«, fuhr Kyrrispörr ihn an. Der Junge schenkte ihm einen aufsässigen Blick, zuckte mit den Schultern und stapfte ins Langhaus, ohne zu sehen, ob Kyrrispörr ihm folgte.

Er betrat die übliche große Halle. Da das Dach nicht von außen gestützt wurde, flankierten zwei Reihen aus Stützpfosten die Feuerstelle in der Mitte. Zur Linken lagen die Schlafnischen, während rechts Holztruhen und Hocker standen. Überall hing Gerät, das Kyrrispörr von der Falknerei her vertraut vorkam. Der Junge ging an der Feuerstelle vorbei in die hinteren zwei Drittel des Langhauses, die mit einer Bretterwand und einer mit einem Kastenschloss versehenen Holztür vom Wohnraum abgetrennt worden waren. Außer einer großen Kiste für die Hühner standen überall Recks und Pflöcke. Darauf thronten, an Langfesseln gebunden, Falken und Adler. Sie standen in Gruppen oder waren mit Flechtmatten von den anderen abgeschirmt, und alle drehten sie neugierig die Köpfe, als Kyrrispörr hereinkam. Ein Knecht war gerade damit beschäftigt, Tonschalen mit frischem Wasser zu befüllen.

Der Junge schritt zwischen den Vögeln hindurch, als wären sie Luft. Kyrrispörr dagegen war begeistert. Er sah Lannerfalken und kräftige Saker aus dem Süden; mehrere Wanderfalkenweibchen; zwei Habichte, die den Eindruck erweckten, jeden Augenblick vor Kraft explodieren zu müssen, wie es ihre Art war, und einen kleinen Sperberterzel, der sich reckte und streckte und mit roten Augen nach einem Opfer suchte und von einem handgroßen Baumfalken abgeschirmt wurde.

Der Junge verschwand hinter einem Vorhang, und als Kyrrispörr ihm folgte und durch die Tür dahinter ging, betrat er einen geräumigen Hinterhof. Sein Herz machte einen erfreuten Sprung, als er den schneeweißen Gerfalken dasitzen sah. Ein kräftiger Mann mit vollem, graumeliertem Haar steckte ihm gerade Atzung in den Schnabel. Er hielt respektvollen Abstand.

»Ah«, sagte er, als er Kyrrispörr bei der Tür sah. »Ihr seid also der, der diesen König unter den Falken gezähmt hat, habe ich recht?«

»Ich habe ihn aus dem Hafen geholt, ja«, sagte Kyrrispörr. Der Graumelierte schenkte dem dicken Verband an seinem Arm einen Blick.

»Und erstaunlich erfolgreich wart Ihr dabei. Dieser Vogel ist ein Wildfang. Schön, aber kaum abgetragen! Selbst aufgebräut ist es ein Wunder, dass er Euch nicht zerpflückt und das Weite gesucht hat. Wie ich sehe, könnt Ihr Euere Hand ja sogar noch gebrauchen.«

»Nur Kratzer«, murmelte Kyrrispörr.

»Wohl, das sehe ich. Man sagt, Ihr würdet gut mit den alten Göttern stehen?«

Kyrrispörr warf unsicher einen Blick auf das silberne Kreuz, das vor der Brust des Mannes baumelte.

»Ich ... Ich weiß nicht«, murmelte er. Es war ihm, als beobachte ihn Agantyr selbst jetzt, und er traute es dem Magier durchaus zu, hinter den Augen eines Tieres zu lauern. Wenigstens Mäuse und Tauben konnten ihm hier unter stets jagdbereiten Greifen nicht als Spione dienen. Und dennoch. Der Mann schenkte ihm einen prüfenden Blick, dann streifte er den Handschuh ab und trat einen Schritt von dem Gerfalken zurück.

»Er frisst kaum. Was meint Ihr?«

»Er ... Er braucht Ruhe«, sagte Kyrrispörr. »Dunkelheit und Ruhe, nach der Aufregung.« Er hielt erschrocken inne, in der Furcht, vielleicht zu vorlaut gewesen zu sein.

»Ganz recht! So denke ich auch. Kommt nur her und seht ihn Euch an!«

Kyrrispörr trat vorsichtig näher. Hárvaðr hatte die Fäden gelöst, und der Falke sah Kyrrispörr aus großen, tiefen Augen an.

»Einzigartig, nicht wahr?« Hárvaðr lächelte, als wäre ihm gerade eine Idee in den Sinn gekommen. »Sagt mir, fällt Euch etwas auf, was so nicht sein dürfte?«

»Überschnabel«, schoss es aus Kyrrispörr heraus. Der Vogel war vollkommen, nur das eine, das war ihm bei der Rettung aufgefallen: Der Reißhaken am Schnabel war viel zu lang.

Hárvaðr sah ihn ehrlich erstaunt an.

»Ja! Ganz recht. Augenscheinlich ist dieser Vogel nicht in so kundigen Händen gewesen, wie er es verdient gehabt hätte! Mir scheint, nicht allein Euer Kontakt mit den Göttern trägt Schuld an der Errettung dieses Islandgers. Es ist wohl auch die Kenntnis des Fachs? Sollte es das sein, bei dem Gehilfen eines Sklavenhändlers? – Doch sagt mir, wie richtet man einen solchen Schnabel?«

»Ich würde ein scharfes Messer nehmen und ihn von oben nach unten vorsichtig schälen«, erklärte Kyrrispörr, der auf einmal ganz aufgeregt geworden war. »Nur darauf achten muss man, nicht ins Leben zu schneiden.«

»Und wie haltet Ihr den Falken?«

»Aufgebräut und in eine Decke geschlagen. Straff zugezogen muss sie aber sein! Sonst verletzt sich der Vogel.«

Hárvaðr klatschte begeistert in die Hände.

»Junge, wer bist du?«, fragte er. »Ein Knecht gewiss nicht!« Und so drängte er Kyrrispörr zu erzählen. Dass er ein Seiðmaðr war, verschwieg Kyrrispörr.

»Falkner bei Olaf Tryggvason! Wer hätte das gedacht! Ich rede sofort mit Ketil, du bleibst selbstverständlich bei mir und hilfst mir mit den Vögeln! Wenn das dein Wunsch ist, versteht sich.«

Kyrrispörrs überwältigter Gesichtsausdruck war ihm Antwort genug.

»Ah, endlich einer, der weiß, was er tut, und seine Arbeit lebt! Ich bin hier von Dummköpfen umgeben, mssst du wissen! Ich gehe sofort zu Ketil!«

Noch am gleichen Abend fand Kyrrispörr sich im kleinen Kreis von Ketil und seiner jungen Frau, Hárvað und den Kindern wieder. Hárvaðs Frau Vigtis hatte einen Topf in Fett gebratener Pflaumen gemacht, dazu Pferdebohnen und Quark. Kyrrispörr hatte seinen Holzlöffel vom Gürtel genommen und ließ es sich schmecken.

»Du weißt wohl, dass ich dich nicht gern gehen lasse«, sagte Ketil zu Kyrrispörr.

»Eben darum möchte ich ihn ja haben«, erwiderte Hárvaðr. »Er ist eben begabt!«

Ketil warf einen Blick zu Kyrrispörr hinüber, der so tat, als habe er das Lob nicht gehört.

»Aber ich kann mir doch denken, dass er bei dir nicht recht Freude hätte. Man sagt sich, er komme deinen Sklavinnen nicht einmal nahe. Dabei sind sie doch der beste Grund, bei dir zu arbeiten!«

»Was weißt du denn davon! Dafür prüft er mir die Knaben, und ich kann mir das ersparen.«

»Nun ja. Ich erwarte allerdings bald einen Fernhändler aus Arabien. Er kommt regelmäßig und begutachtet die Falken. Wenn er ein gutes Geschäft gemacht hat, ist er in Kauflaune ... Nun habe ich einen einzigartigen weißen Falken bekommen«, er nickte Kyrrispörr zu, »und ich bin mir sicher, er wird sich auch zu einem Abstecher zu deinen blonden Schätzen überzeugen lassen.«

»Er kauft?«

»Oh ja. Und es gibt gutes Silber. Und seltene Ware natürlich. Außerdem habe ich viel Besuch, seit er meine Vögel zu schätzen gelernt hat. Allerdings ...«, er zwinkerte Ketil zu, »die Geschichte mit dem Ger muss ich dir ja nicht erzählen. Araber lieben Geschichten. Ganz besonders, wenn der Held selber vor ihnen steht. Zudem ... wer will schon einen Falken, der ständig abspringt? Nun, bei Kyrrispörr hier bin ich sicher, dass der Ger dasitzen wird wie eine Statue.«

»Ist dein Händler wirklich so viel wert, dass ich dir Kyrrispörr dafür gebe?«

»Wenn er nicht eine ... Probe bei dir ersteht, kommt Kyrrispörr am nächsten Tag zu dir zurück. Abgemacht?«

Kyrrispörr schob sich eine Backpflaume in den Mund, leckte sich die Finger ab und beobachtete fasziniert, wie die beiden Männer ihn bei ihrer Verhandlung hin- und herschoben wie eine Spielfigur auf einem Brett. Er begriff, dass Hárvaðr nicht nur traumhaft schöne Falken hatte, sondern auch ein überaus geschickter Händler war. Ketil stand ihm darin in nichts nach; die Aussicht, einen einflussreichen arabischen Händler zu bekommen, war für ihn letztlich so vielversprechend, dass er schließlich in den Handel einschlug. Auch wenn Kyrrispörr sich selbst ein wenig vorkam wie ein Þræll, der gerade weiterverkauft worden war, hüpfte sein Herz vor Freude, als Hárvaðr und Ketil den Handel mit einem Becher Met besiegelten. Er würde hierbleiben, bei den Falken, den Vögeln, die er über alles liebte – wenngleich sie ihn auch immer an Laggar erinnerten und dieser Gedanke nichts von seinem Schmerz verloren hatte.

Die kommenden Tage vergingen für Kyrrispörr wie in einem schönen Traum – endlich hatte er das Gefühl, wieder einen Ruhepunkt gefunden zu haben. Er kümmerte sich täglich um die Vögel und liebte es, sie nach Bedarf in Kondition zu bringen, die einen mit mehr Futter hochzunehmen, wenn sie mauserten oder Ruhephasen hatten, die anderen tief genug zu halten, sodass sie beim Training und bei den Probeflügen den bestmöglichen Flugantrieb zeigten. Er wies die Þrælls zurecht, wenn sie wieder nachlässig wurden, und konnte eine gewisse Befriedigung nicht verhehlen, wenn er den stets mürrischen und immer etwas faulen Lehrjungen antrieb. So war er eigentlich genau dort angekommen, wo er hatte ankommen wollen. Eigentlich. Denn eines war er nicht: Zu Hause. Dabei wusste er ganz genau, dass er seit dem Verlust seines Dorfes keinen festen Platz als sein Heim mehr hatte, aber gerade deshalb ahnte er, dass er nur dort heimisch war, wo Laggar lebte ... und vielleicht, ja bestimmt, auch Æringa.

Über eine Woche nach der Errettung des weißen Gers, an einem nebelverhangenen Tag, ging Kyrrispörr zur Oberstadt, wo er Holzlatten für eine Vogelkiste holen sollte. Es war eine Sackgasse aus festgeklopftem Lehm, zu beiden Seiten gesäumt von den Wänden einfacher Häuser. Das Holz lehnte in einem Bündel zur Linken. Er bückte sich, um einige Latten aufzuheben. Ihm fuhr ein eisiger Schreck durch die Glieder, als plötzlich jemand seine Haare packte.

»Du hast deinen Schwur vergessen.« Mitten in der Bewegung erstarrte Kyrrispörr. Das war Agantyrs Stimme. Kyrrispörr roch seinen nach Wein stinkendem Atem. Jetzt stieg ihm ein weiterer Geruch in die Nase, den er nicht zuordnen konnte, den er dennoch irgendwoher kannte und der in ihm merkwürdigerweise ein Gefühl der Panik weckte. »Aber die Geister haben mich gut unterrichtet. Du warst gewarnt worden. Ich bin ihr Diener in dieser Stadt, und kein anderer. Du hast wieder Magie gewirkt.«

»Nein, nein! Wo denn!«, stieß Kyrrispörr hervor.

»Du hast den Falken bezaubert. Niemals wäre er sitzen geblieben. Und niemals hätte er sich von dir halten lassen, ohne Handschuhe und in deiner Lage.«

»Aber ich schwöre, ich schwöre!«, brachte Kyrrispörr hervor. »Huginn und Munnin sind zu mir gekommen und ...« Weiter kam Kyrrispörr nicht. Sein Kopf wurde grob nach unten gedrückt. Das Geräusch eines Messers, das aus einer Scheide gezogen wurde, ließ ihm das Blut in den Adern gefrieren.

»Ein Ruck, Junge. Ein Ruck, und du bist deiner Würde verlustig, auf immer.«

Kyrrispörr wagte nicht zu atmen. Seine Augen zuckten wild umher.

»Ein letztes Mal lasse ich Gnade walten, weil Óðinn deine Tat gutgeheißen hat. Du hast ihm die Pflicht erfüllt, die seine Raben dir auferlegt haben. Aber das nächste Mal ...« Er verpasste Kyrrispörr einen Hieb mit dem Knauf des Messers, dass er zusammenfuhr, ließ von ihm ab und verschwand im Nebel.

Der Alltag ging weiter. Hárvaðr hatte Kyrrispörr einen Kittel aus feinem Stoff geschenkt, damit er beim Handeln gut auftreten konnte. Das Feilschen forderte seine ganze Aufmerksamkeit ab, so wie jetzt, wo ein Händler namens Heinrich, Lieferant deutscher Fürsten, ihm einen kleinen Sack reichte. Kyrrispörrs Augen leuchteten auf, als er den Sack öffnete und das hellbraune Pulver darin glänzen sah.

»Und, mag das wohl genügen?«, fragte der Heinrich und grinste. Mit der Messerspitze angelte Kyrrispörr einen Krümel heraus und kostete. Ein seliges Lächeln schlich sich auf sein Gesicht. Dann fasste er sich wieder und zog den Sack zufrieden zu, um ihn mit sachlicher Miene in der Hand zu wiegen.

»Ich denke, da könnt Ihr Euere Schlechtfalken getrost hocken lassen. Der Saker dort hinten, der würde mich interessieren.«

Er ging an den Wanderfalken vorbei, ohne sie eines Blickes zu würdigen, und musterte fachmännisch den großen, braun gefiederten Vogel.

»Ja, der soll es sein. Wenn er so gut fliegt, wie es sein soll!«

Kyrrispörr nickte.

»Ich bringe Euer Säckchen dem Hárvað«, sagte er. »Ich bin gleich da.«

Hárvaðr war durchaus angetan von der Ware. »Nimm noch einen Fünfstern Silber von ihm. Dann soll er den Saker haben«, erklärte er und schob ein pflaumenkerngroßes Gewicht mit fünf Punkten darauf vor sich.

Als Kyrrispörr wieder zu den Falken zurückkam, da war der Mann schon ganz in die Prüfung der Vögel vertieft, begutachtete mit schnellen, geübten Griffen die Schwungfedern und den Stoß und blickte dem Vogel in den Schnabel.

»Nun, wollen wir?«, fragte Kyrrispörr. Der Mann nickte. Kyrrispörr zog einen Handschuh aus dem Gürtel, nahm ein Stückchen Fleisch zwischen Daumen und Zeigefinger, löste die Langfessel und ließ den Saker beireiten. Sie begaben sich auf die Heide vor der Stadt. Er zog mit der freien Hand das Federspiel hervor und ließ den Saker mit einem Pfiff gen Himmel steigen. Für einen Augenblick war es ihm, als fliege er seinen geliebten Laggar. Aber Laggar war nie so steil aufgestiegen, sondern hatte es sich nicht nehmen lassen, eine Ehrenrunde zu drehen. Der Saker schoss wie ein Pfeil von ihnen weg und über den Wall, wo er als winziger Punkt beidrehte und auf Kyrrispörrs abermaligen Pfiff zurückgeschossen kam.

Nach drei sauberen Durchgängen, in denen der Saker rasant herbeigeflogen war, aufgestellt hatte und zwar weit weniger elegant als Laggar, dafür aber mit umso mehr Wucht rundgeholt hatte, ließ Kyrrispörr ihn auf das Federspiel niedergehen und seine Belohnung verzehren. Der Heinrich ging auf den Vogel zu und zog ihn grob vom Federspiel weg.

»Seid vorsichtig! Ihr verschreckt ihn!«, entfuhr es Kyrrispörr.

Der Mann drehte sich zu ihm um und sah auf ihn herab.

»Ihr wollt mich wohl kaum über das Falknern belehren, was, Kerl?«

Kyrrispörr merkte, wie eine Ader an seinem Hals zu

pochen begann, aber er senkte nur den Kopf. Hárvaðr würde ihn aus Heiðabýr jagen, wenn er diesen Händler verärgerte. Es tat ihm in der Seele weh, wie Heinrich den Saker grob am Geschüh packte und dazu zwang, sich auf seinen Handschuh zu setzen. Der Falke schlug mit den Flügeln und sprang zwei-, dreimal ab, nur um von Heinrich in grobem Schwung wieder auf die Faust geholt zu werden. Sie kehrten zu Hárvað zurück. Heinrich legte, ohne zu murren, Silber in die kleine Balkenwaage, bis es dem Fünfstern entsprach, und zog von dannen.

Am Abend, als er die Vögel in ihren Stall zurücktrug, hatte Kyrrispörr immer noch ein schlechtes Gewissen. Unablässig musste er an die grobe Behandlung des Vogels denken. Aber er hatte keine Wahl gehabt: Dieser Heinrich war schließlich nicht irgendwer, es war einer der Hoflieferanten der deutschen Fürsten. Und Hárvaðr war mit dem Geschäft höchst zufrieden gewesen. Schon allein der Sack Rohrzucker aus Sizilien war ein Vermögen wert. Unglücklich legte sich Kyrrispörr zu Bett. Da arbeitete er wieder mit Falken, wie in alten Zeiten, aber da hatte er die Vögel für König Olaf abgetragen und nicht allein zum Tausch gegen Zucker und dergleichen. Er fühlte sich, als habe er die Greifvögel, ja, Laggar selbst verraten. Schon der Anblick der Gefiederten in ihren engen Boxen erfüllte ihn mit Schmerz, und obwohl er sich bemühte, jeden von ihnen täglich draußen auf die Recks und Böcke zu stellen, gab es doch einige, die fast nie Tageslicht sahen. Einige von ihnen hatten schon völlig verbinztes Gefieder und hockten schlaff auf ihren Blöcken, die hätte er vielleicht mit etwas Flugtraining zu ganz guten Jägern aufgepäppelt, aber Hárvaðr verlangte, dass die guten Flieger gefordert wurden, nicht diese. Das tat Kyrrispörr noch mehr weh, da er fürchtete, dass es seinem Laggar vielleicht ähnlich ergehen würde wie diesen Vögeln hier. Oft wanderte er abends, wenn die Tiere versorgt waren, ziellos durch Heiðabýr und war vor Sorge ganz niedergeschlagen; hinzu kam das brennende Bedürfnis, Æringa wiederzusehen. Hatte sie vielleicht schon einen anderen? Wie erging es ihr? Die Ungewissheit lastete schwer auf Kyrrispörr. Immer wieder zwang brennendes Verlangen seine Hände des Nachts unter die Decke, was ihm aber keine Erleichterung verschaffte, sondern es nur noch mehr anwachsen ließ, gepaart mit zunehmenden Schuldgefühlen Æringa gegenüber.

Bald bemühte er sich, sich vor dem Zubettgehen in seinen Falken hineinzuversetzen. Zuerst hatte er den Gedanken schnell beiseitegeschoben, in der Angst, Agantyr könne seine Drohung wahr machen, aber dann war das Bedürfnis einfach zu groß geworden, es zumindest zu versuchen. Außerdem wurde damit das Verlangen geringer, Hand an sich zu legen. Und er wollte ja nicht für andere Magie wirken …

So suchte er auch an diesem Abend die Versenkung allein durch Konzentration zu erlangen, denn singen oder laut beten konnte er hier natürlich nicht. Er verspürte ein Kribbeln im Hinterkopf, so, als würden Ameisen über die Innenseite seiner Hirnschale wandern. Im nächsten Moment war es ihm, als schösse Glut durch seine Adern; er merkte noch, wie er sich unter der Decke aufbäumte und ins Hohlkreuz ging, siedend heiß und eiskalt zugleich wurde seine Stirn, dann fühlte er sich erneut schwerelos. Auf einmal war ein Rabe neben ihm und wies mit dem Schnabel auf einen hellen Fleck im Nichts, und Kyrrispörr war es, als stürze er aus großer Höhe auf einen Þingplatz zu, diesmal war es nicht Niðaros, und auch Jarnskegge konnte er nirgends entdecken; da waren auch keine Bewaffneten, wenigstens nicht auf der einen Seite. Ihnen gegenüber stand eine große Zahl Männer, ebenso unbewaffnet, und aus ihrer Mitte trat der Mann mit dem Goldhelm und sprach den Sprecher der anderen an. Er wies auf ein riesenhaftes Kreuz der Christen, der andere schüttelte den Kopf; da zogen Olafs Männer Schwerter und Äxte und Bögen aus ihren Gewändern, und die Bœndi erkannten, dass sie es mit Olafs Heer zu tun hatten. Kyrrispörr konnte ihre Furcht spüren. Da nickten sie, und Olafs Mannen banden sie und hielten sie fest, bis Boten mit ihren Söhnen kamen und Sohn gegen Vater getauscht wurde, Unterpfand für König Tryggvason, dass die Bœndi fortan gut christlich und vor allem als treue Untertanen leben würden. Der Rabe zupfte an Kyrrispörr und machte eine Kopfbewegung fort vom Geschehen, derweil das Kreuz Nebel übers Bild legte und Kyrrispörr abdrängte.

Schweißgebadet wachte er am nächsten Morgen auf. Sein Kopf tat weh. Was er geschaut hatte, war kein Traum gewesen. Huginn – er wusste, es war Huginn – hatte ihm gezeigt, wie Olafr Bœndi bekehrt hatte, auf jene Art, die Kyrrispörr selbst oft genug miterlebt hatte, als er noch zu Olafs Gefolge gehört hatte. Auf die gleiche Weise, als Geisel, war auch Hvelpr zum Gefolge gekommen. Es versetzte Kyrrispörr einen Stich. Hvelpr, der nun tot war ...

Er fragte am Hafen nach Neuigkeiten zu König Olaf, und wirklich sagte man ihm, er bekehre die norwegische Küste und habe schon viele Bœndi zu Þrándheim auf seiner Seite. Wann immer Boote aus Norwegen in Heiðabýr anlegten, erkundigte er sich nach Olaf Tryggvason und nach Æringa, aber während es zu ersterem immer etwas Neues gab – häufig Seemannsgarn, wie Kyrrispörr vermutete –, kannte niemand das Mädchen. So vergingen die Wochen, und Kyrrispörr war hin- und hergerissen zwischen Euphorie, wieder Magie wirken zu können, und der Ratlosigkeit, wie weiter vorzugehen sei.

EIS BRINGT EINSAMKEIT

ALS EINER DER Ersten war Kyrrispörr am Steg. Hárvaðr sah es gern, denn so konnte er sich ganz darauf verlassen, alles, was einen Reißhakenschnabel und Federn hatte, als Erster zum Kauf angeboten zu bekommen. Kyrrispörr jedoch sog die Neuigkeiten begierig in sich auf. Wie ein Bussard auf dem Ansitz lauerte er, verfolgte Olaf Tryggvasons Weg durch Norwegen: Olafr zerstörte einen heiligen Þórrshain in Þrándheim. Olafr baute das Schiff Tranann. Olafr lockte durch eine sagenhafte Intrige zwei mächtige Männer in die Falle. Olafr plante, nach Halogaland zu fahren, um dort die Frohe Botschaft zu verbreiten.

Und dann riss der Strom der Nachrichten ab – es wurde Winter. Schon im Herbst stand der Wind ungünstig zum Einfahren in die Schlei, und als der Frost kam, kam der Schiffsverkehr endgültig zum Erliegen. Langsam hatte sich Heiðabýr entvölkert: Nur, wer hier seinen festen Sitz hatte, blieb zurück. Die Händler und Reisenden zogen fort. Anstelle des vormals bunten Treibens bot sich die Stadt nun grau und verödet dar. Wo Kyrrispörr ständig hatte zur Seite treten müssen, wo einer Modenschau gleich wundersame und merkwürdige Gewänder und Mützen auf fremdartigen Köpfen zur Schau getragen worden waren, lagen jetzt nur mehr vereiste Holzbohlen und mit Schnee vermengter Schlamm. Wenn Kyrrispörr sich die kalten Hände oben auf dem Schutzwall warm rieb, blickte er über ein trostloses Bild graubrauner Heide, bis es schneite und das endlose Weiß in den Augen stach. Die Vögel hockten in dem Langhaus auf ihren Recks, Julen und Blöcken, plusterten das Gefieder und ließen sich vollkröpfen, gaben aber deutlich zu verstehen, dass sie darüber hinaus nichts mit Menschen zu tun haben wollten. Die Zeit wurde lang. An Brennholz musste gespart werden, da nicht bekannt war, wann die nächste Ladung Heiðabýr erreichen würde; wenn man nicht schlief oder den spärlichen Pflichten nachkommen musste – zu denen inzwischen auch die Mäusejagd für die Falken gehörte, – versuchte man, sich mit Brett- und Würfelspielen von Kälte und Hunger abzulenken. Hárvaðs Frau Vigtis begann Kyrrispörr zu allem Überfluss mehr und mehr an den Nerven zu zehren. Kaum älter als er, meinte sie doch stets, das große Wort führen zu müssen und altklug über Dinge zu reden, von denen sie ganz offensichtlich nichts verstand.

So war es eine Wohltat, als ein erstes laues Lüftchen Hoffnung herbeiwehte. Langsam begann auch das Eis zu schmelzen. Kaum dass die Schlei wieder befahrbar geworden war, hörte Kyrrispörr gegen Mittag aufgeregte Rufe vom Hafen her. Nach der langen Winterszeit, in der er nur als Tummelplatz für Kinder und Erwachsene auf dem Eis gedient hatte und nach dem Wärmerwerden ganz den Enten überlassen worden war, fiel das sofort auf. Neugierig legte Kyrrispörr die Geschühriemen beiseite, die er gerade für einen Wanderfalken zurechtschnitt, und ging aus dem Haus. Die kalte, aber gegen die verräucherte Halle ungemein frische Luft belebte ihn. Beim Hafen hatten sich einige Menschen am Hauptsteg versammelt. Die Ursache für ihre Aufregung war nicht zu übersehen: Das gereffte Segel eines Lastschiffs ragte über ihren Köpfen auf. Ein Kapitän hatte es besonders eilig gehabt, nach Heiðabýr zu kommen – der erste Fernhändler seit Beginn des Winters. Sein Wagnis machte sich bezahlt: Denn was er an Fellen von Bord schaffen ließ, konnte sich der ungeteilten Aufmerksamkeit fast aller Händler der Stadt sicher sein. Kyrrispörr sah feine Winterwolfsfelle und dichte Elch- und Rentierdecken.

Er war wie elektrisiert. Das bedeutete, dass das Schiff aus dem Norden kam, und somit nicht nur Ware brachte, sondern auch das, was für ihn von weit größerem Wert war: Neuigkeiten. Es dauerte allerdings eine geraume Weile, bis er zu dem Händler und seinen Knechten vordringen konnte. Der Mann mit dem wettergegerbten Gesicht saß auf einem Fass und ließ es sich gefallen, manchen Willkommenstrunk angeboten zu bekommen, denn so durstig er von der Fahrt auch sein mochte, mindestens so stark dürstete es die Heiðabýrer Bürger nach Neuigkeiten, nach den langen Wintertagen, während deren kein fremdes Gesicht sich hatte sehen lassen.

Doch mehr als in allen anderen brannte die Wissensgier in Kyrrispörr. Bebend vor Ungeduld, wartete er darauf, dass die Sprache auf Norwegen kam.

»Ja, Þrándheim ist noch unter Eis«, sagte der Händler, und Kyrrispörrs Herz tat einen Sprung.

»Wie steht es um Tryggvason?«, rief er, ehe das Thema gewechselt werden konnte.

Der Händler sah kurz zu ihm hin.

»Er bringt weiter das Christentum über den Nordweg«, sagte er achselzuckend. Doch dann glomm ein Funke in seinen Auen auf: Offenbar bot sich da noch eine spannende Geschichte an, die seine Zuhörer zu fesseln versprach. Kyrrispörr merkte, dass er vor Erwartung mit den Händen an seinem Kittel nestelte.

»Er hat Hlaðir bekehrt, das habt ihr ja sicher im letzten Jahr gehört. Nur an Jarnskegge und seinen Bœndi ist er in Niðaros gescheitert. Nun, das ist jetzt auch vorbei.«

»Wie meint Ihr?«, hakte Kyrrispörr nach.

»Nun, er hatte mit Jarnskegge ein Þing in Mæri vereinbart, wenn ich mich nicht irre. Jedenfalls, der alte Fuchs von einem Olaf – die Bœndi sind wieder in Waffen gekommen, wie in Niðaros, aber das hat er vorhergesehen.« Der Händler leerte den Tonbecher in seiner Hand mit einem Zug und schmatzte genüsslich mit den Lippen. Er genoss die gespannten Blicke der Zuhörer sichtlich. Nachdem ihm ein voller Becher in die Hand gedrückt worden war, fragte einer:

»Gab es eine Schlacht?«

Der Händler grinste und schüttelte den Kopf.

»König Olafr ließ sich zum Tempel des Þórr führen. Die Bœndi hatten von ihm verlangt, ihre Sitten zu achten – der alte Fuchs tat also so, als wolle er tatsächlich in Þórrs Heiligtum. Nun, da ist er auch hineingegangen, zusammen mit dem Jarnskegge. Stellt euch vor, was dann geschah.« Er nahm einen Schluck. »Also, kaum waren sie drin, hat er seine Axt genommen und Þórr selbst entzweigehauen. Danach hat er den Jarnskegge gespalten, von Kopf bis Fuß einmal durch!« Er machte eine Hackbewegung mit der ausgestreckten Hand.

Kyrrispörr aber erstarrte.

»Jarnskegge ist tot?«, entfuhr es ihm.

»Und seine getreuesten Männer mit ihm. Ohne ihn waren die Bœndi führerlos – sie haben Olaf ihre Söhne als Geiseln gegeben und sind nun alle gute Christen. Für uns Händler war das freilich ...«

Die Stimme des Mannes erreichte Kyrrispörr nur noch wie aus weiter Ferne. Eine Eiseskälte breitete sich in seinem Körper aus. Er bekam kaum mehr Luft. Jarnskegge war tot.

»Und wisst ihr, was Olafr dann getan hat?«, hörte er den Händler wie durch einen Vorhang aus Eiskristallen. »Damit ihm die Bœndi auch treu blieben, hat er ihnen nicht nur ihre

Söhne genommen. Nein, er hat die Tochter vom Jarnskegge zur Frau genommen!«

Kyrrispörr stieß einen erstickten Schrei aus. »Guðrun?«

Die Menschen sahen verwirrt zu ihm herüber. Aber Kyrrispörr sah nur, wie sich der Kopf des Händlers scheinbar unendlich langsam hob und in einem Nicken wieder senkte. Er lief nach Hause und warf sich auf sein Lager.

Im Finsteren erwachte er. Irgendwo vor ihm hing der Glanz zweier Augen. Die Schwärze ballte sich zusammen und nahm die Gestalt eines riesenhaften Rabenkopfes an. Kyrrispörr meinte, die Spitze des Schnabels dicht vor seinem Gesicht zu spüren.

»Ich habe doch alles getan«, hauchte er. Der Rabe fixierte ihn weiter aus seinen kalten schwarzen Augen. »Im Winter konnte ich doch nicht nach Norwegen! Niemand konnte das!« Der Rabe blieb reglos. »Ich habe doch nicht freiwillig gewartet!« Kyrrispörr schrie jetzt fast. »Bei Oðinn, lieber heute als morgen möchte ich Olaf den Schädel einschlagen!« Immer noch keine Reaktion. Kyrrispörr bäumte sich auf. »Ich bin kein Feigling! Ich habe keine Angst um mein Leben! Ich will, dass Olafr stirbt! Gib ihn mir! Ich bin schon lange bereit!«

Er hatte den Eindruck, dass der Rabe den Kopf schüttelte – oder schüttelte er nur das Gefieder?

»Sag mir, was ich tun muss!«

Doch der Rabe blieb stumm. Im nächsten Augenblick verschmolz er wieder mit der Finsternis.

Kyrrispörr rief im Geiste nach Laggar. Mehr denn je benötigte er jetzt seinen Falken, das Gefühl, nicht allein auf dieser Welt zu sein, sehnte er sich nach Kraft und Entschlossenheit des flinkesten unter den Jägern. Seine Rufe verhallten ungehört.

Erst Hæricr Harekson, dann Eyvindr Kelda, jetzt Jarnskegge, und, merkwürdigerweise noch schmerzvoller, seine Tochter Guðrun als Braut des Königs Krähenbein selbst! Kyrrispörr war elend zumute. Ist mir Oðinn noch zugeneigt? Oder war stets Loki mein Führer, der eine, der in allen Verkleidungen Meister ist und die Menschen verwirrt? Bin ich es vielleicht, der jedem Unglück bringt, der mir nahe ist? Er sah die kräftige Gestalt der Guðrun vor sich. Ihr sonnenblondes Haar wollte ihn blenden. Nie hatte er für sie mehr empfunden als Wohlgefallen und, natürlich, Dankbarkeit, ganz im Gegensatz zu seinen Gefühlen für Æringa. Dennoch traf ihn die Nachricht am härtesten, dass ausgerechnet sie nun mit jenem vermählt worden, der der größte Hassfeind von Kyrrispörr war. Ausgerechnet sie, ausgerechnet mit dem Blutkönig des Kreuzes! Kyrrispörr warf sich herum und kauerte sich eng zusammen. Was konnte er tun? Warum hatte Oðins Bote geschwiegen? Hatte Oðinn bereits beschlossen, dass er, Kyrrispörr, versagt hatte? Aber was hätte er besser machen sollen? Nicht nach Heiðabýr fahren? Dann hatte Guðrun ihm den Rat Lokis des Täuschers gegeben. Und er war gerannt wie ein Hase. Und Guðrun war zur Strafe verheiratet worden mit Olaf …

Er musste hier weg. Er musste nach Norwegen. Er musste König Olaf aufspüren und töten. Sofort. Für ein Zögern gab es keine Entschuldigung mehr.

Kyrrispörr schlug die Decke hoch und sprang vom Lager. Er hörte das unwillige Murren der anderen Schläfer, tastete nach seinen Kleidern, die jemand ans Fußende des gemeinsamen Schlaflagers gelegt hatte, und schlüpfte so hastig in die Hose, dass er stolperte und beinahe gestürzt wäre. Zum Glück hing sein Mantel an dem angestammten Platz. Anschließend schlug er sich den Kopf an einem Pfosten, griff Pfeilköcher und Bogen, die er im schwachen Schummerlicht des Vorraums am Haken hängen sah, und trat ins Freie.

Die Kälte des frühen Morgens fiel über ihn her. Er wankte ein Stück die Straße hinunter in Richtung Hafen und wurde sich langsam bewusst, dass sein Vorhaben unsinnig war. Ein Mann allein konnte kein Boot steuern, das ihn nach Norwegen trug. Ihm blieb gar nichts anderes übrig, als zu warten.

Doch an eine Rückkehr ins Langhaus war nicht zu denken. Der Atem hing ihm in Wölkchen vor dem Mund, die Eiseskälte stach ihm in die Fußsohlen, während er unter dem samtschwarzen Sternenhimmel durch das schlafende Heiðabýr wankte. Hühner in ihren Ställen gurrten leise im Schlaf. Blau hing der Qualm der letzten Glut über den Häusern. Auf den Wällen war hier und da der Speer eines Wächters zu sehen. Wie von selbst wurden Kyrrispörrs Schritte in Richtung Hafen gelenkt. Fahlgraues Licht kündigte hinter der Einfahrt den nahenden Morgen an und kroch langsam über das Nachtschwarz mit seinen funkelnden Diamanten empor. Das Schiff des Norwegenfahrers lag fest vertäut am Steg, mehrere in Pelze geschlagene Erhöhungen verrieten dösende Wachen. Eine feine Eisschicht hatte sich über Nacht wieder im Hafenbecken gebildet. Es war, als sei die Zeit stehen geblieben. Von der Stadt her rief ein Nachtvogel, und zwei Fledermäuse flatterten ohne einen Laut über Kyrrispörr hinweg. Kyrrispörr atmete tief die eisige Luft ein und hieß das Kältezittern willkommen.

Die ersten Feuer wurden bereits in den Häusern angefacht, als Kyrrispörr sich endlich auf den Rückweg machte. Die Kälte hatte seine Verzweiflung zumindest ein wenig betäubt.

Tatsächlich war ihm so kalt, dass er sich kaum noch richtig bewegen konnte. Es dauerte lange, bis seine Zähne unter der Schlafdecke zu klappern aufhörten.

Als er etwas später mit schwummerigem Kopf erneut zum Hafen ging, erfuhr er von den Knechten des Händlers, dass sie nicht vor dem morgigen Tage weiterfahren würden. Es gehe auch nicht nach Norwegen zurück, nein, ihr Herr wolle vielmehr ins Reich der Rus. Aber damit nicht genug: Der Himmel verdunkelte sich im Verlaufe des Vormittags, und es begann zu schneien. Dazu blies ein äußerst ungünstiger Wind. Bei diesem Wetter würde kein Fernhändler Heiðabýr ansteuern. Und in den nächsten Tagen wurde es nicht besser, im Gegenteil: Die Temperaturen fielen wieder ab, und das Hafenbecken vereiste zusammen mit Teilen des Haddebyer Noors. Der Winter kehrte mit neuer Gewalt zurück, als wolle er Kyrrispörr an seinem Vorhaben hindern. Kyrrispörr blieb nichts anderes übrig, als zu warten.

Es war wie ein großes Aufatmen, als der Frühling kam. Zwar waren die Winter schon immer eine Zeit gewesen, die es durchzustehen galt, aber nicht einmal in der Stadt Dyflinn im Land der Iren war er Kyrrispörr so sehr aufs Gemüt geschlagen. Als endlich der Schnee geschmolzen war, hatte sich die Heide nur umso trostloser vor dem Wall ausgebreitet, aber jetzt, endlich, überzog sie ein Hauch von frischem Grün und verkündete sprießendes Leben. Die Falken gleicher Art mussten voneinander getrennt werden, denn Zucht war nicht in Harvaðrs Interesse. Sowie die Schlei eisfrei war, liefen die ersten Frachtboote mit Holz und Korn ein. Hatte es vorher nur notdürftig und unter Mühsal herbeigeschafft werden können, wurde es nun wieder in großer Menge gebracht. Der warme Wind, der nicht mehr in jedes freie Stück Haut biss und angenehm duftete, brachte zusätzliches Glück.

Eines Abends starrte Kyrrispörr an die Decke und versenkte sich wieder in die Zwischenwelt, ohne große Hoffnung auf Erfolg. Agantyr hatte sich damals nicht allein auf das Drohen beschränkt. Vielmehr hatte der Magier eine machtvolle Barriere aufgebaut, die Kyrrispörr seiner Gabe beraubt hatte.

So starrte er ins Dunkel, hörte die anderen schnarchen und vom Stallbereich her die Vögel gurren, und spürte schon, wie er ins Reich der Träume abglitt, als ihn plötzlich ein Stoß aus Energie bis in die Fingerspitzen hinein durchfuhr. Es war helllichter Tag und gleißende Sonne; und er durchstieß die Wolkenbank und spürte den Wind an den Federn zerren, während sich tief unter ihm das Labyrinth der Fjorde und Bergrücken öffnete, er flog – nein, Laggar flog hoch oben und spähte nach Wild. Dort war eine Ente im Flug, und er, also Laggar, der sonst doch kaum im Anwarteflug jagte, legte die Flügel an und ließ sich wie ein Stein in die Tiefe fallen. Die Ente fest im Blick, steuerte er ein wenig mit den Mesken nach, streckte die Klauen vor, kämmte die Ente quer über den Rücken und steilte auf. Der Wind schlug ihm wie eine Keule ins Gefieder, er musste sich bis in die letzte Faser anspannen, um nicht Kabolz zu schießen, und dann hatte er den Abwärtsschwung umgeleitet und zog wieder hoch, um in einem Laggar typischen Looping zu seinem Opfer zurückzustoßen. Die Ente trudelte bereits zu Boden und schlug hart auf, eilig spreizte er die Schwingen, fächerte den Stoß und ließ den Wind ihn abbremsen, half noch mit einigen Flügelschlägen nach, empfand Lust dabei, gegen die Naturgewalten anzuarbeiten, und versenkte endlich die Klauen in das sich am Boden windende Opfer, das erst stillhielt, als er es mit einem raschen Biss abnickte und nun endlich stolz sein konnte auf seine Beute. Stolz, der aber gleich darauf von Eifersucht abgelöst wurde, als ein Falkner erschien. Laggar mantelte, als könne er durch das Bedecken der Beute mit den Flügeln den Mann von seinem Jagdgut fernhalten, sah sich auch gleich darauf grob von der Ente gezerrt, bekam ein Stückchen schieres Fleisch in den Schnabel gesteckt. Noch während er spürte, wie Ärger in Laggar aufstieg, wurde es dunkel um ihn, als ihm die Augenlider zusammengezogen wurden, und Kyrrispörr kehrte in seinen Körper zurück, wo es ebenso finster war wie für den aufgebräuten Laggar, und er bemerkte, dass er schweißnass war und die Arme und Beine weit von sich gespreizt hatte. Ein überwältigendes Glücksgefühl überschwemmte ihn und trieb ihm die Tränen in die Augen. Laggar lebte. Laggar jagte. Endlich, seit einer Ewigkeit, wie es Kyrrispörr schien, hatte er sich wieder in ihn hineinversetzen können.

Am nächsten Morgen fühlte er sich so unglaublich geladen mit Energie wie nie zuvor, seit er in Heiðabýr war.

»Ein Rus kommt gleich«, rief Hárvaðr ihm zu, als er die Vögel aufgeatzt hatte. »Du weißt schon, der, der gestern da sein sollte. Den übernehme ich. Du geh zum Hafen, gerade kam ein Junge und hat gesagt, Christian der Kupferne läuft ein. Schau, ob er Vögel hat, kauf sie, wenn es sich lohnt – ich vertraue dir darin! Nur das Beste, ich hoffe, er hat wieder Gers mitgebracht! – Frau, wo ist meine Fibel?«

Kyrrispörr nickte, zog sich die gute Obertunika an, die Hárvaðr ihm für den Empfang geschenkt hatte, und fuhr in die Beinlinge. Rasch tastete er mit dem Finger über die kostbaren Lederschuhe, setzte seine Kappe auf und war schon auf dem Weg zum Hafen.

Er ging wie auf Wolken. Am liebsten hätte er bei jedem

Schritt einen Luftsprung getan. Zwar wusste er, dass Laggar geschlafen haben musste, als er selbst sich hingelegt hatte, aber er hatte miterlebt, was Laggar gestern tagsüber getan hatte. Laggar ging es gut! Er konnte wieder mit seinem Geist verschmelzen! Heiðabýr schien Kyrrispörr heute besonders schön, als wäre es auf Hochglanz poliert worden. Die Sonne erhellte sein Gemüt noch mehr.

Am Kai angekommen, ließ er den Blick über die Schiffe wandern. Noch war Christians Boot nicht dabei. Er sah hinüber zur Hafeneinfahrt, wo auch der Pfosten aufragte, den sich damals der weiße Ger als Ansitz gewählt hatte. Dann sah er die Knorr des Händlers. Vor Glück bis über beide Ohren grinsend, die Arme verschränkt, stellte sich Kyrrispörr vorn an den Steg, den Christian aller Wahrscheinlichkeit nach anlaufen würde. Er war glücklich.

In Kyrrispörrs Freude mischte sich jedoch eine unbestimmte Furcht. Der erste Händler des Jahres hatte schlimme Nachrichten gebracht. Was würde er von König Olaf erzählen? Was trieb ihn um, wo würde er sich als Nächstes hinwenden? Vor allem aber: Hatte Christian Neuigkeiten über Æringa? Kyrrispörr hoffte fast, dass nicht – denn es konnten doch nur schlechte sein. Und Guðrun, deren Vater von eben jenen Männern erschlagen worden war, deren König sie nun zum Ehemann hatte nehmen müssen, was wurde wohl aus ihr?

So trat er wie ein kleiner Junge von einem Bein aufs andere und wartete. Doch an Christian war ausgerechnet jetzt kein Herankommen. Er wurde von Ketil in Beschlag genommen, kaum dass er sich nicht mehr ums Verladen kümmerte, und mit Ketil zog er von dannen, offensichtlich voller Vorfreude darauf, was Ketil ihm so zu bieten hatte. Kyrrispörr hatte er kurz und herzlich umarmt, war aber schon weitergezogen, ehe Kyrrispörr eine Frage stellen konnte. Kyrrispörr nahm es als ein schlechtes Zeichen. Nun war er sich sicher, dass schlechte Nachrichten auf ihn warteten. Mit zusammengekniffenen Lippen wandte er sich zum Gehen.

Als er zu Hárvaðs Haus zurückging, hatte er den Eindruck, jemand verfolge ihn. Aber als er sich umsah, konnte er nichts Ungewöhnliches entdecken. Er schüttelte den Kopf.

Von Hárvað erfuhr er, dass Ketil an diesem Abend ein Fest für Christian gab. Kyrrispörr nahm sich vor, bei der Gelegenheit endlich mehr über Tryggvason herauszufinden. Am Nachmittag wurde er zu einem Goldschmied geschickt, einige Zierstücke für eine Langfessel zu holen. In Gedanken versunken, ging er den Weg in die Oberstadt hinauf, als ein kleiner Junge ihm entgegenkam.

»Du bist der Falkenmann, oder?«, fragte der Kleine. »Komm mit!«

Ehe Kyrrispörr nachfragen konnte, rannte der Kleine schon wieder los, blieb in einiger Entfernung stehen und winkte ihm ungeduldig zu. Kyrrispörr zuckte mit den Achseln und folgte ihm. Er führte ihn in die Oberstadt, in einen Teil, in dem ärmliche Hütten kreuz und quer standen und teilweise so dicht beieinander, dass der Weg kaum breit genug für einen Mann war.

»Hier!« Der Kleine wies auf einen verbretterten Schuppen. Kyrrispörr öffnete den Mund, aber da war sein kleiner Führer bereits verschwunden. Er blickte auf die offene Tür. Im Inneren des Schuppens war es zu dunkel, um etwas von hier aus erkennen zu können. Der Weg war verlassen; ringsum ragten in bedrückender Enge die Lehmwände der Hütten auf. Er legte die Hand auf den Knauf seines Messers und betrat den Schuppen.

Er war leer. So schien es zumindest – bis Kyrrispörr hinter sich ein Rascheln vernahm. Er fuhr herum, zog in der Bewegung das Messer, aber eine Hand ergriff seinen Arm, und da sah er blondes Haar im Gegenlicht der Tür aufschimmern und ein weicher, ungemein inniger und sehr fordernder Kuss wollte ihn zerspringen lassen. Er blickte in eisgraue Augen: Guðrun! Er spürte, wie ihre schlanken Finger in fordernder Hast über sein Gewand glitten, und war dermaßen überrascht, dass er jede Gegenwehr vergaß. Für einen Augenblick war er versucht, sich ihr hinzugeben. Dann holte sein Verstand ihn wieder ein und er sträubte sich. Guðrun dachte aber gar nicht daran, ihn so einfach wieder herzugeben.

»Ich brauche dich«, hauchte sie, als er den Kopf zurückzog, griff ihm entschlossen in den Nacken und zwang ihn zu einem neuerlichen Kuss. Ihre Kuppelfibeln drückten sich schmerzhaft in seine Brust. Erst nach einer Weile gelang es ihm, sich zu befreien.

»Was machst du hier?«, stieß er hervor. »Du bist doch Tryggvasons Weib! Wie kommst du hierher?«

Guðruns Miene verhärtete sich schlagartig.

»Tryggvason!«

Sie spie den Namen geradezu aus. »Er ist nicht mein Herr noch mein Mann, nicht mehr und nie wieder!«

Sie sah Kyrrispörr an, ihr Blick wurde wieder weich.

»Ich bin ja so froh, dass du wohlauf bist! Ein Kauffahrer hat erzählt, dass du Falkner geworden bist. Du glaubst gar nicht, wie sehr mich das freut. Und gut siehst du aus! Fast so wie damals, als ich dich wieder aufgepäppelt habe.«

Sie lachte leise. Ein schönes, glockenhelles Lachen war es. Kyrrispörr fühlte wieder sein Herz pochen, wie damals schon. Und wie damals meldete sich nun auch sein Gewissen und bescherte ihm ein merkwürdiges Ziehen im Kopf.

Als sie ihn erneut fester umarmte, wollte er sich einerseits widersetzen, es andererseits geschehen lassen.

»Ich brauche deine Hilfe! Olafr Tryggvason tötet mich, wenn seine Häscher mich finden!«

»Aber doch nicht hier!«

Guðrun schüttelte den Kopf. Sie, die sie bei der ersten Erwähnung von Olafs Namen war wie ein Eisberg, war plötzlich völlig verzweifelt.

»Du hast keine Vorstellung davon, wie weit der Arm dieses Königs reicht! Letztes Jahr hat er einen mächtigen Seiðmann hingerichtet, den seine Schergen durch halb Norwegen hatten jagen müssen. Nein, wenn er erfährt, dass ich hier bin ...«

»Aber hier kennt dich doch keiner.«

»Du weißt, wie viele Kauffahrer aus Norwegen hier anlanden. Ich bin die Tochter eines mächtigen Bœndi, deines Paten. Ein Knecht von so einem Handelsschiff kann mich ganz leicht erkennen!«

»Was willst du tun?«

»Bring deinen Meister dazu, mich bei euch aufzunehmen. Ich helfe im Haushalt und bin flink im Spinnen. Dann sehen wir weiter!«

Kyrrispörr hatte dem flehenden Blick aus diesem bezaubernden Gesicht nichts entgegenzusetzen. Er wusste das auch und es ärgerte ihn ein wenig, aber selbst ohne das hätte er Guðrun als Tochter seines Paten Hilfe gewähren müssen. Auf der anderen Seite ertappte er sich dabei, wie der Gedanke daran eine unbestimmte, aber ungemein wohltuende Aufregung in ihm schürte. Er nickte.

»Ich muss aber noch zum Goldschmied.«

Die Dankbarkeit, die auf Guðruns Gesicht aufleuchtete, ging ihm durch Mark und Bein.

Allein setzte er den Weg zum Goldschmied fort. Er verstand nicht, wieso Guðrun hier war, wo sie doch mit Olaf Tryggvason vermählt war. Es beunruhigte und verwirrte ihn, sie ausgerechnet hier, in der Handelsstadt Heiðabýr, wiederzusehen. Nein, er würde schon herausfinden, was sie angetrieben hatte ...

Auf dem Rückweg holte er sie beim Schuppen ab. Sie war sichtlich erleichtert, ihn wiederzusehen, schlug ihren Kopf in ein Tuch ein und tat so, als wäre sie erkältet. Dass sie sich eng an Kyrrispörr hielt, verstärkte das Chaos der Gefühle in ihm.

Hárvað und seiner Familie stellte Kyrrispörr Guðrun als Verwandte aus Norwegen vor – was sie ja in gewisser Weise auch war –, die für einige Zeit in Heiðabýr leben sollte. Zunächst war Hárvaðr erstaunt, aber nach einer Weile willigte er ein. Nicht ganz unschuldig daran war seine Frau Vigtis, die sich mit der nur wenig älteren Guðrun auf Anhieb gut verstand und sichtlich erfreut darüber war, dass Guðrun sich für das Weben begeisterte. Ganz und gar fasziniert war sie, als Guðrun erwähnte, dass sie die Brettchenweberei eines komplizierten, in Heiðabýr noch unbekannten Bortenstils beherrschte.

Die Feier bei Ketil verlief erstaunlich uninteressant. Kyrrispörr war auch in Gedanken ganz bei Guðrun, die mit den Knechten bei Hárvað geblieben war, was Vigtis sehr bedauerte.

Guðrun wurde Bestandteil der Hárvað'schen Familie, ehe Kyrrispörr ihr Auftauchen vollends erfasst hatte. Noch waren die Abende lang, und Guðrun erzählte gern und viel vom fernen Norwegen. Von Olaf Tryggvason erzählte sie wenig, und ihre Heirat mit ihm erwähnte sie mit keinem

Wort. Als sie zu Bett gingen, schlief Guðrun auf der gleichen Seite wie Kyrrispörr. Auf dem Lager an der gegenüberliegenden Längsseite schliefen Hárvaðr und seine Familie. Als von dort seliges Schnarchen tiefen Schlaf verriet, drehte sich Kyrrispörr zu Guðrun um. Sie tat nicht einmal so, als ob sie schlafen würde.

»Wie war das jetzt mit Olaf Tryggvason und der Heirat?«, wollte er wissen. »Er hat Jarnskegge erschlagen, das weiß ich. Also?«

Er sah selbst im schwachen Schein der übrig gebliebenen Glut, wie ihre Augen böse aufflackerten.

»Es stimmt«, stieß sie schließlich hervor.

»Was?«

»Ich wurde mit Olaf Tryggvason verheiratet.«

»Und wie ...?«

»Ich wollte ihn erdolchen! Gleich in der Hochzeitsnacht. Aber er war zu stark!« Ihre Stimme war voller Schmerz und Enttäuschung. »Nicht einmal einen Kratzer habe ich ihm beibringen können. Nicht mal einen Kratzer!«

»Und du lebst noch?« Kyrrispörr rückte unwillkürlich ein Stück von ihr ab, als würde sie immer noch einen Dolch bereithalten.

»Er hat mich ziehen lassen, ja. Hat nur gelacht und mich gehen lassen! Ich wünschte, er hätte mich getötet. Aber dann hätte er bei meinen Verwandten wieder in der Schuld gestanden. Aber so ... Ich hasse ihn!« Sie spuckte aus. Kyrrispörr spürte, wie sie wieder näher an ihn heranrückte, und wie ihre Hand unter die Decke wanderte – und als ihre Finger über seinen Bauch strichen, durchfuhr ihn plötzlich ein schrecklicher Verdacht. Wie vom Bogen geschnellt, sprang er auf und starrte auf sie hinab.

»Olafr hat dich ziehen lassen? Oder hat er dich geschickt,

um in Wirklichkeit mit mir das zu machen, was du erzählt hast? Sollst du mich meucheln?«

Für einen Augenblick sah er Bestürzung in ihrem Gesicht, die von einem Ausdruck abgrundtiefer Enttäuschung abgelöst wurde. Plötzlich wurde ihre Miene hart. Er gewahrte eine Bewegung unter der Decke – und ehe er reagieren konnte, war ihre Linke emporgeschossen, gab ihm einen leichten Schlag in sein Gehänge, sodass er erschrocken zusammenfuhr und sein Kopf in ihre Reichweite kam, und schon hatte sie ihn um den Hinterkopf gepackt und zu sich heruntergedrückt, dass er fast einen Purzelbaum machte. Als er dicht vor ihr war, sah er aus den Augenwinkeln ein Messer in ihrer Rechten. Sie fasste nach und drückte ihm die Klinge an die Kehle.

»Wenn ich das wollte, hätte ich es längst getan«, zischte sie. Dann nahm sie das Messer fort und ließ ihn los. »Nein, ich habe es versucht, Olaf umzubringen. Aber er ist ein Mann, den man nicht so einfach in den Griff bekommt.« Sie wartete, bis er sich wieder niedergelegt hatte.

»Du hast wirklich gedacht, ich könne eine gedungene Mörderin sein? König Olafr hat mit Hinterlist meinen Vater ermordet, nur so konnte er ihn überwinden! So, wie Olafr immer ist. Ich bin mit meinen treuesten Gefolgsleuten geflüchtet.«

»Aber er hat dich doch geschont?«

Guðrun lachte freudlos.

»Trotzdem unterwerfe ich mich ihm nicht, und wenn ich ihm oder seinen Leuten abermals begegne, wird er weniger galant sein! Nein, ich bin sicher, dass er mich verfolgen lässt – seine Milde hat er längst bereut. Ich habe Kunde von seiner Verschlagenheit in alle Lande bringen lassen.«

»Warum sammelst du nicht ein Heer gegen ihn?«

»Olafr ist zu mächtig geworden. Mein Vater hätte es schaffen können, aber jetzt ... Jetzt kommst du ins Spiel!«
Kyrrispörr sah sie erstaunt an.
»Ich?«
»Ja! Du musst ihn töten. Das ist ja auch deine Bestimmung!«
»Ja ... natürlich ..., aber ...«
»Du musst zurück nach Norwegen. Es gibt ein Dorf, das abgeschieden genug liegt und trotzdem nahe bei Olafs Liegeplätzen, das dir als Lager dienen kann.«
»Weißt du etwas von Æringa?«
Er bemerkte sofort, dass er einen Fehler gemacht hatte.
Guðrun schien bei der Erwähnung des Namens kurz zu Eis zu erstarren. Sie blickte zu Boden, atmete tief ein und erwiderte:
»Æringa ist tot.«
Jetzt war es Kyrrispörr, der nach Luft schnappte.
»Tot?«, echote er
Guðrun schwieg für einen Moment, plötzlich begann sie unvermutet zu schluchzen.
»Ja ... in Mæri ... Wo auch mein Vater starb!«
Kyrrispörr musste sich setzen. Er hatte befürchtet, dass Christian schlechte Nachrichten brachte. Aber er hatte nur die Überbringerin schlechter Nachrichten gebracht.

Er hatte sich nicht erklären können, was Huginn ihm hatte mitteilen wollen, als er ihm in Übergröße bei Nacht erschienen war. Auch wenn er es immer noch nicht entschlüsseln konnte, dieses vorwurfsvolle Schweigen, so wusste er doch, dass Guðruns Kommen kein Zufall war. Und dass ihre Aufforderung, er solle nach Norwegen zurückkehren, keine einfache Bitte war. Jetzt wusste er, dass die Zeit nach Huginns Erscheinen nur nicht reif gewesen war. Jetzt aber war sie es.

KEIN PFEIL FÜR OLAF

Seine Gewissheit wurde erneut bestätigt, als das Wetter immer besser wurde. Ein warmer Frühling brach an, und die Winde standen ungewöhnlich günstig. Kyrrispörr gelang es, von Hárvað die Erlaubnis zu bekommen, nach Norwegen zu fahren. Er erinnerte sich an den wunderbaren weißen Ger, und Hárvaðr hoffte sichtlich, dass ihm die Gunst der Götter vielleicht einen solchen Vogel in die Hände spielte – oder gar mehrere. Dabei ließ der Falkenmeister ihn nur äußerst ungern ziehen. Am Tag der Abreise kleidete Kyrrispörr sich mit größter Sorgfalt. Nach dem Aufstehen stellte er sich vor die Regentonne und wusch sich von Kopf bis Fuß, so beflissen, wie er es zuletzt bei den Edelsklaven des Ketil getan hatte, sogar jeder Zeh bekam seine Aufmerksamkeit. Er betrachtete sein Antlitz im Spiegel der Tonne, und ein hübscher Jüngling mit triefenden Haaren sah auf ihn zurück. Wo bei anderen die Wangen durch Pickel verunziert waren, war bei ihm samtene Haut, die Augenbrauen schlugen feine Bögen über das Augenpaar, das nachdenklich und willensstark zugleich dreinblickte. In einem Anflug von Selbstverliebtheit meinte er, Guðruns Begehren verstehen zu können. Nachdem er das Haar trocken gerieben hatte, kämmte er es mit seinem Walrosskamm, bis es ihm weich auf die Schultern fiel. Er verzichtete auf Unterzeug, das auf dem Boot nur hinderlich war, und schlüpfte in den feinen Kittel mit den Zierborten, die Guðrun ihm geschenkt hatte. Dann warf er den herrschaftlichen Wollmantel über und schloss die Fibel. Zuletzt schlüpfte er in weiche, hohe Lederschuhe. Dies waren die Sachen, die Hárvaðr ihm für den Empfang der wichtigen Herren gegeben hatte, die sich nur für die besten Falken interessierten.

Er warf noch einen Blick in die Regentonne, ehe er zufrieden zum Ausgang ging. Dort standen bereits Hárvaðr und seine Frau, die in ein angeregtes Gespräch mit Guðrun vertieft waren.

»Ah, Kyrrispörr!«, Hárvaðs Gesicht leuchtete auf. »Kehre mir auch schnell zurück! Meine Knechte sind faul, oder sie können einen Sperber nicht von einem Adler unterscheiden. Die Falken brauchen dich!«

Ein mulmiges Gefühl beschlich Kyrrispörr bei diesen Worten. Wenn alles gut ging, würde er Tryggvason auf dieser Reise erschlagen und selbst nie wiederkehren. Aber er ließ sich nichts anmerken, hielt den Kopf stolz erhoben und tat zuversichtlich.

»Hier, das soll dich auf deinen Wegen schützen! Du hast es dir wahrlich verdient!«

Hárvaðr überreichte Kyrrispörr eine über eine Elle lange Holzkiste. Neugierig hob Kyrrispörr den Deckel an. Darin lag, in Stroh gebettet, eine schlanke Speerspitze. Kyrrispörr gingen die Augen über, als er sie aus der Kiste hob. Die Spitze war scharf und eben, die Tülle aber in Silber gekleidet und mit Tauschierungen verziert. Schwer und gefährlich lag sie in seiner Faust.

»Diesem Speer widersteht kein Kettenpanzer«, erklärte Hárvaðr. »Er hat das Blut vieler Männer vergossen – mein Vater zog mit ihm durch England. Er wird dich nie im Stich lassen.«

Kyrrispörr fehlten die Worte. Gemeinsam gingen sie zu einer Werkstatt, wo Kyrrispörr alsbald einen guten Eschenschaft gefunden hatte. Dann wurde es Zeit für den Abschied. Kyrrispörr wünschte Hárvað und seiner Frau alles Gute, und als er sich zu Guðrun umdrehen wollte – war sie verschwunden. Verwirrt blickte er sich um und sah sie auf dem Halbdeck vor den Lederhäuten der Warenabdeckung auf des Skuder stehen.

»Du fährst mit?«, fragte er erstaunt. Kyrrispörr wusste nicht so recht, was er davon halten sollte. Der Kapitän Einar Einarson kletterte hinterher aufs Schiff. Er ließ sofort ablegen.

Anders als bei Handelsschiffen üblich, hielten sie wieder nicht an den Märkten entlang der Küste, sondern fuhren zügig gen Norwegen weiter. Das kleine Handelsschiff hätte ohnehin kaum Raum für andere Ware gehabt als jene, die speziell für ihr Ziel bestimmt war.

Kyrrispörr machte sich nützlich, soweit es möglich war. Erst jetzt fiel ihm auf, wie sehr sein Herz an der Schifffahrt hing. Als er das erste Mal seit fast einem Jahr wieder Meerwasser schmeckte, hüpfte sein Herz vor Freude.

Die Überfahrt verlief ohne Zwischenfälle. Als in der Ferne das Band der norwegischen Berge in Sicht kam, setzte ein feiner Nieselregen ein, aber das war auch schon alles. Kyrrispörr war recht dankbar, dass er rudern konnte: Guðruns Nähe verunsicherte ihn.

Njörd war ihnen gewogen. Kyrrispörr hatte mit den Seeleuten ein kleines Opferritual gemacht, das von ihm offenbar angenommen worden war. Ohne Schwierigkeiten umsegelten sie gefährliche Klippen an der Küste und wurden geradezu von selbst in den Fjord hineingetrieben. Regelmäßig wurde ein Schwimmer ins Wasser geworfen und die Zeit abgezählt, die er zum Passieren des Bootes benötigte: So ließ sich die Geschwindigkeit recht gut einschätzen. Eine Anzahl an Fischerbooten nutzte das günstige Wetter und holte die Netze ein.

Die Felsen zu beiden Seiten rückten an die Fahrrinne heran. Bergrücken um Bergrücken schob sich aus dem leicht diesigen Licht hervor wie die Hornplatten eines gewaltigen Drachen. Sie ließen einen Ort zur Rechten hinter sich, dann wurde das Segel gerefft. Von nun an hieß es rudern: Sie schlugen den Wen in einen Seitenarm ein, der genaueres Steuern erforderlich machte.

Die weißen Bahnen von Wasserfällen verliehen den tief hängenden Wolken den Eindruck, als würden sie aus den Kämmen der Berge Schleier in den Fjord hinablassen. Ein Schwan eilte im Startanlauf an Backbord vorbei, das Klatschen seiner Flügel wirkte unnatürlich laut. Kyrrispörr fühlte sich durchdrungen von der Kraft der Götter, die hier im Gegensatz zu Heiðabýr jenem Tryggvason zum Trotze immer noch überwältigend stark waren. Er schrak zusammen, als der Ruf einer Krähe von den dicht beieinanderstehenden Felswänden widerhallte. Dann war da wieder nur das Schlagen der Ruder und das Plätschern des Wassers am Bug. Gelegentlich rief der Mann am Bug eine Kurskorrektur zum Kapitän, der aufrecht am Heck stand, das Steuer fest in den Pranken, und ähnlich ergriffen wie Kyrrispörr geradeaus starrte.

Der Bugmann deutete mit einem Ausruf schräg vor sie. Die Mündung war erst zu erkennen, als sie nahe bei ihr waren: Verborgen zwischen den Falten des Bergrückens ging eine äußerst schmale Schlucht ab. Der Kapitän bestätigte mit einem Nicken, und Kyrrispörr dachte schon, er würde daran vorbeifahren, als er das Boot in einem weit ausholenden Bogen genau darauf zuführte.

Mit Christians Knorr hätten sie in dem Flüsschen ihre liebe Not gehabt. Die Strömung war erträglich, sobald man sich an den höheren Kraftaufwand gewöhnt hatte. Trotzdem hoffte Kyrrispörr, dass sie bald am Ziel waren. Der Fluss schlängelte sich an dichten Wäldern und fast senkrecht aufragenden Felsgraten vorbei, und an einer Stelle hatten sie mit einer Seitenströmung zu kämpfen, die ein weiß schäumender Wasserfall von Steuerbord gegen das Boot warf. Ein eisiger Hauch wehte von dem Schmelzwasser zu ihnen hinüber. Ein Fischadler stieß gar nicht weit von ihrem Heck ins Wasser, tauchte unter und arbeitete sich gleich darauf unter Flügelschlagen wieder in die Luft empor. Beide Klauen in einen großen Fisch geschlagen, dass es aussah, als reite er auf einem silbernen Speer, zog er übers Boot hinweg.

Trotz des anstrengenden Ruderns ergriff Kyrrispörr ein eigentümliches Gefühl: Ihm war, als stehe er am Beginn schicksalsschwerer Tage, es war das Gleiche, was er zu Eyvinds Verkündigung zu seiner Bestimmung empfunden hatte. Diesmal jedoch ging es mit einer unfassbaren Sicherheit einher, dass es ihm dieses Mal gelingen würde. Erfüllt von heiliger Gewissheit, spürte er die Anstrengung nicht mehr.

Der Klang von Sägen und Axtschlägen verriet als Erstes, dass sie sich ihrem Ziel näherten. Der Fluss machte einen weiten Bogen, und sogleich tauchte vor dem Bug ihres Skuder ein breiter Strand auf. Kyrrispörr sah ihn, als er auf den Ruf des Bugmanns hin den Kopf drehte. Mehrere Fischerboote lagen am Ufer, das sanft bis zu den ersten Hütten anstieg. Dahinter war der Giebel eines Langhauses zu sehen. Darüber ragte die zerfurchte Wand eines Berges, die sich im Weiß der Wolken verlor. Einige Menschen arbeiteten an den Booten. Als sie den Skuder gewahrten, ließen sie ihr Werkzeug sinken und verschwanden in Richtung Langhaus. Sie waren noch zu weit entfernt, als dass Kyrrispörr ihre Rufe hätte verstehen können. Dann musste er sich wieder umdrehen, weil ihm der Nacken wehzutun begann.

»Langsam rudern!«, befahl der Kapitän und bediente gefühlvoll das Ruder, während ein Mann mit einer langen Stange den Grund vor dem Bug sondierte. »Langsam ... Gleich kommt das Ufer ... Achtung ... Und jetzt Schwung! Los! Los! Los!«

Sie legten sich mit aller Kraft in die Riemen und ein Knirschen und Rucken verriet, dass sie wie gewünscht am Ufer aufgelaufen waren. Sie warfen zwei Ankersteine aus, und nachdem der Kapitän sich vergewissert hatte, dass das Boot fest stand, verließ er seinen Platz am Ruder und ging vor.

»Þrostein, Alf, ihr bleibt hier. Die anderen, ihr kommt mit.« Sie legten ihre Kampfmesser und Einar sein Schwert um, und Kyrrispörr schlug Hárvaðs Speer aus seiner Lederhülle. Nachdem sie den Sitz ihrer Mäntel überprüft hatten, gingen sie von Bord. Zuerst sprang die Besatzung des Skuder ins Flachwasser, dann folgten Guðrun und Kyrrispörr. Am Ufer wurden sie bereits von den Dorfbewohnern erwartet. Sie alle trugen Waffen: Die Herren Äxte und Helme, die Knechte Bögen, Schleudern und Knüppel. Doch als sie Einar erkannten, hellten sich ihre Mienen auf.

»Es ist Einarson!«, rief ein stämmiger junger Mann. Wie von Zauberhand tauchten die Frauen und Kinder auf. Die Männer nahmen ihre Helme ab und begrüßten die Ankömmlinge herzlich. Als der alte Hersir zu Guðrun kam, ein Fischer mit silbergrauem Bart und faltenzerfurchtem Gesicht, weiteten sich seine Augen vor Erstaunen.

»Bist du nicht Jarnskegges Tochter?«, rief er. Sein Sohn, ein vierschrötiger Mann Mitte Zwanzig, sah nicht minder erstaunt zu ihr hinüber. Guðrun lächelte bescheiden und senkte zustimmend das Haupt. Der Älteste war sichtlich bewegt, sie hier zu sehen.

»Gut, gut«, murmelte er. Dann nickte er Einar Einarsson zu und rief: »Packt an, das Boot muss an Land!«

»Herrscht Gefahr?«, erkundigte sich Kyrrispörr vorsichtig bei einem Knecht mit offen wirkendem Gesichtsausdruck, als sie das Schiff an Land gezogen und die Waren von Bord geschafft hatten. Der Mann wiegte den Kopf.

»König Olafr sendet seine Flotte die ganze Küste rauf und runter. Wer weiß, ob sie nicht auch hier auftauchen. Man hört so manches.«

Als sie zum Langhaus gingen, sah Kyrrispörr hinter grasenden Rindern eine einzeln stehende Hütte, die unschwer als Þórrsschrein zu erkennen war. Er fragte sich, ob die Menschen eine Vorstellung davon hatten, wie groß Olafs Heer war – wenn er dieses Dorf fand, würde es den einen Christengott annehmen und Olaf als König, oder brennen, da würden Waffen wenig nützen. Andererseits hatte der Älteste Guðrun erkannt, musste also ganz gut informiert sein.

Kyrrispörr erwartete das Essen mit Heißhunger. Sie saßen in dem geräumigen Langhaus, das er vom Boot aus gesehen hatte, an einer langen Tafel; vom abgetrennten Kochraum duftete eine Fischsuppe herüber, die ihm das Wasser im Mund zusammenlaufen ließ. Manchmal hatte er das Gefühl, der Stockfisch der Reiserationen machte nur noch hungriger. Seinen Speer hatte er an den Pfosten neben seinem Platz gelehnt, einerseits, weil er sich an der eleganten Spitze nicht sattsehen konnte, andererseits, weil er gewiss nicht mehr unvorbereitet sein wollte. Wieder vermisste er Laggar schmerzlich.

»Mein Onkel hat Neues von König Tryggvason zu berichten gehabt«, erzählte der Hersir, nachdem der Begrüßungssprüche und Gebete Genüge getan worden war. Endlich wurden die Schüsseln mit Suppe gebracht und dazu knuspriges dünnes Brot, das mit allerlei Gemüsen belegt war.

»Er hat den Magier Kinnrifa mit List gefangen und ihm

eine glühende Pfanne auf den Bauch gesetzt. Jetzt sammelt er Männer gegen Rauð, mein Onkel hat selbst den Ruf zu den Waffen von Olaf bekommen!«

Kyrrispörr hörte nur noch mit halbem Ohr zu – er brach das Brot und nestelte den Holzlöffel von seinem Gürtel, um sich über die Fischsuppe herzumachen. Es war eine unbeschreibliche Wohltat, nach der eisigen Gischt etwas Heißes in den Magen zu bekommen. Er freute sich schon auf den Abend.

Während er aß, berichtete der Hersir von Olaf Tryggvasons Taten. Es hörte sich an wie ein unaufhaltsamer Siegeszug: Nach und nach brach König Olafr den Widerstand auch seiner mächtigen Widersacher, mal mit List und Heimtücke, mal allein mit der Übermacht seiner Flotte. Jedes Dorf, das auf seinem Weg lag, wurde zum Christentum bekehrt, und zusammen mit dem einen Gott an Olaf als den neuen König gebunden. Das Schicksal Eyvind Kinnrifas enthielt für sich genommen bereits Stoff für eine ganze Saga und war doch nur bezeichnend für Olaf: Zwei seiner Gefolgsleute namens Sigurdr und Haukr hatten die Gastfreundschaft Harek von Þjottu den Winter über genutzt, um sein Vertrauen zu erschleichen, hatten ihn sodann bei einem gemeinsamen Bootsausflug im Frühling zum König entführt, der Harek vergeblich bekehren wollte und ihn wieder heimkehren ließ. Harekr schickte Nachricht zum Seiðmanni Eyvind Kinnrifa, um ihn über Olafs Kriegspläne zu informieren, und Kinnrifa kam zu Harek gefahren. Aber dort lauerten ihm Olafs Schergen auf: Nur deswegen hatte Olafr Harek verschont, er war sein unwissentlicher Köder gewesen. Kyrrispörr musste zugeben, dass er in Olaf einen Gegner hatte, der listig war wie ein Fuchs. Er sah von der Brühe auf zu dem Speer, dessen schlanke Spitze im Flackerlicht der Feuerschalen glänzte, als er eine Berührung verspürte: Guðrun, die neben ihm auf dem Ehrenplatz beim Kopfende saß, hatte ihre Hand auf die seine gelegt und sah ihn aus ihren grauen Augen an.

»Sorge dich nicht«, flüsterte sie. »Olafr wird dein sein!«

»Und wo ist Olafr jetzt?«, fragte Kyrrispörr an den Ältesten gewandt, ohne auf Guðruns Bemerkung einzugehen.

»Er sammelt ein Heer, hat mein Onkel berichtet. Er fährt mit einer großen Flotte durch Halogaland und missioniert dort. Vor ein paar Tagen erst hatte er ein Þing einberufen, gar nicht weit von hier. Wir können froh sein, so gut im Verborgenen zu sein. Rauðr hat eine Mauer aus Sturm und Wind über den Sandfjord gelegt, denn Olafs Flotte ist ihm auf den Fersen. Früher oder später wird er Olaf konfrontieren müssen.«

Kyrrispörr wurde von fiebriger Erregung ergriffen.

»Und der Fjord ist nicht weit von hier?«

»Mit einem Ruderboot nicht«, nickte der Älteste. »Wollt Ihr etwa gut Freund mit ihm werden?«

Guðrun hob die Hand.

»Nein, niemals würde Kyrrispörr Hæricson dergleichen tun, Ihr habt mein Wort – er ist in Blutrache gegen den König, ebenso wie ich.«

»Ah, Ihr wollt Euer Wergeld einfordern. Nun, ich kann Euch einen wegeskundigen Knecht mitgeben. Jarnskegges Tochter zu Ehren leihe ich auch ein Batr.«

»Gut. Ich fahre morgen!«, entschied Kyrrispörr.

»Morgen?« Guðrun sah ihn entsetzt an. »Du musst noch warten!«

Kyrrispörr schüttelte unwillig den Kopf. »Dann schlüpft mir Tryggvason nur durch die Finger! Also morgen früh«, wandte er sich an den Ältesten.

Im ersten Licht des neuen Tages, als noch weiße Nebelschleier über dem Spiegel des Fjords lagen, hatte er bereits den Fluss hinter sich gelassen und ruderte mit einem Knecht Namens Æthelstan seiner Bestimmung entgegen. Der Speer lag in Leder eingeschlagen längs; daneben ein Köcher mit Pfeilen, längst nicht von solcher Güte wie jene, die er bei Eyvind Kelda gehabt hatte, und das Messer stak in einer Scheide am Gürtel.

Kyrrispörr hatte sich noch keine Gedanken darüber gemacht, wie er jene Barriere überwinden wollte, mit der Rauðr Olafs ganze Flotte aufgehalten hatte.

Am frühen Nachmittag hatten sie den Fjord verlassen und ruderten nordwärts. Bis auf einen feinen Nieselregen war das Wetter gut; nichts deutete auf einen Sturm hin. Auch die Einfahrt zum Sandfjord öffnete sich einladend ihrem Boot.

»Das ist auch wirklich der Sandfjord?«, vergewisserte sich Kyrrispörr. Æthelstan nickte. Wie zum Spott brachen Sonnenstrahlen durch die Wolken und tauchten die südöstlichen Bergrücken in goldenes Licht.

Kyrrispörr ließ sich von dem friedlichen Bild nicht täuschen. Er wickelte den Köcher aus der Schutzhülle, nahm seinen Speer als Stütze in die Rechte, befahl dem Knecht weiterzurudern, und stemmte sich mit den Knien vorn am Bug gegen die Reling. Er schnupperte die Luft – salzig roch sie und frisch wie nach einem Schauer, aber keineswegs nach Unwetter – und schloss die Augen. Im Geiste tastete er die Umgebung ab, horchte nach Ungewöhnlichem und nach Anzeichen böser Kräfte. Es fiel ihm schwer, sich zu konzentrieren; erst nach einer geraumen Weile gelang ihm die Versenkung.

Er spürte nichts. Gelegentlich war ihm, als wäre da der Nachhall längst vergangener Urgewalten, aber es war mehr eine Ahnung, die er als Einbildung abtat. Schließlich blinzelte er und nickte Æthelstan über die Schulter hinweg zu.

»Nur weiter!«

Wenn Rauðr Unwetter über den Fjord gelegt hatte, hatte es sich längst wieder verzogen. Was bedeuten musste, dass König Olafr weitergefahren war – oder, schlimmer noch, von Rauð besiegt worden war. Nein, dachte Kyrrispörr. Das hätte ich gespürt.

Mit gemischten Gefühlen ließ er die Berge an sich vorbeiziehen. Immer wieder wiederholte er sein Horchen, immer wieder kam er zum gleichen Ergebnis.

Und dann sah er sie. Im diesigen Licht, in dem die Wasserstraße verschwand, gewahrte er einen roten Klecks; und zwei, und drei, immer mehr. Gereffte Segel.

Rasch bedeutete er Æthelstan, langsamer zu paddeln, und ließ das Boot aus der Mitte dicht ans Ufer bringen. Dort hinten lag eine ganze Flotte. Ob es Rauðs Boote waren, war noch nicht zu erkennen. Seine Flotte war aber geschlagen, hatte der Älteste erzählt. Es mochten also neue Verbündete sein, was das Ende des Unwetters erklärte. Oder es war tatsächlich die Kriegsflotte des Königs! Kyrrispörr kannte dessen Boote nur zu gut, aber noch war nicht genug zu erkennen. Die schlechte Sicht war ein Segen: Wenn es wirklich Olafs Flotte war, kamen sie unentdeckt heran.

Es war Olafs Flotte. Kyrrispörr erkannte Schiffe und Wimpel. Nun vernahm er auch Kampflärm.

»Ganz an die Seite!«, befahl er dem Knecht.

»Was, wir fahren zu den Schiffen?« Æthelstan sah ihn entgeistert an. Kyrrispörr nickte unwillig und spannte den Bogen. Er lockerte einen Pfeil mit Eulenfedern – ein Seitenschneider, dem keine Brünne standhielt, einer der beiden einzig nennenswerten Geschosse im Köcher – und hängte ihn sich so um, dass er ihn mühelos erreichen konnte und er nicht behindert wurde.

Æthelstan machte ein Gesicht, als habe Kyrrispörr soeben das Todesurteil über ihn gefällt.

In fiebriger Erwartung starrte Kyrrispörr auf die Schiffe, die sich aus dem Dunst herausschälten. König Olafr hatte geklotzt, nicht gekleckert. Kyrrispörr zählte zehn Drachenboote und ebenso viele kleinere. In ihrer Mitte lag ein Schiff, das er noch nicht kannte, aber alle anderen an Länge übertraf: König Olafs Dreki. Zur Rechten lagen andere Boote fest vertäut und mit niedergelegtem Mast vor Anker, darunter ein Dreki, der noch größer als König Olafs Schiff war und über und über mit Schnitzereien und Goldeinlagen verziert war. Ein grimmiger Drachenkopf fletschte die Zähne gen Fjord.

»Sollten wir nicht wenigstens dort anlanden?«, flüsterte Æthelstan. »Wir steuern mitten unter die Feinde!«

»Rudere!«, zischte Kyrrispörr. Sie glitten an dem äußersten der Kampfschiffe vorbei auf das Ufer zu, wo nun die Batr sichtbar wurden. Keine Menschenseele war an Bord der Schiffe zurückgeblieben: Genau so, wie Kyrrispörr es erhofft hatte. Die Kampfgeräusche waren jetzt nah. Der Dunst lichtete sich an Land rasch.

»Bleib hier, versteck dich im Boot!«, befahl Kyrrispörr. »Zwischen all den Booten fällt das nicht auf. Wenn du hörst, dass der König tot ist, kehre heim!«

Damit schwang er sich von Bord. Gerade huschte er zu einer Gebüschzeile hinüber, als vier Bewaffnete auftauchten und zu den Schiffen eilten. Als sie Kyrrispörr sahen, dachte er schon, es wäre vorbei – aber anstatt ihn anzugreifen, setzten die Männer ihren Weg fort, ohne ihm weiter Beachtung zu schenken. Gut, dachte Kyrrispörr und verfluchte zugleich seine Unvorsichtigkeit. Sie halten mich für einen der Ihren.

Zu viele Männer hatte Olafr im Gefolge, als dass sie alle sich kennen konnten. Vielleicht kam er ihnen ja sogar bekannt vor, ohne dass sie ihn einordnen konnten.

Vorsichtiger arbeitete er sich näher an die Quelle des Kampflärms heran. Dann sah er sie und drückte sich rasch in den Schatten einer Hütte: Olafs Mannen hatten das Langhaus umzingelt, in das sich Rauðr wohl zurückgezogen hatte. Diesmal war es umgekehrt als damals, als Kyrrispörr gefangen genommen worden war. Rauðr versuchte nicht herauszukommen, sondern Olafr hinein. Kyrrispörr sah sich um, duckte sich hinter einen verkrauteten Zaun und fand hinter einem niedrigen Schuppen Deckung. Als er um die Ecke spähte, sah er gerade, wie Olafs Männern der Durchbruch gelang. Unter Gebrüll schlugen in Wolfsfelle gekleidete Berserker die Tür ein und verschwanden im Inneren des Hauses, dicht gefolgt von den anderen Kriegern. Von drinnen erschollen grauenhafte Schreie. Kyrrispörr gewahrte einen Sonnenglanz aus den Augenwinkeln. Es durchfuhr ihn wie Feuer. Um das Haus herum standen die Männer mit Äxten und Schwertern, und bildeten eine Gasse für einen Hünen von einem Mann: Korbjörn, den Leibwächter des Königs Olaf, dem er nicht von der Seite wich und von der Statur her zum Verwechseln ähnlich sah. Hinter ihm ging ein Mann mit goldverziertem Helm und einer von rotgoldenem Feuer erfüllten Axt. König Olafr selbst war gekommen.

Kyrrispörr lehnte den Speer an die Hütte und zog einen eulenbefiederten Pfeil aus seinem Köcher. Niemand sah in seine Richtung, die gesamte Aufmerksamkeit war auf das Langhaus und den König gerichtet. Kyrrispörr ließ die Luft aus seinen Lungen weichen, als er sich sammelte und den Pfeil anlegte. Die Schneide der gewundenen Spitze glänzte niederträchtig im Sonnenschein. Sie schwenkte ein auf den

Helm des Königs. Kyrrispörr spannte die Sehne, bis er an den Fingerknöcheln der Bogenhand die Kälte der Eisenspitze fühlte. Etwas tiefer ... Da schob sich ihm der Rücken eines Mannes in die Schusslinie. Nur ruhig, befahl Kyrrispörr sich. Du hast nur diese eine Gelegenheit. Er ließ den Pfeil mit dem Goldhelm mitwandern. Noch immer bot sich ihm kein klares Schussfeld. Eine Lücke, betete er, nur eine Lücke! Dass er kein geübter Schütze war, spielte keine Rolle. Der Pfeil würde sein Ziel finden. Wenn es endlich Gelegenheit dazu gab, ihn abzuschießen.

Kyrrispörrs Arm bebte vor Anstrengung, den Bogen aufgezogen zu halten, als der König zum Eingang kam und ihm den Rücken zuwandte. Jetzt tat sich endlich eine Lücke auf ... und Korbjörnr ließ König Olaf den Vortritt ins Haus und stellte damit sein breites Kreuz zwischen Kyrrispörr und sein Opfer. Kyrrispörr ließ den Bogen sinken und schüttelte den schmerzenden Arm. Er zog sich wieder hinter die Hütte zurück.

Bald ließen die Schreie im Haus nach. Der Kampf war vorbei: Nacheinander wurden Rauðs Männer ins Freie gezerrt. Sie bluteten aus unzähligen Wunden. Zuletzt, dicht gefolgt vom König selbst, kam Rauðr heraus. Er humpelte. Kyrrispörr spähte nach einer guten Schussposition, aber immer stand ihm jemand im Weg. Er sah sich gezwungen, weiter zurückzuweichen, um nicht zufällig entdeckt zu werden. Es war zum Verzweifeln. Die Priester Olaf Tryggvasons, deren Kreuze wie übergroße Flügellanzen emporragten, fragten jeden von Rauðs Gefolgsleuten, ob er Christ und damit Olafs Untertan werden wollte – wer verneinte, wurde beiseite geschafft, wer sich aber unterwarf, sollte freikommen, sowie Geiseln gestellt wurden. Als die Reihe an Rauð kam, spie er nur aus. Da ließ Olafr ihn an einen herumliegenden

Balken binden und gab seinen Leuten einen Befehl. Rauðr stieß unablässig Flüche aus, bis einer von Olafs Männern seinen Kopf in den Nacken bog und ihm einen spitzen Holzdorn zwischen die Kiefer klemmte. Kyrrispörr lauerte darauf, dass Olafr die Hinrichtung selbst vollzog, da das Schussfeld recht günstig wäre. Enttäuscht ließ er den Bogen wieder sinken, als Olafs Leibwächter Korbjörnr vortrat. Er hielt etwas Langes, Dünnes mit beiden Händen weit von sich. Im ersten Augenblick dachte Kyrrispörr, es handle sich um ein Seil. Dann sah er, dass das Seil von einem unheimlichen Eigenleben erfüllt war: Es wand sich im Griff des Riesen. Denn es war kein Seil, sondern eine Schlange, die Korbjörnr nun dem Mann in den Rachen stopfen wollte. Gebannt vor Grauen, beobachtete Kyrrispörr, wie Korbjörnr offenbar Schwierigkeiten mit der Schlange hatte. Es hatte den Anschein, als würde sie sich vom Gesicht des Mannes fortwinden. Schließlich rief Korbjörnr ungeduldig:

»Ein Nebelhorn!«

Er bekam eines gereicht. Nachdem ihm außerdem ein glühendes Scheit aus dem Herdfeuer gereicht worden war, verbrannte er Rauð damit nicht etwa das Gesicht, wie Kyrrispörr es erwartet hatte, sondern ließ ihn das enge Ende des Horns von einem Helfer in den Mund stopfen und trieb nun mithilfe des glühenden Holzscheits die Schlange durchs Horn. Die plötzlichen, gellenden Schreie des Gefesselten bestätigten alsbald den Erfolg. Rauðr bäumte sich auf, verstummte mit einem Gurgeln und wand sich zu Füßen Korbjörns. Und jetzt, endlich, trat König Tryggvason neben ihn, und sein Königsmantel bot Kyrrispörr ein leuchtendes Ziel. Er zog den Bogen aus der Bewegung heraus auf, die Spitze schwenkte auf Olaf Tryggvason ein – und jemand fiel ihm in den Arm. Instinktiv riss Kyrrispörr den Bogen herum und ließ sich zurückfallen, der Pfeil schnellte von der Sehne, über vierzig Pfund Zuggewicht schlugen, in eine daumengroße, rasiermesserscharfe Spitze gebündelt, in den Kettenpanzer des Kriegers, der Kyrrispörr hatte aufhalten wollen, durchdrang mühelos den Körper bis hinter die Befiederung und trat an seinem Rücken wieder hervor. Kyrrispörr blickte in das kreidebleiche Gesicht Feilans. Sein Schwert fiel ihm aus der Hand, als er ohne einen Laut zur Seite kippte und auf dem Gras aufschlug. Kyrrispörr blickte entgeistert auf ihn herab. Doch ehe er richtig begreifen konnte, was gerade geschehen war, gewahrte er aus den Augenwinkeln eine Bewegung.

Er ließ den Bogen fallen, griff den Speer und attackierte den zweiten Krieger. Der erste Stoß traf seinen Gegner am Kopf, glitt jedoch wirkungslos am Brillenhelm ab. Doch Oðinn meinte es gut mit ihm: Der Speerschaft blockierte damit die im Zuschlagen begriffene Axt, und der Krieger war nicht allzu kräftig. Die Axt glitt zur Seite ab und fuhr in den Boden. Kyrrispörr wusste, dass er seinem Gegner keine Zeit zum Schreien geben durfte: Sofort setzte er nach, versetzte dem anderen einen mehr schlecht als recht geführten Tritt in den Magen, der ihm aber die Luft aus den Lungen trieb, blockierte mit dem Speerschaft seine Beine, dass er auf den Rücken fiel, und hob den Speer zum Stich über den Kopf, aber er stieß nicht zu: Ein Mal durfte er Blut vergießen, hatte Eyvindr gesagt. Nicht öfter. Also drückte er seinem Gegner mit dem Fuß den Helm vom Kopf, um ihn wenigstens besinnungslos zu schlagen. Kyrrispörr erstarrte mitten in der Bewegung. Sein Gegner war Hvelpr.

Hvelpr, den Olafr einst als Geisel genommen hatte, der Kyrrispörrs bester Freund geworden war – er lag nun hilflos zu seinen Füßen und hatte die Arme in dem unsinnigen

Versuch erhoben, sein Gesicht vor dem glänzenden Speerblatt zu schützen. Als der Tod nicht wie erwartet kam, öffnete Hvelpr die zusammengekniffenen Augen und keuchte vor Erstaunen, als er Kyrrispörr erkannte.

»Du?«, entfuhr es ihm. Einen Augenblick lang starrten sie sich an. Dann zischte Hvelpr: »Bring es zu Ende. Hast es endlich geschafft!« In seinen Augen lag blanker Hass.

»Was habe ich geschafft?«, fragte Kyrrispörr verwirrt.

»Du hast geglaubt, du hättest mich damals getötet! Jetzt bring es zu Ende, feiger Hund!«

Hvelpr schloss die Augen, warf den Kopf in den Nacken, dass er Kyrrispörr die Kehle darbot, und krampfte die Hände ins Gras.

»Ich wollte dich nicht töten!« Kyrrispörr ließ den Speer sinken. Hastig sah er sich um. Feilanr lag tot da. Sonst war hier, hinter der Hütte, niemand zu sehen. Von der anderen Seite hingegen drangen Geräusche herüber, als würden Olafs Mannen bald mit dem Schauspiel fertig sein. Dass er Feilan erschossen hatte, berührte Kyrrispörr merkwürdigerweise gar nicht – er verspürte weder Trauer noch Genugtuung.

»Wir müssen weg!«, zischte Kyrrispörr. »Komm mit!«

»Nur tot«, zischte Hvelpr zurück. Sein Blick war hasserfüllt, sodass Kyrrispörr keinen Augenblick am Ernst seiner Worte zweifelte. Die Zeit wurde knapp.

»Wie du willst.« Er drehte den Speer um und stieß ihm das stumpfe Ende mit Wucht gegen die Stirne. Hvelpr erschlaffte.

Hastig warf Kyrrispörr sich Hvelp über die Schulter und eilte geduckt davon. Er sah das Ruderboot schon, als er hinter sich Schreie hörte.

»Stehenbleiben! Da flieht einer!« Kyrrispörr spurtete, so schnell er konnte. Hvelps Körper lag ihm schwer auf der

Schulter, und der Speer erwies sich als äußerst hinderlich. Es war nicht mehr weit!

Im nächsten Moment platzte seine Hoffnung auf Flucht. Zwei Männer versperrten ihm den Weg. Beide zogen Wurfbeile hervor. Mit der Last auf den Schultern konnte Kyrrispörr nicht ausweichen – ihm war klar, dass er in der Falle saß. Die beiden zögerten nicht: Schon hob sich das Beil über den Kopf des einen Mannes. Aber es entglitt ihm! Ungläubig starrte er auf die Pfeilspitze, die ihm aus der Brust trat. Gleich darauf fiel auch sein Kumpan zu Boden.

»Schnell!«, rief Æthelstan und hatte schon seinen Bogen wieder gesenkt, um das Ruderboot ins Wasser zu schieben. Als Kyrrispörr Hvelp ins Boot gleiten ließ und rasch hinterhersprang, ruderten er und Æthelstan sogleich mit voller Kraft. Kyrrispörr sah ein paar von Olafs Männern oben über dem Ufer stehen bleiben; mehrere schlanke Schatten flogen trügerisch langsam zu ihnen herüber. Es gelang Kyrrispörr gerade noch rechtzeitig, den Kopf einzuziehen. Die Pfeile klapperten über die Reling und verschwanden im Wasser.

Es dauerte eine gefühlte Ewigkeit, bis sie außer Reichweite der Bögen waren. Und es dauerte noch länger, bis Kyrrispörr sich sicher war, dass sie nicht verfolgt wurden. Hvelpr begann sich inzwischen wieder zu regen. Ein Gefühl sagte Kyrrispörr, dass es besser war, Hvelp erst einmal zu fesseln. Er überließ Æthelstan das Rudern und band Hvelp die Hände. Danach begann für Hvelp die schmerzhafte Tortur des Erwachens. Kyrrispörr beobachtete ihn dabei; er fragte sich, was solchen Hass in die Augen seines Freundes gesät hatte.

In einer von Ufergrün gut getarnten Bucht warteten sie, ob sich Verfolger an ihre Fersen geheftet hatten. Aber Olafr brauchte seine Männer offenbar anderswo.

»Ich wollte dich nicht umbringen, was erzählst du?«, sagte Kyrrispörr zu Hvelpr, der inzwischen wieder bei Besinnung war. Zuerst hatte er sich gegen die Fesseln gestemmt und sogar versucht, Kyrrispörr zu beißen. Als ihm die Sinnlosigkeit seines Unterfangens deutlich geworden war, hatte er sich an die Bordwand gelehnt und trotzig ins Nichts geschaut.

»He, was erzählst du für einen Unsinn?«, Kyrrispörr stieß Hvelp mit dem Fuß an.

»Was erzählst denn du?«, zischte Hvelpr zurück.

»Bei Oðinn, ich wollte dich nicht töten!«

Hvelpr zischte nur abfällig durch die Zähne.

»Ich kann dich wenigstens losbinden. Wenn du schwörst zu bleiben.«

Doch Hvelpr schüttelte nur den Kopf. Kyrrispörr seufzte.

Als sie wieder ihm Dorf angelegt hatten, streckte Hvelpr Kyrrispörr wortlos die gefesselten Hände hin.

»Schwör bei Oðinn.«

»Nein. Bei Gott dem Herrn«, erwiderte Hvelpr feindselig. »Bei dem schwöre ich.«

Kyrrispörr zuckte mit den Achseln. Rasch waren Hvelps Fesseln gelöst.

»Glaubst du mir endlich?«, erkundigte sich Kyrrispörr.

»Dir glauben?«, brach es aus Hvelp heraus. »Und das?« Er riss den Ausschnitt seines Kittels beiseite, sodass seine rechte Schulter entblößt wurde. Eine breite Narbe zog sich vom Schultermuskel über Jochbein und Hals, bis knapp vor die Wirbelsäule. Kyrrispörr erinnerte sich an das Bild des gefallenen Freundes mit dem Pfeil im Nacken, als wäre es gestern gewesen.

»Das ... Das war ich nicht! Das war ein Pfeil!«

»Das war ein Schwerthieb!«, behauptete Hvelpr. Kyrrispörr starrte ihn an.

»Das hat man dir erzählt?«

»Erzählt? Ja, nachdem ich eine Woche lang im Fieber lag! Fast hättest du Erfolg gehabt! Wo du mir schon nicht den Kopf abschlagen konntest!«

»Das war ein Pfeil!«, wiederholte Kyrrispörr. »Bei Oðinn, es ist gelogen, dass das mein Schwert angerichtet haben soll! Schau doch, wie soll ein Schwert denn so eine Narbe schlagen! Dein Jochbein wäre durch gewesen, ach was, dein Kopf wäre fort, wenn das ein Hieb gewesen wäre! Außerdem hatte ich gar kein Schwert mehr!«

»Red dich nicht raus! Wer soll den Pfeil abgeschossen haben? Sag mir lieber, weshalb du ausgerechnet mich töten wolltest! Du wolltest mich Oðinn opfern, um dein Leben zu retten, nicht wahr? Und ich dachte, wir wären wie Brüder!«

Kyrrispörr sah erneut, wie tief Hvelpr verletzt war. Ehe er etwas erwidern konnte, kamen ihnen Guðrun und der Hersir mit einigen Dorfbewohnern entgegen.

»Ist er tot?«

»Ich lebe noch«, erwiderte Kyrrispörr. Guðrun verhielt sich merkwürdig: Einerseits sah sie aus, als würde sie vor Glück über seine Rückkehr gleich in Tränen ausbrechen, andererseits war da tiefe Enttäuschung darüber, dass Tryggvason noch am Leben war. Schließlich gewann ihre Erleichterung die Oberhand, und sie umarmte ihn fest.

»Ich ahnte ja nicht, wie viel du mir bedeutest! Ich ahnte es nicht.«

Guðrun nahm sich zusammen – die Tochter des bedeutenden Bœndi Jarnskegge wusste genau, was die Menschen von ihr erwarteten. Nun fiel Kyrrispörr auf, dass einige neue

Zelte vor dem Hof aufgeschlagen worden waren. Und am Ufer lag ein schlankes Drachenschiff an.

»Wer ist das?«, wollte er wissen.

»Komm mit«, sagte Guðrun und führte ihn zum Langhaus. Beinahe hätte Kyrrispörr Hvelp vergessen, der mit feindseliger Miene und unter den wachsamen Blicken Æthelstans neben ihm gestanden hatte.

»Komm mit, Dickkopf. Æthelstan, pass auf, dass er nicht entwischt.«

Im Langhaus hatte sich ein Þing versammelt. Über ein Dutzend Männer saßen an der langen Tafel und sahen ihm erwartungsvoll entgegen. Guðrun nahm zur Rechten des Ältesten am Kopfende Platz.

»Als Erstes berichte von deiner Expedition«, bat der Älteste. Kyrrispörr war neugierig, vor welchen Herren er hier sprach, aber er musste seine Neugier bändigen. Knapp und präzise schilderte er, was er erlebt hatte; die Kämpfe streifte er nur und Hvelp verschwieg er ganz, erzählte aber umso ausführlicher von der Hinrichtung des Rauð. Betretenes Schweigen folgte seinen Ausführungen.

»Doch nun vergebt mir meine Neugier, woher kommt ihr Herren? Wer seid ihr?«, fragte er.

»Dies«, sagte Guðrun, nachdem der Hersir ihr zugenickt hatte, »dies, Seiðmaðr Kyrrispörr, ist deine Mannschaft!«

Kyrrispörr fiel aus allen Wolken.

»Meine ...«

»Der Drache dort draußen ist ein Geschenk der Bœndi, die das Joch König Olafs nicht dulden. Das Ross der Wellen wird dich sicher gegen den König tragen, damit du deine Rache vollenden kannst!«

»Mein Schiff!« Kyrrispörr war überwältigt.

»Dein Schiff«, bestätigte Guðrun. »Einen Namen braucht es noch.«

»Mein Schiff ...«

»Und deine Mannschaft.« Guðrun stieß ihn mit dem Fuß an.

Kyrrispörr räusperte sich. War das Wirklichkeit oder Traum? Er war sich gar nicht mehr sicher. Jetzt erst fiel ihm auf, dass alle Männer Helme und Kappen vor sich hatten und an den Wänden Bögen und Speere lehnten.

»Auf Seiðmann Kyrrispörr Hæricson«, sagte der Hersir und hob sein Methorn.

»Auf Olafs Tod!«

»Auf einen guten Kampf!«, brüllten die Männer, während das Horn kreiste. Und jeder schrie: »Auf unseren Hersir Kyrrispörr Hæricson!« Damit war Kyrrispörr ihr Anführer geworden.

DER DRACHE

ER KONNTE NICHT SCHNELL GENUG zu seinem neuen Schiff kommen. Der bisherige Kapitän Halfdanr erklärte ihm voll Stolz die Vorzüge, und Kyrrispörr konnte kaum glauben, dass ihm plötzlich dieses Boot gehören solle. Es war ein mittelgroßer Drache, der gut vierundzwanzig Ruderern Raum bot. Schlank wie er war, versprach er, sich wie eine Seeschlange durch die Wellen zu winden. Ein geschnitzter Drachenkopf sperrte das Maul unter grimmig dreinblickenden Augen gen Fjord; die Verklinkerung war von einem Meister seines Fachs vorgenommen worden, das sah Kyrrispörr sofort. Die Planken waren erstaunlich dünn und dennoch nicht so knapp zurechtgebeilt worden, dass sie dadurch hätten geschwächt werden können. Das Segel lag auf seiner Halterung und machte einen sehr robusten Eindruck, ebenso wie der Mast, der aus dem Kielschwein genommen worden war. Kyrrispörr schritt das Schiff von Heck bis Bug ab, ließ die Fingerspitzen über den Rumpf streichen und war überglücklich.

»Und welchen Namen möchtest du ihm geben?«, fragte Guðrun lächelnd.

Er sah sie glücklich an. »Sperber«, bestimmte er. »Klein, doch schnell und wild, ohne Rücksicht auf sich selbst, todesmutig und ganz auf den Fang seiner Beute gerichtet.«

In sein Glück mischte sich aber auch Unruhe: Als er den Namen ausgesprochen hatte, hatte er sofort an Laggar denken müssen. Das unbestimmte Schuldgefühl, mit dem er an Laggar gedacht hatte, als er in Heiðabýr festgesessen hatte, überkam ihn erneut. Es überschattete sogar seine Freude über das Schiff. Er musste dringend mit Hvelp reden.

Er fand ihn, wie er beim Abschuppen der Fische half.

»Du bist nicht geflohen«, stellte Kyrrispörr fest.

»Ich halte mein Wort«, gab Hvelpr zurück. Der kalte Klang seiner Stimme versetzte Kyrrispörr einen Stich.

»Weißt du, wo Laggar ist?«, fragte er, ohne auf Hvelps abweisende Art einzugehen. Hvelpr legte das Messer beiseite und wischte sich die Hände ab.

»Ja, das weiß ich.« Er sah Kyrrispörr an. »Der Falke ist auf Viken. Olafr hat wohl kein besonderes Interesse an ihm.«

»Er ist auf Viken? Bestimmt?«

Hvelpr verzog abfällig die Lippen. »Natürlich.«

»Und weißt du ... Weißt du vielleicht auch, ob Æringa noch lebt?«

»Wer?«

»Æringa. Du kennst sie nicht, richtig ... Eine Frau. Sie war bei den Bœndi, die sich gegen Olaf versammelt hatten, bevor ich gefangen genommen wurde. Hast du sie gesehen?«

»Eine Frau?«, Hvelpr schnaubte. »Weißt du, wie viele Frauen es gibt? Aber nein, ich habe den Namen noch nicht gehört. Und ich kenne die meisten, die zu Olaf übergelaufen sind. Eine Æringa war nicht dabei.«

»Sie ist also wirklich auf Mæri hingerichtet worden ...«

Hvelpr runzelte die Stirne. »Auf Mæri? Wo der Jarnskegge erschlagen worden ist?«

»Genau.«

»Da wurde keine einzige Frau getötet. Nur die Heiden, die sich nicht bekehren lassen wollten. Aber keine Weiber.«

Kyrrispörr starrte ihn an. »Bist du dir sicher?«

Hvelpr funkelte zurück. »Natürlich bin ich mir sicher!

Da war keine Æringa, und Frauen hat Olafr keine erschlagen.«

»Aber dann ...« Kyrrispörr schwindelte. In Hvelps Blick schlich sich so etwas wie ein Funken Besorgnis, ehe er gleich wieder hart wurde. Kyrrispörr nickte ihm zu und taumelte mehr als er ging, als er sich ins Langhaus zurückzog. Æringa war nicht tot! Hatte Guðrun ihn angelogen? Aber warum? Und er wusste endlich, wo Laggar war. Er hatte ein Kriegsschiff und eine Besatzung. Es war zwecklos, jetzt ein Omen erfragen zu wollen; Kyrrispörr war viel zu durcheinander.

»Natürlich ist die Æringa tot! Ich habe es dir gesagt!«, rief Guðrun, als Kyrrispörr sie darauf ansprach.

»Aber Hvelpr hat das Gegenteil berichtet. Und ich vertraue ihm. Woher weißt du das denn so genau?«, wollte Kyrrispörr wissen.

Guðrun zögerte einen Augenblick und setzte dann eine trotzige Miene auf.

»Weil ... Na gut, es wurde mir erzählt. Aber ich bin sicher, dass der mich nicht angelogen hat.«

Kyrrispörr schenkte ihr einen misstrauischen Blick. »Dann hat er sich geirrt.«

Am Abend sagte Hvelpr: »Du hast mich geschont. Ein Hvelpr vergisst das nicht. Ich werde bleiben.« Hvelps Stimme blieb feindlich. Kyrrispörr aber vertraute Hvelps Wort voll und ganz. Er kannte ihn gut genug, um zu wissen, dass Hvelpr keine bösen Hintergedanken hegte: Sein Wort hielt Hvelpr bis zur Selbstaufgabe. So hegte er keinerlei Befürchtungen, als sie sich nebeneinander auf das Lager niederlegten.

»Das sollst du wissen«, erwiderte er leise. »Ich habe dich mitgenommen, weil du mein Freund bist, und gefesselt, damit du dich nicht vergisst. Aber mein Gefangener warst du nie und bist du auch jetzt nicht. Wenn dir danach ist, kannst du gehen, wohin du willst.« Kyrrispörr machte eine Pause. »Oder du schließt dich mir an und begreifst endlich, dass ich dich niemals töten wollte. Du warst immer mein Freund.« Hvelpr gönnte ihm nicht die Erlösung einer Antwort, sondern drehte sich wortlos in der Decke herum.

Der nächste Morgen bewies Kyrrispörr, dass sein Vertrauen gerechtfertigt war. Hvelpr blinzelte neben ihm den Schlaf aus den Augen, ohne den Versuch unternommen zu haben, Kyrrispörr mit einem Messer oder dergleichen zu Leibe zu rücken. Als Kyrrispörr sein verschlafenes Gesicht sah, keimte für einen Augenblick wieder das Gefühl der alten, sie tief verbindenden Freundschaft auf. Aber sobald Hvelpr die Augen aufschlug, belehrte sein abweisender Blick Kyrrispörr eines Besseren.

Das Ziel der Jungfernfahrt des Sperber war klar. Kyrrispörr musste Laggar zurückholen. Die Männer, die Guðrun im Namen ihres Vaters zusammengetrommelt hatte, waren durchweg noch sehr jung – mit Ausnahme von Halfdan und einem weiteren Grauhaarigen, der aber noch durchaus im Vollbesitz seiner Kräfte war –, sichtlich wenig erfahren in der Schiffsführung und wohl die mittellosen Geschwister älterer Brüder. Aber das störte Kyrrispörr nicht. Er hatte eine Mannschaft, und wie es aussah, eine kampfstarke obendrein. Ihre Waffen waren einfache Beile und Messer, Bögen und Speere, jedes für sich kein Kunstwerk, aber völlig hinreichend, wenn es von kräftigen Armen geführt wurde. Die Rundschilde waren nur selten aus Eiche, aber auch sie würden ihre Träger mindestens verbergen.

Als Letzter bestieg Hvelpr das Boot. Er nickte Kyrrispörr zu, ohne eine Miene zu verziehen. Kyrrispörr wollte schon das Zeichen zum Ablegen geben, als Guðrun herankam. Ohne viel Federlesens schwang sie sich ins Boot. Kyrrispörr verbarg den aufkeimenden Unmut, indem er die Befehle zum Ablegen gab, die er so oft von Kapitänen gehört hatte. Aber die ganze Zeit über ließ ihn ein Gedanke nicht los: Wenn Hvelpr ihn nicht angelogen hatte, hatte es Guðrun getan. Dass ihn aber Hvelpr belog, konnte er sich beim besten Willen nicht vorstellen.

Als sie durch den Fjord fuhren, trat Hvelpr zu Kyrrispörrs Überraschung neben ihn an den Bug. Sein fuchsrotes Haar leuchtete wie Feuer in der Sonne.

»Du kennst die Zollposten nicht. Ich schon«, sagte er kurz angebunden. Kyrrispörr sah ihn dankbar an, in der Hoffnung, ihre alte Freundschaft in Hvelps Gesicht wiederzufinden. Aber Hvelpr starrte schon geradeaus übers Wasser, die Lippen fest aufeinandergepresst.

Hvelps Rat sollte ihnen von außerordentlichem Nutzen sein. Zu den Zollpassagen, die er von Christian her kannte, hatte Olafr so manch neue an den Sunden und Engstellen entlang der Küste eingerichtet, die sie umfahren mussten. Ein Kriegsschiff wäre aufgefallen. Auch die zu dieser Jahreszeit stark befahrenen Handelsrouten wusste Hvelpr zu umgehen – ergänzt mit Kyrrispörrs eigenem Wissen und dem des vormaligen alten Kapitäns, Halfdans, gelang es ihnen, ohne Zwischenfälle gen Viken zu fahren. Hvelpr zeigte ihnen eine Stelle, wo sie im Verborgenen ankern konnten. Die Männer begannen, ihre Waffen aus den Sitztruhen zu holen. Kyrrispörr winkte Halfdan zu sich und erklärte ihm, was er vorhatte. Dann gebot er mit der erhobenen Rechten Aufmerksamkeit.

»Wir sind nun an der Insel, auf der König Tryggvasons Hof steht. Ich war schon einmal hier und hätte beinahe mit dem Leben bezahlt – ebenso wie sämtliche Seiðmenn, die an dem Angriff teilgenommen haben. Und es waren mächtige Magier! Deswegen werde ich die Lage auskundschaften, während ihr hier wartet. Hvelpr kommt mit mir. Bleibt wachsam!«

Halfdanr bestätigte Kyrrispörrs Worte mit einem Nicken. Der zusammengewürfelte Haufen aus Kriegern, die Jarnskegge auch nach seinem Tode noch treu ergeben waren, kannte der alte Kapitän besser als Kyrrispörr, und sein Silberbart forderte Respekt. Als er seinen Mantel aus seiner Truhe holte, flüsterte Guðrun ihm zu:

»Du vertraust diesem Hvelp? Lockt er dich nicht in eine Falle?«

Kyrrispörr blickte zu dem langgliedrigen Knaben mit dem leuchtend roten Haar und den smaragdgrünen Augen hinüber und schüttelte den Kopf.

»Er war mein Freund, ja, mehr mein Bruder, und ist es noch. Auch wenn er selbst es nicht wahrhaben will. Er hat noch nie sein Wort gebrochen, niemals. Ich vertraue ihm mein Leben an, glaub mir.«

Guðruns eisgraue Augen sprühten vor Misstrauen.

»Ich nicht.«

Sie zückte das Messer an ihrer Schürze gerade so weit, dass zwei Finger breit damaszierter Stahl schimmerte. »Wenn ich recht behalte, bekommt er von mir, was ich eigentlich Olaf zugedacht hatte.« Ehe Kyrrispörr es sich versah, hatte sie ihm einen schnellen Kuss auf die Wange gedrückt. Er zuckte zusammen.

»Mögest du Olaf finden!«

Dann wandte sie sich der Mannschaft zu und gab Befehle, alles für ein Essen vorzubereiten.

Anschließend stieg Kyrrispörr mit Hvelp aus dem Boot

und watete gen Land. Der Speer bot ihm Stütze auf dem glitschigen Untergrund.

An Land kleideten sie sich rasch an, und nachdem Hvelp seinen Köcher mit Pfeilen über die Schulter geworfen hatte, machten sie sich auf den Weg in Richtung Königshof. Hvelpr hatte sich eine Gugelkapuze übergestreift, damit sein roter Schopf sie nicht verriet. Während sie geduckt durch das Schilf wateten, fühlte sich Kyrrispörr stark an die Zeit erinnert, als sie gemeinsam auf die Jagd gegangen waren, und er empfand eine tiefe Sehnsucht danach, in Hvelp wieder den vertrauten Freund zu haben.

Sie kamen an den ersten Weiden vorbei, wo ein paar Schafe und Rinder verträumt vor sich hin kauten. Von einem einzeln stehenden Baum drang der misstönende Klang einer Knochenflöte zu ihnen herüber. Unentdeckt huschten sie weiter.

Hvelpr berührte Kyrrispörr an der Schulter und legte warnend den Finger auf den Mund. Sie schoben sich langsam vor, darauf bedacht, nicht einmal ein Rascheln zu verursachen. Hvelpr hatte seinen Bogen gezogen und einen Dreikantpfeil auf die Sehne gelegt. Er richtete sich mit allen Anzeichen der Überraschung auf und blickte ins Rund.

»Das ist merkwürdig«, sagte er leise, als er sich wieder zu Kyrrispörr gekauert hatte. »Auf der Anhöhe dort stand immer ein Posten, weil man einen guten Überblick hat. Komm, wir klettern hoch!«

»Werden wir da nicht gesehen? Der Hof ist ja nicht mehr weit! Und da ist nur Gras!«

»Wir gehen von Süden ran, von der dem Hof abgewandten Hangseite. Komm.«

Rasch erklommen sie den Hügel und robbten sich, platt auf den Boden gedrückt, bis auf die Kuppe vor. Tatsächlich bot sich von hier oben ein guter Blick. Und Spuren eines Wachpostens – die aber alle schon einige Tage alt waren.

»Hier war schon seit einer Weile niemand mehr!«, stellte Kyrrispörr fest.

»Ja«, erwiderte Hvelpr, der in Richtung der Bucht spähte. »Sag mal, kennst du eines der Schiffe dort unten?«

Kyrrispörr war überrascht. »Na, das wird ein Teil von Olafs Flotte sein, von seinen erbeuteten Booten, oder nicht? Die müsstest du doch kennen?«

»Tue ich aber nicht. Kein einziges davon. Und das da drüben ist ein herrschaftliches Drachenboot, richtig?«

Kyrrispörr kniff die Augen zusammen.

»Ja ... Ja, es sieht ganz so aus, mit dem Gold und dem Drachenkopf. Das kennst du auch nicht?«

»Nein. Die Banner kenne ich auch nicht! Sogar die Segel sind merkwürdig genäht, sieh dir das an! Hast du es vielleicht bei einem der Jarla gesehen? Gehört es vielleicht einem der Bœndi?«

»Das wäre mir aufgefallen. Nein.«

»Und kein einziges Boot stammt aus der Königsflotte ...«

Hvelpr sah ihn an. »Am Königshof?«

»Eben ...«

Sie beobachteten die Bucht noch für eine Weile, aber dort regte sich nichts. Schließlich zogen sie sich wieder zurück und schlichen weiter in Richtung Königshof. Kyrrispörr wusste jetzt zwar, dass König Olafr ihm erneut entwischt war: Wäre er da gewesen, hätten sie seinen Dreki gesehen. Aber es galt, Laggar zu befreien – und Æringa. Hvelpr wusste, wo Laggar sich befand.

Als sie am Zaun eines Gehöfts kauerten, das sich zwischen dem königlichen Langhaus und den kleineren Hütten befand, murmelte Hvelpr:

»Da stimmt wirklich etwas nicht. Ich kenne keinen einzigen von den Kriegern. Und die, die ich kenne, tragen keine Waffen.«

»Jemand hat Viken überfallen«, stellte Kyrrispörr fest. Hvelpr bedeutete ihm, still zu sein und horchte.

»Das ist die Mundart derer von Jorvik«, stellte er fest. Kyrrispörr horchte auf das ferne Gespräch, dann nickte er. »Nicht schlecht – da hat doch einer die Stirn gehabt, Olafs Heimstatt anzugreifen!«

»Gut. Dein Falke ist da hinten, wenn sie ihn nicht fortgeschafft haben.« Hvelpr deutete auf einen kleinen Schuppen. »Zusammen mit den anderen Greifen. Dein Weib allerdings ... Das kann sich überall hier herumtreiben ...«

»Gib mir Deckung, ich hole Laggar.«

Sie verließen ihren Posten und gelangten unentdeckt zu jenem Teil des Zauns, der der Hütte am nächsten lag. Ein großer Misthaufen bot Schutz; allerdings scharrten darum herum einige Hühner. Die Bewaffneten waren von hier aus nicht zu sehen. Hvelpr prüfte seine Pfeile. Kyrrispörr legte seinen Speer neben ihn, sicherte nach allen Seiten, sprang über den Zaun und hastete hinter den Misthaufen. Die Hühner stoben auseinander, ohne allzu viel Lärm zu machen. Kyrrispörr spürte das Herz in seiner Brust hämmern. Nicht nur die Angst vor der Entdeckung, auch die Frage, ob er tatsächlich gleich Laggar finden würde, schnürten ihm die Kehle zu. Er warf einen Blick zu Hvelp hinüber und verließ seine Deckung, als der winkte. Er war gerade hinter dem Misthaufen hervorgetreten, als ein Hund um die Ecke des Hauses kam und erstarrte. Das Tier öffnete das Maul, um zu bellen, da zischte ein Pfeil so dicht an Kyrrispörrs Kopf vorbei, dass er den Luftzug am Ohr spürte. Der Hund fiel zur Seite; schon folgte ein zweiter Pfeil dem ersten und raubte ihm das

Leben. Dankbar nickte Kyrrispörr Hvelp zu. Sein Freund hatte seine ausgezeichnete Schießkunst nicht verlernt.

Zum Glück war die Tür nicht verriegelt. Das Kampfmesser in der Rechten, drückte Kyrrispörr sie auf. Erleichtert stellte er fest, dass er allein war. Ein Lichtstrahl, in dem Staubflocken schwebten, durchschnitt den Raum. Das Rascheln bewies Kyrrispörr, dass Hvelpr recht gehabt hatte: Auf Blöcken und Julen thronten mehrere Greife. Er sah einen schönen weißen Ger, sicherlich König Olafs neuer Lieblingsvogel, ein paar Terzel, einen Steinadler und – Laggar! Am liebsten hätte Kyrrispörr laut aufgejubelt. Im Schummerlicht begutachtete er seinen Vogel und liebkoste ihn. Laggar sah mitgenommen, aber gesund aus. Der Schmelz war in Ordnung, das Gefieder allerdings recht verbinzt. Nun, das wäre bei der nächsten Mauser vorbei. Kyrrispörr griff einen derben Rindslederhandschuh, um Laggar übertreten zu lassen. Da kam ihm ein Gedanke. Er war ja vorgeblich wegen der Falken nach Norwegen gefahren … Er würde Hárvað nicht enttäuschen.

Das Entsetzen in Hvelps grünen Augen reizte Kyrrispörr beinahe zum Lachen.

»Ist Loki persönlich in dich gefahren? Was machst du denn?«, flüsterte er. Kyrrispörr stellte mit breitem Grinsen das Tragereck ab, auf der sich drei Gerfalken, ein Saker und ein Steinadler neben Laggar befanden. Aufgebräut hockten sie seelenruhig da und glichen jedes Schwanken der quadratischen Tragekonstruktion mit dem Pendeln ihrer Leiber aus.

»Vorhin, als ich die Vögel geholt habe und du mit dem Bogen aufgepasst hast«, flüsterte Kyrrispörr, während sie die Umgebung sicherten, »genauso war es damals gewesen. Eyvindr Kelda gab mir mit dem Bogen Deckung, während ich Laggar rettete. Als du mich entdeckt hast, da hat er dich für einen Feind gehalten. Und geschossen. Ich war völlig entsetzt!«

Das Grinsen verschwand aus Hvelps Gesicht.

»Warum haben mir die, die mich gesund gepflegt haben, das ganz anders erzählt?«, wollte er wissen.

»Erinnere dich! Als wir uns erkannt haben, da wollten wir uns in die Arme fallen!«

Zwischen Hvelps Augenbrauen entstand eine steile Falte. Plötzlich stand er auf.

»Das werden wir sehen. Hier und jetzt«, zischte er. »Du bleibst hier, ich hole deine Æringa und die Wahrheit mit dazu!«

Ehe Kyrrispörr protestieren konnte, hatte Hvelpr Köcher und Bogen abgeworfen und setzte über den Zaun. Kyrrispörr war entsetzt, als er sah, dass Hvelpr genau auf einen Mann zuhielt, der zwischen den Hütten aufgetaucht war. Der Mann blieb stehen und war überrascht. Auf Hvelps Zeichen hin eilte er in den Schutz einer Hüttenwand. Obwohl sie leise sprachen, konnte Kyrrispörr sie gerade so verstehen.

»Wo kommst du denn her? Bist du nicht bei der Bekehrung des Rauð getötet worden?«

»Still, wir haben keine Zeit«, unterbrach Hvelpr ihn. »Was ist hier los?«

»Der Sohn von Eirik Blóðöxar, Guðröðr, ist von England gekommen und hat uns ...«

»König Olafr?«

»Er ist ausgefahren, ich denke, du kommst von ...«

»Gut, gut, du warst damals dabei, als ich verletzt worden war, als die Seiðmenn brannten, richtig?«

»Äh ... ja?«

»Schwöre bei Gott und allen Heiligen, dass du mir jetzt die Wahrheit sagst! Also ...«

Hvelpr senkte die Stimme, sodass Kyrrispörr ihn nicht mehr verstehen konnte. Nervös nestelte er an dem Bogen. Auch die Antwort des Mannes verstand er nicht. Dann warf Hvelpr einen Blick zu ihm herüber, der nicht zu deuten war.

»Eins noch, schnell. Wo ist Æringa? Eine Sklavin, von den Bœndi von Jarnskegge?«

»Ach, die ...«

Kyrrispörrs Herz tat einen Sprung. Er sperrte die Ohren auf, verstand aber nichts. Er sah, wie Hvelpr sich von dem Mann verabschiedete mit den Worten: »Ich erstatte Bericht«, und auf den Zaun zueilte. Eilig fingerte Kyrrispörr nach den Pfeilen. Hvelpr setzte mit einem Sprung über den Zaun, und im ersten Augenblick dachte Kyrrispörr, er habe ihn übersehen – aber Hvelpr sprang ihn mit Absicht an: Er riss ihn mit sich zu Boden, trieb ihm ein Knie in die Magengrube und packte ihn an der Kehle. Kyrrispörr spürte eine Messerspitze am Hals.

»Schwörst du, es war wirklich ein Pfeil des Eyvind? Schwörst du, bei Oðinn, bei Huginn und Munnin und bei Þórr dazu?«

»Ja, ja«, stieß Kyrrispörr hervor, »ich schwöre es! Nie wollte ich dich verletzen oder gar töten!«

Hvelpr ließ von ihm ab und setzte sich ins Gras.

»Die haben mich belogen«, sagte er tonlos. »Die ganze Zeit. Der Kerl hat es mir gerade gesagt. Sie haben behauptet, du hättest mich verraten. Gott, wie ich deinen Tod herbeigesehnt hatte ... Wie ich geflucht habe, als ich von deiner Befreiung aus der Bucht gehört habe ...«

Kyrrispörr war erschüttert, Hvelp so niedergeschlagen

zu sehen. Zugleich war da eine mahnende Stimme in seinem Kopf. Sie konnten hier jederzeit entdeckt werden.

»Und Æringa?«, fragte er.

Hvelpr sah auf.

»Komm, verschwinden wir! Der hält dicht, weil er glaubt, ich würde zu König Olaf zurückkehren und von Guðröðs Überfall berichten. Aber man weiß ja nie ...«

»Warte! Wir müssen noch Æringa retten!«

»Æringa ist nicht mehr da.«

»Was?«

»Guðröðr hat sie zusammen mit ein paar anderen jungen Frauen an einen Händler verkauft!«

»Das ist nicht dein Ernst.«

»Doch, und jetzt komm, oder wir teilen ihr Schicksal! Und gib mir meinen Köcher, mit den Vögeln kannst du eh nicht schießen!«

Kyrrispörr schnallte sich hastig das Tragereck um und gab Hvelp die Waffe.

»Wohin wollte der Händler fahren?«, fragte er, während sie loseilten.

»Was weiß ich! Witrim, oder so.«

»Kenn ich nicht!«

»Ich auch nicht, weiter!«

Sie sahen schon die Rinder auf der Weide, und Kyrrispörr war erleichtert, dass sie es bald geschafft hatten. Gerade begannen sie mit dem Umrunden, als Hvelpr mit einem unterdrückten Aufschrei beiseitesprang. Keine Handbreit neben der Stelle, wo er gerade noch gestanden hatte, zitterte ein Speer im Boden.

RÄTSELHAFTES WITTING

Aufgeregt schlugen die Vögel mit den Flügeln, als Kyrrispörr in die Knie ging und das Falkengestell aufsetzte. Hvelpr hingegen fuhr geschmeidig herum, schoss aus der Drehung einen Pfeil ab und schickte in rasend schneller Folge zwei weitere hinterher. Er war schon immer ein guter Schütze gewesen. Kyrrispörr sah, wie eine Gestalt gerade noch den Pfeilen ausweichen konnte und Deckung suchte.

»Jetzt war ein Wächter auf dem Hügel!«, rief Hvelpr. »Weg hier!«

Der Speerwerfer behelligte sie nicht – aber das war auch gar nicht nötig. Während Kyrrispörr und Hvelpr flohen, hörten sie hinter sich sein Horn über die Wiesen schallen. Viel zu rasch wurde der Ruf von anderen Hörnern beantwortet. Die Jagd war eröffnet. Kyrrispörr musste das klobige Gestell mit beiden Händen halten und konnte sich nur vorsichtig bewegen – es war gar nicht daran zu denken, loszurennen.

»Erinnerst du dich an den Jellingpass?«, keuchte Hvelpr. Kyrrispörr nickte. Als sie beide vielleicht zwölf Jahre gezählt hatten, hatten sie mit dem Boot einen heimlichen Ausflug gemacht und gebadet. Wie aus dem Nichts war plötzlich ein Sturm aufgezogen – sie waren kaum aus dem Wasser gekommen, da setzte schon der Regen ein. Mit den Bündeln ihrer Kleider unterm Arm waren sie um ihr Leben gerannt und hatten in allerletzter Sekunde einen schützenden Unterschlupf gefunden, dann war der Sturm losgetost. Kyrrispörr konnte sich an die Blitze erinnern, die ins Wasser schlugen, als wäre es gestern gewesen. Das aufgewühlte Wasser hatte an ihren Leibern gezerrt.

Heute war der Sturm ein Sturm aus Eisen, der sich hinter ihnen zusammenbraute. »Wenn wir nah genug beim Schiff sind, sind wir in Sicherheit!«

»Wenn wir so weit kommen!«, rief Kyrrispörr. Er widerstand dem Verlangen, das Reck zurückzulassen. Niemals würde er Laggar wieder im Stich lassen.

Sie sahen schon das Buschwerk, dahinter befand sich die verborgene Bucht mit ihrem Boot. Zugleich hörten sie in ihrem Rücken die stampfenden Schritte ihrer Verfolger. Ein Blick über die Schulter bestätigte es: Speere glänzten in der Sonne, und über ein halbes Dutzend Gestalten bahnte sich einen Weg durchs Gras.

»Die holen uns ein!«, schrie Kyrrispörr. Hvelpr drehte sich im Laufen und schoss einen Pfeil nach dem anderen ab, bis sein Köcher leer war. Ein Speer flog heran und zerriss seinen Kittel auf Höhe des Oberschenkels.

Und dann zischten plötzlich Pfeile knapp über ihre Köpfe hinweg – aber nicht gegen sie, sondern vom Gestrüpp aus auf ihre Verfolger. Die Besatzung hatte das Feuer eröffnet. Unter dem Schutz ihres Sperrfeuers retteten sie sich auf das Schiff.

»Wir hängen sie ab!«, rief Halfdanr. »Rudert! Rudert!«

Es waren drei Schiffe, die das Hafenbecken verließen und die Verfolgung aufnahmen. Aber sie fielen hinter ihnen zurück. Liebevoll tätschelte Kyrrispörr die Reling seiner Snekkja.

»Gutes Boot«, murmelte er. Das Schiff sprang wie ein junges Reh über die Wellen. Nun, wo die unmittelbare Gefahr gebannt war, konnten die Männer sich endlich über Kyrrispörrs merkwürdige Fracht wundern. Doch er beachtete ihre neugierigen Blicke gar nicht, er hatte nur Augen für Laggar. Fürsorglich spreizte er die Schwingen des Vogels, untersuchte seinen Rachen und die krummdolchartigen Waffen an den Händen des Falken und stellte zu seiner Zufriedenheit fest, dass Laggar gesund war. Er ließ sich mit dem Finger an der Kehle kraulen und schob gar die Nickhäute über die Augen. Im Gegensatz zu den anderen Vögeln hatte Kyrrispörr sogleich die Lederbändchen von seinen Lidern gelöst, und Laggar war trotz der Aufregung um ihn herum ruhig geblieben.

»Das ist dein Falke?«, fragte Guðrun. Kyrrispörr nickte glücklich. Doch dann wurde sein Blick ernst.

»Sag, kennst du eine Stadt namens Witting oder so ähnlich?«

»Nein, wieso fragst du?«

»Æringa ist dorthin verschleppt worden! Sie wurde an einen Händler verkauft!«

Neben sich hörte Kyrrispörr Hvelp aufkeuchen. Guðruns Züge verhärteten sich.

»Nein«, sagte sie kühl. »Diesen Ort kenne ich nicht.«

Damit wandte sie sich abrupt ab und besprach etwas mit Halfdan wegen des Kurses. Kyrrispörr fragte Halfdan, aber der konnte ihm auch nicht weiterhelfen.

»Es gibt keinen Ort mit diesem Namen an der norwegischen Küste und auch keinen in Schweden, das ist sicher.«

»Vielleicht liegt er im Reich des Dänenkönigs?«

Halfdanr hob die Schultern. »Wahrscheinlich. Frag einen Händler, der kann das gewiss besser sagen. Klingt aber merkwürdig, der Name.«

Kyrrispörr war niedergeschlagen. Er war so knapp davor gewesen, Æringa zu erreichen ...

Als sie im Dorf ankamen, sorgte Guðrun dafür, dass der

Älteste sogleich ein Þing einberief. Lange bitten musste sie freilich nicht: Alle war begierig darauf, von den Geschehnissen zu hören. Dass sich der Hof König Tryggvasons in der Hand eines Sohnes von Eirik Blóðöxar befand, erfüllte die Menschen geradezu mit Euphorie.

Als der größte Wissensdurst gestillt war, stieß Guðrun Kyrrispörr den Ellenbogen in die Seite.

»Wir müssen Olaf jetzt angreifen«, zischte sie.

Kyrrispörr überlegte. Dann deutete er ein Kopfschütteln an.

»Nein«, flüsterte er zurück. »Erst muss ich Æringa finden.« Laut sagte er:

»Bald wird Olafr fallen! Sein Stern sinkt. Ich werde heute Nacht die Götter befragen, was sie uns raten. Bis dahin lasst uns feiern über diese unverhoffte Wendung im Schicksal des Unaufhaltsamen!«

»Du sagst selbst, du weißt nicht, wo Witting sein soll ... Lass dich nicht von Loki blenden!« Guðrun funkelte ihn an, während sie ihren Becher an die Lippen setzte.

Die Feier verlief wie so viele andere. Es war längst dunkel geworden, als Kyrrispörr sich vergewisserte, dass sein geliebter Laggar gut schlief und es auch den anderen Falken an nichts mangelte. Trotz seines von Met und Beerenwein schweren Kopfes suchte er aus der Truhe die Dinge heraus, die er für sein Orakel benötigte, und verstaute sie in seiner Gürteltasche. Er versäumte es auch nicht, der Völva des Dorfes seine Anerkennung in Gestalt einer Silbermünze zu erweisen; die beleibte Matrone lächelte würdevoll und versprach Wohlwollen der Geister bei seinem Orakel.

»Halte Wache, damit niemand mich stört«, bat Kyrrispörr Hvelp und reichte ihm seinen Speer mit der prachtvollen

Spitze. Sodann begann er mit der langwierigen Prozedur, sich in die Anderswelt zu versenken. Er brannte Kräuter ab und legte jene Samen bereit, die das zweite Gesicht beförderten – Eyvinds Warnung jedoch bewog ihn dazu, sie sich für den Notfall aufzuheben, wenn alle anderen Versuche fruchtlos blieben. Gewiss würde er sich jetzt den Geistern nicht zum Sklaven machen, jetzt, wo er so nah am Ziel war ... Stattdessen begann er mit dem dumpfen Brummen, das seinen ganzen Leib in Schwingungen versetzte und ihm bei der Versenkung sehr half.

Während Hvelps Gestalt sich als dunkler Schemen gegen den schwarzen Himmel abhob und sein Speer wie ein mahnender Finger zu den Sternen emporwies, wurde Kyrrispörr bald von dem Gefühl der Leichtigkeit ergriffen, das den Reisen seines Geistes voranging. Im Dunkel sah er plötzlich das glänzende Auge Laggars und den Reißhakenbeißschnabel des Falken, an dem winzige blutrote Stückchen seines letzten Mahls klebten, und sein Geist löste sich vom Körper und glitt empor. Das überwältigende Gefühl von Trauer und Glück überflutete ihn im Wechsel und brachte ihn zum Weinen. Er schaute die Weisheit der Götter und war überwältigt von dieser Macht, die kein Mensch würde je begreifen können.

Der Morgen graute, als Kyrrispörr wieder zu sich zurückfand. Es war ein beeindruckendes Schauspiel: Durch die Schlucht, die am Ende dieses Tals gen Osten führte, brach sich eine Bahn klaren Lichts und ließ die gegenüberliegenden Hänge erglühen. Das Dorf lag zur Rechten noch im Dämmerlicht der vergehenden Nacht und schlief fest; einzig die Hähne hatten mit ihrer tagtäglichen Aufgabe begonnen, den Tag willkommen zu heißen. Hvelpr stand immer noch völlig regungslos an der gleichen Stelle, an der er sich gestern aufgestellt hatte, den Speer fest in der Hand. Kyrrispörr empfand Dankbarkeit für seine Treue. Noch war er zu verwirrt über die Erkenntnisse dieser Nacht, um sie in Worte fassen zu können. Er schüttelte sich, überwand das unangenehme Gefühl, das die vom Morgentau feuchte Kleidung auf der Haut zurückließ, und sammelte seine Sachen zusammen. Nicht ohne einen Anflug von Stolz stellte er fest, dass er wieder ganz ohne Hilfe der Zaubersamen ausgekommen war. Nein, er würde nie zu einem sabbernden Wrack werden wie die Finnen, die Eyvindr nur noch mit Mitleid bedacht hatte. Er würde mit den Geistern über die Vorherrschaft seines Leibes kämpfen, und wenn es sein musste, bis zum Letzten.

»Ich habe nachgedacht«, sagte Hvelpr, als sie sich gemeinsam auf den Rückweg machten. Seine Stimme klang krächzend von dem kühlen Nebel, und seine Augen waren vom fehlenden Schlaf ganz schmal geworden.

»Witting kenne ich auch nicht. Bei den Jomsvikingern ist es bestimmt nicht, da heißen alle Orte anders. Im Land der Iren oder Angelsachsen kann es nicht sein, das wüssten wir beide. Kommt mir immer merkwürdiger vor.«

»Mir sagt der Name irgendetwas«, überlegte Kyrrispörr. »Aber was ...«

»Und die Götter?«

Kyrrispörr hob die Schultern und machte ein bekümmertes Gesicht.

»Sie haben zu mir gesprochen. Ich verstehe es selbst noch nicht, aber sicher bin ich, dass es damit alles nichts zu tun hatte. Nur mit Olafr.«

Hvelpr fragte nicht weiter. Schweigend gingen sie den Hügel hinab ins Dorf, wo die ersten Knechte nach dem Vieh sahen. Vom Ufer kam ihnen Guðrun entgegen. Sie hatte gebadet und wrang im Gehen ihr Haar aus.

»Und? Wo wird Olafr sterben?«

Kyrrispörr schüttelte irritiert den Kopf. »Ich weiß es nicht«, brummte er. Er bemerkte wohl den Unwillen, der in Guðruns Augen aufglänzte.

»Aber Oðinn wird dir doch einen Fingerzeig gegeben haben!«

Kyrrispörr blieb mit einem Ruck stehen.

»Ich weiß es nicht!« rief er. »Jetzt warte doch ab, ich weiß es nicht!«

Mit einer Ruhe, die Kyrrispörr als rücksichtslos empfand, entgegnete Guðrun: »Also als Eyvindr noch lebte, hat er mühelos die Zukunft geschaut. Du schaffst das schon. Er hat sogar geweissagt, wann der Bjarni vom Felsen stürzt ...«

»Welcher Bjarni denn?«, brummte Kyrrispörr, verärgert darüber, dass sie ihn aus seinen Gedanken gerissen hatte.

»Na, der Hvitgrimm.«

»Der Weißkopf, der wirklich so aussah, als wäre er mit dem Kopf in Mehl getunkt worden?«, fragte Hvelpr.

»Was tut denn das zur Sache, ja, der«, Guðrun schenkte Hvelp nicht einmal einen Blick, sondern redete sofort weiter auf Kyrrispörr ein. Kyrrispörr hörte gar nicht mehr zu, sondern ging weiter in Richtung Dorf.

»Gib mir meinen Speer«, sagte er völlig entnervt zu Hvelp und streckte den Arm aus, aber nicht einmal das bremste Guðruns Redefluss.

Plötzlich traf ihn die Erkenntnis wie ein Schlag. Er blieb abrupt stehen – Guðrun war so in ihre Erzählung versunken, dass sie es erst einige Schritte weiter bemerkte und sich mit allen Anzeichen des Unwillens umdrehte.

»Was ist?«, fragte Hvelpr.

»Weißkopf?«, flüsterte Kyrrispörr. »Das ist es! Das ist es! Komm.«

Mit weitausgreifenden Schritten eilte er zum Dorf, ließ Guðrun einfach stehen und rief den Alten herbei.

»Ruf die Männer!«, befahl er. »Das Wetter ist gut, der Wind steht günstig, wir brechen sofort auf.«

»Was ist denn los?«, fragte Hvelpr erstaunt. »Was ist mit Hvitgrimm?«

»Witting ist kein Ort!«, erklärte Kyrrispörr, während er zum Langhaus eilte und seine Habe in die Truhe warf. »Komm, pack mit an, aufs Schiff damit. – Wir waren blind! Witting ist ein Mensch!«

»Das ist aber doch kein Name!«, keuchte Hvelpr, der Mühe hatte, Kyrrispörr mit dem Ende der Truhe in den Händen hinterherzukommen.

»Doch! Wenn es Hvitgrimm heißt! Witting, Witrim, also Hvitgrimm heißt in der Sprache der Franken ... Weißgesicht! Und weißt du, wie der bekannteste Sklavenhändler in Heiðabýr heißt? Bei dem ich gearbeitet habe?«

Sie wuchteten die Truhe auf ihren Platz. »Ja, bringt das Segel her, Proviant für fünf Tage, Beeilung. – Er heißt Ketil: Ketil Weißhaupt!«

»Meinst du wirklich?«

»Aber natürlich! Æringa ist jung, und sie ist eine Schönheit, die ihr Gewicht in Silber aufwiegen kann! Sie ist auf dem Weg nach Heiðabýr!«

Kyrrispörr war schon wieder auf dem Weg zum Langhaus, diesmal, um Laggar und die anderen Falken zu holen. »Ich bin mir völlig sicher. Sie ist dort!«

Noch bevor die Sonne eine Armeslänge über dem Horizont stand, war das Langboot abfahrbereit. Die Männer schoben es ins Wasser und kletterten hinein, als Kyrrispörr als

Letzter hinterherkam – er hatte sich noch vom Dorfältesten verabschiedet und ihm Lohn für Gastfreundschaft und Treue versprochen. Guðrun war nirgends zu sehen. Aber ihretwegen würde Kyrrispörr nicht innehalten.

Er sprang ins Boot, wo Hvelpr und Halfdanr schon warteten – und blickte in Guðruns eisgraue Augen.

»Ich finde es dumm, was du machst«, sagte sie ihm ins Gesicht, »aber du musst es wissen. Ich bleibe dir jedenfalls treu.«

Kyrrispörr war für einen Moment sprachlos, nickte dann abgehackt und sagte: »Gut. Gut. An die Ruder, wir wollen nach Heiðabýr fahren!«

Hvelpr und Halfdanr lenkten das Boot wieder um die Zollstationen herum, die König Olaf hörig waren. Als die norwegischen Küsten hinter ihnen zurückfielen, gab Halfdanr zu bedenken:

»Sie werden ein Kriegsschiff nicht nach Heiðabýr lassen. Was du von der Schlei erzählt hast ...«

Kyrrispörr machte eine wegwerfende Handbewegung. »Das wird sich finden!«

Aber er wusste ganz genau, dass Halfdanr recht hatte.

DAS KÖNIGLICHE GESCHENK

Schon der erste Kontrollposten an der Schlei machte Anstalten, Großalarm auszulösen, kaum, dass ihr Segel in Sicht kam. Hektisches Treiben war zu beiden Ufern ausgebrochen, und im Hintergrund wurden Snekkjur bemannt.

»Wir halten hier«, befahl Kyrrispörr. Nahe beim Ufer, aber weit genug weg, um nicht als Anlandung zu gelten, refften sie das Segel und brachten das Drachenboot zum Stehen. Nicht ohne Stolz sah Kyrrispörr, wie die Handelsschiffe in respektvollem Abstand zu ihnen warteten. Gleich darauf kam ein kleines Boot mit einer Handvoll bewaffneter Männer herbei. Hinter ihnen wurde die erste Snekkja ins Wasser geschoben und am Ufer blinkten die Spitzen von Speeren.

»Euer Begehr?«, rief der Anführer des Kontrollbootes herüber.

»Wir kommen in Frieden. Ich bringe Falken, die des Königs würdig sind.« Kyrrispörr hob das Transporttreck hoch, das er sich inzwischen wieder umgehängt hatte. Der Anblick der schneeweißen Gerfalken und des stolzen Steinadlers beeindruckte die Männer sichtlich. Das Boot kam dichter heran.

»Ein Kriegsschiff können wir nicht passieren lassen«, rief der Kommandant.

»Wo können meine Leute festmachen, bis ich es mit dem König besprochen habe?«

»Folgt uns!«

Sie ließen das Schiff am Ufer des kleinen Kriegshafens auflaufen. Nachdem sich die Flusswachen vergewissert hatten, dass es sich tatsächlich um keinen verkappten Überfall handelte, wurde die Stimmung deutlich gelöster.

»Ein hervorragendes Schiff habt Ihr da«, sagte der Kommandant anerkennend.

»Ich müsste meine Falken nach Heiðabýr bringen. Sagt, könntet Ihr mich wohl zu einem der Händler bringen, der mich mitnimmt?«, bat Kyrrispörr.

»Es ist mir eine Ehre.«

»Hvelpr, du bist Herr über das Schiff und seine Mannen, bis ich wiederkomme.«

Hvelpr runzelte die Stirn. »Ich möchte dich begleiten.« Er klopfte auf seinen Köcher. »Falls du Schutz brauchst.«

»Eben darum brauche ich dich beim Sperber. Ihm darf nichts geschehen. Keine Sorge, ich hole euch nach, sobald es geht!«

Als er sich vom Kommandanten zu einem der Kauffahrer bringen ließ, eilte Guðrun herbei. »Ich komme mit!«, bestimmte sie. Kyrrispörr rutschte ein Seufzer heraus, der den Kommandanten zu einem mitleidigen Blick veranlasste.

Sie hatten Glück: Ein Skuder nahm sie bereitwillig auf und verlangte nichts dafür. »Länger kann es wegen euch ja nicht dauern«, rief der Kapitän. Sie machten es sich auf den ledernen Abdeckplanen bequem, unter denen etwas Kantiges lagerte.

Die Fahrt dauerte auch so schon lange genug. Die Zollstellen ließen sich Zeit mit der Abfertigung. Das gute Wetter hatte zur Folge, dass eine große Zahl an Schiffen nach Heiðabýr und aus Heiðabýr herausfahren wollte. Überall drehten sich die Köpfe, wo der Skuder vorbeifuhr – aber nicht wegen Guðrun, die das allem Anschein nach glaubte und sich besonders gut in Positur rückte, sondern wegen der Falken. Das sah Kyrrispörr im Gegensatz zu ihr ganz genau, hütete sich aber tunlichst davor, eine Bemerkung darüber fallen zu lassen. Man konnte ihr eine gewisse Schönheit nicht absprechen. Wie sie ihr junges Gesicht in die Sonne reckte, die Augen schloss und das Licht ihr Haar erstrahlen ließ, war sie gewiss auch einen Blick wert. Kyrrispörr fühlte sich von ihrer Schönheit jedoch nicht mehr angesprochen. Er musste ständig an Æringa denken, die er so lange nicht gesehen hatte, jene Frau, die ihm in der kurzen Zeit, die sie zusammen verbringen durften, vollständig den Kopf verdreht hatte. Sie sich in Ketils Sklavenkäfigen vorzustellen, war ein unerträglicher Gedanke.

In Heiðabýr erinnerte man sich sofort an Kyrrispörr. Noch ehe er den Steg betreten hatte, hieß es schon, der Falkenmagier sei wiedergekehrt. Kyrrispörrs Falken zogen sogleich alle Aufmerksamkeit auf sich. Ehe der Zolleintreiber den Mund aufmachen konnte, drückte Kyrrispörr ihm ein Stück Silber in die Hand. Ohne sich um die Blicke der Leute zu scheren, begab er sich rasch zu Ketils Haus. Vor der Planke über den Bach blieb er stehen; erst jetzt war ihm bewusst geworden, dass Guðrun ihm gefolgt war.

»Pass darauf auf, ich muss Ketil sprechen«, sagte er und stieg aus dem Transporttreck. Ehe Guðrun etwas erwidern konnte, war Kyrrispörr mit Laggar auf der Faust hinter Ketils Zaun verschwunden.

Gehetzt stürmte er an dem Knecht vorbei, entbot Ketil einen hastigen Gruß und eilte, ohne dem überrumpelten Händler weiter Beachtung zu schenken, in den Sklaventrakt. Atemlos lief er von Verschlag zu Verschlag.

»Du interessierst dich für eine Sklavin?«, bemerkte Ketil neugierig, als Kyrrispörr für einen Augenblick vor einer Zelle verharrte und angestrengt die Insassen im Dämmerlicht zu erkennen versuchte.

»Nein, nein ... Ich meine, wofür denn sonst, aber ... Eine Frau, kaum älter als ich, blond, groß, schlank, blaue Augen, hast du die?«, fragte Kyrrispörr außer Atem und spähte durch das Gatter des letzten Gefängnisses.

»Nicht gerade eine eindeutige Beschreibung«, brummte Ketil.

»Kam von einem Händler aus Norwegen, kann noch nicht lange her sein, von Tryggvasons Hof!«

»Von König Tryggvason? Dann stimmt es wirklich ...«

»Ja, ja, die meine ich!«

»Die kostet aber. Kannst du sie dir leisten? Hat deine Arbeit bei Hárvað so viel abgeworfen?«

»Ketil, ich brauche diese Frau nicht zur Sklavin, sie ... sie ... Ich liebe sie!«

Ketil hob die Augenbrauen.

»Und doch ist sie mir als Sklavin verkauft worden. Ich weiß nicht, ob du die dir leisten kannst.«

»Lass sie mich sehen! Bitte!«

»Sie ist draußen.«

Kyrrispörr stürmte so schnell in den kleinen Vorhof, dass Laggar auf seiner Faust erschrocken tänzelte. Da war ein Knecht und da war ... Kyrrispörr stockte der Atem. Da war eine große, blonde Frau und wurde bereit gemacht. Im ersten Augenblick machte Kyrrispörrs Herz einen begeisterten Sprung – und als sie ihn ansah, fiel seine Begeisterung in sich zusammen. Das war nicht Æringa.

»Na?«, hörte er Ketil hinter sich fragen.

»Ist sie nicht«, entgegnete Kyrrispörr. »Ist sie nicht.«

»Na, wennschon«, lachte Ketil. »Ich mache dir einen guten

Preis. Mehr geben als der Dänenfürst wirst du aber schon müssen. Ist doch eh eine wie die andere ...«

»Nein«, erwiderte Kyrrispörr flach. »Ich suche Æringa. Die Unersetzliche.«

Ketil lachte. Aber die Frau vor ihm sah ihn plötzlich an.

»Æringa war hier. Sie wurde vor einer Woche verkauft«, sagte sie und sah wieder weg.

»Verkauft!«

Kyrrispörr biss sich auf die Lippen. »Ketil, an wen? An die Franken? An die Dänen? Sag schon!«

Ketil wiegte den Kopf. »Ach, die. An keinen von beiden. Sie ging an Gottfrid, den Sklavenhändler unten im Südteil. Ich weiß trotzdem nicht, warum du gerade die haben willst.«

»Danke!« Kyrrispörr war fort, ehe Ketil recht begriffen hatte, was los war.

Draußen stand Guðrun mit verschränkten Armen neben dem Tragereck.

»Nicht gefunden?«, fragte sie bissig.

»Doch, fast! Und ich habe gesagt, dass sie lebt!«, erwiderte Kyrrispörr mit Triumph in der Stimme. Er schnallte sich das Falkengestell um, dass die Vögel einen Satz machten, und trabte im Eilschritt los. Gottfrids Haus war nicht leicht zu finden, zumal nicht einmal jeder zweite, den Kyrrispörr fragte, sich in Heiðabýr auskannte. Aber schließlich fand er das Haus; im Gegensatz zu Ketils Langhaus war es ein kleines, das Strohdach reichte fast bis zum Boden und die Wände waren lehmverputzt. Doch Kyrrispörr war dies gleich. Immerhin platzte er hier nicht herein wie bei Ketil – dafür vergaß er ganz, das Falkengestell abzunehmen. Die Frau, die aus dem Haus herbeikam, dachte wohl, er habe sich verlaufen.

»Habt Ihr Æringa?« Kyrrispörr verbesserte sich: »Eine

junge Norwegerin, von Ketil Weißhaupt vor einer Woche gekauft?«

»Die ... Ach die, die verkauft Gottfrid gerade am Hafen.«

»Was?«

Kyrrispörr hielt sich nicht damit auf, die sichtlich genervte Guðrun über sein neues Ziel aufzuklären, sondern eilte in Richtung Hafen, so schnell die Falken es zuließen. Währenddessen sandte er Stoßgebet um Stoßgebet an Oðinn. Noch nie war ihm der Weg zum Hafen so weit vorgekommen. Das Tragereck erwies sich in den Gassen der Stadt als besonders hinderlich. Als er an den Stegen ankam, war er durchgeschwitzt. Hastig ließ er den Blick über die angelegten Boote schweifen. Keine Spur von einem Sklavenhändler. Und dann entdeckte er einen Skuder hinten am Hafenwall, und vier Personen, die sich auf dem Weg dorthin befanden: Kyrrispörr hätte am liebsten aufgejauchzt. Eine davon war tatsächlich seine Æringa! Nach all der Zeit erkannte er sie mühelos. Noch trennte die Gruppe ein ganzes Stück vom angelegten Skuder. Noch hatte Kyrrispörr eine Chance.

»He, Gottfrid, wartet!«, rief er, während seine Füße ein hastiges Stakkato über die Bohlen der Hafenwehr schlugen und das Tragereck gefährlich hin und her schwankte. Der Mann namens Gottfrid drehte sich um und war erstaunt über den merkwürdigen Ankömmling, Kyrrispörr hingegen hatte allein Augen für die Frau, die zwischen den Männern einherschritt und starr geradeaus gesehen hatte, bis jetzt, wo sie Kyrrispörrs Stimme vernahm. Irritiert blickte sie über die Schulter – und war fassungslos vor Freude. Der Knecht vertrat ihr sofort den Weg, als sie Anstalten machte, auf ihn zuzugehen.

»Was wollt Ihr?«, fragte Gottfrid.

»Ich muss diese Frau haben«, erwiderte Kyrrispörr, ohne seine Augen von Æringa abwenden zu können.

Gottfrid schüttelte den Kopf.

»Ich werde sie dem Händler dort verkaufen.« Damit setzte er den Weg fort. Kyrrispörr versuchte, zu ihm aufzuschließen, drängte sich an dem Knecht und an Æringa vorbei – er musste sich zwingen, sie nicht die ganze Zeit anzusehen – und verlor beinahe das Gleichgewicht. Während zur Linken die Brustwehr aufragte, trennte ihn zur Rechten nur ein kleiner Saum vom Hafenbecken. Seine Vögel zwitscherten vor Aufregung.

»Sie sind bereits abgetragen. Ich gebe Euch einen für Æringa.«

Kyrrispörr wies auf einen der Falken.

Gottfrid blieb stehen und hob die Augenbrauen. »Abgetragen? Also abgerichtet?«

»Ja!«

»Gib mir den weißen. Dann kannst du sie haben.«

Gottfrid deutete auf den großen Ger. Sogar Kyrrispörr war klar, dass es für den Ger mindestens zehn Sklavinnen gab und das Haus des Händlers obendrein. Vor allem spürte er, dass er diesen Ger nicht hergeben durfte – noch nicht.

»Nicht den«, widersprach er und behauptete, um jedes Verhandeln von vorneherein auszuschließen: »Der ist für den König. Ihr seht wohl, dass es ein majestätischer Vogel ist. Aber der hier«, fügte er hastig hinzu, als Gottfrids Augen zu Laggar wanderten, und wies auf einen der kleinen Gerterzel, »der ist wohl mehr als genug, meint Ihr nicht! Solch ein Geschäft könnt Ihr ein Mal in zehn Jahren machen.«

Gottfrid grübelte kurz und schien verwirrt. Er wunderte sich wohl, weshalb Kyrrispörr keinen Versuch machte, ihm einen weniger wertvollen Vogel zu bieten, und war sich unschlüssig, ob es an der Dummheit seines Gegenübers lag oder an etwas anderem. Schließlich tat er, was unter Händlern selten vorkam: Er verzichtete auf jegliches Feilschen und zeigte mit der Hand auf Æringa.

»Sie gehört dir. Mein Þræll wird den Vogel nehmen.« Sie besiegelten das Geschäft mit einem Handschlag. Eilig nestelte Kyrrispörr den kleinen Ger los, übergab dem Knecht den Terzel, der keine Ahnung hatte, wie er das Tier anpacken sollte – und wäre Æringa auf der Stelle um den Hals gefallen, hätte ihn das Tragereck nicht daran gehindert. Er musste sich zusammenreißen, sie nicht in aller Öffentlichkeit zu küssen.

»Endlich!«, brach es aus ihm heraus, und Æringas sanftes Lächeln ließ sein Herz vor Glück tanzen.

»Kyrrispörr.« Zwei Mal musste Guðrun ihn ansprechen, bis er mit verklärtem Blick zu ihr sah.

»Die Vögel. Willst du immer mit ihnen so herumlaufen? Bring sie zu Hárvað!«

Kyrrispörr grinste sie selig an.

»Zu Hárvað! Na los! Und den weißen Falken schenkst du wirklich dem König – seine Gunst wird dir nutzen!«

Sie packte Kyrrispörr am Ärmel und zerrte ihn los.

»Ist das nicht die Tochter von Jarnskegge?«, flüsterte Æringa. Kyrrispörr konnte vor Glück immer noch keinen klaren Gedanken fassen. Er sah Æringa verliebt an, stolperte, als Guðrun ihn erbarmungslos weiter über den Holzbohlenweg zerrte, fing sich und blinzelte dabei nicht einmal. Erst, als Æringa ihre Frage wiederholte, nickte er.

»Was hast du denn mit der zu schaffen! Die hat doch den König Olaf in seiner Hochzeitsnacht fast erdolcht!«

Wieder zwang eine Unebenheit Kyrrispörr zum Auftauchen aus seiner Traumwelt. Viel brachte Æringa nicht aus ihm heraus.

»Ich warte hier«, sagte Æringa, als sie bei Hárvað angekommen waren. »Wenn ich mitkomme, verkaufst du noch versehentlich deinen Kopf.«

Hárvaðr begrüßte Kyrrispörr mit einem kleinen Festmahl. Die Kunde über die Ankunft des Falkenmagiers hatte ihn längst erreicht.

»Wir haben dich schon erwartet!«, rief er. » Und wie ich sehe, warst du mehr als erfolgreich!« Er begutachtete die Vögel.

»Das hier ist Laggar, den ich selber abgetragen habe, mein Weggefährte. Damals, als mein Vater noch in den Diensten Tryggvasons gestanden hat«, stellte Kyrrispörr seinen Vogel vor.

Hárvaðr nickte und hatte doch nur Augen für den Ger.

»Fast ein ebenso prächtiger Kerl wie der Schneefalke damals«, raunte er, besah den riesigen Schnabel mit der bläulichen Lederhaut und die sorgsam aufgebräuten Augenlider, die makellosen Schwungfedern und die Krallen, die auch größerem Wild zum Verhängnis werden konnten. »Wunderbar.«

»Kyrrispörr hat ihn als Gabe für König Sveinn gedacht«, hörte Kyrrispörr Guðruns Stimme hinter sich. Er hatte gar nicht bemerkt, dass sie ihm gefolgt war. Ehe er etwas sagen konnte, fuhr sie fort: »Dieser Vogel ist nur eines Königs wirklich würdig. Er würde Euch zu höchstem Ansehen verhelfen und zweifellos den Blick auf die übrigen Vögel lenken. Außerdem ist er dressiert.«

»Abgetragen«, murmelte Kyrrispörr.

Guðrun beachtete seinen Einwurf gar nicht weiter.

»Wer schenkt dem König der Dänen den schönsten Vogel, den gerade noch der König der Norweger – oder der, der sich dafür hält – geflogen hat? Wie ich höre, ist Sveinn mit der Sigrið verheiratet, und die hasst Olaf so sehr wie ich, weil er sie verstoßen hat. Ihr wird das gefallen!«

Bei diesen Worten hob Hárvaðr die Augenbrauen.

»Welches Geschenk wäre wohl Sveinn genehmer als eines, das seine Gemahlin im Herzen erfreut? Denn das wird es, das sage ich Euch!«

Hárvaðr wiegte den Kopf.

»Eine Bedingung stellt Kyrrispörr«, fuhr Guðrun fort und übersah Kyrrispörrs erstaunten Blick. »Der Vogel wird dem Jarl von Heiðabýr vorgeführt, um Kyrrispörrs Treue dem König gegenüber zu beweisen.«

»Und ich soll ihn herschenken?«, fragte Hárvaðr.

»Er hat Euch nichts gekostet, dank der Verwegenheit von Kyrrispörr. Er wird Euch die Gunst des Königs einbringen. Und viel Silber für andere Vögel hier.«

Es war Hárvað anzusehen, wie sein Kaufmannsverstand gegen einen solchen Gedanken rebellierte. Aber offenbar befand er die übrigen Vögel für vielversprechend genug – insbesondere den Steinadler –, dass Guðruns Vorschlag seinen Reiz hatte. Kyrrispörr verbrachte den Nachmittag damit, die Vögel vorzuführen; zu seinem eigenen Erstaunen waren sie durchweg sehr gut abgetragen. Keiner von ihnen brachte es jedoch zu Laggars Meisterschaft, drei Überschläge in Serie hinzulegen und mit einem Schrei auf der Faust seines Meisters zu landen. Æringa hatte ihm dabei zugesehen, und Guðrun hatte den größtmöglichen Abstand zu ihr gewahrt. Die Spannung zwischen den beiden Frauen war geradezu greifbar.

Am Abend stattete der Jarl der Stadt höchstselbst Kyrrispörr einen Besuch ab. Kyrrispörr war erstaunt, dass er so schnell da war. Ein junger Mann mit sachlicher Miene begleitete ihn.

Der Jarl sagte kein Wort, während Kyrrispörr die Vögel flog und schwitzend vor Aufregung ein paar Übungen zeigte. Allein das herrliche Flugbild des Gers ließ sein Herz höher schlagen. Ob das auch beim Jarl der Fall war, war diesem allerdings nicht anzumerken. Am Ende der Vorführung nickte er nur ernst.

»Wir möchten den Vogel dem König zum Geschenk machen, als Zeichen unserer Hochachtung«, sagte Hárvaðr. »Er ist der beste Vogel, der je in diesem Hause gehandelt worden ist.«

»Und er soll Zeichen meiner Treue sein«, fügte Kyrrispörr hinzu. In knappen Sätzen erklärte er, dass seine Snekkja an der Mündung der Schlei lag und er sie gern in Heiðabýr sehen würde. Der Jarl erwiderte nichts. Sein einziger Gruß zum Abschied bestand aus einem Kopfnicken.

»Was meint Ihr?«, fragte Kyrrispörr Hárvað.

»Es wird sich finden. Für deine anderen Vögel biete ich dir Unterkunft für dich und die beiden Frauen, außerdem natürlich ein wenig Silber ... Das handeln wir noch aus. Nun lasst uns aber essen.«

Als sie sich schlafen legten, fühlte Kyrrispörr sich glücklich wie noch nie zuvor. Wenn auch Æringa auf dem Lager an der anderen Wand schlief, allein das Wissen, dass sie da war, war erhebend.

Am nächsten Tag holte der Jarl persönlich den Gerfalken ab. Kyrrispörrs Nachfrage überhörte er. Hárvaðr machte eine zweifelnde Miene, als der Jarl davonging; es gab vielversprechendere Reaktionen.

Die Neuigkeit, dass der Falkner, der einst den schneeweißen Ger errettet hatte, nun wieder mit solch einem prächtigen Vogel erschienen war, machte wie ein Lauffeuer die Runde durch die Stadt. Und dass der König der Dänen selbst diesen Vogel als Geschenk erhalten sollte, beflügelte die Gerüchte zusätzlich. Zumal Sveinn Tjúguskegg angeblich bald in Heiðabýr anlanden sollte; und ein Geschenk dieser Güte würde Sveinn zweifellos der ganzen Stadt gegenüber gewogen machen, was wiederum allen Händlern zugute käme. Wenn Kyrrispörr auch keineswegs überschwänglich willkommen geheißen wurde – das wäre gegen die Art der Menschen gewesen –, war doch die Freude über seine Rückkehr in der Stadt nicht zu überhören. Auch Æringa, die ihn so nah begleitete, wie es eben noch für Unvermählte schicklich war, genoss es sichtlich. Als sie bei Ketil vorbeikamen, spürte Kyrrispörr eine kurzzeitige Abkühlung bei ihr. Immerhin war sie von Ketil gefangen gehalten und verkauft worden. Umso mehr bewunderte Kyrrispörr sie dafür, wie sie sich gleich wieder gefangen hatte. Den Rest des Tages hatte Kyrrispörr alle Hände voll damit zu tun, sich wieder bei Hárvað einzuarbeiten. Er war gerade dabei, einen Wanderfalken neu aufzuschirren, als ein Knecht mit einigermaßen verzweifeltem Gesichtsausdruck herbeikam.

»Draußen sind Leute«, brummte er.

»Leute?«

»Sie sagen, sie wollen den Magier des heiligen Falken sprechen. Ich hab sie fortgejagt, aber sie kommen immer wieder. Geh mal schauen, was die wollen!«

»Gleich.«

Der Knecht buckelte in ganz ungewohnter Unterwürfigkeit und schenkte ihm einen Blick, in dem sich so etwas wie Ehrfurcht und Angst vereinte. Kyrrispörr zog das Geschüh fest, überzeugte sich davon, dass der Falknerknoten am Reck festsaß, und klemmte sich den Handschuh unter den Gürtel, während er zum Eingang ging. Dort stand der Knecht mit einem Knüppel und versperrte einer kleinen Menschentraube den Weg. Kyrrispörr schob ihn zur Seite.

»Was ist?«

Die Menschen sahen ihn ehrfurchtsvoll an.

»Herr«, sagte eine ältere Frau mit energischem Gesichtsausdruck, »Ihr habt den Neffen meines Bruders gesund gemacht. Jetzt heilt meine Tochter!« Sie schob ein vielleicht sechsjähriges Mädchen vor, das bleich war wie altes Leinen und sich kaum auf den Beinen halten konnte.

»Und meinen Großvater!«, meldete sich eine junge Frau.

Ehe die anderen auch noch ihre Forderungen präsentieren konnten, hob Kyrrispörr die Hände.

»Kommt morgen wieder«, rief er, da ihm nichts Besseres einfallen wollte. »Heute ist nichts mit Magie!«

Ehe die Menschen etwas entgegnen konnten, war er ins Innere des Hauses geflüchtet, mit der Anweisung: »Scheuch sie weg!«

»Du hilfst ihnen nicht?«, fragte Æringa erstaunt, die der Hausherrin beim Weben zur Hand ging.

»Ich weiß gar nicht, was die von mir wollen«, erwiderte Kyrrispörr.

»Aber Kyrrispörr, es ist doch unsere Pflicht, unseren Mitmenschen zu helfen!«, wandte Æringa ein. »Gott erwartet das von uns!«

»Welcher Gott?«, fragte Kyrrispörr verdattert, der davon ausging, Æringa meine Oðinn oder Baldr oder Frigg.

»Na, der eine!«

»Du willst nicht sagen, dass du Christin geworden bist?«

Jetzt war er fassungslos. Æringa aber nickte. »Als ich bei Olaf Magd war, hat ein Priester mir die Augen geöffnet. Für die Botschaft der Liebe!«

»Ein Priester. Aus Olafs Gefolge. Für die Liebe. Du meinst aber schon Olaf Tryggvason«, vergewisserte sich Kyrrispörr.

»Natürlich. Ich wünsche so sehr, dass du wenigstens die Prima Signatio annimmst. Sogar Hárvaðr trägt das Kreuz um den Hals!«

Kyrrispörr wusste inzwischen, dass die Primsegnung guter Brauch in Heiðabýr war, schon weil sie keine Taufe darstellte, aber die Geschäfte mit Christen erleichterte. Æringas Glaubensbekenntnis hatte ihn jedoch derart aus heiterem Himmel getroffen.

DIE ALTE RECHNUNG

Noch immer wunderte er sich, als ein Junge gegen Abend herbeigerannt kam und ihm eine Nachricht überbrachte.

»Ein hoher Herr erwartet dich im alten Speicher am Hafen! Du sollst gleich kommen. Es geht um einen Schneefalken!«

Das Kornhaus lag abseits der Landungsbrücken, wurde nur selten genutzt und bot sich daher vorzüglich für Geschäfte an, die ohne viel Aufsehen abgewickelt werden sollten. Das klang ganz nach einem Boten des Königs. Warum aber die Heimlichtuerei? Der König musste etwas sehr Wichtiges mit ihm zu besprechen haben.

Also warf er sich in Schale. Angekleidet mit dem feinen Kittel und dem Mantel, dazu den hohen Lederschuhen, der Kleidung, die er von Hárvað für wichtige Geschäfte bekommen hatte, machte er sich bereit.

»Ich möchte dich begleiten«, sagte Æringa.

»Bis zum Hafen«, nickte Kyrrispörr. »Treffen muss ich mich allein mit dem Boten.«

»Du glaubst, es ist ein Bote?«

»Ja. Warum sonst die Geheimniskrämerei? Vielleicht kommt der König der Dänen bald her, und es soll noch niemand erfahren ...«

»Der Vogel war wahrlich prächtig genug, dass ich das glauben mag«, stimmte Æringa ihm zu, und ihre Augen leuchteten. »Wie er wohl aussieht, der große Sveinn Tjúguskegg? Man sagt, die Güte ließe sein Antlitz leuchten selbst in der Finsternis ...«

Kyrrispörr versorgte Laggar, ehe er sich auf den Weg

machte. Die abendliche Sonne warf bereits Schatten in die Gassen; das Scheppern von Werkzeug, das zusammengeräumt wurde, letzte Unterhaltungen auf den Straßen, malten die Kulisse der aufziehenden Nacht. Wo ein Weg von West nach Ost die Häusergruppen teilte, hatte sich goldener Abendschein über die Bohlen der Hauptstraße gelegt, scharf durch Hausschatten abgegrenzt, wie mit einem Messer gezogen.

»Wir müssen uns eilen, vor der Dunkelheit wieder heimzukommen«, sagte Æringa. Kyrrispörr wies auf zwei Rohhautlaternen, die er in der Linken hielt. Er war viel zu aufgeregt, um etwas zu erwidern: Dass dort ein geheimer Bote des Königs wartete, schien ihm nun gewiss.

»Ich gehe so lange rüber zu den Schmuckhändlern«, riss Æringas Stimme ihn aus den Gedanken, als sie am Hafen angekommen waren. »Hole mich, wenn du so weit bist!«

Kyrrispörr nickte und trennte sich von ihr, um mit pochendem Herzen in Richtung des alten Speichers zu gehen.

Sein Weg führte ihn an einigen kieloben gelagerten Booten vorbei, die hier gereinigt wurden. Es roch nach altem Fisch und Tang. Schabegerät und allerlei Lumpen lagen bei den Booten: Das Tagwerk war beendet. Erst jetzt fiel Kyrrispörr auf, dass er den Hafen noch nie so einsam erlebt hatte. Er passierte einige alte Fässer, die ausgedient hatten und höchstens noch als Brunnenschächte taugten, kam an einem Stoß Bretter vorbei und stand vor dem alten Speicher. Es war ihm ein Rätsel, weshalb das ungewöhnlich große Langhaus nicht instand gesetzt worden war. Der Lehm war von der Stirnseite zu großen Teilen abgeplatzt und gab Weidengeflecht frei, die Strohdeckung des Daches war graugrün angelaufen, mit Moos und Gräsern bewachsen und faulte vor sich hin. Die großen Torflügel waren eingedrückt und hingen schief in den Angeln. Was für ein Platz für ein Treffen, schoss es Kyrrispörr durch den Sinn. Unwillkürlich legte er die Hand auf das Heft seines Kampfmessers, das zum Prachtgewand gehörte. Als er vor dem Tor stand, zwang er sich, sich zu entspannen. Ein Bote erwartete ihn hier. Kein Feind.

Er sah sich unsicher um, dann fasste er sich ein Herz und betrat den Innenraum. Es roch muffig und durch ein Loch im hinteren Bereich des Daches schien düsteres Licht. Selbst das Gold der Abendsonne verlor sich hier und wurde stumpf. Überall lagen Bündel von abgelegtem Material, Schutt, minderwertigen Häuten, morschem Holz, Säcken mit fauligem Getreide, und entlang der armdicken Stützbalken hingen schlaffe, halbgegerbte Wildschweinhäute voller Löcher, kaputte Fischernetze und mottenzerfressene Tücher. Etwas weiter drinnen hatte jemand das Haus als Lager für kaputtes Gerät genutzt. Es stank nach Ratten.

Er drehte sich um seine eigene Achse und blickte ins Rund.

»Hallo?«, rief er ins Dunkel. Nichts regte sich. Plötzlich vernahm er ein schleifendes Geräusch aus einer Ecke. Vorsichtig tappte er in die Richtung; ihm wurde langsam klar, dass hier kein königlicher Bote auf ihn wartete. Seine Hand ballte sich fester um den Griff des Messers, er drückte sich behutsam um einen Stützbalken – da legte sich ein Arm um seinen Hals und eine Hand um seine Rechte, und riss ihn mit Gewalt zurück gegen den Stützbalken. Er schlug mit dem Hinterkopf dagegen und sah Sterne, dann traf ihn ein Faustschlag in die Magengrube. Er wollte sich krümmen, aber seine Arme wurden ihm auf den Rücken gedreht, ein Seil um die Handgelenke geschlungen, um den Balken gelegt und so fest angezogen,dass er aufschrie. Sofort traf ihn ein Handkantenschlag gegen die Kehle und erstickte jeden weiteren Laut. Eine Funkengarbe knisterte vor seinen Augen auf, durchschnitt die Schwärze mit roten Dornen, und ließ einen Geruch zurück, der Kyrrispörr bekannt vorkam und aus unerklärlichen Gründen sein Herz losrasen ließ. Er begann zu zittern und eine Todesangst zu verspüren, die er zuletzt ...

»Der Magier ist zurückgekehrt«, raunte eine wohlvertraute Stimme in sein Ohr. Kyrrispörr musste seine gesamte Willenskraft aufbieten, um sich nicht zu benässen. Die Angst war unbeschreiblich und war durch Magie noch verstärkt worden.

»Diesmal wirst du nicht einfach davonkommen. Du hattest deine Zeit.«

Ein Tau wurde um seinen Bauch gelegt und über seinen Leib emporgehoben, bis es ihm wie ein lockerer Halsreif um die Schultern lag. Kyrrispörr zappelte in seinen Fesseln, aber er erreichte nicht mehr damit, als dass sie tiefer ins Fleisch schnitten.

»Das hatte ich vergessen«, raunte Agantyr, denn es war kein anderer als der alte Magier der Stadt. Kyrrispörr bog sich durch, als ein Messer ihm in den Arm schnitt. Finger pressten das Blut hervor und fingen es in einer Schale auf. Dann zog sich das Seil plötzlich zu: Agantyr band es hinter dem Balken ganz langsam zusammen. Kyrrispörr schnappte nach Luft, als das Tau seinen Hals fester und fester umschloss. Das Blut rann ihm stärker den Arm hinunter und in das Gefäß. Er merkte, wie seine Zunge hervortrat und riss die Augen auf; er bog sich durch wie ein überspannter Bogen, schwarze Schlieren liefen über seine Augen, und als er kurz vor der Ohnmacht stand, lockerte Agantyr das Tau wieder. Er japste und rang nach Luft. Agantyr ließ sich Zeit. Unvermutet straffte sich der Strick erneut. Und wieder wurde der Würgegriff gelockert, gerade, bevor die Ohnmacht eintrat.

»Lasst mich«, krächzte Kyrrispörr.

»Ah! Ich habe genug Blut für meine Zwecke. Grüße Hel von mir!« Kyrrispörr hörte Agantyrs keckerndes Lachen, da zog sich der Strick erneut mit einem Ruck zusammen. Wieder stieg ihm das Blut in den Kopf, er riss den Mund auf, und er begann mit den Beinen zu zucken, als die Schwärze über seine Augen wallte, dann ... lockerte sich die Schlinge wieder. Kyrrispörr schnappte röchelnd nach Luft – als er im Dämmerlicht die breite Klinge eines Schwertes auf Höhe seiner Wange sah. Trotz seines angeschlagenen Zustandes erkannte er die Runen, die in die Klinge geritzt worden waren. Er kannte dieses Schwert. Es war jenes, das Eyvindr ihm einst verliehen hatte. Während er verzweifelt Atem schöpfte, fragte er sich unweigerlich, wie ausgerechnet der alte Magier an sein Schwert gekommen war – das war unmöglich! Und wie niederträchtig musste der Alte sein, ihn ausgerechnet damit ...

Seine Fesseln fielen von ihm ab. Er sürzte vornüber auf den staubigen Boden, hustete und wand sich, während der Schmerz viel zu langsam verging. Er war sich nicht sicher, ob seine Sinne ihm ein Trugbild vorgaukelten, als er emporsah. Dort stand, das Schwert zum Stich erhoben, ein schlanker Jüngling, dessen Haar selbst bei diesem Schummerlicht wie rotes Feuer glänzte. Mit der Linken hielt er das zitternde Fellbündel fest, das Agantyr war.

»Hvelpr!«, krächzte Kyrrispörr und verstummte sogleich, als seine Kehle wie Feuer brannte. Agantyr wimmerte und wand sich in Hvelps Griff. Plötzlich schnellte seine Faust vor und wollte Hvelpr zwischen die Beine schlagen, aber der wehrte den Angriff geradezu beiläufig ab, indem er den Oberschenkel anhob, und drückte Agantyr die Schwertspitze gegen den Hals.

Mühsam rappelte Kyrrispörr sich auf. Sein Hals schmerzte.

Hvelpr stieß Agantyr von sich, dass der Alte hinschlug, und hielt Kyrrispörr das Schwert hin.

»Das bringe ich dir von Olaf Tryggvason wieder«, erklärte er und versetzte Agantyr einen Tritt, als der Anstalten machte, sich wieder aufzurappeln. »Mir scheint der Augenblick günstig.«

Kyrrispörr nahm das Schwert mit zitternder Hand und wog das lang vermisste Gewicht der Klinge. Er sah auf Agantyr herunter.

»Töte ihn«, sagte Hvelpr.

Kyrrispörr schüttelte den Kopf.

»Nein. Dieser Stahl bleibt König Olaf vorbehalten.«

»Gut.« Hvelpr zog ein Kampfmesser und hob es zum Stich.

»Lass ihn am Leben.«

Hvelpr sah Kyrrispörr erstaunt an. »Er wollte dich erdrosseln!«

»Lass ihn. Ich nehme ihm seine Macht. Das ist eine größere Strafe als der Tod.«

Er beugte sich zu Agantyr nieder, zwang ihn, zu ihm aufzusehen, und riss ihm seine zahlreichen Amulette vom Hals.

»Ich breche deine Kraft«, erklärte er laut. »Wie du es mit der meinen versucht hast. Ich konnte deinen Bann brechen, drum siehe, deine Macht ist der meinen unterlegen. Schwöre bei Oðinn und Þórr, dass du deiner Kräfte entsagst, dass du nie wieder die Geister anrufen wirst! Schwöre jetzt oder stirb!«

Agantyrs Widerstand war gebrochen. Es bedurfte nur eines leichten Drucks mit der Schwertklinge, und schon nickte er hastig und schwor ab.

»Auf alle Ewigkeit«, sagte Kyrrispörr vor.

»Auf alle Ewigkeit«, bestätigte Agantyr mit versagender Stimme.

»Ich besiegle diesen Bann, indem ich das Mächtigste tue, was ein Magier kann. Trinke mein Blut, und wehe, es wird zur Schlange in deinen Adern, wenn du es wagen solltest, den Bann anzutasten. Trink!« Er nahm die Schale, mit der Agantyr sein Blut aufgefangen hatte, und zwang den Magier, sie leer zu trinken. Anschließend richtete er sich zur vollen Größe auf und sagte:

»Sei verdammt vor Oðins Augen, sei verdammt vor Þórr, sei verdammt vor allen Göttern. Die Geister mögen dich verfolgen, wohin immer deine Schritte dich lenken. Gnade sei dir verwehrt! So sei es, bei Oðinn.« Er warf eine Handvoll Staub über das zitternde Bündel, nahm wieder sein Schwert auf und wandte sich an Hvelp.

»Gehen wir.«

Ohne einen Blick zurück verließen sie den Speicher.

»Oðinn selbst schickt dich«, flüsterte Kyrrispörr, als sie draußen waren. Nach dem lauten Sprechen schmerzte sein Hals umso stärker. »Wo in aller Welt bist du hergekommen?«

»Wir sind gerade angelandet. Der König hat uns erlaubt, einzufahren! Da kam mir Æringa entgegen, sie war ganz besorgt. Du träfest dich mit einem Boten, aber ein Händler habe gesagt, da sei nur ein alter Kauz in den Speicher gehuscht. Da bin ich gekommen. Es war wohl Zeit.«

»Oh ja.« Kyrrispörr fuhr sich über den schmerzenden Hals. »Das kann man wohl sagen.«

Hvelpr klopfte ihm auf die Schultern und reichte ihm die Schwertscheide – mit blanker Waffe in der Stadt gesehen zu werden, war nicht empfehlenswert.

Dann sah er Æringa. Alle Bedenken waren vergessen. Er

fiel ihr in die Arme und drückte ihr einen Kuss auf die Lippen, den sie nur erwidern konnte. Es war gut, dass es bereits dunkelte. Die Gerüchteküche Heiðabýrs wäre sonst explodiert, so, wie gerade die Gefühle in Kyrrispörrs Geist explodierten.

»Die Mannschaft ist in der Herberge dort«, sagte Hvelpr. »Auf Kosten des Königs! Was hast du mit ihm gemacht? Verzaubert?«

Kyrrispörr lachte und winselte gleich unter den Schmerzen, die es verursachte. Er nahm eine Laterne von Æringa und befragte Hvelp, wie die Fahrt durch die Schlei verlaufen sei. Als er von der Mannschaft begrüßt wurde, war Agantyrs Überfall schon fast vergessen. Einzig der Hals erinnerte ihn zuverlässig daran.

Agantyr ließ sich nicht mehr blicken. Die zahlreichen Menschen, die Kyrrispörr um magische Hilfe baten, schickte er weiter – zu niemand anderem als Agantyr. Doch der Bann hielt: Keiner bekam von dem Alten irgendeine Hilfe. Der Magier war gebrochen.

Allerdings sah Æringa das Ganze mit Missfallen. Kyrrispörr musste herausfinden, was König Olafr trieb, das war für ihn im Augenblick wichtiger. Außerdem konnte er schwerlich auf Dauer in den Diensten Hárvaðs bleiben. Allein seine eigenen Männer zu beschäftigen …

»Gib sie halt in die Wachmannschaften, bis wir ausfahren«, riet Hvelpr.

Kyrrispörr nickte zustimmend und wandte sich an Hárvað. »Ich möchte vor die Tore Heiðabýrs und Flugtraining mit den neuen Falken machen.« Hárvaðr nickte zustimmend.

»Schau nach dem Großen. Er ist etwas zu großzügig beim Ringholen – er verausgabt sich zu schnell.«

Kyrrispörr ging von den Ställen vorn durch den Kochbereich, wo sich Guðrun und Æringa angifteten. Als er sie überrascht ansah, wandten sie sich wieder schmollend ihren Dingen zu; aber sobald er hinaus war, hörte er, wie sie drinnen wieder anfingen. »Weibsbilder«, grinste Hvelpr.

Der Jarl empfing sie mit einem Hauch von Freundlichkeit – und das war bei ihm fast so viel wie bei anderen eine herzliche Umarmung. Kyrrispörr setzte ihm sein Anliegen auseinander. Zu seinem Erstaunen stimmte der Jarl zu.

»Wir werden sie einteilen bei unseren Mannen. Bei der Gelegenheit. Der König, Sveinn Tjúguskegg, hat sich angekündigt. Er ist wohl von dem Falken sehr angetan.«

Damit vertiefte der Jarl sich wieder in einen Pergamentbogen. Es war das Zeichen zu gehen.

»Der König kommt«, murmelte Kyrrispörr, während sie zurückgingen. »Ob er Hárvað besuchen wird?«

»Sicher«, sagte Hvelpr.

Als sie Hárvaðs Haus betraten, spürten sie sofort die frostige Atmosphäre zwischen Æringa und Guðrun. Die Frauen saßen mit den Rücken zueinander an den entferntesten Ecken des Raumes und schnitten Gemüse. Kyrrispörr seufzte.

Als er am Abend hinausging, gesellte sich Æringa zu ihm. Sie strich ihm sanft über die Wangen.

»Verzeih, dass Guðrun und ich uns streiten«, flüsterte sie. »Ich habe etwas für dich.«

Kyrrispörr schlug das Herz höher, endlich wieder nicht aus Angst, sondern vor Glück. Æringa drückte ihm einen Umschlag aus Leder in die Hand. Als ihre Finger dabei die seinen berührten, wanderten feine Blitze seinen Arm hinauf.

In dem Umschlag lag ein Silberkreuz am Lederband.

»Bitte trag mein Geschenk«, bat sie. Kyrrispörr wusste genau, was das bedeutete: Wer ein Kreuzlein um den Hals trug, war entweder getauft oder hatte zumindest die Primsegnung erhalten. Hárvaðr trug ebenfalls eines, und Kyrrispörr wusste, dass er sich nicht sonderlich um Glaubensdinge scherte – und wenn er es tat, huldigte er sogar den alten Göttern. Er wusste nicht, was er sagen sollte, da drückte Æringa ihm einen Kuss auf die Wange und verschloss seine Lippen mit ihren Fingern. Im gleichen Moment, in dem er den Anhänger einsteckte, war ihm klat geworden, dass er damit seine Zustimmung zur Primsegnung gegeben hatte.

Guðrun gegenüber erzählte er nichts davon. Es gehörte nicht viel Fantasie dazu, sich vorzustellen, was die Tochter eines von einem Missionar ermordeten Heiden von christlichen Geschenken hielt. Doch er wusste nur zu gut, dass das Problem damit nur aufgeschoben war. Auch so war die Stimmung allerdings beinahe unerträglich, wenn die beiden Frauen in einem Raum waren – und da Hárvaðs Haus nur aus Vogelbereich, Schlafkammer und Koch- und Werkbereich bestand, war das nahezu immer der Fall.

Am nächsten Tag kam Æringa zu ihm und bat ihn, mit ihr zu kommen. »Ein Freund möchte mit dir reden.«

»Wer denn?«

»Wirst du sehen.«

Hvelps fragenden Blick beantwortete Kyrrispörr mit einem Kopfschütteln. Hvelpr wollte ihn seit Agantyrs Überfall nicht mehr aus den Augen lassen. Aber heute würde er es müssen. Kyrrispörr folgte Æringa. Bald merkte er, dass Æringa in Richtung nördliches Stadttor ging.

»Wohin?«, fragte er, aber Æringa antwortete nicht, sondern beschleunigte ihre Schritte. Zuerst dachte er, sie wolle ihn zur alten Feste führen, die zur Linken auf einem Hügel hockte und die Schlei und das Noor überblickte. Aber Æringa nahm nicht den Weg zur Burg, sondern ging immer geradeaus, unter ihr vorbei. Jetzt erkannte Kyrrispörr, wo es hingehen sollte: Dort hinten, wo die Schlei einen großen See bildete, hob sich der Schattenriss der Kirche gegen die Wasserfläche ab.

Als sie den dämmrigen Innenraum der Holzkirche betraten, war gerade ein kleingewachsener Maler in fremdländischer Tracht dabei, eine in einen schneeweißen Schal gehüllte Frau auf ein Heiligenbild zu porträtieren. Kyrrispörr blieb im Eingang stehen: Es war ihm, als betrete er feindliches Gelände. Hier gehörte er nicht hin. Hier herrschte ein Gott, der nicht der seine war. Und der die Stirn hatte, allen anderen Göttern ihre Göttlichkeit abzusprechen – ein Herrschsüchtiger wie Olafr Tryggvason.

Æringa ging selbstbewusst hinein und fragte im Flüsterton den Maler etwas. Wenig später kehrte sie mit einem hageren Mann zurück, der eine Kutte und ein großes Holzkreuz vor der Brust trug.

»Er wünscht die Prima Signatio. Heute soll er den Segen empfangen!«

»Ja. Wartet hier. Die Segnung erfolgt bald, wenn die anderen eingetroffen sind.«

So warteten sie auf der Wiese vor der Kirche, bis einige weitere Anwärter für die Prima Signatio eingetroffen waren. Kyrrispörr genoss Æringas Nähe – wäre es nach ihm gegangen, hätten sie getrost noch lange hier ausharren können. Aber dann begann die Feier, und als er mit den anderen die Kirche betrat, da lief ihm ein Schauer über den Rücken. Zudem blieb diesmal Æringa am Eingang stehen, damit kein falscher Verdacht aufkäme, der merkwürdige Gerüchte zeugte. So frei sie in Norwegen gewesen war, so vorsichtig verhielt sie sich nun hier in der Stadt.

Die Prima Signatio dauerte bis in den Abend. Gemeinsam mit den anderen begaben sie sich zurück nach Heiðabýr, und ein jeder trug nun ein Kreuzchen um den Hals. Erst, als sie in die Gassen eintauchten und für einen Augenblick unbeobachtet waren, fiel Æringa Kyrrispörr um den Hals.

»Ich bin ja so froh«, flüsterte sie und drückte ihm einen unbeschreiblich warmen Kuss auf die Wange. Kyrrispörr verging geradezu vor Freude. In der Nacht versuchte er vergeblich einzuschlafen. Das kleine Silberkreuz war wie ein Fremdkörper. Irgendwann gab er es auf und tappte hinüber zu den Vögeln. Er hörte ihnen dabei zu, wie sie im Schlaf mit dem Gefieder raschelten oder im Traum zwitscherten. Auch Laggar stand aufgeplustert auf einem Bein.

Habe ich einen Fehler gemacht? Oðinn? Ich bin dir weiter treu, dachte Kyrrispörr. Er spürte die Stärke des Bandes, das ihn mit Laggar verband, den gleichmäßigen Herzschlag des Falken, die Ruhe, die von ihm ausging, und war beruhigt. Seine Magie hatte nicht nachgelassen. Die Primsegnung störte die Geister nicht.

Er blieb noch bis zum Morgengrauen da und vergewisserte sich, dass dieser Eindruck nicht täuschte. Zum ersten Hahnenschrei kroch er wieder unter die Decke, zitternd ob der Morgenkälte, die seinen Leib durchdrungen hatte. Kaum schloss er die Augen, erwachten die anderen und bereiteten sich auf den neuen Tag vor. Kyrrispörr blieb nichts anderes übrig, als mit ihnen aufzustehen.

»Was hast du denn da um den Hals?«, fragte Guðrun, als er mit bloßem Oberkörper zur Regentonne ging.

»Das kommt von mir«, ließ sich Æringa vernehmen. Kyrrispörr wich sicherheitshalber zurück, denn die Frauen erweckten den Eindruck, als würden sie jeden Augenblick aufeinander losgehen wollen.

»Ein Kreuz? Du hast ihn getauft?« Guðruns Miene verdunkelte sich.

»Primsegnung!«, schnappte Æringa. »Und taufen wird er sich noch lassen, das sage ich dir.«

»Du kleines Weib, du Magd, wie kannst du es wagen! Kyrrispörr gehört mir! Mir, der Tochter des Jarnskegge, Sprecher der Bœndi!«

»Gar nichts gehört dir!«, keifte Æringa zurück. Hárvaðs Frau Vigtis musste sie zurückhalten, damit sie sich nicht auf Guðrun stürzte. »Magd hast du mich genannt? Ja?«

»Weil du eine bist! Bilde dir nicht ein, du wärest eine freie Frau!«

»Neid ist es!« Æringa lachte auf eine Art, die Kyrrispörr ihr gar nicht zugetraut hätte, voller Hohn und Spott. »Wo ist denn dein so mächtiger Vater! Nein, hier sind wir gleich, und wenn es dir nimmermehr passen mag!«

»Mein Vater?« Jetzt war es Guðrun, deren Stimme schrill wurde. Hvelpr zerrte Kyrrispörr beiseite.

»Da ist nichts zu machen«, flüsterte er und warf sich Wasser ins Gesicht.

Es dauerte wieder bis zum Abend, bis Æringa und er ohne Zaungäste miteinander reden konnten. Æringa war immer noch sichtlich mitgenommen von ihrem Streit mit Guðrun. Aber sie erwähnte ihn mit keinem Wort. Stattdessen strahlte sie übers ganze Gesicht, als sie sich in einer Nische auf Hárvaðs Hof ansahen.

»Ich liebe dich!«

Es war eigentlich nur die Aussprache dessen, was sie beide schon lange wussten. Trotzdem bewegte es Kyrrispörr so sehr, dass ihm vor Glück die Tränen in die Augen schossen.

»Und ich … ich dich auch! So lange schon.«

»Seit ich dich gepflegt habe«, gestand Æringa.

»Ja ... genau!« Behutsam fuhr er mit den Fingern ihre Gesichtszüge nach und atmete ihren Duft.

Es war bereits dunkel, als sie sich immer noch schweigend in den Armen lagen und die Nähe des anderen genossen.

»Wir müssen rein«, flüsterte Kyrrispörr irgendwann.

»Sag mir vorher noch, Kyrrispörr«, Æringa blickte ihn an, »denkst du immer noch an Rache?«

Kyrrispörr war verwundert. »Natürlich!«

»Du kennst das Wort Gottes?«

Sie strich ihm sanft übers Kinn und betrachtete das Silberkreuz an seinem Hals. »Des Gottes, dessen Primsegnung du empfangen hast. Sein Sohn ist Jesus, und er hat die Menschen zum Sündenmahl geladen – so halten wir es auch bei der Messe: Alle teilen mit allen. Die Reichen essen nicht für sich, sondern geben den Armen ab. Sogar die Sklaven sind gleich.«

»Er hat mit Sklaven gegessen, als wären sie Herren? Er hat sich nicht von ihnen bedienen lassen?«

»Nein, er hat mit ihnen gegessen. Das ist seine Botschaft: Sich zu lieben, und nicht, sich gegenseitig zu bekämpfen.«

»Na, von der Liebe habe ich bei Tryggvason nicht gerade viel bemerkt«, erwiderte Kyrrispörr und dachte an das brennende Haus der Seiðmenn. »Natürlich muss ich meinen Vater rächen.«

»Nein, das musst du nicht. Das ist Gottes Botschaft: Wir sind alle Sünder, deswegen sollen wir unseren Schuldigern vergeben. Nur so werden wir Frieden finden. Denke doch, eine Welt, in der es keine Rache gibt, und bald keinen Hass und Neid – wäre das nicht wunderbar?«

»Ja«, sagte Kyrrispörr, der von ihren Ansichten verwirrt

war. Solcherlei Gedanken hatte er sich noch nie gemacht – sie widersprachen schlicht jeder Erfahrung.

»Ja?« Æringa drückte ihm einen Kuss auf die Wange, der Kyrrispörr noch mehr überwältigte als der erste. »Vergiss deine Rache. Mächtig ist der, der zu vergeben lernt. Du bist so geachtet hier, wir können uns vermählen und glücklich werden!«

»Vermählen?«

War er bis jetzt schon von Gefühlen der Verwirrung einerseits und des Glücks andererseits durchgeschüttelt worden, wurde er von dieser Ankündigung vollends umgeworfen. Das Glücksgefühl, das ihn überwältigte, war unbeschreiblich und überdeckte für einen Moment vollständig jeden Gedanken an Æringas Wunsch wegen Gnade. Im Augenblick hätte Kyrrispörr alles für Æringa gegeben.

»Du guckst wie ein Frosch«, kicherte Æringa, »komm her!«

Und dann geschah, was Kyrrispörr sich höchstens in seinen Träumen ausgemalt hatte, ja, was diese alle sogar noch haushoch übertraf – sie küsste ihn nicht, wie sonst, auf die Wange, sondern auf den Mund, gierig und heiß, und er erwiderte den Kuss mit nicht geringerer Heftigkeit. Größer noch war das Gefühl als zu jenen Momenten, wo er mit Laggar vereint hoch am Himmel dahinzog, unvergleichlich mächtig und alles erschütternd.

Kyrrispörr ging wie auf Wolken. Wenn die Frage der Rache aufkam, verdrängte er sie, denn jetzt erschien ihm alles unwichtig im Vergleich mit Æringa. Dunkel ahnte er zwar, dass da eine Entscheidung auf ihn lauerte, der er irgendwann nicht mehr würde ausweichen können. Aber im Augenblick war es vollkommen gleich.

Am nächsten Tag ging er gleich früh morgens mit seinem Tragereck vor die Tore der Stadt, um Laggar und einige andere Vögel zu fliegen. Hárvaðr hatte ihm eingeschärft, nur Krähen zu beizen und anderes Getier, was für den König nicht von Wert war. Kyrrispörr hörte dies nur ungern, da er gerade die jüngeren Falken nicht durch die Jagd auf wehrhafte Krähen verschrecken wollte. Aber heute ging ihm dennoch alles ganz leicht von der Hand. Als er am Abend nach seiner Mannschaft sah, war er fröhlich und gelöst wie nur selten. Die Männer dankten es ihm mit guten Trinksprüchen. So kam er erst spät wieder zurück und hatte sich doch den ganzen Abend nur auf diesen Moment gefreut: Wo er endlich wieder ein Weilchen Æringa für sich hatte.

Die nächsten Tage vergingen in ähnlicher Folge. Bis Hárvaðr Kyrrispörr eines Morgens sagte, er solle die Vögel allesamt prüfen, auf dass sie sich für den nächsten Tag gut präsentierten und saubere Schnäbel haben mögen. Der Knecht würde sich um die Recks und Julen und Blöcke kümmern, und Hárvaðr selbst um die Adler.

»Der König hat sich angekündigt«, erklärte er. Zum ersten Mal seit einer ganzen Weile riss es Kyrrispörr aus den Träumen um Æringa.

»König Tjúguskegg kommt?«

Hárvaðr nickte.

»Und er möchte die Greifen sehen. Stell die allzu ramponierten auf das große Reck im Hof, wir bringen sie morgen im hinteren Teil unter. Ach, und sieh zu, dass du den Sperber fein machst! Des Königs Gemahlin Sigrið begleitet ihn, und du weißt ja, wie die Damen die kleinen Glutäugigen lieben.«

»Die Sigrið?« Kyrrispörr schluckte. »Die früher fast König Olafs Gemahlin geworden wäre?«

»Was weiß ich.«

Hárvaðr gab dem Knecht Anweisungen, während Kyrrispörr hastig Hvelp herbeiwinkte.

»Ist Tjúguskeggs Frau die Sigrið, die König Olaf beinahe ehelichte? Weißt du das? Ich glaube, ich habe mal so was gehört!«

»Sigrið ... von der man sagt, dass der König ihr einen goldenen Reif geschenkt hat, der aus Kupfer war? Die er geohrfeigt hat, als sie heiraten wollten? Ja, ich glaube schon.« Hvelpr klopfte ihm auf die Schulter. »Kümmer dich um dein Gefieder. Ich finde das heraus.«

Gegen Mittag, als Kyrrispörr gerade alle unansehnlichen Vögel im Hof angebunden hatte, kam sein Freund zurück.

»Sie ist es. Sigrið ist Olafs ehemalige Verlobte. Aber warum interessiert dich das so?«

Ehe Kyrrispörr antworten konnte, hörten sie hinter sich Guðruns aufgeregte Stimme.

»Sigrið kommt? Mit König Tjúguskegg?«

»Ja«, erwiderte Kyrrispörr. »Warum?«

»Ja, warum?«, hörten sie Æringas Stimme, und Kyrrispörr war von einem Augenblick zum anderen wie verzaubert. Guðrun wirkte hingegen wie vereist.

»Warum sollte ich mich nicht für den König der Dänen und seine Gemahlin interessieren?«, entgegnete sie schnippisch. »Sie und ich sind schließlich von gleichem Stand gewesen.« Damit stolzierte sie hinfort, nicht ohne Kyrrispörr einen schmachtenden Blick zugeworfen zu haben.

»Von gleichem Stand!«, schnaubte Æringa. »Eingebildete Gans, die. – Was war mit der Sigrið?«

»Sie wollte Olaf heiraten. Aber sie hat sich geweigert, den christlichen Glauben anzunehmen. Da hat er sie geohrfeigt, und sie hat ihm geschworen, dass dies einst sein Leben kosten wird. – Und dann war da noch das hier ...« Kyrrispörr führte sie zu Laggar, der auf seinem Block saß und vor sich hin knilferte.

»Das war einst der Vogel von König Olafs Schwester Astrid.«

»Das war was?«, fragten Hvelpr und Æringa wie aus einem Munde.

»Hvelpr, du erinnerst dich doch bestimmt an König Olafs Botschaft, die er an seine Schwester gesandt hat, als sie sich weigerte zu heiraten?«

»Was, der gerupfte Falke?«

»Das war Laggar hier. Astrid hätte ihn verenden lassen, aber Sigrið bekam ihn in die Hände. Sie brachte ihn zum Treffen mit Olaf mit, als ihrer beider Heirat besiegelt werden sollte. Vielleicht um Olaf zu zeigen, dass sie sich ihm nicht unterwerfen wolle. Na, jedenfalls, als Olafr sie geohrfeigt hat, ist der Falke meinem Vater gegeben worden, der hat ihn in meine Obhut gelegt, weil er dachte, der Vogel stirbt ohnehin. Dank Oðins Gnade konnte ich ihn erretten. Deswegen sind Laggar und ich so eng verbunden. Und jetzt kommt die Sigrið wieder – als Gemahlin des Dänenkönigs! Die Wege der Götter sind wahrlich unergründlich.«

»Das ist Gottes Gnade, genau wie ich es dir erzählt habe«, sagte Æringa, und ihr Blick hatte einen verzückten Zug angenommen. »Er liebt alle, sogar die Wesen der Luft. Seine Liebe ist wirklich wunderbar.«

Hvelpr sah sie verwirrt an.

»Ich muss weitermachen«, sagte Kyrrispörr hastig. »Die schlechten Vögel müssen noch fertig gemacht werden.«

DIE KÖNIGIN, DIE EINST OLAF HEIRATEN WOLLTE

GANZ BESONDERS MIT dem Sperberterzel, aber auch mit den anderen Falken hatte Kyrrispörr viel zu tun. Der Sperber hatte ohnehin ein unruhiges Gemüt und erweckte stets den Eindruck, als wolle er jeden Augenblick Kyrrispörr mit Haut und Haaren verschlingen. Beinahe hätte der kleine Greifvogel ihm die Fänge in den Arm geschlagen, als Kyrrispörr für einen Augenblick unachtsam war. Doch Kyrrispörr wusste, dass die gefährlich glänzenden, blutroten Augen des Vogels kein bisschen übertrieben waren: Um einen Singvogel zu greifen, verfolgte er ihn, wenn es sein musste mitten durch dichtes Gestrüpp, ohne seinen Flug auch nur abzubremsen. Das Kerlchen war das reinste Energiebündel.

Seinen Überschnabel zurechtzustutzen und die Beck sorgsam zu polieren, war eine Herausforderung, für die ein Mann nicht genügte. So hatte Kyrrispörr gar keine Zeit dafür, Guðruns plötzlicher Ruhe einen Gedanken zu schenken – sie war an diesem Nachmittag ohnehin kaum da. Ihm sollte es recht sein. Er musste immer noch daran denken, mit welcher Gewissheit sie behauptet hatte, Æringa sei tot.

Die Ankunft Sveinn Tjúguskeggs war nicht besonders feierlich. Wer nichts davon wusste, hielt es wohl für eine von Sveins Kriegsflotten, wäre da nicht des Königs prachtvolles Drachenschiff unter ihnen gewesen. Im Hafen waren vor allem die Zolleintreiber und der Jarl der Stadt aufgeregt, neben einigen Händlern, die dem König gleich hier ihre feine Ware anbieten wollten. Kyrrispörr hatte keine Zeit, um der Einfahrt beizuwohnen, er traf mit Hárvað die letzten Vorbereitungen für den Empfang des Königs, gemeinsam mit den Frauen, die sich um das Innere des Hauses kümmerten. Æringa war neugierig, den Herrscher der Dänen zu sehen. Guðrun hingegen war von einer fiebrigen Erwartung erfasst, die die normale Aufregung bei Weitem übertraf und die Kyrrispörr sich nicht recht erklären konnte. Gemeinsam mit Hárvaðs Frau prüfte sie die Speisen, die als Naschwerk bereitstehen sollten, insbesondere die süßen Backpflaumen in Speck und das Honiggebäck. Dabei konnte Kyrrispörr sich kaum vorstellen, dass der König eine Vorliebe für Süßes haben sollte. Immerhin blieb den Frauen damit kaum Zeit für Streitereien.

Und dann kam der König der Dänen. Seine Erscheinung war ähnlich der von Olaf Tryggvason; aber sein Auftreten war ganz anders. Da waren seine Huskarls, derer zwei ihm durch die Straße zur Falknerei voranschritten, in knielange Kettenpanzer gehüllt, behelmte Krieger von kräftigem Bau, die einander glichen, als wären sie Zwillinge. Dies lag allerdings nur an ihren gleich gefertigten Rüstungen. Wo sich bei Olaf ein jeder nach seinen Möglichkeiten rüstete, schien es bei Sveinnr, als käme alles aus der Hand eines Plattners und eines Schneiders. Neben den Bewaffneten folgten ihm ein Schreiber und ein anderer Mann in kostbaren Gewändern auf Schritt und Tritt. Auch das Auftreten des Königs selbst war ganz anders: Wo Olafr kumpelhaft oder aufbrausend war, war Sveinn stets geschäftsmäßig. An seiner Seite aber schritt Sigrið. Mochte es auch einige Jahre her und Kyrrispörr noch jung gewesen sein: Er erkannte die stolze Frau sofort. Der fordernde Blick unter den gedrehten Locken hatte nichts von seiner Willenskraft eingebüßt.

Hárvaðr und der König tauschten Höflichkeiten aus, ehe er ihn ins Haus führte. Kyrrispörr glaubte, ein Wiedererkennen in Sigriðs Zügen zu finden, als sie Laggar sah. Und als ob er sie ebenfalls erkannte, blieb Laggar ruhig auf Kyrrispörrs Faust und erlaubte es, dass sie die Hand ausstreckte und ihm übers Gefieder strich. Anschließend wandte sie ihre Aufmerksamkeit dem Sperber zu, ganz wie Hárvaðr es vorausgesagt hatte: Ein liebevolles Lächeln glitt über ihr Gesicht, als sie den kleinen Vogel betrachtete.

Auch König Tjúguskegg begutachtete die Vögel mit Wohlwollen. Als sie sich danach niederließen, um den Backpflaumen und den anderen Köstlichkeiten zuzusprechen, sahen sich Sigrið und Guðrun zum ersten Mal seit der Ankunft des Königs. Die Frauen kannten sich – beide waren erstaunt über die andere, die viel jüngere Guðrun bewunderte die Königin, und die beiden waren sofort in ein angeregtes Gespräch vertieft.

»Die Welt ist voller Wunder«, hörte Kyrrispörr Guðrun sagen. »Da komme ich in diese Stadt und treffe dort jene Frau, der beinahe das gleiche Schicksal widerfahren wäre wie mir – Heirat mit Olaf, dem Hundsfott.«

»So ist es wohl. Aber sag, hast du wirklich Tryggvason zu töten versucht?«, fragte Sigrið neugierig, und in ihrer Stimme lag Anerkennung. »Wäre es dir nur gelungen!«

»Was nicht ist, kann noch werden«, erwiderte Guðrun.

»Ein Schinder ist er und ein Lügner«, bestätigte Sigrið. »Seine Worte scheinen oft von Gold, aber wenn man den Glanz abkratzt, findet sich nur schnödes Kupfer – wie bei seinem Ring für mich. So fährt er auch ungehindert an unserer Nase vorbei zu den Jomsvikingern. Sobald er kann, wird er auch unsere Küsten verheeren!«

»Aber das sind Christenlande«, wagte Æringa aus dem Hintergrund einzuwerfen.

Guðrun machte eine wegwerfende Handbewegung. »In Norwegen wollte er König sein, indem er alle seinem Gott unterwirft. Hier wird er diesen Vorwand nicht mehr brauchen, sobald er stark genug ist. England hätte er auch erneut überfallen, wenn es das Danegeld nicht gezahlt hätte. Seiðmaðr Kyrrispörr, du hast von seinem Schiffbau erfahren.«

»Er baut an einem großen Drachen, größer als alle Schiffe«, bestätigte Kyrrispörr. »Und er hat einen weiteren gewonnen, als er Rauð besiegte. Ich habe es mit eigenen Augen gesehen.«

»Er muss aufgehalten werden, ehe er zu stark wird!«, bestätigte Guðrun.

Sigrið nickte zustimmend. »Das ist meine Rede. Ich hoffe, mein Gemahl schenkt ihr endlich Gehör, wo er diese Worte vernimmt?«

Sveinn wiegte den Kopf, ohne etwas zu erwidern.

»Seiðmaðr Kyrrispörr Hæricson hier befehligt ein Schiff mit vielen Männern«, erklärte Guðrun, »deren einziges Ziel es ist, Olaf zu besiegen. Er selber ist ein mächtiger Magier, der von Oðinn selbst den Befehl erhalten hat, Tryggvason zu töten. Wenn Ihr gegen Olaf fahrt, wird er unter Oðins Schirm das Schlachtglück zu Eueren Gunsten wenden.«

»Aber der König ist Christ«, wandte Æringa ein. Es kostete die junge Frau große Überwindung, so frei vor dem König zu sprechen.

»Kyrrispörr trägt das Kreuz um den Hals, er hat die Primsegnung erhalten«, sagte Guðrun. »Wenn die Hilfe von ihm kommt, wird sie wirken.«

»Aber er ist nicht getauft.«

Sveinn Tjúguskegg hob die Hand. Die Frauen verstummten.

»Ein Schiff hast du«, wandte er sich an Kyrrispörr.

»So ist es! Mit zwölf Kriegern, die nach dem Blut des Königs dürsten. Sie alle kommen aus Norwegen, sie alle haben durch seine Hand Verwandte verloren, sie alle stehen in Blutsfehde.«

Der König riss ein Stück vom Brot ab, das Hárvaðs Frau aufgetischt hatte, und nickte. Er erwiderte nichts, und alle spürten, dass die Zeit der Worte vorbei war. Nicht viel später verließ der König mit seinem Gefolge die Falknerei. Guðrun und Sigrið verabschiedeten sich ausnehmend herzlich.

Guðruns Worte an den König schienen zunächst ungehört zu verhallen. Doch Kyrrispörr hatte erlebt, wie gut sich die Königin mit ihr verstanden hatte, und er war sich sicher, dass sie es nicht vergessen würde. Als es dann hieß, Sveins Schwester Þyri sei gen Norwegen geflohen und habe sich mit Olaf vermählt, da ahnte Kyrrispörr, dass der König nun nicht mehr zusehen konnte: Die Heirat seiner Schwester ohne seine Einwilligung war eine offene Herausforderung seiner Macht.

»Er wird ihn nicht angreifen«, widersprach Hvelpr. »Nicht in Norwegen. Da ist Olafr sicher. Aber wenn er in die Nähe kommen sollte ... Nach Jomsburg vielleicht ...«

Dies blieb freilich fürs Erste Wunschdenken. Olafr war ganz mit der Mission Norwegens und der Festigung seiner Macht beschäftigt. So verging das Jahr mit Warten. Immerhin zeigte König Sveinn sich tatsächlich interessiert an Kyrrispörrs Mannschaft: Die ganze Zeit über wusste er die Männer als Wachen einzusetzen und hatte sogar dann und wann kleinere Aufträge für Kyrrispörr, mit seinen Mannen kostbares Gut von einem Hafen zu einem anderen zu schaffen oder Botschaften zu überbringen. Ansonsten übte Kyrrispörr die Vögel und ließ seinen Laggar fliegen, wann immer es ging. Guðrun und Æringa waren weiterhin unausstehlich, sowie sie beisammen waren. Beide versuchten Kyrrispörr für ihre jeweilige Sicht zu gewinnen. Guðrun für ihre Rache, Æringa für Vergebung und Taufe. Die Liebe zu Æringa setzte Kyrrispörr erheblich unter Druck, jedoch konnte er ihren Wunsch nicht ganz erfüllen, da ihn seine Mannschaft und seine Bestimmung banden.

»Dann kämpfe an der Seite des Christenkönigs Tjúguskegg, aber nicht für Rache an Olaf«, beharrte Æringa.

Schließlich kam der Winter, und mit ihm Einsamkeit und Hunger über die Stadt. Nur dass Kyrrispörr diesmal nicht mehr einsam war – manchmal wünschte er sich die ruhigen Tage des ersten Winters in Heiðabýr zurück, wenn Guðrun und Æringa im engen Raum des Hauses nicht voneinander lassen konnten und die Atmosphäre voller Streit war.

Es war eine schwere Zeit. Der Winter dauerte lange, viel zu lange. Aber es tat sich einiges.

»König Sveinn sammelt Verbündete gegen Olaf«, berichtete Hvelpr, als die Schlei eisfrei war und die ersten Schiffe fahren konnten. »Man sagt, die Schweden seien auf unserer Seite.«

Kyrrispörr trainierte gerade seine Falken vor Heiðabýr, als ein Mann in den Gewändern des Königshofes hoch zu Ross auf ihn zugeritten kam. Kyrrispörr ließ Laggar beireiten und steckte ihm eine Belohnung in den Schnabel, als der Reiter bei ihm ankam.

»Ich habe Botschaft von König Sveinn«, erklärte der Mann. »Der König lässt Euch sagen, Ihr sollt einen Herrn nach Norwegen fahren. Macht Euer Schiff bereit, aber wenn Ihr gefragt werdet, verratet niemandem davon. Der König sagt, Ihr sollt tun, als wolltet Ihr Falken holen. Der Herr wird sich zu Euch aufs Boot gesellen, als sei er einer Euerer Männer, nehmt ihn mit.«

»Dann sei es so«, sagte Kyrrispörr, der zwar einigermaßen überrumpelt von dem Auftrag war, aber ahnte, dass es sich um König Olaf drehte. »Richtet dem König aus, es wird geschehen.«

Hárvaðr war wenig begeistert, als Kyrrispörr ihm seine Abreisepläne mitteilte, ohne den wahren Hintergrund zu offenbaren.

»Mein Ross der Wellen dürstet nach dem Wind und der See«, sagte er. »Ich werde auf die Suche nach Falken fahren.«

Zuerst hatte es den Anschein, als wolle Hárvaðr ihm widersprechen. Schließlich zuckte der Mann aber mit den Schultern.

»Die Zeiten, als du mein Lehrling warst, sind wohl allzu schnell vorbei. Du bist wahrlich ein wundersamer Mann. Gehe also hin, meinen Segen hast du.«

Kyrrispörr sandte Hvelp, die Männer zu sammeln. »Wir fahren morgen, wenn der Wind günstig steht«, befahl er. Hvelpr fragte nicht, sondern eilte sogleich davon.

Anders verhielt es sich mit Guðrun und Æringa.

»Du willst doch nicht jetzt, wo König Sveinn endlich gegen Olaf ziehen möchte, davonfahren?«, fragte Guðrun entrüstet. Kyrrispörr konnte ein spöttisches Grinsen nicht unterdrücken und schwieg. Schwieriger verhielt es sich jedoch mit Æringa.

»Du fährst wieder nach Norwegen! Ich fahre mit dir. Es zieht mich zu den Fjorden, und ich muss wissen, wie es um meine Verwandten steht!«

»Aber ich kann dich nicht mitnehmen«, erwiderte Kyrrispörr verlegen.

»Bin ich etwa eine, die Angst vor der See hat? Glaubst du am Ende, ich würde dir zur Last fallen?«

»Nein, nein ...«

»Na also. Ich komme mit.«

Damit ließ sie Kyrrispörr stehen. Er sah sich in einer denkbar üblen Lage: Auf der einen Seite wünschte er nichts lieber, als dass Æringa ihn begleitete. Auf der anderen Seite ... Auf der anderen Seite, warum denn nicht?, fragte er sich. Mochte sie von seinem wahren Auftrag erfahren, da würden sie ohnehin schon segeln. Und genaugenommen hielt er sie für vertrauenswürdiger als manchen jungen Krieger seiner Mannschaft.

Nur war damit das Problem noch keineswegs ausgestanden. Als er und Hvelpr am nächsten Morgen kurz nach Sonnenaufgang ihre Sachen zusammenpackten, da erschien Guðrun mit einer gepackten Tasche.

»Können wir los?«, fragte sie von oben herab.

»Was? Wieso wir?«, fragte Kyrrispörr. »Du kannst nicht ...«

»Erzähle der ehemaligen Gemahlin König Tryggvasons nicht, was sie kann und was nicht«, erwiderte Guðrun und stellte die Tasche mit einem Knall vor ihn auf den Boden. Damit stolzierte sie zur Kochstelle und packte einige flache Brotlaibe zusammen.

»Oh je«, flüsterte Hvelpr. Kyrrispörr verdrehte die Augen und nickte.

»Ich kann sie nicht abweisen«, zischte er, als er für einen Augenblick mit Hvelp allein war. Der rothaarige Junge sah ihn fragend an. »Das würde auffallen. Es geht nicht um Falken ...« Er erzählte ihm die Wahrheit seiner Mission. Hvelpr machte große Augen.

»Dann müssen wir da durch«, erwiderte er leise. »Das wird eine fröhliche Fahrt ...«

Seine düstere Prophezeiung sollte sich erfüllen. Zunächst war alles friedlich: Der Botschafter wartete beim Langschiff, und Kyrrispörr stellte ihn den anderen Männern als einen Fahrgast vor, der nach Norwegen mitgenommen werden wolle. Niemand fand dies ungewöhnlich. Sie legten ab und fuhren aus der Schlei, und sobald sie die Flussmündung hinter sich gelassen hatten, gesellte sich der Bote zu Kyrrispörr.

»Wir fahren zu Eirik Jarl von Norwegen. Dann zu Olaf Skotkonung von Schweden.«

Nachdem er mit Kyrrispörr und Halfdan den geeigneten Weg besprochen hatte und das Boot auf Kurs lag, fragte er:

»Wer sind die beiden Frauen an Bord?«

Kyrrispörr sagte es ihm und erklärte, dass er sie nicht ohne Aufsehen hätte zurücklassen können.

»Die Guðrun ist die Tochter eines Jarls?«

»Eines mächtigen Bœndi, der von Olaf getötet worden ist.«

»Das ist gut. Es mag gar ein Glück sein, dass sie dabei ist!«

Ein Glück war es für die Stimmung an Bord allerdings nicht gerade. Æringa und Guðrun hielten sich zwar an den entgegengesetzten Enden des Schiffes auf, aber sie waren trotzdem viel zu dicht beieinander – zumal beide in Kyrrispörrs Nähe sein wollten. Als sie von dem wahren Auftrag erfahren hatten, war Guðrun begeistert und Æringa entsetzt.

»Ich werde Eirik überzeugen«, erklärte Guðrun Kyrrispörr und dem Boten voller Zuversicht. »Er kannte meinen Vater gut. Verlasst Euch nur auf mich!«

»Lass dich nicht von deiner Rache blenden!«, redete Æringa hingegen auf Kyrrispörr ein. »Diese Sigrið und Guðrun wollen dich doch nur für ihre eigene Rache benutzen! So wird das Blutvergießen niemals enden!«

Dass Æringa auf verlorenem Posten stand, ließ sie nur umso verzweifelter um Kyrrispörr kämpfen. Sie verlegte sich darauf, ihn nicht mehr direkt davon abbringen zu wollen, aber sie kümmerte sich um ihn wie eine Falkenmutter um ihr Junges.

»Da musst du durch«, sagte Hvelpr mitleidig.

Die Überfahrt dauerte viele Tage. Die Winde waren ihnen gewogen, aber sie mussten wieder Olafs Zollstationen ausweichen und gelegentlich anlanden, um ihren Proviant aufzufrischen. Kyrrispörr lernte in dieser Zeit sein Schiff immer mehr zu lieben. Es war wirklich ein ausgezeichnetes Stück. Als einmal stärkerer Sturm und Regen einsetzten, da schlängelte es sich durch die Schaumkronen der Wellen, dass es eine Lust war. Wenn Æringa sich zu ihm ans Heck gesellte und dicht bei ihm über die aufgewühlte See blickte, er ihr straff zusammengebundenes Haar vom Regen getränkt und feine Rinnsale von ihrer Wange rinnen sah, fühlte er sich glücklich. Laggar dagegen ertrug die Fahrt mit stoischem Gleichmut.

Als sie Eirik Jarl ausfindig gemacht hatten, ging der Bote in den Prachtgewändern des Königs Sveinn von Bord, gefolgt von Guðrun und Kyrrispörr. Hvelpr folgte ihm wie ein Schatten, stets wachsam, und legte den Bogen nicht aus der Hand. Kyrrispörr war ihm dankbar – Tryggvason hatte oft genug bewiesen, dass sein Arm weiter reichte, als es zu vermuten war. Aber ihre Vorsicht sollte sich als überflüssig erweisen. Guðrun war ganz Tochter eines hohen Herren, als sie mit Eirik Jarl sprachen: Unnahbar erschien sie auf einmal, und sie verstand es, den Worten des Boten Nachdruck zu verleihen.

»Meinen Vater hat Olafr mit List und Heimtücke ermordet. Auch Ihr steht in Blutrache gegen ihn. Jedem Einzelnen von uns ist Olafr überlegen, aber gemeinsam werden wir ihn niederringen.«

»Pah. Die Dänen sind schwach«, erwiderte Eirikr. Der Bote zog unvermittelt seine Axt, und ehe Eirikr Jarl etwas tun konnte, trieb er sie so tief in den Pfosten neben dem Herrenstuhl, dass sie bis zur Hälfte in ihn eindrang und erst im Mark stecken blieb. Hvelpr griff unwillkürlich nach seinem Bogen, aber Kyrrispörr legte ihm hastig die Hand auf den Arm.

»Die Dänen sind stark!«, donnerte der Bote. »Lasst uns unsere Stärke beweisen, wenn wir gemeinsam gegen König Olaf fahren!«

Eirikr Jarl richtete sich in seinem Thron auf. In seinen Augen blitzte es.

»Mann, ich möchte dich hier und jetzt erschlagen! Wie kannst du es wagen, in meinem Hause die Axt zu erheben!«

»Vergebt ihm – aber er hat recht«, rief Guðrun. »Ich habe die Dänen gesehen, ich denke, er soll seine Worte ruhig beweisen. Und wenn die Dänen schwach sein sollten, werden sie uns wenigstens den Weg bereiten können, an Olaf zu kommen.«

Eirikr Jarl ließ sich wieder zurücksinken.

»König Olafr ist schwer zu greifen in seinem Rattennest«, brummte er. »Können ihn die Dänen da herauslocken?«

»Gewiss. Und mehr als das. Er ist in Jomsburg, und wenn er heraus will, so muss er an uns vorbeifahren. Wir werden ihn stellen«, sagte der Bote.

»Dann sei es. Richtet König Sveinn aus, dass Eirikr Jarl aus Norwegen noch in diesem Sommer zu ihm stoßen wird. König Olafr ist ein toter Mann.«

Der Bote nickte und machte auf dem Absatz kehrt. Die Axt blieb hinter ihm im Pfahl zurück.

Olafr Skotkonung war zögerlicher. Als sie zwei Wochen später in seiner Halle aufwarteten, bedurfte es größerer Überzeugungskraft. Guðrun kam diesmal zu ihrem eigenen Unmut kaum zu Wort. Hingegen war es diesmal Kyrrispörr, der den König überzeugte. »Ich kenne die Magie der Finnen und jene der Norweger«, erklärte er. »Ich vermag auf den Schwingen des Falken zu reisen und ferne Dinge zu sehen. Ich habe gesehen, wie Ihr das Schlachtfeld als Sieger verlassen habt. Aber bedenkt – ein Orakel ist niemals Gewissheit.«

»Und wenn ich König Sveins Ansinnen abschlage?«

Kyrrispörr holte zwei weiße Möweneier hervor. »Diese sind das Zeichen für Euer Leben.«

Der König nahm die Eier und wog sie unschlüssig in seiner Hand.

»Nehmt nun jedes, haltet sie nacheinander vor Euere Lippen und sprecht zum einen Kämpfen und zum anderen Zögern.«

»Kämpfen«, sagte der König. Er beäugte das Ei, als könne es jeden Augenblick in Flammen aufgehen.

»So sei es. Gebt her.«

Kaum dass er es entgegengenommen hatte, warf Kyrrispörr es in die Luft, dass es an einem Dachbalken zerschellte. Kyrrispörrs Hand schnellte hoch, als ob er die Schalen auffangen wollte, und als er seine Faust öffnete, lag darin eine schwere Goldmünze.

»Dies wird der Lohn für Euren Mut sein«, stellte Kyrrispörr fest und reichte dem verblüfften König das Gold. »Doch nun zeigt, was die Götter sagen würden, wenn Ihr zögert.«

Der König nahm das zweite Ei vor den Mund und sagte: »Zögern.« Seine Stimme klang unsicher. Kyrrispörr nahm ihm das Ei ab, stieß einen Schrei aus, als habe er sich an glühendem Eisen verbrannt, und eine Wolke aus Ruß hüllte ihn ein. Mit schmerzverzerrtem Gesicht schüttelte er die geschwärzten Eierschalen von seiner Hand.

»Das ist das Urteil der Götter«, ächzte er, während er immer noch seine Hand rieb.

»König Sveinn wäre es eine Ehre, an Eurer Seite zu kämpfen, dem berühmten Schwedenkönig«, hakte der Bote nach, nachdem sie sich von dem Schrecken erholt hatten.

»Ich werde morgen entscheiden«, verkündete Olafr Skotkonung. Seine Stimme hatte jede Sicherheit verloren.

Am nächsten Morgen verkündete der König seine Entscheidung. Es roch eigentümlich in der Halle, und nur Kyrrispörr kannte die Ursache dafür. Eyvinds magische Sämereien hatten ihre Wirkung getan.

»Ich habe übel geträumt. Mir war, als schwebe ich durch die Dunkelheit. Mir träumte von Dingen, die ich nie zuvor geschaut. Da war ein Ei, das ich nicht zertreten wollte, und daraus kroch ein Lindwurm hervor, der die Welt verschlungen hat. Und dann ist ein Rabe Oðins selbst zu mir gekommen, aber er hatte einen Schnabel und Klauen, scharf wie die eines Falken, und verkündete mir, ich solle kämpfen.«

Er machte eine Pause. Nach einer Weile fuhr er fort:

»Richtet also dem König der Dänen aus, dass ihm mein Schwert sicher sein wird. König Olafr wird fallen.«

Olafr Tryggvason war immer noch in Jomsburg. Sveinr hatte Jarl Sigvalde zu ihm gesandt, damit er nicht zu früh aufbrach und ihnen in die Falle ging. Derweil belegte die Flotte des Dänenkönigs die meisten Liegeplätze in Heiðabýr. Während er in der Hochburg residierte, bereiteten sich seine Mannen auf den Kampf vor. Noch galt es, sich in Geduld zu üben: Eirikr Jarl lag mit seinen Schiffen zwar im Verborgenen bereit, aber Olafr Skotkonung war noch nicht eingetroffen. Kyrrispörr prüfte mit Hvelp und Halfdan das Schiff, ließ die Männer ihre Äxte nachschleifen und einen Vorrat an reichlich Pfeilen an Bord schaffen. Er ahnte, dass Jarl Sigvalde alle Hände voll damit zu tun haben würde, Olaf Tryggvason gegenüber Sveins wahre Absichten zu verschleiern, denn zweifellos würde Olafr von der Flotte in Heiðabýr erfahren.

Æringa sah, dass sie Kyrrispörr nicht von seinen Plänen abbringen konnte, am Kriegszug teilzunehmen.

»Dann stell dich in den Dienst des Christen Sveinn Tjúguskeggs«, beharrte sie daher, »aber bitte, zieh nicht wegen Rache in den Krieg! Das ist Sünde!«

»Was hast du mit dem Dänen zu schaffen?«, warf Guðrun an Kyrrispörr gewandt ein. »Deine Rache ist die am König!«

»Du willst ihn doch nur für deine eigene Rache!«, rief Æringa. »Und hast du nicht sogar behauptet, ich wäre auch von Olaf umgebracht worden? Lediglich, um Kyrrispörr noch wilder zu machen?«

»Ich wollte einfach, dass er hierbleibt und sich nicht auf diese Wahnsinnsfahrt nach Viken macht!«

»Was, du hast absichtlich gelogen?« Kyrrispörr starrte sie an. »Habe ich es doch geahnt. Von niemandem hast du gehört, Æringa wäre gestorben. Du hast mich einfach angelogen!« Guðruns Gesichtsausdruck verriet, dass Kyrrispörr ins Schwarze getroffen hatte. »Geh mir aus den Augen!«, stieß er hervor. »Wenn ich Tryggvason töte, dann gewiss nicht für dich. Verschwinde!«

DER ROTE ZAHNBEFLECKER DER WÖLFE ÜBER SVOLDR

RACHE ZU ERFÜLLEN, oder zu scheitern, das würde sich in diesem Kampf entscheiden. Dies würde das letzte Gefecht gegen König Olaf Tryggvason für ihn sein, er spürte es. Bedächtig bereitete er sich auf den Kampf vor. Lange Zeit verharrte er in tiefer Versenkung und hielt Zwiesprache mit den Geistern. Als ein Wärmegewitter die Menschen beten ließ, weil Blitze langsam über den Himmel krochen, las Kyrrispörr aus ihnen Glück oder Verderben; und aus den gleißenden Harken und im Grau stochernden Knochenfingern, aus dem bleichen Licht der aufleuchtenden Wolkenmassen, aus der Länge von Þórrs Flüssen des Lichts, die alle ohne einen Tropfen kühlenden Regens die Nacht erhellten, deutete er den Zorn der Götter über Olaf Tryggvasons Handeln und ihr Drängen, dem König mit Schwert und Speer entgegenzutreten. Wenn er keine Orakel las, sichtete er die Zauberdinge, die er zum Wirken von Kampfmagie benötigte, oder beschäftigte sich mit Laggar. Dem Vogel widmete er noch mehr Zeit als sonst. Oft sah er Laggar nur lange an, und Laggar blickte zurück. Wenn er Olaf Tryggvason tötete und daraufhin selbst starb, wie es prophezeit worden war, würde er in diesen Vogel übergehen. Noch nie hatte er eine so tiefe Verbundenheit zu dem Greifvogel verspürt wie jetzt. Wenn es Abend wurde, legte er sich zu Æringa, mochten die Leute nur reden. Es gab ihm an jedem Abend aufs Neue einen Stich ins Herz, dass es ihnen nicht vergönnt sein sollte, noch viel länger beieinander zu weilen – er hatte keine Angst vor seinem Tod, dafür war er ihm schon viel zu oft begegnet, aber beim Gedanken daran war ihm elend zumute. Wenn er sie umfasste und ihre weiche Haut spürte, ihren Atem hörte und ihr Haar roch, dachte er oft, wie es gewesen wäre, wenn ihnen tatsächlich eine Vermählung vergönnt gewesen wäre. Sie hätten Kinder gehabt, vielleicht hier in Heiðabýr, vielleicht auch wieder in Norwegen, und viele glückliche Jahre, davon war er überzeugt. Aber er wusste, dass er unerreichbaren Wunschträumen nachhing. Sein Schicksal war vorbestimmt, und es würde sich allzu bald erfüllen.

Und dann kam das Signal zum Auslaufen. Kyrrispörr fand Hvelp vor Hárvaðs Haus sitzen und die Befiederung seiner Pfeile mit Fischleim ausbessern.

»Es ist so weit«, sagte er und legte seinem Freund die Hand auf die Schulter.

Hvelpr legte einen Kreuzschneider beiseite, sah auf und nickte.

»Ich bin bereit.«

Sie holten die Truhe mit ihren Waffen und ihrer Ausrüstung hervor, Kyrrispörr kleidete sich in seine wertvollsten Gewänder und zog die wetterfeste Gugelkapuze aus Lodenstoff über, die weit über die Schultern fiel, und Hvelpr stülpte ihm einen schweren Eisenhelm mit Nasal über.

»Nicht doch. Noch beginnt der Kampf nicht«, sagte Kyrrispörr.

»Aber bald«, erwiderte Hvelpr.

Kyrrispörr ließ Laggar auf die Faust übertreten und packte mit der freien Hand bei der Truhe mit an, während Hvelpr den Speer und seine Axt in der Hand trug. Beide hatten sie sich Rundschilde aus Eichenholz über den Rücken geworfen, die König Sveinn ihnen gestiftet hatte.

Als sie zum Hafen kamen, herrschte dort schon reges

Treiben. Die ersten Kampfschiffe legten bereits ab, um sich durch die Hafenausfahrt zu zwängen. Ganz Heiðabýr war auf den Hafenbefestigungen versammelt und beobachtete das Treiben. Beeindruckt ob seines Aufzugs, machten die Menschen Kyrrispörr Platz. Sein Sperber war bereits vollständig besetzt. Halfdanr erwartete ihn an der Landungsbrücke. Das Gesicht des alten Mannes leuchtete vor Stolz. Er stützte sich auf seine Axt, die fast so lang war wie er selbst.

Kyrrispörr fühlte sich am Ärmel gepackt, als er die Truhe hinübergereicht hatte.

»Pass auf dich auf«, sagte Æringa und zog ihn zu sich. Sie drückte ihm vor aller Augen einen Kuss auf den Mund. Zuerst wollte sich Kyrrispörr sträuben, aber dann ließ er sich darauf ein und gab sich dem Kuss hin. Gierig fasste er nach, und Æringa erwiderte seinen Hunger, und so verharrten sie eng umschlungen und hörten gar nicht die anerkennenden Rufe der Menschen.

Als sie sich irgendwann, nach einer Ewigkeit und doch nach viel zu kurzer Zeit, wieder voneinander lösten, wies Hvelpr schmunzelnd auf das Boot.

»Wenn du Olaf nicht an euch beiden vorbeisegeln lassen möchtest, sollten wir aufbrechen«, bemerkte er.

Als Kyrrispörr schon im Boot stand, hielt er immer noch Æringas Hand. Zögerlich glitten seine Fingerspitzen über ihre Handfläche. Zum Abschied machte Æringa ein Kreuzzeichen über ihn. »Möge der Herr dich beschützen«, sagte sie, und ihre Stimme brach. Kyrrispörr nickte und schaute hastig beiseite, da er den Tränen nah war. Er sammelte Kraft und straffte sich.

»Legt ab!«, befahl er mit fester Stimme.

»Räche Jarnskegge und deinen Vater!«, hörte er Guðrun

schreien, aber es erreichte ihn kaum. Wie betäubt verfolgte er die Ausfahrt aus Heiðabýr. Als sie das Haddebyer Noor passierten, ließ er Laggar auf den Block übertreten, den er für den Falken am Heck, in der geschützten Nische des Kiels, hatte aufstellen lassen.

»Es ist so weit!«, rief er seinen Männern zu. »Endlich kommt der Tag, auf den wir alle so lange gewartet haben. Der Tag, wegen dem ihr eure Familien verlassen habt, wegen dem ihr hier so lange in Heiðabýr ausgeharrt habt. Euere Pfeile werden das Blut von Olafs Mannen trinken! Euere Äxte werden ihr Fleisch essen! Eure Schwerter werden ihre Brust durchdringen! Es ist so weit! Rache!«

»Rache!«, riefen Halfdanr und Hvelpr.

»Rache!«, fielen die Männer im Chor ein.

»Rache!«, wiederholte Kyrrispörr und stieß die Faust gen Himmel.

»Rache!«, schallte zurück. Die Männer der anderen Boote sahen zu ihnen herüber und fielen gleichfalls in den Schlachtruf ein – immer schneller und schneller spielte Kyrrispörr den Männern den Ruf zu, sie gaben ihn zurück, bis er zu einem einzigen, gewaltigen Aufschrei des Zorns wurde. Die Boote sprangen geradezu über die Wellen der Schlei. Erstaunt kamen die Wachmannschaften der Zollposten ans Ufer und verfolgten das Auslaufen von König Sveins Flotte.

An der Mündung erwartete sie das herrschaftliche Drachenschiff des Dänenkönigs. Er setzte sich an die Spitze der Flotte und übernahm die Führung.

An der Insel Svold steuerten sie auf die Nordseite. Dort lagen bereits zahlreiche Langschiffe. Ihre Flotten vereinigten sich und ankerten, während der König und die Kapitäne der Schiffe zur Insel übersetzten. Auch Kyrrispörr bestieg ein Batr, nachdem er Laggar auf die Faust genommen hatte, und ruderte gemeinsam mit Hvelp hinüber. Auf Svold hielten bereits die drei Könige im Kreise ihrer Kapitäne Ausschau nach Olaf Tryggvasons Flotte. Eirikr von Norwegen und Olafr Skotkonung nickten Kyrrispörr zu, als er sich verneigte und zu ihnen gesellte.

»Sigvalde hat Nachricht gegeben«, erklärte König Sveinn Tjúguskegg gerade, »dass König Olafs Flotte jederzeit zu erwarten ist. Er wird sie direkt in unsere Arme leiten!«

»Dann hoffen wir, dass es ihm auch gelingt«, ließ sich Eirikr Jarl vernehmen. »Aber da ist ja der Seiðmaðr. Könnt Ihr bestätigen, was meine Seher mir prophezeiten? Wird Krähenbein diesen Weg wählen?«

Kyrrispörr schloss anstelle einer Antwort die Augen und vergaß für einen Augenblick, wo er war; vergaß die See, den Wind, die Könige, und plötzlich zuckten vor seinem inneren Auge jene Blitze, die er während des Sommergewitters beobachtet hatte, so heftig, als sehe er sie gerade jetzt – aber es waren nicht irgendwelche Blitze, sondern es war erst ein Dutzend fein verästelter, die sich weitab verliefen, und dann der eine, der langsam laufend, entgegen jeglicher Erfahrung, von der Erde in den Himmel wanderte, und sogleich in schneller Folge jene, die zupackenden Falkenklauen glichen. Die Erscheinung war so heftig, dass Kyrrispörr unwillkürlich zusammenzuckte. Erst, als er wieder ganz auf die Insel zurückgekehrt war, er den Wind an seinem Gewand zerren sowie Laggars Hände auf dem Handschuh spürte und das Räuspern eines der Männer vernahm, öffnete er die Augen.

»Er wird hierherkommen«, erklärte er.

Eirikr Jarl nickte zufrieden. »Dann hattet Ihr recht, Sveinn. Nur kann ich seine Schiffe noch nicht sehen.«

»Sigvalde will es so einrichten, dass nur die großen Schiffe des Königs hierherkommen. Der übrige Teil der Flotte hingegen soll bereits vorausfahren und ist wahrscheinlich auf einem anderen Kurs schon nach Norwegen unterwegs«, sagte König Svein.

»Das ist geschehen«, bemerkte Kyrrispörr voller Überzeugung.

Die Kapitäne des Sveinn sahen ihn missbilligend an, als sei er vorlaut gewesen; Eirik Jarls Männer hingegen quittierten seine Feststellung mit Genugtuung. Umso mehr strengten alle ihre Augen an.

»Was sehe ich?«, fragte Svein.

Die Silhouette eines großen Schiffes tauchte am Horizont auf.

»Ein großes Schiff«, stellte der Kapitän mit den schärfsten Augen fest. »Es mag wohl das von Olaf sein.«

»Nein, das ist jenes des Eindride«, erwiderte Sveinn, als es nähergekommen war. »Lasst es ziehen.«

Wenig später tauchte ein weiteres Boot auf.

»Jenes ist größer! Das muss Olafr sein!«, rief Olafr Skotkonung.

Doch nach einer Weile widersprach Jarl Eirikr:

»Nein, das ist das Schiff Erlings. Es trägt keinen Drachenkopf.«

Die Geduld der Könige sollte nicht mehr lange auf die Probe gestellt werden.

»Dort kommt das Schiff von Jarl Sigvalde!«, rief Sveinn. »Was sehe ich dahinter?«

»Es folgen drei große Schiffe«, sagte der Kapitän und kniff die Augen zusammen. »Zwei fahren voraus, die eines Königs würdig sind. Ihnen aber folgt ein drittes, das größer ist als alle, die ich je gesehen habe!«

»Das ist der Ormr langa«, stellte Eirikr Jarl fest. »Das ist Olafr Tryggvason.«

»Wohin fahren sie?«

»Sie folgen Jarl Sigvalde, und der fährt auf Svold zu!«

»Die Falle ist erfolgreich«, stellte König Sveinn fest. »Der Ormr langa soll dem gehören, der ihn zu erobern vermag. Und das werde ich sein.«

Kyrrispörr gewahrte die Zweifel in Eirik Jarls Gesicht. König Sveinn blieben sie verborgen. Der König nickte den beiden anderen Flottenführern zu. »Dann lasst uns zu unseren Schiffen eilen. Aber verhaltet euch ruhig, bis Olafr uns sicher ist!«

Sie hasteten die Anhöhe hinab zu den Schiffen.

»Ich fahre bei an Eurer Seite«, sagte Kyrrispörr zu Eirik. Der nickte.

»Gut, Norweger können wir hier brauchen. Die Dänen sind doch zu weich.«

»Es geht los!«, rief Kyrrispörr, als er vom Ruderboot in seine Snekkja umgestiegen war. Als Jarl Sigvaldes Schiffe Svold zu umrunden begannen, erschien die Flotte der drei Herrscher mit abgenommenen Segeln und kampfbereiten Männern auf den Vordecks. Die Phalanx aus Schiffen bildete vor Sigvaldes Schiffen eine Gasse und ließ ihn passieren; und jetzt lagen König Olafs Schiffe vor ihnen, sie segelten ihnen genau entgegen. Die Kriegshörner des Norwegerkönigs schallten übers Wasser, als er die Falle erkannte.

König Sveinr Tjúguskegg steuerte sein Drachenschiff in der Mitte der Linie, während König Olafr Skotkonung die linke Flanke bildete und Eirikr Jarl mit seinen Schiffen steuerbord fuhr. Kyrrispörr ließ sein Schiff zwischen den Booten des Dänenkönigs und des Jarls laufen. Er hatte das

Ruder an Halfdan übergeben und stemmte das Knie gegen den hoch aufragenden Kiel am Bug. Mit Laggar auf der Faust stimmte er einen kraftvollen Beschwörungsgesang an und warf Opfergaben in das schäumende Kielwasser. Neben ihm stand Hvelpr, deckte seinen Leib mit dem Schild und hielt in der Schildhand Pfeile bereit. Drüben auf Eiriks Schiffen wurden Enterleinen bereitgemacht.

König Olafr von Norwegen formierte seine Schiffe zum Kampf. An Flucht war nicht mehr zu denken, viel zu dicht hatte Jarl Sigvalde ihn an die Feinde herangeführt. Er ließ die Kiele seiner Schiffe miteinander vertäuen, sodass sie eine kompakte Mauer aus Rümpfen bildeten, die nur von der Seite her zu entern war. Einzig sein eigener Drache, der alle anderen Schiffe überragte, stand vorgeschoben in der Mitte des Walles. Selbst auf die Entfernung war die Gestalt des Königs unverwechselbar zu erkennen: Die Sonne wurde vom Gold seines Helmes und von der Zier seines Schildes gespiegelt, und ein roter Mantel hüllte ihn ein; in der Faust aber hielt er zwei lange Wurfspeere.

Eiriks Schiffe schwenkten nach Steuerbord aus, noch bevor sie in Pfeilschussweite gekommen waren, und Kyrrispörr folgte ihnen. Derweil griff Sveinn Tjúguskegg Olafs Schiffsverband frontal an. Als die Pfeile von Olafs Schiffen zu ihnen herüberzufliegen begannen, befahl Kyrrispörr:

»Weiter heran, bis ihr sicher schießen könnt, und dann, Halfdanr, stoppe den Sperber und gehe längsseits!«

So taten sie es. Kyrrispörr breitete die Arme aus und beschwor Njörds Gnade und Oðins Macht herbei, rief Þórr, der in Kriegsdingen unvergleichlich war, während seine Männer die Bogen singen ließen und Eirik Jarls Vorstoß gegen Olafs linke Flanke mit einem Pfeilhagel deckten. Als ein Pfeil klappernd auf Höhe von Kyrrispörrs Kopf vom Kiel abglitt, rückte er mit einem Stoß seinen Helm zurecht und ließ Laggar aufsteigen zum Mast, wo der Falke aufbaumte und von oben herab das Geschehen verfolgte. Kyrrispörr verstärkte seinen Gesang und ließ ihn seinen Leib erschüttern, bis seine Augenlider zu flattern begannen und er den beginnenden Kampf aus den Augen des Falken sah. Rasch schickte er seine Kraft dorthin, wo sie gebraucht wurde; schenkte Eiriks Mannen Zuversicht, die gerade begannen, das äußerste Schiff des Verbandes von der Seite zu erstürmen, und die dabei auf verbissene Gegenwehr der Besatzung stießen; gab König Sveinns Mannen Kraft, die sich mühten, den Orm langa zu entern, dazu auch schon Enterhaken hinübergeworfen hatten, sich aber nun vor der viel höheren Bordwand König Tryggvasons Schiff wie vor einer Mauer sahen und zudem vom Bug der ein wenig zurückliegenden Schiffe mit Steinen, Spießen und Pfeilen überschüttet wurden. Es stand nicht gut um König Sveinn. Jetzt flogen Enterhaken gar von Olafs Drachen hinüber zu dem Dänenkönig, packten sein Schiff und zerrten es weiter in die Schlachtreihe hinein, sodass der Jäger mit einem Mal zum Gejagten wurde, und seine Männer fielen wie die Fliegen. Als der König auf eines seiner anderen Schiffe flüchtete und das Davonrudern befahl, da suchten auch seine übrigen Männer das Heil in der Flucht. Kyrrispörr sah, dass König Olafr Tryggvason seinen ersten Sieg davongetragen hatte. König Skotkonung griff die Formation von der entgegengesetzten Seite an, gegen die Eirikr Jarl fuhr. Doch auch seine Leute hatten Schwierigkeiten; zu dicht war der Pfeilhagel, zu gut die Äxte und Schwerter, ihm wollte es nicht gelingen, auf das äußerste Schiff in der Reihe vorzudringen, obwohl er es immer wieder versuchte. Kyrrispörr spürte, wie seine Kraft dort verpuffte, als wolle er ein Fass ohne Boden befüllen. Einzig Eirikr Jarl trieb seine Mannen kraftvoll voran. Das Schlachtglück drohte sich zu Olafs Gunsten zu wenden. Kyrrispörr traf eine Entscheidung.

»Halfdanr! Ich übernehme! Männer, an die Ruder, wir fahren in die Schlacht!«

Er lief zum Heck den Schiffes und brachte es auf Kurs, während seine Mannen sich in die Riemen legten. Sogleich zog er sein Schwert und rief laut, mit einer festen Stimme, die aus dem Bauch heraus kam und ihn kaum Mühe kostete:

»Tod für Olaf! Rache für unsere Väter und Brüder!«

»Rache!«, erwiderten die Männer.

Kyrrispörr hob das Schwert gen Himmel und wiederholte, fordernd und lauter als zuvor:

»Rache!«

Die Antwort seiner Männer war ohrenbetäubend. Als er neuerlich den Schlachtruf ausstieß, spürte, wie ihm das Blut heiß durch die Adern schoss, erkannte er die gleiche Begeisterung in seinen Mannen und fühlte sich dadurch wiederum weiter angespornt. Ihr Schiff sprang über die Wellen auf Olafs Boote zu. Kyrrispörr stemmte die Füße in den Boden, steckte das Schwert fort und hob die Faust zu Laggar; der ließ sich aus der Höhe des Mastes fallen und kam in elegantem Schwung herbei.

»Bringe Angst und Schrecken über unsere Feinde!«, rief Kyrrispörr ihm zu und warf ihn gegen das äußerste der feindlichen Schiffe. Wie sie es so oft geübt hatten, startete Laggar durch, sperrte den Schnabel, als er mit wenigen Flügelschlägen Schwung gewann, vollführte unmittelbar vor dem Kiel des feindlichen Schiffes einen Überschlag und zog so dicht über die Köpfe der Krieger hinweg, dass man meinte, er müsse sie gestreift haben; dabei stieß er einen wilden Schrei aus. Als er aufsteilte und auf den Mast zurückkehrte, krachte

Kyrrispörrs Snekkja bereits zwischen die beiden äußersten Boote. Unter den Feinden brach Verwirrung aus: Erst der Falke, der wie ein Bote des leibhaftigen Þórr zwischen sie gefahren war, nun Angreifer von beiden Seiten, von außen durch Eirik Jarl, und nun auch durch Kyrrispörr von innen. Enterhaken verbissen sich in die Bugwände der Schiffe und schafften einen sicheren Übertritt für Kyrrispörrs Kämpfer.

»Rache für unsere Toten!«, schrie Kyrrispörr und stieß das Schwert zum Angriff. Hvelps Pfeile fällten zwei Männer, die Speere zum Wurf gegen Kyrrispörr erhoben hatten. Seine Krieger überwanden die Reling, und ein heftiger Kampf Mann gegen Mann mit Schwert und Axt entbrannte. Kyrrispörr verfolgte den Angriff, während drei seiner Männer ihn mit ihren Schilden beschirmten und Hvelpr seine Pfeile aussandte.

»Halfdanr, führe die linke Seite hinüber zu Eiriks Mannen!«, befahl Kyrrispörr. »Nehmt die Feinde in die Zange! Ihr anderen zerschlagt die Seile!«

Schon trieb das äußerste Schiff ab. Eirikr Jarl hielt sich nicht damit auf, es weiter zu bekämpfen, sondern führte sein Schiff sogleich neben Kyrrispörrs, um vereint das nächste in der Linie einzunehmen. Inzwischen hatte auch Olafr Skotkonung seinen Angriff aufgegeben und sich zurückgezogen. Gemeinsam mit Sveins Leuten bestrich er nun die Schiffe mit Pfeilen und sorgte auch dafür, dass das herausgelöste Boot keine Gefahr mehr darstellte.

Eiriks Mannen kämpften in blinder Wut. Ein halbes Dutzend Berserker fochten in der ersten Reihe und zogen die anderen mit sich. Kyrrispörrs Mannen sogen dankbar das Feuer auf, das Eiriks Mannen ausstrahlten, vervielfachten es sogar und spornten damit wiederum Eirik an. Schon löste sich das nächste Boot aus der Formation und trieb ab. Nun ragte vor ihnen der Ormr langa auf, und die Größe des Schiffes erwies sich mit einem Mal als Schwäche: Eiriks und Kyrrispörrs Schiffe konnten bequem beide längsseits gehen, während Olafs Mannen eine viel zu lange Front zu verteidigen hatten. Zudem drängten von anderen Schiffen weitere Männer nach, während die Besatzung des Orm langa immer weiter in sich zusammenschmolz.

»Achtung!«, rief Halfdanr. Ein Bogenschütze stand am Mast des Orm langa, der allein Pfeile in einer Schnelligkeit verschoss wie zwei gewöhnliche Bogenschützen. Neben ihm stand, umgeben von einem Schildwall, Speere schleudernd, der König Norwegens. Doch der Bogenschütze war gefährlicher; erhöht wie er stand, vermochte er über den Schutz um Eirik hinüberzuschießen, und Kyrrispörr sah, wie sich ein Pfeil neben dem Kopf des Jarls in seinen Thron bohrte.

»Hvelpr!«

Hvelpr sah herüber, nickte und legte einen Pfeil mit besonders schwerer Spitze auf den Bogen. Er hob den Bogen langsam, während er ihn zugleich bis hinters Ohr spannte. Auf dem Scheitelpunkt der Bewegung ließ er den Pfeil von der Sehne schnellen. Gerade zog drüben auch der andere Schütze einen Pfeil auf, und Kyrrispörr wusste, dass dieser Pfeil Eirik töten würde, würde er abgefeuert. Gerade wollte der Schütze ihn fliegen lassen, als Hvelps Pfeil seinen Bogen genau über dem Griff traf – und Kyrrispörr sah, wie das Holz zerbarst und der Schütze mit einem Mal mit leeren Händen dastand.

»Norwegen ist in meinen Händen zerbrochen!«, hörte er ihn dem König zuschreien. Der reichte ihm einen anderen Bogen. Hvelpr legte eilig einen neuen Pfeil auf die Sehne, aber da sahen sie, wie der Schütze den Bogen spannte und dabei den Pfeil bis hinter den Griff zurückzog, so schwach war er gefertigt. Er warf ihn weg.

Die Zeit der Pfeile war ohnehin vorüber. Eirikr Jarl ließ die Hörner blasen und machte sich bereit, mit seinem Huskarl und drei weiteren Kämpfern über die Bordwand des Orm langa zu setzen.

»Schluckt das!«, befahl Kyrrispörr und verteilte mit Hevlps Hilfe daumennagelgroße magische Bällchen. Sie machten schnell die Runde, und ein jeder schluckte wenigstens eines davon hinunter. »Meinen Speer!« Kyrrispörr schob das Schwert in die Scheide zurück und schluckte unter einem »Oðinn mit uns!« sein Bällchen hinunter. Hvelpr bückte sich und reichte ihm die Waffe. Kyrrispörr gönnte sich einen Blick auf die silbertauschierte, schlanke Spitze und murmelte eine kurze Beschwörung. Er stieß den Speer in die Luft und stimmte mit den Männern ein Kriegsgebrüll an. Dicht gefolgt von Hvelp, sprang er gegen die Bordwand des Orm langa, zog sich daran hoch und betrat zum ersten Mal das riesige Kriegsschiff seines Todfeindes. Eirikr Jarl war bereits in ein verbissenes Schwerterhacken mit den Huskarls des Königs verwickelt. Fiebrig suchte Kyrrispörr nach dem goldenen Helm des Königs. Seine Sinne waren nur auf das eine Ziel konzentriert; er nahm kaum etwas anderes um sich herum wahr. Als ein Schwerthieb seinen Kittel auf Brusthöhe zerriss und ihm eine blutige Strieme schlug, da spürte er es nicht einmal, gewahrte es auch wie eine unwichtige Nebensächlichkeit, dass Hvelpr den Gegner aus nächster Nähe mit seinem letzten Pfeil niederstreckte und eilig den Bogen gegen ein Beil tauschte.

Und dann sah er den Goldhelm. Auf dem Vorschiff hatte Olafr sich hinter seinen letzten Getreuen verbarrikadiert, die einen Schilderwall bildeten und sich trotz der Übermacht unvermindert heftig zur Wehr setzten. Zwischen ihren Rundschilden war nicht mehr zu erkennen als das Blinken von Olafs Helm und die Gestalt seines Vertrauten Korbjörnr, die ihm an Massigkeit in nichts nachstand. Eirikr Jarl ging inzwischen unverdrossen zum Angriff auf Olafs letzte Bastion über. Doch Kyrrispörr überließ ihm diesen Angriff nicht: Wie von Sinnen schrie er auf und preschte vor. In Todesverachtung warf er sich gegen den Schilderwall und lenkte mit dem Speerschaft den Hieb einer Kampfaxt von sich weg. Seine Männer folgten seinem Beispiel. Die magischen Bällchen taten auch bei ihnen ihre Wirkung: Keiner von ihnen kümmerte sich mehr um Gefahren; sie alle wollten nur noch eines: Kämpfen, töten, zerschlagen. Als Halfdanr neben Kyrrispörr die Hand abgetrennt wurde und er mit irrem Blick auf seinen spritzenden Armstumpf starrte, da kümmerte es keinen. Allein zählte der Tod der Feinde. Nicht der eigene.

»Der König ist mein!«, schrie Kyrrispörr, während er einem Gegner den eigenen Schild ins Gesicht rammte.

Eirik Jarls Mannen wollten nun nicht hinnehmen, dass die Gefolgsleute eines Bœndi den Kampf ohne sie ausfochten. Und so drängten sie von der Seite in den Kampf hinein. Alles ballte sich im Vorschiff des königlichen Drachenschiffes.

Die Schildburg brach. Sie war der schieren Gewalt des Ansturms nicht gewachsen. Olaf Tryggvasons beste Krieger verloren das Gleichgewicht, wurden gegen die Reling gedrückt, starben unter der Klinge der halb wahnsinnigen Angreifer. Gerade, als die Schilde auseinandergingen und den König selbst entblößten, schleuderte er zwei Speere auf einmal. Hvelpr mochte der Einzige sein, der aus Kyrrispörrs Gefolge noch bei Sinnen war; jedenfalls riss er ihn geistesgegenwärtig zur Seite, und der Mann hinter ihnen brach durchbohrt zusammen. Kyrrispörr schrie vor Wut darüber auf, dass Hvelpr ihn am Angriff auf Tryggvason gehindert hatte, wie es ihm erschien; für einen Augenblick kämpfte er um sein Gleichgewicht, das schwerer zurückzuerlangen war als sonst. Als er aber wieder stand und den Speer zum ersten und letzten Stoß anhob, war König Olafr verschwunden.

»Wo ist er?«, schrie Kyrrispörr mit sich überschlagender Stimme.

»Dort! Dort!«, rief Hvelpr und stieß zwei Männer beiseite, die sich an der Reling ineinander verbissen hatten. Kyrrispörr sah schwer atmend in die See unterhalb des Schiffes. Kaum vermochte er etwas zu erkennen, Farbflecken und Trugbilder tanzen vor seinen Augen. Aber das eine sah er: Den roten Mantel, gerade unter dem Bug des Schiffes.

»Fliehen willst du, sterben wirst du!« Kyrrispörr hob den Speer und schleuderte ihn mit aller Kraft. Der König schrie getroffen auf und strampelte vor Schmerz im Wasser.

»Bringen wir es zu Ende!« Blitzartig zogen die Bilder des brennenden Langhauses an Kyrrispörr vorbei, die erstickenden Seiðmenn, die grauenhafte Einsamkeit der Bucht, in die er in Erwartung der Flut gelegt worden war. Er zog Kampfmesser und Schwert und setzte schon einen Fuß auf die Brüstung des Schiffes, um hinabzuspringen. Da hielt Hvelpr ihn fest.

»Was!«, donnerte Kyrrispörr und befreite sich mit einem Zug des Kampfmessers von ihm. Doch Hvelps Blick machte ihn zögern. Sein Freund war bleich geworden.

»Du hast nicht Tryggvason verletzt!«, brüllte er.

»Was redest du! Sieh doch selber ...«

Und dann erkannte Kyrrispörr seinen Irrtum. Wen er verletzt hatte, war tatsächlich nicht der König. Es war der gleich gekleidete Huskarl des Königs, Korbjörnr. Von Kyrrispörrs Speerwurf verletzt, krallte er sich an einem Schild fest – dem Schild Olaf Tryggvasons. Der König aber war verschwunden.

Alle Kraft wich aus Kyrrispörr. Während zwei Männer von Eirik Jarl Korbjörn aus dem Wasser zogen und gefangen nahmen, starrte Kyrrispörr nur teilnahmslos vor sich hin.

»Ich habe zum zweiten Mal Blut vergossen«, murmelte er. »Und es war nicht das des Königs. Ich habe versagt. Munnin hat keine Beute. Oðinn, was willst du von mir?«

»Dass du lebst«, erwiderte Hvelpr. Mit blutverschmiertem Gesicht und zerrissenen Kleidern stand der rothaarige Junge an der Reling des riesigen Orm langa und barg den Kopf des Seiðmann in seinen Armen. Und Kyrrispörr weinte.

Die Leiche Olaf Tryggvasons sollte nie gefunden werden. Hvelpr stellte die Vermutung an, dass der König der Norweger ins Wasser gesprungen sei und sein Vertrauter mit ihm. Vielleicht hatte Korbjörnr noch versucht, den König unter sich zu schützen – bis ihn Kyrrispörrs Speerwurf getroffen hatte. Ohne seine Hilfe sei Olafr Tryggvason gesunken wie ein Stein und habe nur mehr den Fischen zur Nahrung und sein Mantel vielleicht einer Möwe als Nistmaterial gedient.

Als Kyrrispörr nach Heiðabýr zurückkehrte, da war es nur eine Zwischenstation: Eirikr Jarl hatte ihm sofort angeboten, mit ihm nach Norwegen zu kommen, und ihm einen Hof und Land versprochen, wenn er dafür gelegentlich die Kunst des Seið für ihn verwende. Auch Guðrun hatte keine Einwände dagegen, die Stadt zu verlassen. Sie hatte ohnehin eigene Pläne. Zu Hause hatte sie nun, wo der Mörder ihres Vaters tot war und damit auch der Herrscher, alle Hände voll zu tun. Kyrrispörr bedauerte es nicht: Æringa jauchzte vor Glück, als sie hörte, dass es zurück nach Norwegen ging. Ihr Versprechen, Kyrrispörr zu ehelichen, machte sie wahr – auch wenn sie sich damit abfinden musste, dass die Primsegnung in dem nun rasch wieder zu den alten Traditionen zurückkehrenden Norwegen alles bleiben würde, was sie von ihrem Mann in christlichen Dingen erwarten konnte. Hvelpr, der selbst unter Tryggvason Christ geworden war, bot ihr die Hilfe, die sie brauchte, um das einzusehen.

Als Laggar über die Hügel oberhalb des Fjords zog und nach Beute Ausschau hielt, da sah tief unter ihm Seiðmaðr Kyrrispörr Hæricson in den Himmel empor und war glücklich.

ENDE

NACHWORT

LAFR TRYGGVASON, SEINES Zeichens König Norwegens – oder wenigstens weiter Teile des Landes –, ist dank der Überlieferung in der Saga Ólafs Tryggvasonar einer der schillerndsten Gestalten der hochmittelalterlichen skandinavischen Geschichte. Seine Saga liest sich wie eine einzige, nicht endenwollende Reise, an deren Stationen er Tod und Verderben verbreitet. Abgesehen von der Winterszeit, wo Schifffahrt meist unmöglich war, war er stets unterwegs, um seine Macht zu festigen und Kriege zu führen.

Geehelicht hat er angeblich eine große Zahl an Frauen, zumeist mit machtpolitischem Hintergrund – Guðrun beispielsweise sollte seine Frau werden als Ausgleich für seinen Mord an ihrem Vater, einem mächtigen Bundesgenossen in Norwegen. So wie er wenigstens in der literarischen Auslegung des Autors der Saga Sigrið brüskierte, indem er ihr erst einen gefälschten Goldring zusandte und sie dann, als sie sich nicht bekehren lassen wollte, ohrfeigte – woraufhin sie Rache schwor –, war auch sein Ansinnen gegenüber Guðrun wenig erfolgreich; denn sie versuchte ihn sogleich in der Hochzeitsnacht zu erdolchen. Als er die Schwester des Dänenkönigs ohne dessen Zustimmung ehelichte, fand die auf Rache sinnende Sigrið einen Grund, den König der Dänen – inzwischen ihr Ehemann – gegen Olaf aufzubringen. Man fühlt sich angesichts des Beziehungsgestrüpps und des ständigen Intrigenspiels an Shakespeare erinnert. Und wie andere literarische Werke ist auch die Saga Ólafs Tryggvasonar kein Geschichtsbuch, sondern arbeitet ganz im Sinne der hochsymbolisch ausgeprägten Mentalität des Mittelalters mit Metaphern, Moralbildern und Analogien, die nicht unbedingt auf historische Fakten zurückgehen, und manches beruht auf Missverständnissen. So wird vermutet, dass sich der Endkampf nicht in ›Svolder‹, sondern im Öresund abgespielt hat: ›Svolðr‹ sei ein missdeutetes Synonym für Oðinn. Gewissermaßen als Würdigung des Snorri Sturluson und der Tradition der Sagas wurden für den Roman solche Faktoide aber übernommen.

Olafr Tryggvason war aber nicht allein ein Rastloser, ein Schicksal, das auch im Gebiet Deutschlands mit dem Reisekönigtum für das Mittelalter nicht ungewöhnlich, wenngleich anders ausgeprägt war. Er verbreitete auch das Christentum, denn bei jeder Anlandung in einem Gebiet Norwegens bekehrte er die ansässige Bevölkerung. Diese Bekehrungen waren zwar nicht von Dauer, aber wie sowohl in der Saga Olafs als auch in der Eiríks saga rauða zu lesen ist, habe Olafr Leif Eiríksson (»der Glückliche«) zum Christentum bekehrt, wodurch der Anstoß zur Christianisierung Islands gegeben worden sei. Es mag verwunderlich erscheinen, dass eine Person wie Tryggvason sich ausgerechnet als Missionar der Religion der Liebe befleißigt hat. Zumal er seinen königlichen Herrschaftsanspruch mit seiner Verwandtschaft zu einer verklärten historischen Königsfigur Norwegens begründet haben soll, also keiner nachträglichen Legitimierung bedurfte.

Doch auch wenn vieles erfunden oder als Analogie abgefasst ist, was Sturluson geschrieben hat, so ist seine Schilderung von Olaf Tryggvason als Missionar doch durchaus glaubhaft. Das Christentum war seit jeher für Alleinherrscher äußerst attraktiv. Während seine ursprünglichsten Riten stark an den in römischer Zeit sehr beliebten Mithras-Kult erinnern – und aller Wahrscheinlichkeit nach durch frühe Christen kopiert worden waren –, tat es sich leicht, heidnische Riten zu ›christianisieren‹ und in seinen Ritus mit aufzunehmen. Damit war es für Heiden vergleichsweise einfach zu übernehmen.

Wie der Begriff ›Heide‹ aber schon sagt, hatte die Toleranz des Christentums Grenzen. Es kannte eine klare Trennung nicht etwa in die eigenen Götter und die Götter der anderen, wie es ansonsten beispielsweise in römischer Tradition gehandhabt wurde, sondern sprach allen Andersgläubigen jede Wahrhaftigkeit ab, ja verdammte sie gar, sofern sie sich nicht dem christlichen Dogma unterwarfen. Und dieses Dogma kennt nur einen einzigen Gott, einen Herrn, dessen Autorität unantastbar ist. Eben dieser Umstand scheint für viele Herrscher höchst attraktiv gewesen zu sein: Wer das Christentum akzeptierte, akzeptierte einen Herren, theoretisch in Glaubensdingen, aber eben auch sehr praktisch in der weltlichen Herrschaft. Dies ging so weit, dass beispielsweise einflussreiche Bischofsämter oft nicht von Kirchenmännern besetzt wurden, sondern unter weltlichen Fürsten nach machtpolitischen Erwägungen vergeben wurden (ein schönes Beispiel aus der Neuzeit sind die kurfürstlichen Wirren um Köln, die in »Die Seele des Wolfes« den historischen Rahmen bilden). Das Christentum brachte auch einen Grundstock an Verwaltungsstruktur mit sich. Es war, im Gegensatz zu den vergleichsweise diffusen individuellen Glaubensstrukturen ursprünglicher Religionen, eben institutionalisiert. Nicht der Einzelne glaubte eigenständig, ihm wurde vielmehr von einer definierten Hierarchie vorgegeben, was er zu glauben hatte.

Olafr Tryggvason, der der Legende nach Christ geworden war, um bessere Konditionen beim Aushandeln von Danegeld zu bekommen – der englische König Æthelred soll ihm nach seiner Bekehrung eine erhebliche Summe dieser Form der Brandschatzung gezahlt haben –, hatte jedenfalls schnell Gefallen an der monotheistischen Religion gefunden.

Dass sich zwischen Olafs Missionierungsstil und der christlichen Botschaft eine Kluft auftäte, ist nur dem Anschein nach der Fall. Die Vermutung, radikale Christen könnten Rom angezündet haben und nicht etwa Nero, ist durchaus interessant. Diese hätten ihrer jungen Religion Vorschub geleistet, indem sie das vergleichsweise tolerante Rom in seinem Zentrum angriffen – eine Toleranz wie gesagt, die der Praxis der ›Frohen Botschaft‹ voll und ganz abging. Wovor wir uns heute in Gestalt von ›Islamisten‹ fürchten, hätten demnach vor zweitausend Jahren die ›Christianisten‹ bereits vorgelebt. Später tat sich nicht nur Karl der Große durch einen sehr körperlichen Einsatz in der Missionierung hervor. Der Beginn der Kreuzzüge im 11. Jahrhundert war gleichfalls kaum mehr als der höchst erfolgreich verbrämte Griff nach Ländern, Habe und Leben anderer Menschen und Legitimation für jede nur erdenkliche Unmenschlichkeit. Auch in der Neuzeit wurde mehr mit dem Schwert als mit dem Herzen Liebe verbreitet: Sei es in Gestalt von Verleumdungen, die zu den berühmten Hexenverbrennungen führten wo zeitweise in Hysterie oder politischem Kalkül ganze Familien dahingerafft wurden, sei es in Gestalt der Konfessionskonflikte, die bereits im 16. Jahrhundert im damaligen Europa wüteten, um im Dreißigjährigen Krieg ihren Höhepunkt zu finden, sei es in der Eroberung der Neuen Welt, deren Genozid an den Eingeborenen im Zeichen des Kreuzes bis zum Ende des 19. Jahrhunderts verfolgt worden ist. Auch der wirtschaftliche Nutzen exklusiv-christlicher Mentalität erwies sich als praktisch. Schwarze beispielsweise wurden zeitweise nicht als Menschen im Sinne Gottes verortet und konnten folglich schlimmer als Vieh behandelt werden. Es ist kein Zufall, dass zwei Parteien unseres Landes in der frühen Nachkriegszeit das Wort ›christlich‹ als guten Werbespruch in ihren Namen aufgenommen haben, um vor allem eine konservative und in starren Traditionen verhaftete Gefolgschaft anzusprechen. Und schließlich ist es in unseren Tagen ein sogenannter Wiedergeborener Christ, der die Kunst des Folterns und der jahrelangen vollständigen Einkerkerung ohne Prozess zur Meisterschaft gebracht hat.

Es ist also nicht weiter verwunderlich, dass das Christentum für Personen wie König Olaf Tryggvason von außerordentlichem Reiz gewesen ist nicht etwa wegen irgendwelcher transzendentaler Erleuchtungen, sondern schlicht wegen seinem überaus praktischen administrativen und politischen Nutzen für eine Einkönigsherrschaft. Dass die Æringas der Welt seit jeher in der Minderzahl sind und sich als weltfremde Schwärmerinnen und, welch eine widerlich zynische Wortschöpfung, als ›Gutmenschen‹ bezeichnen lassen müssen, ist die Krux der Religion, deren höchster Prophet doch aus dem rachsüchtigen, menschenverachtenden und hochgradig rassistischen Gott des Alten Testaments – der im Übrigen jeden Oðinn oder Þórr um Längen schlägt, wenn es um derlei menschliche Fertigkeiten geht – einen Gott der Mitmenschlichkeit und Gnade machen wollte. Dass seine hochsymbolischen Sündenmahle von Festmählern der Gleichheit zu exklusiven Verwandlungszauberstücken nur für Mitglieder der Institutionen verkommen sind, wie ein katholischer Theologieprofessor und Priester es kürzlich kritisiert hat, erstaunt wenig. Wo das Christentum in seinem von Christus propagierten zutiefst guten Geiste herrscht, tut es dies zumeist nicht etwa in jenen Institutionen, die sich es zu vertreten anmaßen, sondern in einzelnen Menschen selbst.

Die Schreibweise der Namen orientiert sich an der altnordischen Schreibung, und hier insbesondere an dem Transkript der Saga Ólafs Tryggvasonar. Da es keine vereinheitlichte Orthografie – und zu Tryggvasons Zeiten kaum altnordische Schriftsprache überhaupt – gab, ist dies nur eine von zahlreichen Möglichkeiten. Was die Grammatik betrifft, so wäre konsequente Anwendung nur verwirrend gewesen. Um aber ihre Sprachästhetik wenigstens im Ansatz erlebbar zu machen, wurde die Endung ›-r‹ für Nominativformen genutzt, und beim Begriff ›Seiðmaðr‹ komplett angewendet.

Die Niederschriften der Sagas stammen vor allem aus dem Hochmittelalter und aus Island, was die Frage nach der ›richtigen‹ Schreibung zu Zeiten des Königs weitgehend überflüssig macht. Zwar verfügten die Wikinger mit der Runenschrift über eine vielgestaltige und vergleichsweise junge Schriftsprache, die sie jedoch eher spärlich und überwiegend zu bestimmten Anlässen anwendeten, von Geschäftspost über Liebeserklärungen auf Holzstöckchen bis hin zu den bekannteren Runensteinen. Daher ist die schriftliche Saga-Überlieferung überwiegend auf jene beschränkt, die aus der Feder christlicher Autoren oder Mitglieder der christlichen Institutionen stammt. Sie ist zudem selten von Zeitzeugen geschrieben und entsprechend kritisch zu beurteilen.

Die Götterwelt des alten Skandinavien war jedoch auch nicht gerade friedfertig, ganz im Gegenteil. In der Mythologie scheint der tägliche Kampf ums Überleben durch, den gerade die abgelegeneren Höfe ebenso wie die Krieger und Händler bei jeder Seefahrt durchzustehen hatten. Man könnte sagen mit einem Verständnis von Verantwortung, von der man sich heutzutage vielleicht ein wenig in die von persönlicher Verantwortung fast vollständig befreite Politik zurückwünschen würde, ›haftete‹ ein König persönlich für ein schlechtes Jahr – mit nichts Geringerem als seinem Leben. Und wenn Olafr Tryggvason die Bœndi an einer Stelle vor die Wahl stellt, sich entweder bekehren zu lassen oder aber sich selbst, die Herrenschicht also, als Achtungserweis ihren ›heidnischen‹ Göttern zu opfern, so ist dies zweifellos ein sehr geschickter politischer – oder von Sturluson erfundener hochsymbolischer – Schachzug, dem er auch mit blanker Klinge Nachdruck hätte verleihen können; es ist aber auch zugleich eine Reminiszenz an die Opferpraxis in der altnordischen Glaubensausübung.

In dieser Glaubensausübung sind Zauberer und Magier ein verbreitetes Phänomen. Besonders den Finnen wurden übernatürliche Kräfte zugeschrieben. Die Seiðmenn hingegen sind in der Saga Olafs eine besondere Klasse: Immer wieder begegnen sie dem Leser als mächtige und einflussreiche Gegenspieler Olafs, die er mal mit Heimtücke, mal mit einer Streitmacht niederringt. Den Seiðmann Eyvind Kelda versucht Tryggvason bei einem Festgelage zu verbrennen und gegen Rauð den Starken, der als Magier (blótmaðr) bezeichnet wird, muss sein Bischof (Sigurðr biskup) mit christlichem Gebet das magische Unwetter über dem Fjord vertreiben, damit Olafs Flotte passieren kann. Interessant ist aber auch die Bezeichnung ›Seiðmaðr‹ an sich. Ihr Vorbild scheint das magische Wirken des Seið im Gott Oðinn zu haben, dessen Versenkung und Erleuchtung dem Seið zugrunde liegt. Durch ein Geflecht aus Tabus war die Anwendung des Seið laut einiger isländischer Quellen Frauen und aus dem Raster des ›Normalen‹ fallenden Männern vorbehalten. So ist von Seið häufig als speziell weiblicher, von Frauen eingesetzter Magie die Rede und zieht natürlich auch allerlei Spekulationen bis in den sensationsreichen homosexuellen Bereich hinein nach sich. Wirklich auseinandergesetzt hat sich die Forschung mit diesem Thema allerdings bislang recht wenig. Vielleicht auch, weil es sich um ein in esoterischen Kreisen beliebtes Thema handelt, das dank dünner Quellenlage angefüllt werden kann mit Scheinwissen und reinem Wunschdenken aus gefälliger Sinnzuschreibung und Deutung. In der Saga Olafs treten die zahlreichen Seiðmenn als gar nicht verweiblichte Männer auf, die eher an in schamanistischer wie in real-kämpferischer Hinsicht beschlagene Krieger und Kleinfürsten erinnern. Nun darf hierbei nicht vergessen werden, dass es sich bei den Sagas nicht um akademische Werke handelt, deren Begriffen feste Definitionen zugrunde liegen würden; dass jedoch fortwährend von Seiðmönnun die Rede ist und nicht etwa von Blótmönnun, ist durchaus beachtlich.

Für eine belletristische und frei erfundene Handlung bot sich die Interpretation von Schamanen bei indigenen nordamerikanischen Völkern und bei gegenwärtig noch tätigen traditionellen Schamanen Nordskandinaviens vermischt mit der in der Saga überlieferten Rolle der Magier als mächtige Mitglieder der Gesellschaft an. So fußt das Heilungsritual, das Kyrrispörr an einem Knaben vollzieht, auf dem Ritual eines Sami-Schamanen. Der schwarze Stein, den Kyrrispörr an anderem Ort aus dem Bauch eines Kranken zieht und damit die Krankheit bannt, ist wiederum der gegenwärtigen zauberischen Praxis aus anderen Erdteilen entlehnt.

Doch mit Entrückung allein wäre den Wikingern kaum die historische Rolle zugefallen, die sie bis heute insbesondere in der Populärkultur innehaben. Dazu gehörte nicht allein die Gewalttätigkeit eines Olaf Tryggvason und seiner Standesgenossen, sondern auch ein ganz anderer Aspekt: Vor allem waren sie umtriebige Fernhändler. Sie legten unermüdlich enorme Strecken in ihren seetüchtigen Frachtbooten zurück. Wer handelt, braucht Handelszentren, um seine Ware effektiv verkaufen zu können. Eines dieser Handelszentren war Heiðabýr.

Heiðabýr, Hedeby oder heute Haithabu ist ein faszinierendes Beispiel für eine mittelalterliche Handelsstadt. Am Ufer des Haddebyer Noors an der Schlei in der Nähe des heutigen Schleswig gelegen, gehört es zu einem der bestuntersuchten archäologischen Ausgrabungsstätten der Wikingerzeit. Da das Stadtgebiet in dem heute noch vorhandenen Halbkreiswall später nie bebaut worden ist, bietet es einen unermesslichen Schatz an Fundstücken und Erkenntnissen aus der Alltagsgeschichte einer der internationalen Handelsstädte ihrer Zeit. Die von der Deutschen Forschungsgemeinschaft DFG geförderte Kartierung des Areals mit modernen Untersuchungstechniken ließ einen kompletten Stadtplan entstehen, aus dem sich auch Rückschlüsse auf die Verteilung der zahlreichen Handwerke ziehen lassen: Glasperlenmacher, die die bunten Träume für die weibliche Oberschicht fertigten sowie Gold- und andere Kunstschmiede, die den Bedarf an ebenso teuren wie billigen Modeartikeln befriedigten, sind nur ein paar davon.

In Heiðabýr wurde unter der Obhut des dänischen Königs Waren aller Art gehandelt: Ob es nun Gewürze aus dem Orient waren, Wetzstein aus Norwegen, Blei aus England, Walrosszahn aus Island und Grönland, Gerfalken aus Norwegen, Sklaven von überall her die Stadt muss ein faszinierender Ort gewesen sein. Und doch wurde sie in den 1060er-Jahren niedergebrannt und – für die archäologische Forschung zum Glück – nicht wieder aufgebaut; Schleswig übernahm da die Führungsrolle.

Falken waren ein begehrtes Handelsgut. Wenngleich das erste überlieferte europäische Falkenbuch über diese Kunst mit ›De arte venandi cum avibus‹ erst über zweihundert Jahre später von Friedrich II. geschrieben worden ist, erfreute die Falknerei sich jedoch schon viel früher offensichtlich großer Beliebtheit unter den höheren Ständen und war vor allem im arabischen Raum auch schriftlich festgehalten worden. Der Teppich von Bayeux aus der zweiten Hälfte des 11. Jahrhunderts zeigt mehrfach Fürsten, die mit Falken auf der Faust reiten. Bis heute wird diese faszinierende Kunst gepflegt, bei der der Vogel weniger gezwungen werden kann, für seinen ›Herrn‹ ein Wild zu schlagen, als in einer Art ungleicher Partnerschaft mit dem Falkner ›zusammenarbeitet‹. Das Abtragen eines jungen Beizvogels benötigt viel Zeit, und wenn er auch natürlich wie ein Jagdhund mit harter Hand abgetragen werden könnte, so ist dies gerade bei ihm ein Weg, der sich nicht auszahlt. Das nachtragende Wesen von Steinadlern ist legendär. Die Beizjagd ist gerade unter Naturschützern nicht unumstritten, jedoch findet auch hier ein positives Umdenken statt: Verantwortungsbewusste Falknerei bedeutet nicht nur, den in Gefangenschaft geborenen Vögeln ausreichend Platz und regelmäßiges Flugtraining zu bieten, sondern auch die Lebensräume der wilden Greifvögel zu pflegen. Zur überaus positiven Bestandsentwicklung der fast ausgestorbenen fränkischen Wanderfalkenpopulation haben auch Falkner ihr Schärflein beigetragen, und von ihrem respektvollen Umgang mit den Tieren könnte mancher Haustierbesitzer noch eine Menge lernen. Heutzutage werden in Deutschland nur noch Hierofalkenarten, Wanderfalken, Steinadler und Habichte für die Beize benutzt, im Mittelalter hingegen wurden auch Sperber abgetragen – kleine Greifvögel, deren Terzel (die kleineren Männchen) gerade groß genug für den

Singvogelfang waren. Damit sie ruhig auf ihren Sitzgelegenheiten hocken blieben, wurden sie aufgebräut: Die Augenlider werden hierbei mit Schnur zusammengezogen. Die schonende Verhaubung setzte sich erst später durch.

Ein Nachsatz noch: Wer einem wahrhaft wikingergerechten Sport frönen will, der wird an Jugger seine Freude haben. Es ist eine Art Kombination aus Fechten und Football, nur ungefährlicher, wird in Fünfermannschaften um einen künstlichen Hundeschädel gespielt und ist sehr schnell. Für weitere Informationen darüber siehe jugger.uhusnest.de.

*Weitere historische Romane finden Sie auf den
folgenden Seiten und im Internet:
www.gmeiner-verlag.de*

BIRGIT ERWIN / ULRICH BUCHHORN
Die Reliquie v. Buchhorn
....

365 Seiten, Paperback.
ISBN 978-3-8392-1143-4.

GEFÄHRLICHER HANDEL
Buchhorn am Bodensee im 10. Jahrhundert. Als der Imker Dietger ermordet wird, gerät seine Frau Isentrud unter Verdacht. Wulfhard, ihr heimlicher Geliebter, bittet den St. Gallener Benediktinermönch Eckhard um Hilfe. Dabei plagen diesen bereits andere Sorgen: Ein Ordensbruder, der Reliquien für das Michaelskloster auf dem Heidelberger Heiligenberg erwerben sollte, ist auf seiner Reise verschwunden. Seine Spur verliert sich in Bregenz.

Eckhard macht sich zunächst auf die Suche nach dem verschollenen Mönch. In Bregenz findet er jedoch heraus, dass es eine Verbindung zwischen den beiden Fällen gibt …

STEPHAN NAUMANN
Das Werk der Bücher
....

319 Seiten, Paperback.
ISBN 978-3-8392-1139-7.

TEUFLISCHER PAKT Mitte des 15. Jahrhunderts. Der menschenverachtende Richter Tanner ist bis ins hohe Alter kinderlos geblieben. Sein Unmut darüber treibt ihn zu einem schicksalhaften Pakt mit dem Teufel. Der Bastard Nathan, den er mit einer Dirne zeugt, wird jedoch nicht nur ihm sehr schnell unheimlich. Während eines Feuers, das ihm durch seine Verbindung mit der Hölle nichts anhaben kann, erhält der hinterhältige Junge seine wahre Bestimmung: Er soll die bedeutendste Erfindung seiner Epoche, Gutenbergs Buchdruck, zu Gunsten des Teufels missbrauchen. Nathan macht sich auf den Weg nach Mainz …

GMEINER

Wir machen's spannend

DAGMAR FOHL
Der Duft v. Bittermandel
....

375 Seiten, Paperback.
ISBN 978-3-8392-1140-3.

DER KOCH DES KÖNIGS
Frankreich im 16.Jahrhundert. Oberküchenmeister Bertrand de Baladoux, Koch des französischen Königs, legt sein Geständnis ab. Er hat Kanzler Antoine Duprat und König Franz den Ersten, der sich im Krieg mit dem deutschen Kaiser Karl dem Fünften befindet, vergiftet. Aber warum? Was hat den gutmütigen Menschen zu einer solchen Tat getrieben?

Die Antwort gibt das Tagebuch der Königin, das sie nach ihrem frühen Tod dem Hofnarren Paltoquet hat zukommen lassen …

JULIAN LETSCHE
Auf der Walz
....

464 Seiten, Paperback.
ISBN 978-3-8392-1141-0.

ZÜNFTE, HÄNDLER UND PASTOREN Reutlingen im 16. Jahrhundert. Der 17-jährige Zimmergeselle Hannes Fritz geht nach seiner Gesellentaufe auf die traditionelle Walz. Seine dreijährige abenteuerliche Wanderschaft führt ihn in die freie Reichsstadt Esslingen, in das Benediktinerkloster Lorch und nach Frankfurt am Main. Er trifft den Humanisten Ulrich von Hutten, gerät zusammen mit einer jüdischen Familie in die Fänge von skrupellosen Räubern und begegnet der Kaufmannstochter Anna, seiner ersten großen Liebe …

Wir machen's spannend

REBECCA ABE
Im Labyrinth der Fugger
....

466 Seiten, Paperback.
ISBN 978-3-8392-1144-1.

IM SPIEGEL DES TEUFELS
Augsburg Ende des 16. Jahrhunderts. Nach dem Tod des mächtigen Anton Fugger wird dessen Millionenvermögen gleichmäßig auf alle Nachkommen verteilt. Christoph Fugger, ein Egoist und Frauenfeind, will die Kinder seines Bruders Georg Fugger ins Kloster bringen lassen, um die Zahl der Erben zu dezimieren. Dazu verbündet er sich mit dem Jesuiten Petrus Canisius. Nur Georg Fuggers Tochter Anna ahnt, welch perfides Spiel der Augsburger Domprediger treibt …

AXEL GORA
Das Duell d. Astronomen
....

321 Seiten, Paperback.
ISBN 978-3-8392-1138-0.

WETTLAUF GEGEN DIE ZEIT
Im Jahre 1618 wird Darius Degenhardt, Doktor der Astronomie an der Universität zu Frankfurt an der Oder und Verfechter des neuen kopernikanischen Weltbilds, zur Bewerbung als Hofastronom beim Kurfürst Johann Sigismund von Brandenburg geladen. Im kurfürstlichen Schloss zu Cölln-Berlin trifft Darius auf einen Konkurrenten: den eitlen und konservativen Astronomen Corvin van Cron, der ebenfalls um die Stelle wirbt. Zwischen den beiden Männern, die die Aufgabe erhalten, innerhalb von 30 Tagen die Bahn eines kurz zuvor entdeckten Kometen zu berechnen, entbrennt ein erbitterter Kampf um das Amt und um die Liebe einer Frau …

Wir machen's spannend

ÖHRI / TSCHIRKY
Sinfonie des Todes
....

272 Seiten, Paperback.
ISBN 978-3-8392-1145-8.

JENSEITS DER NACHT Wien 1901. Wilhelm Fichtner, spielsüchtiger Beamter des kaiserlich-königlichen Kriegsministeriums, wird zuhause von seiner Gattin Lina tot am Schreibtisch aufgefunden, den durchschossenen Kopf auf einem Kassenbuch liegend, die Pistole neben ihm auf dem Boden. Doch Cyprian von Warnstedt, Inspektor der k.k. Gendarmerie, bezweifelt, dass es sich um einen Selbstmord handelt. Als Täter vermutet er einen der Männer aus Wilhelms letzter Kartenrunde in dem verrufenen Gasthof »Zur Kaisermühle«. Aber auch die Witwe selbst verhält sich äußerst verdächtig ...

UWE GARDEIN
Das Mysterium d. Himmels
....

278 Seiten, Paperback.
ISBN 978-3-8392-1075-8.

HIMMELSBILDER Das Land zwischen dem Rhein, der Donau und den Alpen ist altes Keltenland. Vor 2.300 Jahren kommt Ekuos, der Hirte mit der Herde seiner Sippen aus den Bergen ins Tal. Ein Auserwählter, der das zweite Gesicht besitzt. Er hat Himmelsbilder gesehen, die er nicht deuten kann. Er will den Weisen von den Erscheinungen am Firmament berichten, doch in der Ebene hörte er, dass sein Bruder Atles mit Freunden verschleppt worden ist. Sofort macht sich Ekuos auf die Suche nach seinem verschwundenen Bruder. Es beginnt eine lange Reise in den dunklen Norden. Mit dabei sein Gefährte Matu, der Treiber, und die Wölfin Kida, die von Ekuos gefunden und aufgezogen wurde.

Wir machen's spannend

SUSANNE BONN
Die Schule der Spielleute
....

320 Seiten, Paperback.
ISBN 978-3-8392-1073-4.

SPIELMANNSTOD Worms, im Jahre 1339. In einer Spielmannsschule treffen Fahrende aus allen Teilen Europas zusammen, um Wissen und Erfahrungen auszutauschen, aber auch, um sich für die großen Fürstenhöfe zu empfehlen. Ein begehrtes Ziel ist die Residenz des Grafen von Geldern. Die jungen Musiker Elbelin und Gottfrid, die zuletzt im Dienst des Erzbischofs von Trier standen, sind dorthin unterwegs. Auch den alten erfahrenen Hofsänger Wolfram zieht es auf der Suche nach einer Anstellung an den Hof des Grafen, doch er glaubt im direkten Vergleich mit Elbelin nicht bestehen zu können. Um ihn aus dem Feld zu schlafen, zerstört Wolfram den Dudelsack des jungen Spielmanns. Das spielerische Kräftemessen soll sich schon bald zu einer tödlichen Tragödie auswachsen ...

PETER HERELD
Geheimnis d. Goldmachers
....

319 Seiten, Paperback.
ISBN 978-3-8392-1069-7.

DIE HUNDE DES HERRN Sommer, im Jahre 1234. Zwei Männer, wie sie unterschiedlicher nicht sein könnten, sind auf dem Weg nach Köln. Osman Abdel Ibn Kakar, ein Muselman aus Alexandria, ist auf der Flucht vor seinem Herrn. Begleitet wird er von Robert dem Schmalen, seinem besten Freund. Unterwegs lernen sie in einem Dominikanerkloster in Hildesheim den großen Gelehrten Albertus Magnus kennen. Der Mönch verrät ihnen in aller Vertraulichkeit von seinem päpstlichen Auftrag: aus minderen Elementen Gold herzustellen. Als er kurz darauf entführt wird, fällt der Verdacht auf die beiden Reisenden. Der Beginn einer Jagd auf Leben und Tod ...

Wir machen's spannend

UWE KLAUSNER
Die Bräute des Satans
....

315 Seiten, Paperback.
ISBN 978-3-8392-1072-7.

MEIN IST DIE RACHE Das Kloster Maulbronn, im Jahre 1417. Die Hennen legen nicht, die Kühe geben kaum Milch, der Wein schmeckt wie Essig. Und als das Bauernmädchen Mechthild der Zauberei verdächtigt wird, ist die Krise perfekt. Bruder Hilpert, der erst vor ein paar Wochen ins Kloster heimgekehrte Bibliothekar, tut alles, um die Gemüter zu besänftigen. Doch das Unheil nimmt seinen Lauf. Kaum hat er mit seinen Ermittlungen begonnen, wird der verkohlte Leichnam eines Mitbruders gefunden. Vom Täter, der auf einem Pergamentröllchen die Buchstaben EST hinterlassen hat, fehlt dagegen jede Spur …

GÜNTHER THÖMMES
Der Fluch des Bierzauberers
....

373 Seiten, Paperback.
ISBN 978-3-8392-1074-1.

EIN NEUER ANFANG Der Dreißigjährige Krieg stürzt Deutschland in die Katastrophe. Der Magdeburger Brauherr Cord Heinrich Knoll verliert bei der Vernichtung seiner Heimatstadt alles, was ihm lieb und teuer ist: Frau, Kinder, die Brauerei. Als endlich Frieden herrscht, bekommt er die Chance, unter der Herrschaft des Prinzen Friedrich von Homburg dessen neue Brauerei zu Ehre und Ansehen zu führen. Doch dann droht neues Ungemach von höchster Stelle. Ausgerechnet der Große Kurfürst von Brandenburg zwingt den Bierbrauer zu einem Kampf ums nackte Überleben …

Wir machen's spannend

OLIVER BECKER
Geheimnis d. Krähentochter
....
466 Seiten, Paperback.
ISBN 978-3-89977-1071-0.

ZWISCHEN LIEBE UND HASS Der Schwarzwald im Jahre 1636: Ein abgeschiedenes Tal wird von den Schrecken des Dreißigjährigen Krieges erreicht. Eine Gruppe von Söldnern überfällt den Petersthal-Hof, mordet und verschwindet wieder im Dunkel der Wälder. Es gibt nur eine Überlebende: die Magd Bernina. Sie wird von einer Frau gerettet, die in der ganzen Gegend als Hexe verschrien ist und nur die »Krähenfrau« genannt wird. Welche Geschichte verbirgt sich hinter dem geheimnisvollen Bild, das Bernina in den Trümmern des abgebrannten Hofes findet? Bald steht die junge Frau nicht nur vor dem Rätsel der Zeichnung, sondern auch vor der Entscheidung zwischen zwei Männern ...

SEBASTIAN THIEL
Die Hexe vom Niederrhein
....
273 Seiten, Paperback.
ISBN 978-3-8392-1076-5.

HEXENJAGD Kempen, im Winter 1642. Am Niederrhein tobt der Dreißigjährige Krieg.

Nach einem Kirchgang rettet der junge Schmied Lorenz die Tochter des Statthalters vor zwei durchgehenden Pferden. Die schöne Elisabeth macht ihrem Retter von der ersten Minute an eindeutige Avancen. Doch nicht sie ist seine Auserwählte, sondern ihre schüchterne und geheimnisvolle Adoptivschwester Antonella. Als hessische Söldner Kempen belagern und einnehmen, bricht das Chaos aus. Und die kräuterkundige Antonella wird von der gesamten Stadt als Hexe denunziert ...

Wir machen's spannend

Unsere Lesermagazine
2 x jährlich das Neueste aus der Gmeiner-Bibliothek

DIN A6, 16 S., farbig   *10 x 18 cm, 16 S., farbig*   *24 x 35 cm, 20 S., farbig*

GmeinerNewsletter
Neues aus der Welt der Gmeiner-Romane

Haben Sie schon unseren GmeinerNewsletter abonniert?
Alle zwei Monate erhalten Sie per E-Mail aktuelle Informationen aus der Welt der Krimis, der historischen Romane und der Frauenromane: Buchtipps, Berichte über Autoren und ihre Arbeit, Veranstaltungshinweise, neue Krimiseiten im Internet und interessante Neuigkeiten.

Die Anmeldung zum GmeinerNewsletter ist ganz einfach. Direkt auf der Homepage des Gmeiner-Verlags (www.gmeiner-verlag.de) finden Sie das entsprechende Anmeldeformular.

Ihre Meinung ist gefragt!
Mitmachen und gewinnen

Wir möchten Ihnen mit unseren Romanen immer beste Unterhaltung bieten. Sie können uns dabei unterstützen, indem Sie uns Ihre Meinung zu den Gmeiner-Romanen sagen! Senden Sie eine E-Mail an gewinnspiel@gmeiner-verlag.de und teilen Sie uns mit, welches Buch Sie gelesen haben und wie es Ihnen gefallen hat. Alle Einsendungen nehmen automatisch am großen Jahresgewinnspiel mit ›spannenden‹ Buchpreisen teil.

Wir machen's spannend

Alle Gmeiner-Autoren und ihre Romane auf einen Blick

ANTHOLOGIEN: Zürich: Ausfahrt Mord • Mörderischer Erfindergeist • Secret Service 2011 • Tod am Starnberger See • Mords-Sachsen 4 • Sterbenslust • Tödliche Wasser • Gefährliche Nachbarn • Mords-Sachsen 3 • Tatort Ammersee • Campusmord • Mords-Sachsen 2 • Tod am Bodensee • Mords-Sachsen 1 • Grenzfälle • Spekulatius **ABE, REBECCA:** Im Labyrinth der Fugger **ARTMEIER, HILDEGUNDE:** Feuerross • Drachenfrau **BAUER, HERMANN:** Verschwörungsmelange • Karambolage • Fernwehträume **BAUM, BEATE:** Weltverloren • Ruchlos • Häuserkampf **BAUMANN, MANFRED:** Jedermanntod **BECK, SINJE:** Totenklang • Duftspur • Einzelkämpfer **BECKER, OLIVER:** Das Geheimnis der Krähentochter **BECKMANN, HERBERT:** Mark Twain unter den Linden • Die indiskreten Briefe des Giacomo Casanova **BEINSSEN, JAN:** Goldfrauen • Feuerfrauen **BLATTER, ULRIKE:** Vogelfrau **BODE-HOFFMANN, GRIT/HOFFMANN, MATTHIAS:** Infantizid **BODENMANN, MONA:** Mondmilchgubel **BÖCKER, BÄRBEL:** Mit 50 hat man noch Träume • Henkersmahl **BOENKE, MICHAEL:** Riedripp • Gott'sacker **BOMM, MANFRED:** Blutsauger • Kurzschluss • Glasklar • Notbremse • Schattennetz • Beweislast • Schusslinie • Mordloch • Trugschluss • Irrflug • Himmelsfelsen **BONN, SUSANNE:** Die Schule der Spielleute • Der Jahrmarkt zu Jakobi **BOSETZKY, HORST [-KY]:** Promijagd • Unterm Kirschbaum **BRÖMME, BETTINA:** Weißwurst für Elfen **BUEHRIG, DIETER:** Schattengold **BÜRKL, ANNI:** Ausgetanzt • Schwarztee **BUTTLER, MONIKA:** Dunkelzeit • Abendfrieden • Herzraub **CLAUSEN, ANKE:** Dinnerparty • Ostseegrab **DANZ, ELLA:** Ballaststoff • Schatz, schmeckt's dir nicht? • Rosenwahn • Kochwut • Nebelschleier • Steilufer • Osterfeuer **DETERING, MONIKA:** Puppenmann • Herzfrauen **DIECHLER, GABRIELE:** Glutnester • Glaub mir, es muss Liebe sein • Engpass **DÜNSCHEDE, SANDRA:** Todeswatt • Friesenrache • Solomord • Nordmord • Deichgrab **EMME, PIERRE:** Diamantenschmaus • Pizza Letale • Pasta Mortale • Schneenockerleklat • Florentinerpakt • Ballsaison • Tortenkomplott • Killerspiele • Würstelmassaker • Heurigenpassion • Schnitzelfarce • Pastetenlust **ENDERLE, MANFRED:** Nachtwanderer **ERFMEYER, KLAUS:** Endstadium • Tribunal • Geldmarie • Todeserklärung • Karrieresprung **ERWIN, BIRGIT / BUCHHORN, ULRICH:** Die Reliquie von Buchhorn • Die Gauklerin von Buchhorn • Die Herren von Buchhorn **FOHL, DAGMAR:** Der Duft von Bittermandel • Die Insel der Witwen • Das Mädchen und sein Henker **FRANZINGER, BERND:** Zehnkampf • Leidenstour • Kindspech • Jammerhalde • Bombenstimmung • Wolfsfalle • Dinotod • Ohnmacht • Goldrausch • Pilzsaison **GARDEIN, UWE:** Das Mysterium des Himmels • Die Stunde des Königs **GARDENER, EVA B.:** Lebenshunger **GEISLER, KURT:** Bädersterben **GERWIEN, MICHAEL:** Alpengrollen **GIBERT, MATTHIAS P.:** Rechtsdruck • Schmuddelkinder • Bullenhitze • Eiszeit • Zirkusluft • Kammerflimmern • Nervenflattern **GORA, AXEL:** Das Duell der Astronomen **GRAF, EDI:** Bombenspiel • Leopardenjagd • Elefantengold • Löwenriss • Nashornfieber **GUDE, CHRISTIAN:** Kontrollverlust • Homunculus • Binärcode • Mosquito **HAENNI, STEFAN:** Brahmsrösi • Narrentod **HAUG, GUNTER:** Gössenjagd • Hüttenzauber • Tauberschwarz • Höllenfahrt • Sturmwarnung • Riffhaie • Tiefenrausch **HEIM, UTA-MARIA:** Totenkuss • Wespennest • Das Rattenprinzip • Totschweigen • Dreckskind **HERELD, PETER:** Das Geheimnis des Goldmachers **HOHLFELD, KERSTIN:** Glückskekssommer **HUNOLD-REIME, SIGRID:** Janssenhaus • Schattenmorellen • Frühstückspension **IMBSWEILER, MARCUS:** Butenschön • Altstadtfest • Schlussakt • Bergfriedhof **KARNANI, FRITJOF:** Notlandung • Turnaround • Takeover **KAST-RIEDLINGER, ANNETTE:** Liebling, ich kann auch anders **KEISER, GABRIELE:** Engelskraut • Gartenschläfer • Apollofalter **KEISER, GABRIELE / POLIFKA, WOLFGANG:** Puppenjäger **KELLER, STEFAN:** Kölner Kreuzigung

Wir machen's spannend

Alle Gmeiner-Autoren und ihre Romane auf einen Blick

KLAUSNER, UWE: Bernstein-Connection • Die Bräute des Satans • Odessa-Komplott • Pilger des Zorns • Walhalla-Code • Die Kiliansverschwörung • Die Pforten der Hölle **KLEWE, SABINE:** Die schwarzseidene Dame • Blutsonne • Wintermärchen • Kinderspiel • Schattenriss **KLÖSEL, MATTHIAS:** Tourneekoller **KLUGMANN, NORBERT:** Die Adler von Lübeck • Die Nacht der Narren • Die Tochter des Salzhändlers • Kabinettstück • Schlüsselgewalt • Rebenblut **KÖHLER, MANFRED:** Tiefpunkt • Schreckensgletscher **KÖSTERING, BERND:** Goetheruh **KOHL, ERWIN:** Flatline • Grabtanz • Zugzwang **KOPPITZ, RAINER C.:** Machtrausch **KRAMER, VERONIKA:** Todesgeheimnis • Rachesommer **KRONENBERG, SUSANNE:** Kunstgriff • Rheingrund • Weinrache • Kultopfer • Flammenpferd **KRUG, MICHAEL:** Bahnhofsmission **KRUSE, MARGIT:** Eisaugen **KURELLA, FRANK:** Der Kodex des Bösen • Das Pergament des Todes **LASCAUX, PAUL:** Gnadenbrot • Feuerwasser • Wursthimmel • Salztränen **LEBEK, HANS:** Karteileichen • Todesschläger **LEHMKUHL, KURT:** Dreiländermord • Nürburghölle • Raffgier **LEIX, BERND:** Fächergrün • Fächertraum • Waldstadt • Hackschnitzel • Zuckerblut • Bucheckern **LETSCHE, JULIAN:** Auf der Walz **LICHT, EMILIA:** Hotel Blaues Wunder **LIEBSCH, SONJA / MESTROVIC, NIVES:** Muttertier@n Rabenmutter **LIFKA, RICHARD:** Sonnenkönig **LOIBELSBERGER, GERHARD:** Reigen des Todes • Die Naschmarkt-Morde **MADER, RAIMUND A.:** Schindlerjüdin • Glasberg **MAINKA, MARTINA:** Satanszeichen **MISKO, MONA:** Winzertochter • Kindsblut **MORF, ISABEL:** Satzfetzen • Schrottreif **MOTHWURF, ONO:** Werbevoodoo • Taubendreck **MUCHA, MARTIN:** Seelenschacher • Papierkrieg **NAUMANN, STEPHAN:** Das Werk der Bücher **NEEB, URSULA:** Madame empfängt **ÖHRI, ARMIN / TSCHIRKY, VANESSA:** Sinfonie des Todes **OTT, PAUL:** Bodensee-Blues **PARADEISER, PETER:** Himmelreich und Höllental **PELTE, REINHARD:** Inselbeichte • Kielwasser • Inselkoller **PORATH, SILKE:** Klostergeist **PUHLFÜRST, CLAUDIA:** Dunkelhaft • Eiseskälte • Leichenstarre **PUNDT, HARDY:** Friesenwut • Deichbruch **PUSCHMANN, DOROTHEA:** Zwickmühle **ROSSBACHER, CLAUDIA:** Steirerblut **RUSCH, HANS-JÜRGEN:** Neptunopfer • Gegenwende **SCHAEWEN, OLIVER VON:** Räuberblut • Schillerhöhe **SCHMITZ, INGRID:** Mordsdeal • Sündenfälle **SCHMÖE, FRIEDERIKE:** Wernievergibt • Wieweitdugehst • Bisduvergisst • Fliehganzleis • Schweigefeinstill • Spinnefeind • Pfeilgift • Januskopf • Schockstarre • Käfersterben • Fratzenmond • Kirchweihmord • Maskenspiel **SCHNEIDER, BERNWARD:** Spittelmarkt **SCHNEIDER, HARALD:** Räuberbier • Wassergeld • Erfindergeist • Schwarzkittel • Ernteopfer **SCHNYDER, MARIJKE:** Matrjoschka-Jagd **SCHRÖDER, ANGELIKA:** Mordsgier • Mordswut • Mordsliebe **SCHÜTZ, ERICH:** Judengold **SCHUKER, KLAUS:** Brudernacht **SCHULZE, GINA:** Sintflut **SCHWAB, ELKE:** Angstfalle • Großeinsatz **SCHWARZ, MAREN:** Zwiespalt • Maienfrost • Dämonenspiel • Grabeskälte **SENF, JOCHEN:** Kindswut • Knochenspiel • Nichtwisser **SPATZ, WILLIBALD:** Alpenlust • Alpendöner **STAMMKÖTTER, ANDREAS:** Messewalzer **STEINHAUER, FRANZISKA:** Spielwiese • Gurkensaat • Wortlos • Menschenfänger • Narrenspiel • Seelenqual • Racheakt **SZRAMA, BETTINA:** Die Konkubine des Mörders • Die Giftmischerin **THIEL, SEBASTIAN:** Die Hexe vom Niederrhein **THADEWALDT, ASTRID / BAUER, CARSTEN:** Blutblume • Kreuzkönig **THÖMMES, GÜNTHER:** Der Fluch des Bierzauberers • Das Erbe des Bierzauberers • Der Bierzauberer **ULLRICH, SONJA:** Fummelbunker • Teppichporsche **VALDORF, LEO:** Großstadtsumpf **VERTACNIK, HANS-PETER:** Ultimo • Abfangjäger **WARK, PETER:** Epizentrum • Ballonglühen • Albtraum **WICKENHÄUSER, RUBEN PHILLIP:** Die Magie des Falken • Die Seele des Wolfes **WILKENLOH, WIMMER:** Eidernebel • Poppenspäl • Feuermal • Hätschelkind **WÖLM, DIETER:** Mainfall **WYSS, VERENA:** Blutrunen • Todesformel **ZANDER, WOLFGANG:** Hundeleben

Wir machen's spannend